W0214068

Roman Rausch, 1961 in Würzburg geboren, arbeitete nach dem Studium der Betriebswirtschaft im Medienbereich und als Journalist. Für seine Trilogie um den Kommissar Johannes Kilian wurde er 2002 auf der Leipziger Buchmesse mit dem Book on Demand Award ausgezeichnet. Heute lebt er als Autor und Schreibcoach in Würzburg und Berlin.

Mehr über den Autor und sein Werk:
www.Roman-Rausch.de

«Die Kinderhexe» ist nach «Das Caffeehaus» (rororo 24977) Roman Rauschs zweiter historischer Roman.
Aus der Reihe um den Würzburger Kommissar Kilian und seinen Kollegen Heinlein liegen bereits vor: «Tiepolos Fehler» (rororo 23486), «Wolfs Brut» (rororo 23651), «Die Zeit ist nahe» (rororo 23837), «Der Gesang der Hölle» (rororo 23890), «Der Bastard» (rororo 24495), «Das Mordkreuz» (rororo 24763) und «Die Seilschaft» (rororo 25332).
Aus der Reihe um den Hamburger Profiler Balthasar Levy erschienen «Und ewig seid ihr mein» (rororo 24106) sowie «Weiß wie der Tod» (rororo 24604).

ROMAN RAUSCH

Die Kinderhexe

Historischer Roman

Rowohlt Taschenbuch Verlag

Originalausgabe
Veröffentlicht im Rowohlt Taschenbuch Verlag, Reinbek
bei Hamburg, Dezember 2011
Copyright © 2011 by Rowohlt Verlag GmbH,
Reinbek bei Hamburg
Lektorat Werner Irro
Umschlaggestaltung any.way, Barbara Hanke/Cordula Schmidt
(Foto: thinkstockphotos.de; Hippolyte Lecomte
© Château de Versailles, Frankreich/bridgemanart.com; Corbis
Der Stich stammt aus der Topographia Franconiae
von Matthäus Merian d. Ä. aus dem Jahr 1648
Sammlung Brod, Universitätsbibliothek Würzburg)
Satz Swift PostScript, InDesign,
bei Pinkuin Satz und Datentechnik, Berlin
Druck und Bindung CPI – Clausen & Bosse, Leck
Printed in Germany
ISBN 978 3 499 25710 0

«Wie das Ei, so das Küken.
Wie das Küken, so der Vogel.
Also legt er Eier.»

Spruch bei der Verfolgung von Kinderhexen

Für Lev

Herbipolis Würzburg

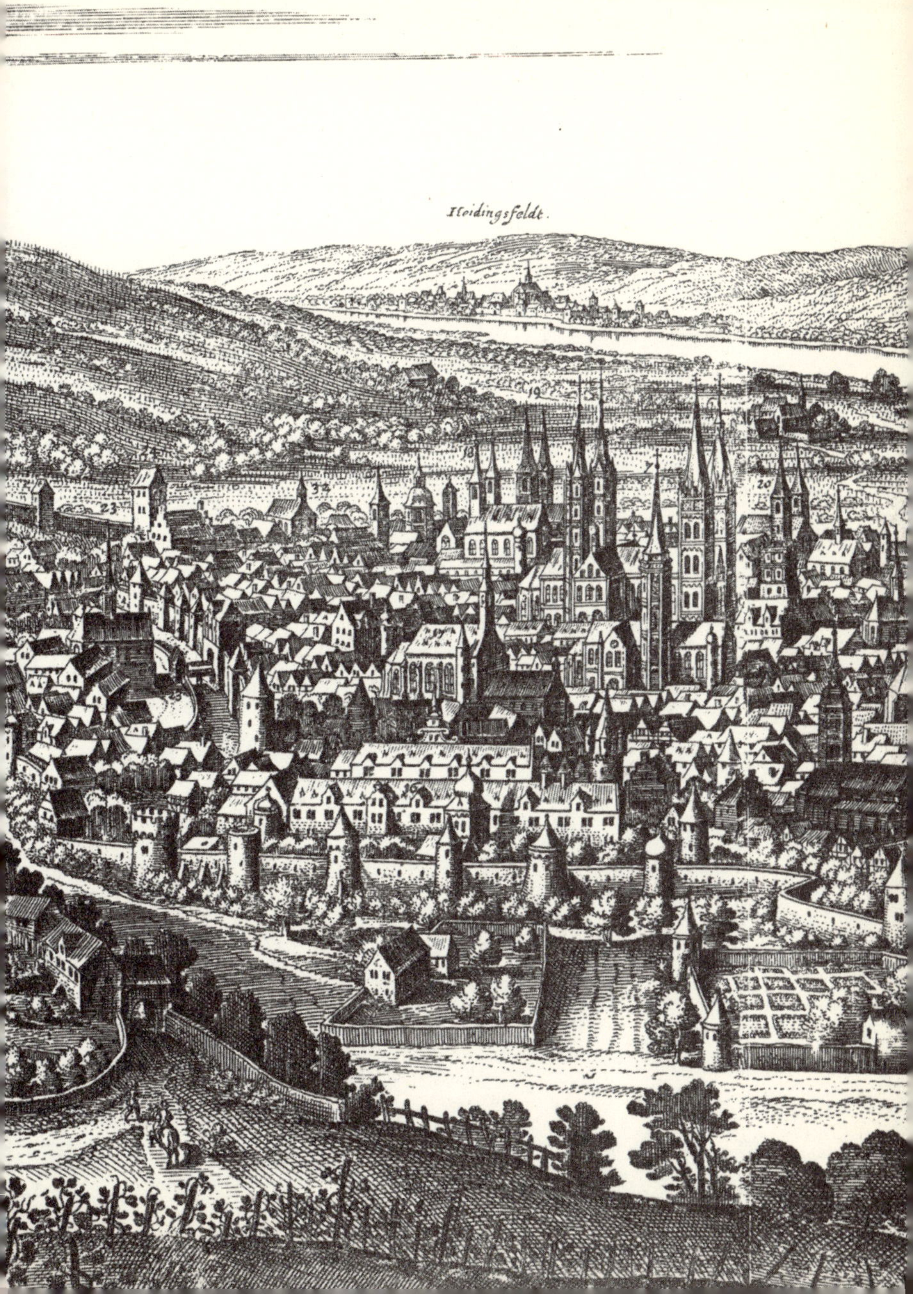
Heidingsfeldt.

20
21
14
8
9

Vnser Frawen Berg.
Moenus
Fluvius

WÜRZBURG

Im Jahr 1629

Die Erde ist vergiftet und mit ihr die Menschen. Überall lauern Krankheit, Verrat und der Tod.

Niemand will sich mehr erinnern, wie alles begann. Dabei ist jedem bekannt, wer die Schuld an all dem Grauen trägt.

Mit uns hat das ganze Unwesen angefangen und nicht mit jener bedauernswerten alten Amme. Sie war das Licht und das Leben im Garten des Herrn. Die Kinder liebten sie. Und wir haben sie getötet.

Als Vorboten unseres Verderbens wüteten Hunger, Pestilenz und der Große Krieg. Die Not war allerorten und kannte kein Erbarmen. Kein Haus wurde verschont, kein Gebet erhört.

O Herr, höre das Flehen deiner Kinder. Aber Gott hörte nicht. Er hatte sich von uns abgewandt und schickte uns die Zeichen. Der Himmel öffnete sich, und heraus traten die sieben Engel mit den sieben Plagen. Das Ende aller Tage war angebrochen. Die Abrechnung stand bevor.

Aber noch immer glaubten wir, das Schicksal selbst in der Hand zu haben. In unserer Vermessenheit suchten wir nach Schuldigen.

Wer hat nur unsere Kühe verhext, dass sie keine Milch mehr geben? Wer hat Frost und Hagel gezaubert, dass uns das tägliche Brot genommen wird? Und wer hat die Frucht unserer Weiber verhext, dass sie kein lebend Kind mehr zur Welt bringen?

O gnädiger Landesherr, gedenke deiner Untergebenen in ihrer größten Not und beende das gotteslästerliche Treiben, damit nicht länger Schaden über dich und dein Volk kommt.

Bischof Ehrenberg verstand. Es musste gehandelt werden, schnell und bedingungslos, bevor sich das Volk erneut gegen die Herrschaft stellte.

Als Erstes traf es alleinstehende Weiber, Bettlerinnen und Witwen, die nur wenig Schutz genossen. Wir machten sie zu Hexen, die nachts auf ihren Besen ausfuhren, um mit dem Teufel zu buhlen. Wer sich sträubte, lernte die Folterknechte kennen.

Die Scheiterhaufen brannten an vielen Orten, doch nirgends so oft wie zu Gerolzhofen und vor den Toren dieser Stadt. Wir leisteten gute Arbeit. Die panische Angst im Volk würde mit dem Brennen der Hexen bald versiegen.

Aber anstatt immer weniger Hexen und Teufelsanbeter auf die Scheiterhaufen führen zu müssen, tauchten an allen Ecken immer mehr auf, einer Epidemie gleich, die über alle Stände hinweg um sich griff. Es war, als hätten wir erst durch unseren Eifer die Pforten der Hölle geöffnet und die Heerscharen des Teufels aus ihrem Gefängnis befreit. Aus jedem Haus drangen neue Schandtaten ans Licht; sei es die eines Ratsherrn, Handwerkers oder Bauern oder die eines Edlen oder eines Priesters. Nirgends ist Gott mehr zu finden.

Es ist gekommen der große Tag des Zorns, und wer wird bestehen? Niemand. Die Herrschaft des Teufels hat begonnen, und wir folgen ihm geradewegs in die Hölle.

Doch dann, als alles verloren schien, passierte etwas, mit dem wir nicht gerechnet hatten. Ein Kind erhob sich aus unserer Mitte.

Kehret um, mahnte es uns. *Wenn ihr nicht werdet wie die Kinder, bleibt euch das Himmelreich verschlossen.*

Hätten wir nur auf sie gehört.

O Herr, ich bekenne vor dir, dem allmächtigen Gott, dass ich Gutes unterlassen und Böses getan habe. Ich habe gesündigt in Gedanken, Worten und Werken. Durch mein Vergehen sind viele unschuldige Seelen auf dem Scheiterhaufen gerichtet worden.

Vergib einem reumütigen Sünder … oder scher dich zum Teufel.

1

Die Ohrfeige traf Kathi mitten ins Gesicht.

Die Wucht des Schlags war so groß, dass ihr schwarz vor Augen wurde. Sie taumelte und kippte zur Seite, um hart auf dem Boden aufzuschlagen. Es folgte ein Moment der Stille, in dem Zeit und Schmerz von ihr genommen waren.

Sie seufzte. So musste es sich anfühlen, wenn man starb. Ein verlockendes Gefühl, selbst wenn man gerade erst zehn Jahre alt war.

Ein hohes, nadelspitzes Pfeifen in ihrem Kopf holte sie in das Hier und Jetzt zurück. Der Schmerz ging ihr durch Mark und Bein. Obwohl er alles andere ausblendete, hatte er doch sein Gutes: Er bewahrte sie vor den ewig gleichen Vorwürfen des Apothekers Grein und dem schadenfrohen Kichern von Lene und Lotti, seinen hübschen, aber missratenen Zwillingstöchtern. Sie standen in sicherer Entfernung von ihrem Vater, der in solchen Augenblicken unberechenbar war. Es war daher besser, ihm nicht zu nahe zu kommen und sein aufbrausendes Gemüt nicht weiter zu reizen.

Kathi wusste, dass sie keinen Fehler begangen hatte. Doch nun sollte sie für etwas bestraft werden, das sie nicht zu verantworten hatte.

Für die Zubereitung einer Wundsalbe nach altem Rezept waren weißer Essig, Honig, Natron und Ochsengalle nötig. Die Zutaten wurden zu gleichen Teilen in einen Topf gegeben und kurz aufgekocht. Fertig.

Wie es zum Anbrennen der Heilsalbe gekommen war, konnte sie sich nicht erklären. Die Flamme war klein gewesen, als sie kurz vor die Tür gegangen war, um frische Luft zu schnappen. Als sie zurückkam, schlugen die Flammen hoch, und im Topf verschmorte die Salbe zu einem eklig stinkenden Brei.

Wenn Grein seine beiden hinterlistigen Töchter nach der Ursache des Malheurs befragt hätte, wäre er der Wahrheit wohl nähergekommen. Aber im Zweifelsfall hielt man sich an Kathi, das Lehrkind, das froh sein durfte, in diesem ehrwürdigen Haus überhaupt arbeiten zu dürfen.

Andere Kinder, die mit dem siebten Lebensjahr begannen, die Arbeit von Erwachsenen zu tun, hatten es weitaus schlimmer erwischt als sie. Kathis Freundin Barbara arbeitete als Hilfsmagd in einer Gerberei. Der Gestank von toten Tieren raubte ihr den Appetit und die Gesundheit. Sie keuchte mehr, als dass sie atmete.

Otto, Kathis zweitbester Freund, schuftete bei Lothar, dem Schmied, am Ofen. Sein Körper war übersät von Brandstellen und blauen Flecken, die nicht nur von den heißen Eisen herrührten.

Und schließlich gab es da noch Ursula. Von den vier Freunden hatte sie es am schlimmsten getroffen. Sie stöberte im Dreck der Gassen nach verwertbarem Essen, das sie im Auftrag ihres Ziehvaters, des Spielmanns Karl Rußwurm, zu besorgen hatte. In diesen Zeiten, in denen es ohnehin kaum etwas zu essen gab, war das ein aussichtsloses Unterfangen. Wenn sie mit leeren Händen nach Hause kam, setzte es Prügel – weit mehr und brutaler als das, was Kathi von Grein kannte. So blieb Ursula nur das Betteln. Und selbst da sah sie sich einer erbarmungslosen Konkurrenz gegenüber. Bei ihrem letzten Kampf um ein Stück Brot hatte sie ein Ohr verloren. Ursula konnte von Glück sagen, dass sie eine gute Freundin in Kathi hatte, die sich auf die Zubereitung von Heilsalben verstand.

«Du nichtsnutziges, undankbares Kind!» Grein stand groß und bedrohlich wie ein Berg über der am Boden liegenden Kathi. Sein Gesicht glänzte rot, Schweiß rann über seinen dicken Hals. In der Hand führte er eine Weidenrute, eine rund einen Meter lange, biegsame Nachhilfe, um unbelehrbaren Schülern auf die Sprünge zu helfen.

Obwohl das Pfeifen in ihrem Kopf die lautstarke Anklage des Apothekers überdeckte, wusste sie um den Inhalt der Strafpredigt. Sie war jedes Mal gleich.

«Ist das der Dank dafür, dass wir dich zu einem anständigen Christenmenschen erziehen wollen? Wie willst du vor Gott, unserem allmächtigen Herrn und Schöpfer, bestehen, wenn du seine Gaben nicht ehrst und dich an seiner Natur versündigst? Sag deiner Mutter, dass sie dich lieber heute als morgen zurückhaben kann, bevor du uns alle mit ins Unglück reißt. Ich habe mein Möglichstes getan, um das zu verhindern. Aber leider ist das Böse in dir stärker als mein guter Wille.»

Er befahl Kathi zornig, sich zu erheben und zum Tisch zu gehen. Dort hatte sie sich zu bücken und sich mit ausgestreckten Armen gegen die Tischplatte zu stemmen, damit sie einen festen Stand hatte.

Lene und Lotti kamen herbei und stellten sich mit ausreichend Abstand vor sie hin. Kathi sah ihr schadenfrohes Grinsen. Eines Tages, so schwor sie sich, wird dies ein Ende haben, und böse Gedanken stiegen in ihr auf. Dann werde ich es sein, die euch ins Gesicht lacht, ihr kleinen, verdorbenen Hexen, wenn ihr mit Gejohle zum Scheiterhaufen geführt werdet.

Mit Blick zum Himmel und mit gefalteten Händen sprach Grein das übliche Gebet.

«Herr, du bist mein Zeuge. Ich erhebe meine Hand gegen

dieses Kind, der rechten Unterweisung wegen. Gib ihm die Einsicht, mit den Gaben der Natur besonnen umzugehen, und dass es deinen Namen in alle Ewigkeit ehren und preisen möge. Amen.»

Ein Kreuzzeichen beschloss das Gebet und leitete die Unterweisung ein.

Kathi hörte das flirrend hohe Geräusch der Rute nicht, als diese mit Kraft durch die Luft getrieben wurde. Obwohl der Hieb sie nicht unvorbereitet traf, war der erste Schmerz noch jedes Mal der heftigste gewesen.

Sie bäumte sich auf, um gleich darauf wieder in die geforderte Ausgangsstellung zurückzukehren. Alles andere, ein Schrei, ein Flehen um Gnade oder gar das Weglaufen, hätte die Unterweisung nur verschlimmert. So zwang sie sich, den Schmerz zu ertragen, um mit fester Stimme das Gebet zu sprechen, das Grein von ihr verlangte.

«Pater noster, qui es in caelis …» Vater unser, der du bist im Himmel.

Das Vaterunser hatte sie in Latein zu sprechen. Das war das Erste, was sie in dem Apothekerhaushalt gelernt hatte.

Adveniat regnum tuum – Dein Reich komme.

Auf jede Zeile folgte ein Schlag.

Fiat voluntas tua – Dein Wille geschehe.

Diesen Schlag führte Grein besonders hart.

Sicut in caelo, et in terra – Wie im Himmel, so auch auf Erden.

Genau das fürchtete sie. Der Schmerz sollte irgendwann mal ein Ende haben, spätestens im Himmelreich.

Beim *Amen* angekommen, beendeten drei weitere Schläge die Unterweisung. Nun hatte sie sich zu erheben und folgende Worte zu sprechen:

«Ich danke Euch, Herr, für die Unterweisung. In Demut

will ich versprechen, Euch keine Sorgen mehr zu machen und besonnen an meine Arbeit zurückzukehren.»

Grein nickte wohlwollend, fast schon versöhnlich. «Jetzt geh nach Hause. Deine Mutter wartet schon auf dich.»

«Zuvor will ich noch beichten und das Abendmahl erhalten», erwiderte Kathi mit gesenktem Haupt.

Auch diese Antwort war Bestandteil des Rituals. Dadurch ersparte sich Grein, noch ein Maul beim Abendessen stopfen zu müssen, wozu er als Lehrmeister eigentlich verpflichtet war. Dafür bezahlte Kathis Mutter schließlich gutes Geld.

Nur einmal hatte seine Frau Henriette ihn darauf angesprochen, mit fatalen Folgen. «Vor dem Empfang der Eucharistie darf sie ohnehin nichts essen oder trinken», grollte er. «Oder willst du mir etwas anderes unterstellen, Weib?»

Danach konnte Henriette das Haus für ein paar Tage nicht verlassen.

Noch war eine halbe Stunde Zeit, bevor Kathi und ihre Mitschüler in Neumünster erwartet wurden. Zeit, die sie mit ihren Freunden Barbara, Otto und Ursula verbringen wollte. Humpelnd und mit schmerzenden Gliedern lief sie die Domstraße hinunter, vorbei an den Läden der Handwerker, dem Geschnatter der Passanten und dem beißenden Gestank der Abwässer, vorbei am Grünenbaum, dem Rathaus der Stadt, geradewegs ans Ufer, wo die Fischerboote vertäut lagen.

Gegenüber, am anderen Mainufer, ragte der Frauenberg steil empor. Auf dessen Spitze thronte die bischöfliche Residenz mit Blick über die Stadt und das Tal. Die mächtige Burganlage war rundum geschützt von starken Mauern. Das Heer der rebellierenden Bauern hatte sie einhundert Jahre zuvor bezwingen wollen, war aber knapp gescheitert; die Rache des Bischofs, die über sie kam, war blutig.

Dort oben, weit weg von den Entbehrungen des Volks, residierte Philipp Adolf von Ehrenberg, ehrfürchtig der *Hexenbischof* genannt. Er war der Nachfolger von Johann von Aschhausen und dem allseits geschätzten Julius Echter von Mespelbrunn. Allen dreien war gemeinsam, dass sie Stadt und Hochstift vom Unwesen der Hexen und Teufelsanbeter befreien wollten. Jeder legte in dieser Angelegenheit großen Eifer an den Tag. Doch Philipp Adolf war derjenige, der aus diesem Wettstreit als Sieger hervorgehen wollte.

Kathi knurrte der Magen. Seit der Brotsuppe am Morgen hatte sie nichts mehr gegessen. Lange würde sie den Essensentzug nicht mehr verheimlichen können. Die Mutter achtete sehr darauf, dass es Kathi einmal bessergehen sollte als ihr. Dazu gehörte einerseits regelmäßiges Essen, andererseits eine gute Arbeitsstelle. Und genau das passte im Grein'schen Haus nicht zusammen. Ihre Mutter ahnte davon nichts, gottlob, sonst hätte Kathi eine Sorge mehr gehabt.

Bevor Kathi zum Abendgebet ins Stift von Neumünster ging, musste sie etwas essen. Dass sie dadurch gegen das Essverbot der Kirche verstieß, kümmerte sie nicht. In weiser Voraussicht hatte sie ein Töpfchen selbst hergestellter Heilsalbe aus der Apotheke mitgenommen. Unter den Fischern würde sie sicherlich jemanden finden, der ihr dafür etwas gab.

Anders als sonst lagen an diesem Abend bereits viele Boote vertäut am Ufer. Das war ein schlechtes Zeichen für das erhoffte Tauschgeschäft. Wahrscheinlich hatten die Fischer – wie in den Tagen und Wochen zuvor auch – keine Beute in dem von Leichen und durch Krankheiten verseuchten Wasser gemacht. Mit leeren Netzen waren sie an die Ankerplätze zurückgekehrt. Nun mussten sie der hungernden Bevölkerung mitteilen, dass auch im Main alles Leben erloschen war.

Kathi schaute sich um. Wo waren Barbara, Otto und Ursula? Hatte sich niemand an ihrem gemeinsamen Treffpunkt eingefunden? Es war die wertvollste Zeit des Tages: Eine halbe Stunde, in der sie nicht unter der Aufsicht der Erwachsenen standen und tun konnten, was sie wollten.

Ein alter Mann saß abseits am Ufer und flickte ein Netz, ein anderer schaute auf den Hochwasser tragenden Main. Kathis Augen folgten seinem besorgten Blick zum Himmel, wo sich von Ochsenfurt her eine dunkle Wolkenwand durchs Maintal schob.

In den vergangenen drei Wochen hatte es jeden Tag geregnet, und wie es aussah, würde auch an diesem Tag der Himmel kein Einsehen haben. Die Erde und mit ihr die Felder drohten erneut unter dem vielen Wasser zu versinken. Kniehoch überschwemmte es die Auen entlang des Mains. Die Zeichen für eine gute Ernte standen abermals schlecht.

Ein lautes *Kraah!* ließ Kathi aufmerken. Eine Krähe setzte zur Landung auf einem der Fischerboote an. Es war ein angsteinflößendes Tier. Das Gefieder schwarz wie Pech, die Augen leblos und kalt.

Im Gegensatz zu den Menschen hatten die Krähen keine Probleme bei der Nahrungssuche. Ringsum tobte der Große Krieg, und wenn die ersten Schwerter klirrten und Musketen krachten, fanden sie sich in Scharen auf den Bäumen ein. Dort oben verfolgten sie in aller Ruhe das Treiben, bis schließlich die Erde mit toten Leibern bedeckt war.

Krähen waren Aasfresser, so viel wusste Kathi. Auch dass man sich vor ihnen hüten sollte, nicht nur der Krankheiten wegen, die sie übertrugen. Die Krähen waren die Vorboten des Todes, und nicht wenige hielten sie für den Teufel selbst.

Doch was war mit dieser Krähe los? Wieso kam sie hier ans Ufer? Die Schlachten wurden an anderer Stelle geschlagen, hier gab es kein Fressen. Weder Fisch noch Fleisch.

Vorsichtig näherte sich Kathi dem seltsamen Vogel. Er schien keine Angst vor ihr zu haben, sondern blickte sie aus schwarzen Augen neugierig an.

Vielleicht war es besser, diesem Teufelsvieh nicht zu nahe zu kommen. Wenn der Tod mit ihm reiste, sollte man sich ihm nicht in den Weg stellen.

Andererseits hatte sie in der Bibel auch die Geschichte von dem Propheten Elia gelesen, der sich vor seinem zürnenden König an einem Wildbach versteckt hielt. Dort hatte er zwar genug zu trinken, aber kein Essen. *Gott sorgt für seine Kinder*, hieß es in der Bibel, und so hatte Gott Raben geschickt, die Elia mit Essen versorgten.

So schlecht konnten Raben folglich nicht sein und ihre Geschwister, die Krähen, dann auch nicht. Kathis Neugier war groß.

«Wer bist du denn?», fragte sie zögernd.

Die Krähe legte den Kopf zur Seite und schaute sie mit unruhigen Augen an. Sie war größer als alle anderen, die Kathi bisher zu Gesicht bekommen hatte. In einem der Bücher des Apothekers Grein hatte sie gelesen, dass diese Krähen wegen der Laute, die sie ausstießen, auch *Kolk* genannt wurden. Manche behaupteten sogar, sie hätten solche Kolks schon grunzen und rülpsen gehört. Kein anderes Tier auf der Welt konnte das. Das war verdächtig.

Sie streckte die Hand nach ihm aus.

«Sag, hast du einen Namen?»

Seine schwarzen Augen musterten die seltsame weiße Hand.

«Du musst keine Angst vor mir haben. Ich tu dir nichts.»

Diese Zutraulichkeit ging dem Kolk dann doch zu weit. Ein schneller Stoß mit dem Schnabel wies Kathi in die Schranken.

Sie zog die Hand zurück. «Autsch. Ich will dir doch nichts tun.»

«Das kann er nicht wissen», sagte der alte Mann, der das Netz geflickt und sich unbemerkt genähert hatte. «Die Fischer werfen mit Steinen nach ihm.»

«Wieso machen sie das?»

«Sie glauben, in ihm stecke der Teufel.»

Kathi trat einen Schritt zurück. «Haben sie recht damit?»

«Sie fürchten sich auch, wenn sie ihren Schatten an der Wand sehen. Sie sind wie Kinder.»

Das wollte Kathi nicht gelten lassen. «Ich habe keine Angst vor meinem Schatten.»

Der Alte schmunzelte. «Soso. Keine Angst ...»

«Wirklich.»

Sie kam mutig näher, streckte die Hand nach dem Kolk aus und wurde abermals gepikst.

«Schon wieder. Was mache ich nur falsch?»

«Gedulde dich», beschwichtigte der Alte, «er muss dich erst kennenlernen. Außerdem ist er verletzt.»

Er streckte seinen Arm aus, und wie auf Kommando hüpfte der Kolk darauf.

«Was fehlt ihm?», fragte Kathi.

Der Alte zeigte auf das Bein des Vogels. An einer kreisrunden Stelle fehlte das Gefieder. Sie war rot und voller Schorf.

«Jemand hat ihm eine Falle gestellt», antwortete der Alte. «Eine Schlinge oder etwas Ähnliches. In diesen Zeiten ist niemandem mehr etwas heilig.»

«Heilig?», fragte Kathi erstaunt. «Eine Krähe?»

«Er ist keine Krähe, sondern ein Kolk, ein Rabe. Auch er ist ein Geschöpf unseres Herrn.»

Kathi ahnte, was er damit meinte. «Ich wollte nicht ...»

«Schon gut.» Der Alte streichelte dem Vogel das Gefieder.

«Jetzt wollen wir mal sehen, ob wir etwas zu essen finden für dich.» Er stand auf und ging mit ihm zu den Netzen zurück.

Essen … Kathi hatte es fast vergessen. Ob der Alte auch etwas für sie hatte? Sie folgte ihm kurz entschlossen.

«Habt Ihr die Wunde versorgt?», fragte Kathi.

Er zuckte die Schultern. «Ich habe nichts, was Kolk helfen könnte. Dabei muss die Wunde dringend gereinigt werden. Sie hat sich entzündet.»

«Vielleicht kann ich helfen.»

«Womit könntest du diesem armen Geschöpf schon helfen?»

Sie nahm das Töpfchen aus ihrer Tasche. «Damit.»

Der Alte schaute misstrauisch. «Was ist das?»

«Eine Heilsalbe. Selbst hergestellt.»

Das klang nicht überzeugend. Er verzog das Gesicht. «Genug mit diesem Hexenzeug. Es hat schon mehr Menschen das Leben gekostet als gerettet.»

«Vertraut mir, ich arbeite in der Apotheke. Es ist ein altes Rezept, das schon vielen geholfen hat.»

Der Alte war unschlüssig. Schließlich befragte er den Raben. «Was meinst du, Kolk? Können wir der jungen Dame trauen?»

Kolk schaute mit seinen schwarzen Augen auf das geheimnisvolle kleine Gefäß. Etwas darin schien ihn neugierig zu machen, und er pickte daran.

«Das deute ich dann mal als ein Ja», sagte der Alte schmunzelnd. Und dann zu Kathi: «Kolk ist sehr klug. Er spürt, wer ihm Gutes tun und wer ihm übelwill.»

Er setzte den Raben vorsichtig ab, sodass Kathi die Wunde versorgen konnte. Derweil griff er zu einem Bündel, öffnete es, und zum Vorschein kamen ein Ranken Brot, eine Handvoll gebratener kleiner Fische und ein Stück Käse.

Kathi lief das Wasser im Mund zusammen. So viel Essen hatte sie seit Tagen nicht gesehen. Wie um alles in der Welt konnte sie es anstellen, dass der Alte ihr etwas davon abgab?

«Mir scheint», sagte er nach einer Weile, «Kolk ist nicht der Einzige, der Hunger hat.»

Er brach ein Stück Brot ab, nahm drei kleine Fische und ein Stückchen Käse und schob es Kathi zu.

«Für mich?», fragte sie überrascht, aber auch erleichtert.

Der Alte nickte, und Kathi glaubte in diesem Moment, ihn umarmen zu müssen.

So aßen die drei zu Abend, und jeder hätte zufrieden sein können, wenn ihnen nicht ein Missgeschick unterlaufen wäre. Nachdem Kolk mit der Salbe behandelt und neu verbunden worden war, stieß er ein grässliches *Kraah*! aus, was vermutlich seine Art war, danke zu sagen. In diesem Moment donnerte es heftig, und die Wolken entließen ihre zerstörerische Fracht.

Kathi packte rasch das Töpfchen ein und lief zurück in die Stadt.

Als sie den Fischer passierte, der sich besorgt dem aufziehenden Wetter zugewandt hatte, rief er sie an:

«Verfluchte Teufelsbrut. Müsst ihr euer Unheil schon am helllichten Tag verbreiten?»

2

Der Hahn von Nachbar Wagner hatte noch nicht gekräht, da trat Helene an Kathis Nachtlager. Sie setzte sich vorsichtig zu ihr auf die Strohmatte und stellte die Kerze auf ein schmales Brett, das an der Wand angebracht war. Darauf befanden sich ein abgegriffener Katechismus, ein Kräuterbüchlein und ein Töpfchen, das gestern noch nicht da gestanden hatte.

So wie es aussah, stammte es aus der Apotheke. Helene konnte nur hoffen, dass der Apotheker Grein davon wusste. Nicht auszudenken, wenn er sie wegen eines Diebstahls aus dem Haus werfen würde. Wo sollte sie dann mit ihr hin? Es war ausgeschlossen, Kathi mit zu sich in die Tuchmacherei zu nehmen. Helene konnte froh sein, wenn sie demnächst nicht selbst auf der Straße saß, es war nicht die Zeit für Stoffe.

Sie hatte lange nach einer geeigneten Arbeit für ihre zarte Tochter gesucht. Erst die Fürsprache von Vikar Ludwig, Kathis Lehrer, und die Zugabe von fünfzig Kreuzern für Kost und Ausbildung hatten Apotheker Grein schließlich erweicht. Seit Kathi bei diesem strengen und gottesfürchtigen Mann arbeitete, hatte Helene Zuversicht geschöpft. Es würde alles noch ein gutes Ende nehmen. Heinrich hatte sie viel zu früh verlassen, zwei Jahre war das nun her. Noch immer fehlte jede Spur von ihm.

Zu jener Zeit hatte sich ein versprengter Haufen Soldaten im Gramschatzer Wald herumgetrieben. Die hätten dem guten Heinrich den Garaus gemacht, sagten die Leute, und ihn dann in einer Grube verschwinden lassen. Die fünftausend Gulden, die Heinrich im Auftrag des Bischofs nach Bamberg hatte bringen sollen, blieben ebenfalls verschwunden.

Einigen böswilligen Gerüchten zufolge war nicht auszuschließen, dass sich Heinrich mit dem Geld selbst davongemacht hatte. Der Bischof ließ ihn steckbrieflich suchen, bisher ohne Erfolg. Das Einzige, was Helene – außer der üblen Nachrede – von ihrem Mann geblieben war, hielt nun ihre Tochter in der Hand. Es war ein kleines Bild, das Heinrich hatte anfertigen lassen. Es zeigte ihn hoch zu Ross mit der Kuriertasche und dem bischöflichen Siegel darauf. Kathi legte es jeden Abend neben das Bett, so war es das Erste, was sie beim Erwachen erblickte.

«Ist es schon so weit?», fragte sie verschlafen.

Helene nickte. «Komm, steh auf. Das Frühstück ist fertig.»

Als Helene sich erhob, fiel ihr Blick auf Kathis Beine. Das Nachthemd war ein Stück hochgerutscht und zeigte ihren Oberschenkel.

«Was ist das?», fragte sie erschrocken und schob das Nachthemd noch ein Stück höher. Mehrere Striemen traten deutlich auf der weißen Haut hervor.

Kathi versuchte sich zu entziehen, doch es gab für sie kein Entrinnen.

Helenes Befürchtung erhielt durch die Verletzungen neue Nahrung. Hatten sie etwas mit dem Töpfchen auf dem Brett zu tun?

«Woher kommt das?», fragte sie streng und zeigte auf die blutunterlaufenen Stellen.

Kathis Herz pochte. Wenn sie ihrer Mutter gestand, dass Grein sie wegen einer vermeintlichen Nachlässigkeit bestraft hatte, würde sie sich gleich das nächste Donnerwetter einhandeln. Sie wusste um die Mühen und die Kosten, die ihre Mutter auf sich nahm, um ihr eine gute Arbeitsstelle zu ermöglichen.

«Ich bin gestürzt», wich sie aus.

Doch Helene ließ sich nicht hinters Licht führen. «Lüg mich nicht an. Hat es damit zu tun?» Sie nahm das Töpfchen vom Brett und hielt es ihr vor die Nase.

«Nein, Mutter. Die Salbe habe ich selbst gemacht. Sie gehört mir.»

«Unsinn. Du kannst so etwas doch noch gar nicht.»

«Es gehört zu meiner normalen Arbeit, Heilsalben und Kräutermixturen herzustellen.»

«Weiß der Apotheker davon?»

Unschlüssig, was sie antworten sollte, wich sie dem Blick ihrer Mutter aus und gestand damit ihre Schuld ein.

Helene packte sie am Arm. «Du bringst die Salbe wieder zurück. Hörst du? Ich kann nur hoffen, dass der ehrenwerte Apotheker nachsichtig mit dir sein wird.»

Als sie ihre Tochter am Arm hielt, fiel ihr noch etwas anderes auf. Dieser Arm war seltsam dünn – zu dünn für eine gesunde Zehnjährige, die am Tag drei Mahlzeiten zu sich nahm. Hier stimmte etwas nicht.

Sie führte Kathi hinüber an den Tisch, wo eine größere Kerze stand. «Zieh dein Nachthemd aus», befahl sie. «Ich will sehen, was du sonst noch vor mir verbirgst.»

«Nein, Mutter.» Kathis Sorge wuchs, was sie sich einhandelte, würde ihre Mutter sie nackt sehen.

Helene wurde ärgerlich. «Widersprichst du etwa deiner Mutter?»

Die gottesfürchtige Erziehung ihrer Tochter ließ offensichtlich zu wünschen übrig. Die Rute hing in Griffweite, wenngleich sie bisher selten vom Nagel genommen worden war. Das letzte Mal vor drei Jahren, als ihr Mann mit Kathi das Glaubensbekenntnis geübt hatte.

«Ich sage es kein zweites Mal.»

Notgedrungen ergriff Kathi den Saum des Nachthemds und zog es sich über den Kopf.

Auch wenn das Licht der Kerze die Kammer nicht völlig erhellte, würde es ausreichen, um Helene zu zeigen, was sie besser nicht sehen sollte.

Entsetzt nahm diese die Hand vor den Mund.

«Was hast du nur angestellt?» Sie suchte Halt und sank auf einen Stuhl nieder.

Kathi blickte beschämt zur Seite. «Es tut mir leid. Ich …»

«Schweig!»

Helene schwankte zwischen Bestürzung und Zorn. Ihr Entsetzen richtete sich nicht auf ihre Tochter, vielmehr auf den Menschen, der ihr das angetan hatte – und sie meinte nicht die Striemen, sondern etwas viel Augenfälligeres.

«Seit wann geht das schon so?»

«Was meint Ihr, Mutter?»

Helene hatte Mühe, den Zorn zu unterdrücken. «Du weißt genau, was ich meine.»

«Nein, Mutter.»

«Seit wann isst du nichts mehr?»

Die Rippen konnten einzeln gezählt werden, und die Beckenknochen standen hervor. Darunter verliefen die Beine dünn bis zu den hervortretenden Knien. Das gleiche Bild bot sich ihr an den Armen und Händen. Auch sie waren schmal, nur die Gelenke waren stärker.

Sicher, in den vergangenen Wochen hatte es in der Stadt nur noch wenig zu essen gegeben, aber dieses wenige sollte dennoch ausreichen, um ein Kind bei Kräften zu halten.

Helene hatte von den Veränderungen an Kathis Körper nichts mitbekommen. Sie sah ihre Tochter nur morgens und beim Zubettgehen, und da war sie zu müde, um Veränderungen überhaupt zu bemerken. Diese Nachlässigkeit wurde ihr nun schmerzhaft vor Augen geführt.

«Erst gestern Abend habe ich gegessen», antwortete Kathi.

Um Fassung bemüht, nahm Helene die Hände der Tochter in ihre eigenen und kniete sich vor Kathi hin. Sie streifte ihr die braunen Haare aus dem Gesicht. Auge in Auge, von Mutter zu Tochter, wollte sie die Wahrheit erfahren.

«Kind, hab keine Angst. Sag mir: Bekommst du bei Meister Grein genügend zu essen? Du weißt, du hast ein Anrecht darauf. Ich zahle dafür.»

Kathi zögerte mit der Antwort. «Macht Euch keine Sorgen, Mutter. Der Apotheker meint es gut mit mir. Ich lerne viel, und er gibt sich mit meiner gottesfürchtigen Erziehung Mühe.» Sie zeigte auf die Striemen an ihrem Körper. «Diese Male erhielt ich zu Recht, da ich einen Fehler begangen habe und mit den Gaben der Natur zu sorglos umgegangen bin. Sie werden mich erinnern, zukünftig mehr achtzugeben, um weder Euch noch dem Apotheker Sorgen zu bereiten.»

Helene hörte ihrer Tochter erstaunt zu. Konnte sie glauben, was sie da erzählte? Bisher hatte sie es immer zu unterscheiden vermocht, ob Kathi log oder die Wahrheit sprach. Ihr wortloser Blick zur Seite hatte sie stets überführt. Aber jetzt?

Das Kind aß nichts, und das schon seit langem. So viel war klar. War sie krank, oder hatte jemand einen Fluch gegen sie ausgesprochen? In diesen Zeiten der Not und des Hexenzaubers war alles vorstellbar.

Sie würde mit Vikar Ludwig sprechen. Er wusste immer Rat. Oder sollte sie gleich ihre alte Amme Babette hinzuziehen? Sie hatte geholfen, Kathi zur Welt zu bringen, und sie hatte sie in den ersten Jahren auch aufgezogen. Die beiden hatten ein inniges Verhältnis. Fast schon zu innig. Man mochte meinen, Kathi fühlte sich zu ihr mehr hingezogen als zur eigenen Mutter.

Widerstrebend nahm sie sich vor, gleich heute mit ihr zu sprechen.

«Gut, dann will ich dir glauben», seufzte sie, «und jetzt iss deine Suppe. Das Morgengebet beginnt gleich. Du willst doch nicht zu spät kommen.»

Kathi lächelte zustimmend. Aber auch das war eine Lüge.

3

Grit hatte behauptet, sie sei bereits sechzehn Jahre alt. In Wirklichkeit war sie aber erst vierzehn. Das hätte gemeinhin keinen Unterschied gemacht, wenn nicht ein angesehener Stadtrat darauf hereingefallen wäre.

Grits Brüste hatten sich im letzten Jahr prächtig entwickelt, ebenso ihre Hüften, die sie mittlerweile vortrefflich zu schwenken verstand. Die Männer schenkten ihr viel Aufmerksamkeit dafür. Das kupferrote Haar reichte ihr bis auf den Rücken, und wann immer sich die Gelegenheit bot, trug sie es offen. Außerdem besaß sie ein verschmitztes Lächeln, das mitunter Begehrlichkeiten weckte. Das kümmerte Grit jedoch nicht. Solange die Kerle für ihre Gesellschaft zahlten, konnten die sich einbilden, was sie mochten.

Valthin, der Wirt des Gasthauses Stachel am Markt, wusste das zu seinem Vorteil zu nutzen. Seitdem er Grit in seine Dienste genommen hatte, waren die Tische in der Gaststube wieder besser besetzt, und der dünne Wein rann leichter die Kehle hinunter. Gerne ließen sich die Kerle von ihr den Wein einschenken – und der Phantasie freien Lauf. Meistens waren es ungehobelte Burschen, die er mit dem Stock disziplinieren musste, wenn sie zu dreist wurden.

Mitunter kam es vor, dass ein Reisender Gefallen an der hübschen Bedienung fand und alle Vorsicht in der fremden Stadt fahrenließ. Wenn Grit ein Geschäft witterte, setzte sie sich zu ihm und hörte aufmerksam zu, woher der Fremde kam, wohin er wollte und ob er alleine reiste. Jenseits der Stadttore, in sicherer Entfernung zu den Landsknechten des Bischofs, sollte sich seine Offenheit rächen. Der Überfall kam überraschend, aber präzise. Grits Komplize wusste, wo und wonach er suchen musste.

An diesem Morgen brannte Grits Herz lichterloh. Sie war zum ersten Mal in ihrem Leben verliebt. Das spürte sie genau, denn noch nie zuvor hatte sich ein Mann so sehr für sie eingesetzt wie der Stadtrat Christian Dornbusch. Vielleicht hatte er ihr sogar das Leben gerettet, denn mit dem Hexenkommissar Doktor Faltermayer war nicht zu spaßen.

Es war vor drei Nächten gewesen. Faltermayer war mit seinem Kollegen Doktor Dürr und dem Stadtrat Dornbusch im Stachel zu Gast gewesen. Die vornehmen Herren hatten Wichtiges zu besprechen und deshalb in einem Nebenraum Platz genommen. Valthin war ganz aufgeregt wegen des hohen Besuchs, der sich in diesen Zeiten nur selten einstellte. Er schickte nach dem besten Wein, den sein leerer Keller noch hergab, und trug Grit auf, besonders umsichtig mit dem Stadtrat und den Hexenkommissaren zu sein. Sie seien allesamt gottesfürchtige Männer, die es nicht schätzten, wenn sich junge Dinger allzu offenherzig benähmen.

Nach dem zweiten Krug Wein musste sie jedoch feststellen, dass Alkohol bei den hochgestellten Herren die gleiche Wirkung zeigte wie bei allen anderen. Auch sie fanden Gefallen an der jungen, hübschen Grit – mit einer Ausnahme: der Stadtrat Christian Dornbusch. Er war nicht nur jünger als die anderen, sondern auch besser aussehend und zurückhaltender. Die schwarze Robe und der weiße Kragen machten zwar einen würdevollen und distanzierten Eindruck, aber Grit merkte bald, dass sich dahinter doch ein anderer Mensch verbarg. Er wirkte weniger herrisch und prahlend als Faltermayer, dessen Blicke und Anzüglichkeiten ihm sichtlich unangenehm waren.

Grit duldete die Avancen, so wie es Valthin ihr aufgetragen hatte. Das fiel ihr nicht weiter schwer, denn sie beachtete Faltermayer überhaupt nicht. Ihre Aufmerksamkeit richtete sich ganz auf den jungen Stadtrat. Dieser erwiderte ihre Zuneigung jedoch kein bisschen, er wich den Blicken und dem koketten Lächeln sogar aus.

«Verzeiht, Herr», sprach sie ihn in einem günstigen Moment an. «Gefalle ich Euch nicht?»

Christian Dornbusch zeigte sich überrascht, fast schien es, als erröte er. «Was hast du gesagt?»

«Ich fragte, ob ich Euch unangenehm bin?»

«Wie kommst du darauf?»

«Nun, Ihr beachtet mich nicht.»

Er räusperte sich. «Du irrst. Ich habe dich durchaus gesehen, aber ich frage mich, ob das ein Ort für ein junges, hübsches Mädchen ist.»

«Ich bin kein Mädchen mehr. Ich bin älter, als Ihr denkt.»

«Recht hat sie», fiel ihr Faltermayer ins Wort. «Schaut sie Euch nur an. Sie hat alles, was eine gebärfähige Frau haben sollte.» Dabei klatschte er ihr aufs Hinterteil, wie es die Pferdehändler machten, wenn sie besonders zufrieden mit einem ihrer Gäule waren. Der andere Hexenkommissar, Dürr, lachte verhalten. Er war eine beängstigende Erscheinung – schmal und bleich, dem Tod ähnlich.

Die Bemerkung widerte Christian sichtlich an, es war klar, in welche Richtung sie zielte. Seine Frau Felicitas und er hatten zum dritten Mal eine Fehlgeburt zu beklagen. Die Hausbediensteten fragten sich allmählich, was mit der Herrin nicht stimmte. Sie war eine gesunde junge Frau. Es sprach überhaupt nichts dagegen, dass sie ihrem Mann endlich die Nachkommenschaft sicherte. Folglich musste etwas anderes dahinterstecken.

Eine Magd wollte eine Erklärung kennen. *Die junge Herrin*

nimmt es gar zu streng mit der Sitte. Statt Rosenkranz und Weihwasser sollte sie es einmal mit dem Wein versuchen … oder mit einem Liebhaber.

Doch Wein war in den Augen von Felicitas Teufelszeug, ebenso wie das Vergnügen. Freude empfand sie allein in der Hingabe zu Gott. Christian glaubte zwar auch an die Heilsbotschaft, doch weit weniger verkrampft als Felicitas. Manchmal wünschte er, der Herr führe hernieder und gäbe seiner jungen Frau mehr Gelassenheit. Doch dieser Wunsch ging nicht Erfüllung. Das Einzige, was ihm geschenkt wurde, war ein totes Kind nach dem anderen.

Grit ahnte davon nichts. «Hört nicht auf sie, edler Herr. Sie können mir nicht wehtun. Ich sehe sie nicht einmal.»

Die anmaßende Bemerkung ging dem vornehmen Faltermayer zu weit. «Hüte deine Zunge. Du wärst nicht die Erste, die ihr Schandmaul im Feuer büßt.»

«Weil ich die Wahrheit spreche, Herr?», antwortete sie.

«Weil du ein freches und vorlautes Weibsbild bist. Weißt du nicht, mit wem du sprichst?»

Christian Dornbusch gebot ihr innezuhalten. «Schweig, Kind. Du spielst mit deinem Leben.»

Doch Grit kannte keine Hemmungen. Bisher war immer alles gutgegangen.

«Beim Wein sind alle Männer gleich. Da schert es mich nicht, wenn die Hand, die mich berührt, die eines Bischofs oder die eines Bettlers ist.»

Faltermayer fuhr auf. «Hat man dir den Verstand verhext?» Er schaute sich nach einem Stadtknecht um, der das liederliche Weibsbild festnehmen sollte.

Dornbusch trat ihm entgegen. «Werter Hexenkommissar, beruhigt Euch. Sie ist noch ein Kind, das nicht weiß, was es sagt.»

«Sie hat den Verstand verloren.»

«Daher lasst Gnade walten.»

«Viel zu lange schon treiben diese verrückten Weibsbilder ihr Unwesen in der Stadt. Erst letzte Woche hat eine ihrem Mann das Essen vergiftet. Jetzt liegt sie auf der Streckbank. Würde mich nicht wundern, wenn sie morgen brennt.»

«Nicht so eifrig mit dem Brennen», erwiderte Dürr. «Wir haben nicht mehr so viele Frauen in der Stadt, die es wert wären, geschwängert zu werden. Denkt an morgen, denkt an den Säckel des Bischofs.»

«Schweigt», entgegnete Faltermayer, «solche Reden hört unser gnädiger Herr nicht gerne. Ihr wisst, dass er alles zum Wohle seines Volkes tut. Schließlich waren es die Bürger dieser Stadt, die ihn dazu angehalten haben.»

Die Herren besannen sich. Christian Dornbusch nutzte den Moment und drängte Grit zu gehen. «Verschwinde, schnell, bevor es sich der Hexenkommissar anders überlegt.»

«Begleitet Ihr mich?», fragte sie keck.

Er glaubte, seinen Ohren nicht zu trauen. «Willst du's drauf ankommen lassen?»

Ohne eine Antwort zuzulassen, schob er sie hinaus und setzte sich wieder.

«Jetzt lasst uns nicht länger lamentieren», sagte Dürr und erhob seinen Becher zum Prost. «Herr im Himmel, gib uns die Einsicht zu erkennen, welches Weibsbild den Tod verdient hat und welches sich besser vorher aus dem Staub hätte machen sollen.»

Sie leerten die Becher in einem Zug, nur Christian Dornbusch nicht. Er hielt den Becher zwar in der Hand, aber mit diesen beiden Hexenjägern wollte er nicht trinken.

«Was ist mit Euch, Dornbusch? Zu fein, mit uns zu trinken?»

Noch immer zögerte er.

In diesem Augenblick spürte Grit, die ihn von der Tür aus beobachtete, wie es um das Seelenheil des jungen Stadtrats bestellt war. Er gehörte nicht zu diesen feinen Herren, trotz des schwarzen Gewands und der weißen Halskrause, die nur die Rechtschaffenen trugen. Er hatte seinen eigenen Kopf, und er war gerade drauf und dran, ihn zu verlieren.

Doch so dumm würde er nicht sein, sagte sie sich. Er würde sich schnell aus der Situation befreien, so wie er es mit ihr gemacht hatte.

Christian Dornbusch erhob sich. «Habt Dank für die Einladung, werte Herren. Doch ich muss nun gehen.»

«Wohin des Wegs?», fragte Faltermayer.

«Mein Eheweib liegt krank zu Bett. Ich versprach ihr, sie nicht lange warten zu lassen.»

Jeder wusste, was damit gemeint war. Die strenge Felicitas achtete darauf, dass ihr Mann dem Alkohol fernblieb. Faltermayer und Dürr konnten sich ein hämisches Grinsen nicht verkneifen.

Grit rief ihm leise zu: «Kommt, werter Herr, bevor Ihr eine Dummheit begeht.»

Sie sah ihn zögern, doch dann kam er zu ihr hinter die Tür.

Sie nahm ihn an der Hand. «Hier entlang», sagte sie und führte ihn in den Hof.

«Was hast du vor?»

Der efeuumrankte Hof des Stachels war mit zwei Fackeln nur spärlich erleuchtet. Die Tische waren bereits abgeräumt und die letzten Zecher auf dem Weg nach Hause. Grit schnappte sich einen Krug Wein und setzte sich an einen Tisch.

«Kommt», sagte sie zu dem zögernden Dornbusch, «trinkt mit mir, bevor Ihr Euch auf den Nachhauseweg macht.»

«Wie ich schon sagte ...»

Aber Grit ließ keinen Widerspruch gelten und schenkte einen Becher ein. «Ein Schluck Wein wird Euch schon nicht den Kopf kosten.»

«Darum geht es nicht.»

«Einen einzigen Schluck. Mehr verlange ich nicht. Schließlich muss ich mich noch bei Euch bedanken.»

«Wofür?»

«Habt Ihr mich etwa nicht vor einer Dummheit bewahrt?»

«Gut, dass du es einsiehst. Hüte dich davor, dem Hexenkommissar noch einmal so frech zu antworten.»

«Versprochen», sagte sie und hob den Becher.

Dornbusch seufzte, aber schließlich stimmte er zu und leerte den Becher in einem Zug. Grit tat es ihm gleich, verschluckte sich aber. Sie hustete, und Dornbusch klopfte ihr leicht auf den Rücken. «Mädchen sollten die Finger vom Wein lassen.»

Grit holte Luft. «Ich sagte Euch bereits, ich bin älter, als Ihr denkt.»

«Dann lass mich wissen, wie alt du bist.»

«Ich bin sechzehn Jahre alt.» Und sie ließ es damit noch nicht gut sein. «Im nächsten Monat werde ich siebzehn.»

Er zog die Stirn in Falten. «Das kann nicht sein. Du machst dich älter, als du bist.»

«So glaubt mir doch.»

Sie nahm seine Hand und führte sie an ihre Brust. «Das sind die Brüste einer Frau und nicht die eines Kindes. Habe ich nicht recht?»

Dornbusch zog empört die Hand zurück. «Bist du von Sinnen? Was machst du da?»

Doch Grit lachte ihm frech ins Gesicht. «Habe ich Euch in Verlegenheit gebracht?»

Das hatte sie zweifellos. Dornbusch schenkte sich erneut ein und trank. Das war ihm ja noch nie passiert, dass sich ein Mädchen derart schamlos benahm. Wobei er sich fragte, ob die Bezeichnung «Mädchen» bei ihr wirklich noch zutraf, nachdem sie ihm die Hand zur Brust geführt hatte.

«Es tut mir leid», fuhr sie fort, «das wollte ich nicht. Aber zugeben müsst Ihr schon, dass Ihr Euch getäuscht habt.»

Sie lächelte ihn offen an, und Dornbusch konnte nicht umhin, den Blick zu erwidern. Ihre Sorglosigkeit hatte etwas Ansteckendes, dem er sich nicht entziehen konnte. Zu Hause wartete seine Frau Felicitas auf ihn. Dann war es vorbei mit dem Lächeln und den kecken Worten. Natürlich würde sie von ihm wieder Rechenschaft über seinen Aufenthalt im Wirtshaus verlangen, dem Ort, wo der Teufel umherging, und natürlich würde auch dieser Abend wieder im Streit enden, wie so viele in den vergangenen Monaten.

«Sei's drum», sagte er kurzerhand. «Auf eine Stunde mehr oder weniger kommt es jetzt auch nicht mehr an.»

So setzte er sich zu Grit, und beide redeten und tranken bis spät in die Nacht. Felicitas' mahnende Worte gerieten in Vergessenheit, was ihn jedoch nicht betrübte, sondern erleichterte. Schon lange war er nicht mehr so ausgelassen gewesen, losgelöst von jedweden Sorgen und Pflichten und frei von der Erinnerung an drei tote Kinder.

Als Valthin auf den Hof kam und zum Aufbruch mahnte, waren aus dem einen Krug Wein drei geworden.

«Ist es schon so weit?», fragte Dornbusch stark angetrunken.

«Ja, werter Herr», antwortete Valthin. «Ich muss Euch leider bitten zu gehen. Der Bischof ...»

«Zum Teufel mit ihm», winkte Dornbusch mürrisch ab

und stand auf. Aber Sitzen war einfacher als Stehen, und so griff Grit ihm unter die Arme.

«Lasst mich Euch helfen.»

Er ließ es geschehen. Sie führte ihn allerdings nicht hinaus auf die Straße, sondern die Stufen hoch in ihre Kammer.

«Wo willst du mit mir hin?»

«Grämt Euch nicht länger. Ich will Euch vergessen lassen.»

Das war ein verlockender Gedanke, und Dornbusch ergab sich ihm schließlich.

Das war vor drei Nächten gewesen, und seitdem hatte sie nichts mehr von ihm gehört. Hatte er ihre gemeinsame Nacht etwa schon vergessen?

Grit lag hinter einem Mauervorsprung auf der Lauer, den Eingang von Neumünster im Blick. Die Bürger strömten zum Morgengebet in die Kirche, in deren Keller die Gebeine des heiligen Kilian und seiner Gefährten lagen, die in Zeiten der Not um Hilfe angerufen wurden. Allen voran kamen die Kinder, dann die Weiber und zum Schluss die ehrwürdigen Herren, unter ihnen auch einige Stadträte. Christian war jedoch nicht dabei.

Als die Kirchentür geschlossen wurde, kam Grit aus ihrem Versteck und blickte sich verwundert um. Hatte Valthin nicht gesagt, dass Christian mit den anderen Stadträten das Morgengebet besuchte?

Enttäuscht machte sie kehrt – und lief ihm direkt in die Arme. Er kam aus einer der engen Seitengassen, die zum Markt führten. Das Aufeinandertreffen mit Grit hätte er offenbar gerne vermieden, auch schien er in Eile. Er fühlte sich sichtlich unwohl.

«Grit, was machst du hier?»

«Ich wollte dich sehen. In den Stachel kommst du ja nicht mehr, und der Weg zu meiner Kammer ist dir auch zu weit.»

Wie ein Vater seine ungehorsame Tochter für eine Belehrung unter den Arm greift, führte Christian sie von der Tür weg, die sich jederzeit öffnen konnte. In der Seitengasse war es sicherer.

«Ich bin ein verheirateter Mann», sagte er streng. «Ich kann mich nicht mit einem anderen Weibsbild in der Öffentlichkeit sehen lassen.»

«Dann komm mit zu mir», antwortete Grit trotzig.

Christian legte ihr den Finger auf den Mund. «Schweig, ich will nichts davon hören. Weiß der Teufel, wie ich in jener Nacht in deine Kammer gekommen bin. Es kann nicht mit rechten Mitteln zugegangen sein. Nie würde ich ein fremdes Weib begehren.»

Grit lächelte spöttisch. «Der Teufel hat damit gar nichts zu tun.»

«Wie meinst du das?»

«Dass es keinen Teufel braucht, wenn du mir das Mieder löst. Das hast schon ganz alleine du vollbracht.»

«Ich kann mich nicht erinnern. Ich war betrunken.»

Grit kam näher und legte ihre Arme um ihn. «Berauscht ist das bessere Wort. Berauscht von mir?»

Doch Christian stieß sie zurück. «Ich habe nichts mit dir zu schaffen. Geh fort und schenke uns beiden Frieden. Hörst du?»

Dann ließ er sie stehen und eilte auf das Neumünster zu.

Grit blieb im Dunkeln zurück. Es musste einen anderen Weg zu seinem Herzen geben. Vielleicht war seine Frau Felicitas die Antwort.

4

Das Stift Neumünster war in einem bedauerlichen Zustand. Von den Decken und Wänden bröckelte der Putz, in das blanke Mauerwerk kroch die Feuchtigkeit, und durch die fingerbreiten Ritzen der Fenster pfiff der Wind herein. Vorbei war die Zeit, als die zahlreichen Pfründe dem Stift noch hohe Einnahmen verschafft hatten. Jetzt, da es an allem mangelte, wollte das Domkapitel keinen Gulden für die Ausbesserungsarbeiten der weitläufigen Klosteranlage zur Verfügung stellen. Die mehr als sechzig Kanoniker und Vikare zählende Stiftsgemeinschaft musste selbst sehen, wie sie zurechtkam.

Eine bescheidene Einnahmequelle fand sie in der Unterrichtung von Kindern. Die Eltern schickten ihren Nachwuchs gerne ins Stift. So konnten sie sicher sein, dass ihre Kinder eine züchtige und vor allem gottesfürchtige Ausbildung erhielten. Vikar Ludwig war einer dieser Lehrer. Er versah seinen Lehrauftrag weniger aus Überzeugung als auf Anweisung des Propsts. Die Verkündigung der Frohen Botschaft handhabte er – wie seine Kollegen auch – auf seine ganz eigene Weise.

«Du Sohn des Teufels, du bist voller List und Tücke und kämpfst gegen alles Gute.»

Ludwigs schmales Gesicht glühte vor Zorn. Er blickte auf den schmächtigen Otto herab, der wie erstarrt war.

«Wie lauten die Worte des Herrn?», wiederholte Ludwig.

Otto erinnerte sich an kein einziges Wort, das der Pfarrer zum Abschluss des Morgengebets in der Kirche von Neumünster gesprochen hatte. Er war in einen wohltuenden Schlaf gefallen, den Kopf gegen Kathis Schulter gelehnt.

«Mach endlich den Mund auf.»

Hilfesuchend blickte Otto zur Seite, wo Barbara saß. Sie

formte mit ihren Lippen ein Wort: *Achtsamkeit*. Doch Otto verstand nicht.

Da krachte auch schon die Rute auf den Tisch.

«Still! Ich will es von Otto hören.» Und zu Barbara gewandt, drohend: «Untersteh dich, mich weiter zu hintergehen.»

Die Drohung war ernst zu nehmen. Ludwig war kein Mann der leeren Worte, wenn es um Züchtigung ging. Barbara senkte das Haupt. Sie konnte nur hoffen, dass die Stunde schnell vorüberging und Ludwig nicht noch einmal auf sie aufmerksam wurde.

Genauso dachten die anderen elf Schüler. Sie scheuten jeden Blickkontakt mit ihm.

Kathi wusste, was als Nächstes geschehen würde, und dennoch wollte sie nichts unversucht lassen, um ihrem Freund die Prügel zu ersparen. Sie hob zögernd die Hand.

«Ehrwürdiger Vikar, lasst mich für Otto die Worte des Herrn sprechen.»

Ungläubig drehte sich Ludwig zu ihr um. Jede Einmischung kam in seinen Augen einer Auflehnung gleich.

«Wer hat dich gefragt?», fragte er spitz.

Sie senkte den Blick. «Niemand.»

Ludwig nickte. «Korrekt, niemand.» Und wie es seine Art war, fand er auch den passenden Bibelvers dazu. «*Niemand hat Gott je gesehen; der Eingeborene, der Gott ist und in des Vaters Schoß ist, der hat ihn uns verkündigt*. Niemand sonst. So steht es in unserer Heiligen Schrift geschrieben. Nun, mein Kind, sag mir, bist du niemand und hast du Gott je gesehen?»

Die Frage war herausfordernd und hinterhältig. Kathi wusste keine Antwort darauf. Aber darum ging es hier auch nicht. Ludwig demonstrierte seine Macht.

«Ich habe Gott nie mit eigenen Augen gesehen», antwortete Kathi kleinlaut.

«Und warum kannst du Gott nicht sehen?»

Sie zögerte, rätselte. «Weil er für des Menschen Auge unsichtbar ist?»

Die Rute schnellte herab und traf sie quer über den Rücken.

«Nein, du dummes Gör, weil nur derjenige Gott schauen kann, der *reinen Herzens* ist. Die Sünde hat dich untauglich gemacht, das göttliche Licht und seine Allherrlichkeit zu ertragen. Darum kannst du Gott nicht sehen.» Er drehte sich zu seinen verschreckten Schülern um. «Ist hier noch ein Niemand, der Gott je gesehen haben will?»

Kein Einziger wagte zu antworten, alle hielten sie den Blick gesenkt, um ihn nicht weiter zu reizen.

Ludwig wandte sich wieder seinem ersten Opfer zu. «Zurück zu dir, Otto», sagte er versöhnlich. «Du hattest Zeit genug, dich der Worte des Herrn zu erinnern. Sag mir nun, wie lauten sie?»

Otto war sich der gespielten Freundlichkeit Ludwigs bewusst. Es gab keinen Grund zur Beruhigung, zu oft war dieser verständnisvolle Ton in handfeste Prügel umgeschlagen. Er suchte fieberhaft nach einer Antwort. Doch es war vergebens.

«Ich kenne sie nicht.»

Das waren die Worte, die Ludwig hören wollte. «Nun denn, bekenne deine Schuld – so wie du es gelernt hast.»

Und Otto begann unter Tränen: «Ich bekenne Gott, dem Allmächtigen, und allen Brüdern und Schwestern, dass ich Gutes unterlassen und Böses getan habe …»

Während Otto diese Worte sprach, zog Ludwig ihn bei den Haaren und führte ihn vor die Klasse. Dort stand ein Stuhl bereit.

«… darum bitte ich die selige Jungfrau Maria, alle Engel

und Heiligen und euch, Brüder und Schwestern, für mich zu beten bei Gott, unserem Herrn. Amen.»

Er wies Otto an, sich zu bücken. Die übrigen Schüler hatten das Glaubensbekenntnis zu sprechen. Die Rute gab den Takt vor.

«Ich glaube an Gott, den Vater, den Allmächtigen, den Schöpfer des Himmels und der Erde …»

Im Takt der Worte fuhr die Rute auf den kleinen Körper herab, ein ums andere Mal, während der monotone Singsang der Kinder Ottos Schreie begleitete.

Kathi flehte zu Gott, dass dieses Elend ein Ende haben möge. Aber davon war so schnell nicht auszugehen. Die Schule und die Prügel würden die Kinder während der nächsten Jahre begleiten, solange ihre Eltern das Geld noch aufbrachten, um es diesen feinen Brüdern in den Rachen zu werfen.

Sie blickte zur Seite und sah die totenbleiche Barbara, die in der Gerberei alles Leben zu verlieren schien. Nicht anders war es bei Ulrich, gleich neben ihr, der bei einem Hutmacher in die Lehre ging. Nach einigen Wochen hatten seine Glieder unwillkürlich zu zucken begonnen, drei Finger der rechten Hand waren taub. Das Quecksilber und das Arsen im Wasser würden ihn bald zum Krüppel machen. Und da war Benedikt, der Älteste unter ihnen. Er war dreizehn Jahre alt und arbeitete bei einem Drechsler. Er hatte die große Hoffnung, bald auf Wanderschaft gehen zu können, ja gehen zu müssen. Die Schwester seiner Mutter war im letzten Herbst auf dem Scheiterhaufen verbrannt worden. Es würde nicht mehr lange dauern, bis auch Benedikt und seine Eltern die zweifelhafte Aufmerksamkeit der Hexenkommissare erregen würden. Flucht war der einzige Weg, um zu überleben.

Die Züchtigung von Otto neigte sich dem Ende zu. Die letzten Hiebe ertrug er, ohne zu schreien. Der Körper gewöhnte sich an den Schmerz.

So musste es auch bei Jesus gewesen sein, dachte Kathi.

Ringsum hingen kleine, bemalte Tafeln, die seinen Leidensweg zeigten – vom Einzug in Jerusalem und seiner Gefangennahme bis zum Tod am Kreuz. Seltsam, wie friedlich er zum Schluss seiner Peinigung aussah. Nur der Anfang war schwer gewesen. Im Garten Gethsemane war er verzweifelt gewesen, hatte Todesängste ausgestanden. Sein Schweiß war wie Blutstropfen zu Boden gefallen, hatte sie in der Bibel gelesen. Ein Engel musste vom Himmel herabkommen, um ihn zu stärken. Aber am Kreuz wirkte er erlöst. *Es ist vollbracht.* Danach hatte er diese Welt der Schmerzen hinter sich gelassen.

Was für ein starker Mensch dieser Jesus von Nazareth gewesen sein musste. Dabei hatte er als Kind gar nicht so ausgesehen. Drüben am Fenster hing ein Bild von seiner Geburt in Bethlehem. Darauf wirkte er nackt und zerbrechlich. Einer der Hirten hätte ihn leicht mit einem Stockschlag töten können. Oder die drei Könige hätten ihn mit ihren goldenen Dolchen aufspießen und den Wölfen zum Fraß vorwerfen können. Eigentlich waren sie dazu verpflichtet gewesen, schließlich hatte König Herodes nach ihm suchen lassen. Aber seltsamerweise war nichts von alldem geschehen. Wieso eigentlich? Statt dieses schwache und hilflose Kind den Soldaten auszuliefern, beugten Hirten und Könige das Knie vor ihm.

Rätselhaft und ein wahres Wunder. Worin hatte die Macht dieses kleinen Jesus bestanden?

Die Antwort musste warten. Es klopfte ans Fenster. Auf der Straße stand Bruder Sebastian und gab Ludwig ein Zeichen. Das Urteil würde gleich verkündet werden. Er solle sich beeilen.

«Ihr habt es gehört», sprach Ludwig zu den Kindern. «Steht auf und folgt mir nach draußen.»

So froh Kathi und die anderen auch waren, dass der Unterricht für heute beendet war, so würden sie nun Zeuge eines weiteren grausamen Spektakels werden.

Es war Brandtag in der Stadt, bereits der zweite in diesem Monat. Wegen Hexerei stand die wohlhabende Witwe Glöckner unter Anklage. Viele hatten geglaubt, ihr Reichtum und ihr Einfluss würden sie vor dem Scheiterhaufen bewahren. Doch letzten Endes war es anders gekommen. Man munkelte, dass sie gerade wegen ihres Reichtums und Einflusses besagt worden war.

Es gab da einen Neffen, einen Tunichtgut, der fortwährend in Geldnot schwebte. Nach Abzug der Verfahrenskosten – für die der Angeklagte selbst aufkommen musste – würde der verbleibende Rest an ihn fallen. So hatte er es im Überschwang und bei reichlich Wein im Gasthaus verkündet. Er war damit nicht auf dem neuesten Stand gewesen, denn die Verwandten von überführten Hexenleuten waren in letzter Zeit selbst unter Verdacht geraten. Also war ihm der Boden zu heiß geworden, und er war geflüchtet.

Als Zweiter sollte der Schultheiß Haag vom Leben zum Tode gebracht werden. Er war von einer zwielichtigen Gestalt, einem Spielmann aus Heidingsfeld, des Bündnisses mit dem Teufel bezichtigt worden, nachdem dieser selbst unter der Folter den Teufelsbund eingestanden hatte. Haags Beteuerung, der Spielmann beschuldige ihn aus Rache, weil er ihm einst zwanzig Stockhiebe als Strafe auferlegt habe, blieb vergeblich. Niemand wollte davon hören. Wie alle anderen auch hatte Haag im Verlauf des Verfahrens gestanden.

Weniger dramatisch verhielt es sich mit den fünf anderen. Es waren Fremde, Durchreisende und Vagabunden, die niemand kannte und um die sich niemand scherte. Sie sollten ein weithin leuchtendes Beispiel dafür geben, dass man in Würzburg keine Gnade kannte mit finsteren Gestalten.

Bei der letzten Angeklagten hingegen handelte es sich um jemand Besonderen. Es war die siebenjährige Johanna. Sie war das sechste Kind des Mainfischers Wilhelm Klauber und seiner Frau Agnes, zweier rechtschaffener Bürger der Stadt. Die Klaubers waren beliebt, jeder achtete sie und hielt sie für gute Christenmenschen. Nicht zuletzt, weil sie sich viel Mühe mit ihren Kindern gaben und sie zum Unterricht zu Schulmeister Friedrich schickten, einem studierten Rechtsgelehrten, der sich auf seine alten Tage mit der Kindererziehung ein Zubrot verdiente.

Johanna war ein verträumter Geist, der den Kopf ständig in den Wolken hatte. Anstatt die Zehn Gebote und das Vaterunser auswendig zu lernen, zog es sie zu den Märchen. Sie brauchte eine Geschichte nur einmal zu hören, und schon konnte sie sie mühelos wiedergeben.

Wenn Kathi und ihre Freunde vor dem Abendgebet am Mainufer zusammenkamen und sie gar nichts aufmuntern wollte, erzählte Johanna eine ihrer Geschichten und entführte sie so in eine andere Welt. Dort gab es Essen und Trinken im Überfluss, Schläge gegen Kinder wurden umgehend gerächt, und Zauberer brannten nicht auf dem Scheiterhaufen, sondern waren Königen und Prinzessinnen gleichgestellt.

Nach einigen Wochen Unterricht bei Friedrich legte sich Johannas Begeisterung für Märchen. Die Geschichten, die sie fortan erzählte, kreisten nur noch um eine Person. Sie nannte sie die alte Frau Holle. Diese lebte im Himmel, und ab und an kam sie auf die Erde, um die Menschen auf die Probe zu stellen. Dazu verkleidete sie sich als Bettlerin und klopfte für ein Almosen an die Türen. Wurde ihr gegeben, war alles gut. Verweigerte man ihr aber die Hilfe oder jagte sie gar davon, war das Leben verwirkt.

Johanna übernahm in diesem tödlichen Spiel die Rolle eines Hilfsgeistes. Wann immer die Holle auf Erden kam, zauberte Johanna aus einer Handvoll Heu bunte Vögel, die im Auftrag der Holle nach Menschen Ausschau hielten.

Zu Anfang dachten sich Kathi und ihre Freunde nichts dabei. Es war Johannas Art, mit der strengen Zucht Friedrichs umzugehen. Jedes Kind musste dies auf seine eigene Art bewältigen, und ihre war es eben, eine neue Figur zu erfinden, die es den bösen Erwachsenen heimzahlte.

Als die Geschichte in der bischöflichen Kanzlei bekannt wurde, erregte sie die Aufmerksamkeit des umtriebigen Hexenkommissars Doktor Dürr. Der war sich durchaus bewusst, was für Phantasien ein Kind entfalten konnte, doch er hatte erst wenige Wochen zuvor ein sechzehnjähriges Mädchen auf den Scheiterhaufen gebracht, das von einer Hexe Hoff gesprochen hatte. Dieses niederträchtige Weib sei an dem ganzen Hexenunwesen schuld, das die Stadt seit Jahren plagte. Wer das Weib sei, wollte Dürr wissen, und wo er es gefangen nehmen könne. Darauf wusste das Mädchen keine Antwort, und der Hexenjäger ließ sie dafür im Feuer büßen.

Erst Johanna brachte ihn wieder auf die Spur. Ihre Erzählungen von der Hexe Holle deckten sich in weiten Teilen mit den Berichten über die Hexe Hoff, sodass er davon ausgehen musste, es handle sich um ein und dieselbe Person. Er ließ die kleine Johanna ins Juliusspital bringen, wo sie festgehalten und befragt wurde.

Die Kinder betrachteten Johannas Festnahme als wichtiges Ereignis. Niemals zuvor war einem Kind so viel Aufmerksamkeit zuteilgeworden. Neugierig und fast schon ein bisschen neidisch trieben sie sich im Hof des Juliusspitals herum und versuchten zu erfahren, was hinter den verschlossenen Türen vor sich ging.

Auch Kathi und ihre Freunde waren dort gewesen. Was geschah mit Johanna? Was wollten die Erwachsenen von ihr, und wieso ließen sie sie nicht gehen?

Sie war doch nur ein Mädchen, gerade sieben Jahre alt, mit blühender Phantasie. Das wusste doch jeder. Nur die einfältigen Erwachsenen nahmen ihre Ammenmärchen ernst.

An diesem Morgen hatte der Pfarrer in Neumünster verkündet, dass Johanna der Hexerei überführt worden sei. Was sich daraus ergab, verschwieg er. Doktor Dürr würde heute bekannt geben, was weiter mit ihr geschah. Jedem war klar, was das bedeutete. Kathi mochte es nicht glauben. Ein kleines Mädchen der Hexerei zu bezichtigen, überstieg ihre Vorstellungskraft.

Nur wenige Schritte von Stift Neumünster entfernt lag die bischöfliche Kanzlei, in unmittelbarer Nähe des Marktplatzes. Seit dem frühen Morgen strömten die Bürger herbei. Sie kamen nicht nur aus der Stadt, sondern auch aus den umliegenden Gemeinden. Ein Brandtag war immer etwas Besonderes. Zum einen war es eine willkommene Ablenkung von der Trostlosigkeit, zum anderen bedeutete es einen festlichen Rachetag, endlich die Schuldigen zur Rechenschaft ziehen zu können, die für ihre Misere verantwortlich waren.

Vor der Kanzlei war ein Viereck mit Holzstangen abgesteckt, zu allen Seiten zehn Schritte lang, in dem der Hexenkommissar seines Amtes waltete. Die Stadtknechte hatten Position bezogen und würden jedes Überschreiten der Gerichtsschranne mit ihren Spießen bestrafen. Davor drängte sich die Menge. Innerhalb der Schranne wartete ein langer, schwarz eingedeckter Tisch auf den Hexenkommissar

Doktor Dürr – er war Ankläger und Richter in einer Person. Er würde die auf dem Tisch liegenden und in dunkles Schweinsleder gefassten Gesetzestexte nicht brauchen. Er kannte die erforderlichen Stellen auswendig. Ferner lag ein Holzstab bereit, rund einen halben Meter lang. Mit dem Brechen des Gerichtsstabs war jegliches Recht von den Angeklagten genommen, und das Urteil konnte vollstreckt werden.

Ludwig bahnte sich mit den Kindern einen Weg durch die Menge. Im Normalfall hätte er keinen Platz in den ersten Reihen beanspruchen können, denn jeder wollte bei der Urteilsvollstreckung ganz vorne mit dabei sein. Doch mit den Kindern war das etwas anderes. Sie sollten sehen, was mit denen passierte, die sich von Gott ab- und dem Teufel zugewandt hatten. Das war ein wichtiger Teil ihrer Erziehung.

Bereitwillig traten die Vorderen beiseite und ließen den Zug der Kinder passieren. Noch war niemand in der Gerichtsschranne zu sehen. Das Tor zur Kanzlei war ebenfalls noch geschlossen. Eine gute Gelegenheit, um die Kinder ein letztes Mal zu ermahnen.

«Passt gut auf, was mit denen geschieht, die vom rechten Weg abgekommen sind», erklärte Ludwig. «Denn den Sündern mangelt es an Kraft, dem Bösen zu widerstehen und dem Guten treu zu bleiben. Merkt euch das gut, damit ihr nicht eines Tages auch hier steht.» Ein Bibelvers sollte das unterstreichen. «Denn so steht es geschrieben: *Zieht die ganze Waffenrüstung Gottes an, damit ihr gegen die Listen des Teufels bestehen könnt.*»

Es bedurfte keiner weiteren Hinweise. Die Kinder nahmen nicht zum ersten Mal an einer Hinrichtung teil. Sie wussten, wieso sie hier waren. Später würden sie ihren Eltern Rede und Antwort stehen müssen und ihnen versprechen, dass sie keinen anderen als Gott, den Allmächtigen im Himmel, anbeten würden.

Kathi, Barbara und Otto suchten sich am äußeren Rand einen Platz. Von hier aus hatten sie einen guten Blick über die Anwesenden.

«Hast du sie schon gesehen?», fragte Barbara.

Ihr Blick glitt über die vielen Gesichter hinweg.

Kathi verneinte. «Sie kommt immer etwas später. Das weißt du doch.»

«Heute soll sie sich aber beeilen», fügte Otto hinzu, der sich den schmerzenden Rücken rieb. «Ich habe noch nichts gefrühstückt.»

«Hat dir der Schmied wieder nichts zu essen gegeben?», fragte Kathi.

«Er lässt mich die ganze Zeit aus der Bibel lesen, während er und seine Familie essen. Ich darf froh sein, wenn ein paar Krümel vom Tisch fallen.»

Barbara nahm ihn in den Arm. «Hab Geduld. Irgendwann sind wir erwachsen, dann können wir uns den Bauch vollschlagen, so oft wir wollen.»

«Wie kommst du darauf, dass sich etwas ändern wird?», erwiderte Kathi. «Wenn es stimmt, was die Zeichen sagen, dann ist das Ende nahe. Die Flüsse sind vergiftet, und vom Himmel fallen die Sterne.»

«Das kann nicht sein», widersprach Barbara.

«Wieso nicht?»

«Weil es nicht sein darf. Es muss einfach besser werden. Ich halte es nicht mehr lange aus.»

In diesem Punkt hatte sie zweifellos recht. Kathi blickte in ihr bleiches Gesicht. Sie würde Barbara später einen Teil der Ration abgeben, die sie von ihrer alten Amme Babette bekam.

An Essen zu denken war in diesem Moment jedoch keine gute Idee. Wenn alles so ablief wie die letzten Male, dann würden sie die nächsten zwei, drei Stunden hier und auf dem Sanderanger verbringen, wo die Verbrennungen stattfanden. Außerdem ließ sich Babette bei Hinrichtungen normalerweise nicht blicken. Sie verabscheute dieses Schauspiel zutiefst.

Heute aber würde Babette eine Ausnahme machen. Das hatte sie Kathi versprochen. Der alte Ambrosius hatte frischen Honig gemacht, und den würde sie am Brandtag gut verkaufen können. Immer montags besuchte sie ihn in seiner Waldhütte und schaute nach dem Rechten. Er war nicht mehr ganz klar im Kopf, und es war besser für ihn, sich von den Menschen fernzuhalten. Über Babette sagte man das übrigens auch. Kathi und ihre Freunde waren da anderer Meinung. Babette war die gescheiteste und gutherzigste Person, die es gab.

Als Hebamme hatte sie die Kinder nach der Geburt noch lange versorgt. Schließlich mussten die Mütter schnell wieder auf die Beine kommen und zum täglichen Broterwerb beitragen. Da war kaum Zeit für ein Neugeborenes. Und da diese Übereinkunft so gut funktionierte, hatte Babette eine ganze Schar Kinder um sich, bis eins nach dem anderen selbst arbeiten gehen musste. Für Kathi, Barbara, Otto und viele andere war das die schönste Zeit ihres Lebens gewesen. Ihre leiblichen Mütter lernten sie erst später richtig kennen, und nicht wenige hätten lieber wieder zu Babette zurückgewollt. In ihrer kleinen Waldhütte gab es immer ausreichend zu essen, und vor allem gab es genug Zeit zum Spielen.

«Und wenn sie doch nicht kommt?», fragte Otto besorgt.

«Sie hat es versprochen», antwortete Kathi. «Wenn die Verurteilten zum Sanderanger gebracht werden, will sie uns treffen. Sie hat ihr Wort noch nie gebrochen.»

Otto gab sich vorerst damit zufrieden, nicht zuletzt, weil sich das Tor der Kanzlei öffnete und zwei Stadtknechte mit Spießen in der Hand heraustraten. Ihnen folgten unter dem Raunen der Menge die Witwe Glöckner, der frühere Schultheiß Haag und die fünf Fremden, die wohl nicht damit gerechnet hatten, dass Würzburg zu ihrem Schicksal würde. Johanna hingegen fehlte.

Alle reckten die Köpfe. Jeder wollte sehen, ob es tatsächlich die Glöcknerin und der Haag waren, die so viele Jahre unter ihnen gelebt hatten, ohne dass jemandem der Verdacht gekommen war, sie seien mit dem Teufel im Bund.

Es war nicht einfach, die beiden zu erkennen. Der dicken Glöcknerin hatte man das lange braune Haar, das sie einst so stolz getragen hatte, bis auf die Haut geschoren. Die Nase war geschwollen, das rechte Auge hatte sich von den Schlägen geschlossen. Es war für jeden ersichtlich, dass die Folterknechte nicht zimperlich mit der feinen Dame umgesprungen waren. Keine Spur mehr von hochtrabendem Verhalten und unverschämten Reden. Jetzt steckte sie in einem verdreckten Büßerhemd, unter dem ihre schmutzigen und blutigen Füße hervorschauten. Die ersten Schmährufe wurden laut, Abfall und Steine kamen geflogen.

Dem ehemaligen Schultheißen erging es nicht besser. Er humpelte hinter der Glöcknerin her. Sein linker Fuß war dick wie ein Kohlkopf, eine Hand war seltsam grün und blau geschwollen. Er hatte Bekanntschaft mit den Daumen- und Beinschrauben gemacht, einem furchtbaren Folterinstrument, das die Glieder quetschte, bis sie brachen. Ein Stein kam geflogen und traf ihn mitten ins Gesicht. Er stürzte zu Boden.

Die fünf fremden Gestalten achteten nicht auf ihn. Sie hatten an ihrem eigenen Leid zu tragen. Wer noch laufen konnte, zwang sich irgendwie auf den Platz hinaus, und sei es nur, um endlich wieder an der frischen Luft zu sein. Statt lauter Häme ernteten sie Teilnahmslosigkeit. Niemand kannte sie, und niemand scherte sich um sie. Eine unverhoffte Gnade, verglichen mit den wütenden Vorwürfen, die sich über die Glöcknerin und den Haag ergossen.

Einige Bürger drohten, die Holzschranke zu überwinden, um auf die beiden einzuschlagen. Endlich hatten sie die Schuldigen gefunden, die für ihre Not und ihr Leid verantwortlich waren. Verflucht sollten sie sein in alle Ewigkeit. Wenn die Stadtknechte nicht energisch mit ihren Spießen dazwischengegangen wären, hätten sich die Anklage und die Urteilsverkündung erübrigt.

So aber blieb Doktor Dürr, der mit seinem Malefizschreiber soeben den Platz betrat, der letzte Akt eines anstrengenden Gerichtsverfahrens vorbehalten. Die schwarze Robe flatterte an seinen Seiten, als er schnellen Schrittes zum bereitgestellten Tisch ging. Er schien nicht gewillt, mehr Zeit als nötig für diese protokollarische Pflicht zu opfern. Die Geständnisse der Angeklagten waren längst gesprochen, die Urteile geschrieben. Ihre Verkündung war nur mehr eine lästige Formsache. In den Kerkern warteten weitere Beschuldigte auf ihr Verfahren. Wenn der Tag fünfundzwanzig Stunden gehabt hätte, dann hätte auch diese Zeit für ihn und seinen Kollegen Doktor Faltermayer nicht ausgereicht, der vielen Arbeit Herr zu werden. Die sonst übliche Prozedur mit Verlesung der Anklageschrift und der Urteilsverkündung hatte er daher auf das Notwendigste abgekürzt.

Nachdem sich Dürr und sein Schreiber gesetzt hatten, machte er seinen Stadtknechten Zeichen, für Ruhe zu sorgen. Einer rührte kräftig die Trommel, sodass das Geschrei und die Verwünschungen allmählich verstummten.

Dürr blickte derweil ausdruckslos in die Menge. Seine Augen wirkten müde, nicht zuletzt der dunklen Ringe wegen, die sich in sein bleiches Gesicht eingegraben hatten. Manch einem grauste es vor diesem Anblick. Der Hexenkommissar sah in seiner schwarzen Kleidung wie der Tod selbst aus.

Als Ruhe eingetreten war, gab er dem Schreiber Anweisung, die Klage zu verlesen. Der erhob sich und sprach weithin hörbar: «Vor dem Malefizgericht zu Würzburg sind erschienen Franziska Glöckner, Witwe des Kaufmanns und Häckers Richard Glöckner ...»

Bei der Verlesung des Namens kochte die Wut der Bürger erneut hoch, Schmährufe und Flüche schnitten dem Schreiber das Wort ab. Der Trommler musste erneut für Ruhe sorgen. Dieses Hin und Her wiederholte sich bis zum Ende der Anklage, ebenso beim Schultheißen Haag. Die fünf Fremden blieben auch jetzt fast unbemerkt.

Wer noch fehlte – sowohl in der Verlesung der Anklage als auch auf dem Platz vor der Kanzlei –, war die kleine Johanna. Sie war nicht zu sehen, obwohl jeder wusste, dass sie am heutigen Tag gerichtet werden sollte.

«... und Johanna Klauber, sechste Tochter der bereits gerichteten Eheleute Wilhelm und Agnes Klauber.»

Stille kehrte ein. Ein niederträchtiges altes Weib und einen verdorbenen Schultheißen zu richten war eine Sache, eine andere, ein siebenjähriges Mädchen, das vor wenigen Wochen noch die Zuneigung vieler Bürger genossen hatte, der Hexerei anzuklagen. Angespannt wartete man auf die Anklagepunkte, die ihr zur Last gelegt wurden.

Kathi, Otto und Barbara nahmen den Stimmungsumschwung wahr. Neugierig blickten sie um sich. Tatsächlich, alle, die noch vor einer Minute die wildesten Verwünschungen ausgestoßen und am liebsten dem Henker die Arbeit abgenommen hätten, schienen nun wie erstarrt.

«… habe sie aus Heu Vögel gezaubert …»

Die Stimme des Schreibers drang leicht über die vielen Köpfe hinweg, so ruhig war es nun geworden.

«… eine Hexensalbe hergestellt …»

Hätte es sich um eine andere Angeklagte gehandelt, wäre dieser Vorwurf keineswegs mit stiller Betroffenheit hingenommen worden.

«… des Nachts auf dem Besen ausgefahren …»

Kathi glaubte, ein Schniefen hinter sich zu hören, als kämpfe jemand mit den Tränen.

«… und mit dem Teufel Unzucht begangen.»

Mit dem Teufel Unzucht begangen?

Kathi und Barbara schauten sich an.

«Johanna soll was?», fragte Otto.

Barbara legte ihm die Hand auf den Mund. «Still.»

«So hört das Urteil, das über die Malefikanten gesprochen wird.»

Wer Gnade vom hohen Gericht zugesprochen bekam, durfte auf einen weniger grausamen Tod hoffen, als im heißen und brennenden Qualm des Scheiterhaufens eine Stunde oder länger den grässlichen Qualen des Erstickens und des langsamen Verbrennens ausgeliefert zu sein. Das Schwert war das Beste, auf das man hoffen konnte. Darauf folgten das Ertränken, das Erdrosseln und schließlich das Rad.

Die fünf Unbekannten, die sich des Wetterzaubers und der Vergiftung von Speis und Trank schuldig gemacht hatten, sollten ans Rad gebracht werden. Der sündhafte Schultheiß Haag und die verdorbene Witwe Glöckner hingegen sahen dem Tod auf dem Scheiterhaufen entgegen. Ihre Taten waren zu schändlich, als dass sie gemildert werden konnten.

Die Glöcknerin hatte bekannt, in fünf Ehen Unfrieden gestiftet zu haben, sodass ein Ehemann in tiefe Gram gefallen war und eine andere Ehefrau sich das Leben genommen hatte. Außerdem hatte sie mindestens zehn Stück Milchvieh verhext. Die ausbleibende Milch führte zum Hungertod von drei Familien. Und schließlich die schlimmste aller Taten, für die es nach der Bibel auch nur den schlimmsten aller Tode geben konnte: Die Glöcknerin war für den siechenden Tod von sechs Säuglingen verantwortlich, indem sie ihnen unerklärliche Krankheiten angezaubert und alle Bemühungen auf Genesung hintertrieben hatte.

Der Schultheiß Haag wiederum hatte unter anderem sieben Handwerkern zu Unrecht eine Strafe auferlegt, sodass die Angehörigen gezwungen waren, am Bettelstab zu gehen. Fünf unschuldige Handwerker seien infolgedessen gestorben. Des Weiteren sei er mehrmals in die Keller gefahren und habe den Wein sauer gemacht. Drei Häcker hatten deswegen Haus und Hof verloren. Ein Zeuge wollte Haag gar dabei ertappt haben, wie er mehrere Kirchen plünderte und die Hostien schändete.

Solch verdorbene Leute hatten es nicht anders verdient, als den schrecklichsten aller Tode zu sterben.

Über die Bestrafung Johannas schwieg der Gerichtsschreiber sich aus. Es war, als sei sie zwar angeklagt und verurteilt worden, doch als würde sie ungeschoren davonkommen. Erst später wurde bekannt, was in den Morgenstunden passiert war. Um den Schrecken, den Johannas Anklage bei den Bürgern ausgelöst hatte, nicht weiter zu nähren, entschied sich Dürr für eine nicht öffentliche Exekution. Er hatte zwanzig Vertreter aus dem Stadtrat, dem Domkapitel und den Ständen in den Kanzleihof geladen. Nach einem kurzen Gebet wurde Johanna vorgeführt. Auf die Verlesung des Urteils folgte die sofortige und gnadenreiche Vollstreckung mit dem Schwert. Johanna soll bis zu ihrem Ende ein Kinderlied gesungen haben. Um was es sich dabei handelte, konnte niemand im Nachhinein beantworten. Einer wollte das Wort *Holle*, ein anderer *hol ich ihr Kind* gehört haben.

Dürr, der die ganze Zeit über still und unbewegt am Tisch gesessen hatte, stand nun auf, um das letzte und unwiderrufliche Zeichen für die Vollstreckung der Urteile zu geben.

Er fasste den Gerichtsstab an beiden Enden und hob ihn für alle sichtbar über den Kopf. Es war ein ebenso fesselnder wie auch endgültiger Moment, der die Aufmerksamkeit aller auf sich zog.

Kathi und ihre Freunde blickten gebannt auf den Hexenkommissar. Er war kein großer Mann, eher klein und schmal, aber in diesem Moment hatte er etwas Mächtiges und Unerbittliches an sich. Mit einer simplen Geste, dem Brechen eines Holzstabs, demonstrierte er den Willen des Gesetzes, Recht über die Verurteilten zu sprechen und sie ihrer gerechten Strafe zuzuführen. Das Knacken des Holzes machte die acht Verurteilten binnen eines Herzschlags rechtlos. Es besiegelte ihren Tod.

Die Menge heulte auf, als sei eine Last von ihr gefallen. Zustimmende Rufe gellten über den Platz, gemischt mit schadenfroher Erwartung, was jetzt und gleich darauf auf dem Sanderanger, der Hinrichtungsstätte draußen vor den Toren der Stadt, geschehen würde.

Dazu befahl Dürr den Scharfrichter herbei, der sich bislang hinter dem Kanzleitor aufgehalten hatte. Der Jubel versiegte beim Anblick dieses grobschlächtigen Mannes, der Dürr um zwei Köpfe überragte. Er hatte die Ärmel seines schwarzen Hemdes hochgekrempelt, und muskulöse Arme traten hervor. Die brauchte er in diesen Tagen zweifellos, um die schweren Werkzeuge bei den vielen Verurteilten handhaben zu können.

Eine seltsame Stimmung aus Angst und Ehrfurcht überkam die Bürger. Ein jeder wusste, wenn sie diesem Handlanger des Todes einmal gegenübertraten, dann war ihr Leben verwirkt. Doch heute standen sie diesseits der Schranne und hatten nichts zu befürchten. So war der Scharfrichter ihr Gehilfe, nicht ihr Peiniger.

«Scharfrichter!», sprach Dürr für alle hörbar, «ich befehle dir bei dem Eid, den du geschworen hast, die Verurteilten zu bestrafen und gebunden zum Sanderanger zu bringen, wo sie vom Leben zum Tod befördert werden sollen.»

Der Scharfrichter nickte erwartungsgemäß und schritt zur Tat. Dürr hatte damit seinen Teil der Arbeit getan und zog sich mit seinem Schreiber in die Kanzlei zurück. Das, was jetzt noch auf dem Platz stattfinden würde, brauchte er nicht zu sehen. Es war ekelhaft, und außerdem war er hungrig.

«Kommt, lasst uns verschwinden», flüsterte Kathi Barbara und Otto zu. Von den vielen Malen zuvor wussten sie, welch entwürdigendes und grausames Schauspiel nun folgen würde.

Der Moment war günstig. Ludwig hatte die Hände zum Gebet gefaltet und schien ganz in sich versunken. Sie versuchten, sich an den Umstehenden vorbeizudrängen, was nicht einfach war.

Doch so leicht ließ sich Ludwig nicht überrumpeln. «Hiergeblieben!»

Die drei erstarrten. Und damit sie nicht noch einmal auf den Gedanken kamen, vor der Vollstreckung des Urteils zu flüchten, postierte er sie direkt vor sich. So hatte er sie jederzeit im Griff.

Während der Scharfrichter seine beiden Gehilfen anwies, den bereitstehenden Kessel aus dem Kanzleihof zu holen, machte er sich daran, Witwe Glöckner und Schultheiß Haag für den ersten Teil der Vollstreckung zu präparieren. Als Erstem riss er Haag das dünne Hemd vom Leib. Der nackte Oberkörper zeigte zahlreiche frische Wunden. Die Schaulustigen in den vorderen Reihen bestaunten und zählten die Verletzungen, um Rückschlüsse zu ziehen, wie lange Haag geleugnet hatte. Einige nickten anerkennend.

Ganz anders sah es bei der Glöcknerin aus. Als ihr das Hemd vom Leib gerissen wurde und die Brüste sichtbar wurden, sah man keine auffälligen Verletzungen, aber viele kleine, die von einer Nadel stammten. Sie hatte mehrmals die Nadelprobe über sich ergehen lassen müssen, die zeigen sollte, ob bestimmte Muttermale bluteten, wenn man in sie stach. Bluteten sie nicht, war der Hexenbeweis geführt. Auch hier prüften die Vorderen genau, ob sich Blutspuren an den Muttermalen befanden oder nicht.

Der mit brennender Kohle gefüllte Kessel stand bereit. Oben heraus schauten zwei dünne Eisenstangen, die sich als Schenkel einer langen Zange erwiesen, sobald sie der Scharfrichter herausgeholt hatte. Die Kneifbacken glühten rot.

Ihr Anblick und die Gewissheit, was als Nächstes geschehen würde, erweckten die Glöcknerin und Haag aus ihrer Lethargie. Bisher hatten sie geschwiegen und alles bereitwillig über sich ergehen lassen. Die Furcht jedoch, erneut gefoltert und um einen schnellen Tod gebracht zu werden, ließ sie zurückschrecken und verzweifelt schreien. Die beiden Gehilfen mussten sie festhalten.

Der Scharfrichter nahm sich Haag als Ersten vor. Als die glühenden Kneifbacken in sein Fleisch drangen, schrie er markerschütternd auf. Für einen Augenblick verstummten die Schaulustigen. Ihr Blick war auf die Kneifbacken gerichtet, die sich rauchend und zischend ins Fleisch fraßen.

Würde der Teufel nun aus ihm weichen? Man sagte, wenn die Hülle zerstört war oder in Flammen aufging, könne man den flüchtenden Teufel für einen Augenblick sehen. Doch außer Blut und verschmortem Fleisch war da nichts zu erkennen. Ob es bei der Glöcknerin anders war?

Auch sie schrie sich die Seele aus dem Leib, noch bevor die Zange sie berührte. Als es dann so weit war, drohte sie das Bewusstsein zu verlieren. Nachdem der Scharfrichter von ihr abgelassen hatte, kam sie wieder zu sich. Sie fiel in ein Schluchzen und Flehen und richtete sich damit an eine Frau, die in vorderster Reihe ihre Peinigung verfolgte.

«Hilf mir», schrie sie, «so wie ich auch dir geholfen habe, als du Mann und Kind verloren hast. Ich habe dich bei mir aufgenommen.»

Doch statt der erhofften Hilfe spuckte die Frau sie an. «Du widerliche Hexe. Du bist an allem schuld. Heulen und brennen sollst du.» Dann zwängte sie sich durch die Reihen davon und sah nicht, wie der Scharfrichter mit einem Messer auf die Witwe zuging. Er packte sie an der Schulter und schnitt ihr in einem Zug die rechte Brust ab. Und mit einem zweiten Schnitt die linke. Dann nahm er beide in die Hand und zeigte sie reihum den Schaulustigen.

Kathi, Barbara und Otto stockte der Atem, so wie jedes Mal, wenn der Scharfrichter seine Arbeit von der grölenden Menge bewundern ließ. Das Blut tropfte noch aus dem Fleisch, als seine Hand an den Augen der Kinder vorbeifuhr. Dies waren Brüste, die sie einst genährt hatten und an die sie flüchteten, wenn sie verzweifelt waren. Einige Kinder erstarrten.

Andere aus der Gruppe des Vikars interessierte das hingegen überhaupt nicht. Sie saßen an der Absperrung und spielten mit allem, was sie mitgebracht hatten oder was sie in die Hand bekamen. Es war ihr Weg, sich aus den Machenschaften der Erwachsenen herauszuhalten.

Davon war Kathi überzeugt.

5

Kolk, der Rabe, hörte die Schreie der Verdammten. Von den Zinnen der Feste Frauenberg konnte er zwar nicht viel erkennen, aber das Wehklagen der Menschen war ihm von den Schlachtfeldern her bekannt. Wenn er sich an die Schreie hielt, konnte er sein Ziel nicht verfehlen. Zu seinen Füßen lagen die Stadt und der weite Platz unter schwarzen Rauchschwaden begraben. Hin und wieder wehte der Wind den Geruch verbrannten Fleischs und das Durcheinander von Musik und Johlen herauf, wenn ein weiterer Scheiterhaufen angezündet wurde. So führten gleich mehrere Wegweiser Kolk sicher durch den beißenden Qualm.

Er ließ sich im Geäst eines Baums am Rande des Sanderangers nieder. Von hier aus hatte er einen ausgezeichneten Blick auf die Feuerstellen. Es waren acht, wobei nur an sieben Pfählen Menschen gebunden waren. Auf dem achten Reisighaufen lag lediglich ein Bündel.

Zu Kolks Füßen, an den Stamm des Baums gelehnt, beobachtete noch jemand anders die Vorgänge rings um die Scheiterhaufen. Es war Grit, die auf der Suche nach einer geheimnisvollen Frau war. Über diese Frau hatte sie erstaunliche Dinge gehört. Sie sei eine Meisterin in der Zubereitung von Zaubertränken, eine Kennerin von Kräutern und Pflanzen. Von ihr erhoffte sie sich einen Trank – einen, der eine Person nicht in einen verliebt machte, sondern der jemand dazu brachte, einen anderen zu verabscheuen.

Nach der Aussprache mit Christian am Morgen vor dem Stift hatte Grit einen Plan gefasst. Sie musste Felicitas, Christians Frau, dazu bringen, ihren Mann zu hassen, sodass der Weg für sie frei war. Einen Moment lang hatte sie auch darüber nachgedacht, Felicitas zu töten oder sie töten zu lassen. Sie kannte jemanden, der das zuverlässig erledigen würde. Aber dann besann sie sich eines Besseren. Wenn Felicitas durch fremde Hand starb, würde der gewissenhafte Stadtrat Christian trauern, ja in aller Öffentlichkeit trauern müssen, allein, um das Ansehen zu wahren. Das konnte dauern, und Grit war nicht gewillt, so lange zu warten.

Stattdessen war es klüger, Felicitas' Verhalten derart zu beeinflussen, dass Christian nichts anderes übrigblieb, als seine Frau zu verlassen. Verrückte Weiber und der Schaden, den man mit ihnen hatte, waren in der Stadt berüchtigt. Die Priester zögerten nicht lange, um einen verzweifelten Ehemann von seinen Verpflichtungen freizusprechen.

Damit der Plan funktionierte, benötigte Grit diesen Zaubertrank. Valthin, der Wirt des Stachels, der der Redseligkeit seiner Gäste viele Informationen verdankte, hatte ihr den Rat gegeben, nach einer alten Amme Ausschau zu halten. Sie hieß Babette und lebte im Wald. Alle notwendigen Kräuter und Rezepte seien ihr bekannt. Bei guter Bezahlung würde sie das Geforderte liefern.

Am Geld sollte es nicht scheitern, sagte sich Grit. Sie hatte genug davon, mehr, als sie ausgeben konnte. Doch wo in der Menge sollte sie das alte Kräuterweib finden? Ganz Würzburg schien auf den Beinen zu sein, um sich das grässliche Spektakel anzuschauen. Sogar aus den umliegenden Gemeinden und Städten waren sie herbeigeströmt. Gaukler und Händler unterhielten und beschäftigten sie. Ein altes Weib, auf das die Beschreibung passte, war nicht auszumachen.

Achte auf die Kinder, hatte Valthin gesagt. Sie ist immer dort, wo die Kinder sind.

Kinder gab es auf dem weitläufigen Terrain vor der Stadtmauer ebenfalls reichlich. Sie sprangen ausgelassen um die Schaulustigen herum, spielten Rad, sprangen Bock, drehten Kreisel oder äfften die Gesichter der Verurteilten nach, wie diese vor der Kanzlei gefoltert worden waren. Das war ein makaberes Spiel, und Grit fragte sich, ob sie in ihrer Kindheit genauso gewesen war. Sicher hatte auch sie viel Unfug getrieben, aber dieses Nachstellen der Folter befremdete sie. Das hatte erst in den letzten Monaten angefangen.

Wenn es stimmte, dass sich Babette stets unter Kindern aufhielt, dann würden sie sie kennen. So entschloss sie sich, die Kinder nach ihr zu fragen.

Gleich am ersten Scheiterhaufen, dessen Feuer allmählich erlosch und nur noch eine verkohlte Säule mit einem gekrümmten Leib hinterließ, sprangen einige herum. Sie spielten Zangenreißen – jene furchtbare Misshandlung, die die Witwe und der Schultheiß kurz zuvor erlitten hatten.

Die Erwachsenen standen abseits und unterhielten sich. Sie hatten genug gesehen. Der erste Zorn war mit dem Tod der Hexe verraucht. Nun fragte man sich, welchen Schaden das Teufelsweib vor ihrer Festnahme noch angerichtet und wen sie mit ihrem Gift angesteckt haben mochte. Einige Namen wurden gehandelt.

Das war eine gute Gelegenheit. Grit schnappte sich einen Jungen.

«Sag, kennst du Babette?»

«Die alte Amme?», antwortete er.

«Wenn es die Kräuterfrau aus dem Wald ist …»

Der Junge hielt Ausschau. «Vorhin habe ich sie noch drüben am Fluss gesehen», sagte er und deutete zum Main hinüber, wo die Ersten mit ihren Booten wieder die Heimreise antraten.

«Wie erkenne ich sie?»

«Sie geht gebeugt und trägt einen geflochtenen Korb mit leckerem Honig darin. Du kannst sie nicht verpassen.»

Grit machte sich auf den Weg, an den Scheiterhaufen vorbei. Sie mochte nicht zu den Pfählen schauen, sondern hielt den Blick starr auf den Fluss gerichtet. Hinter sich hörte sie hier und da höhnische Bemerkungen eifersüchtiger Ehefrauen, deren Männer mehr Zeit in ihrer Gaststube verbrachten als bei ihnen zu Hause. Sie achtete nicht weiter darauf, obwohl man in diesen Tagen üble Nachrede ersticken sollte, sobald sie aufkam. Die Glöcknerin hatte das nicht getan und war genau deshalb auf dem Scheiterhaufen gelandet.

Das hatte ihr der Malefizschreiber erzählt. Einmal die Woche kam er in den Stachel und berichtete bei einem Becher Wein vom Fortgang der Verhöre. Unantastbar sei die Glöcknerin einst gewesen, hatte er immer wieder gesagt. Ihr Geld und die Protektion durch den Stadtrat hatten sie lange vor Verfolgung geschützt. Als sie aber gleich von dreien, die ihr Geld schuldeten, besagt wurde, wollte niemand mehr ihr zur Seite stehen.

Das würde Grit nicht passieren. Die vielen kleinen Geheimnisse, die sie im Stachel hörte, würde sie zur rechten Zeit zu nutzen wissen. Das war ihre Lebensversicherung. Da konnten die närrischen Weiber ihr noch so viele Verwünschungen an den Kopf werfen. Wenn sie brannte, würde die halbe Stadt mit ihr im Feuer untergehen.

Grit fand schließlich ein gebeugtes Weib an der Bootsanlegestelle. Sie verkaufte Beeren, Kräuter und kleine Töpfe aus ihrem Korb heraus. An ihren Rockzipfeln hingen Kinder, die um Essen bettelten. Bereitwillig öffnete sie einen Honigtopf und verteilte mit einem Spatel die süße Ware direkt in die kleinen Hände.

«Das ist guter Honig aus den Wäldern», sagte sie. «Der hält gesund und wird euch schmecken.»

Grit zwängte sich durch die Reihen. Es war nicht leicht, zu der Alten durchzudringen.

«Entschuldigt, seid Ihr die Amme Babette?»

Die Kinder waren von der vermeintlichen Konkurrenz gar nicht begeistert. Unwillig zerrten sie an ihrem Kleid.

Grit schlug die kleinen Hände weg.

«Lass sie», sagte Babette versöhnlich. «Sie glauben, du willst ihnen etwas wegnehmen.»

Ihr von Falten durchzogenes Gesicht ließ sie wenig ansehnlich erscheinen. Eines ihrer Augen war obendrein geschlossen, was sie noch eine Spur verdächtiger machte. Vermutlich fehlte es. Trotz dieser Umstände war der Blick schnell von einem warmen und offenen Lächeln gefangen.

«Ich will nichts stehlen», antwortete Grit, «ich will etwas ganz anderes von Euch.»

Babette schien kurz zu überlegen, was dieses Mädchen von ihr wollen könnte. Wobei, ein Mädchen war sie ganz offensichtlich nicht mehr. Ihre weiblichen Formen zeigten, dass sie auf der Stufe zur jungen Frau stand. In diesem Alter wollten alle Frauen von einer Kräuterfrau eigentlich nur eins.

«Du willst eine Medizin. Habe ich recht?»

Grit nahm sie zur Seite.

«Ich hörte, Ihr versteht, jeden beliebigen Trank herzustellen.»

«Der Garten des Herrn ist reich bestellt», antwortete Babette.

Jede Zweite suchte durch einen Liebestrank einen Mann für sich zu gewinnen. Dabei waren die Mixturen reiner Mumpitz. Unwissende Giftmischer stellten sie her, die mit der Gutgläubigkeit der Mädchen einen schnellen Gulden machen wollten. Im besten Fall kam der Angebetete mit Durchfall davon, bisweilen ging er qualvoll daran zugrunde.

«Ich muss dich enttäuschen, liebes Kind, ich stelle keine Liebestränke mehr her.»

Grit verneinte. «Ihr irrt. Nicht an der Zuneigung ist mir gelegen, sondern an etwas anderem. Versteht Ihr?»

Nein, Babette verstand nicht. «Ich bin mir nicht sicher, was du meinst.»

«Ich benötige einen Trank, der eine Person unausstehlich macht. So, dass man es mit ihr nicht mehr aushält.»

Nun bekam Babette eine Ahnung, wonach dieses junge Ding verlangte. Sie seufzte. «Es ist ohnehin schon zu viel Unheil auf der Welt. Wieso willst du noch mehr davon?»

Warum war dieses alte Weib so ablehnend, fragte sich Grit. Valthin hatte doch gesagt, dass sie für den rechten Preis jeden geforderten Trank herstellte. Wahrscheinlich wollte sie nur den Preis treiben.

«Geld ist kein Problem», antwortete sie und zeigte ein Säckchen her. Sie schüttelte es, das Geklimper ließ viele Münzen erahnen.

«Steck dein Geld zurück», erwiderte Babette enttäuscht, «ich will es nicht. Genauso wenig wie ich dir helfen will, einen Menschen ins Unglück zu stoßen.»

Dann wandte sie sich wieder den Kindern zu. Doch Grit ließ nicht locker. «Wenn Ihr nicht an Geld interessiert seid, sagt mir, was wollt Ihr sonst? Ich werde es beschaffen.»

«Tu mir einen Gefallen: Lass ab von deinem törichten Vorhaben. Wer Wind sät, wird Sturm ernten. So steht es schon in der Bibel.»

«Hosea. Kapitel 8, Vers 7», fügte eine Kinderstimme hinzu.

Babette kannte diese Stimme gut. Sie hörte besser, als sie mit dem einen Auge sehen konnte. Wo versteckte sich ihr Lieblingskind?

Schließlich stellte sie den Korb beiseite und breitete die Arme aus. «Kathi, ich habe dich schon überall gesucht.»

Kathi freute sich auch, die gute alte Amme zu sehen. Die beiden herzten sich, als seien sie Mutter und Tochter.

«Ich habe dich vermisst», sagte Kathi stockend.

Babette löste die Umarmung. Sie spürte sofort, dass etwas nicht in Ordnung war. «Was bereitet dir Sorgen?»

Eigentlich wollte Kathi nichts von dem erzählen, was sie soeben vor der Kanzlei hatte mit ansehen müssen. Aber es war so schrecklich gewesen, und sie konnte Trost gebrauchen.

«Ich wünschte, ich wäre wieder bei dir in der Waldhütte. Hier in der Stadt ist so vieles anders.»

Babette streichelte ihr die Wange. «Diese Stadt ist kein Ort, an dem ein Kind aufwachsen sollte. Ich werde mit deiner Mutter sprechen.»

Mittlerweile forderten zwei weitere Zöglinge ihr Anrecht auf eine Umarmung ein.

«Geh weg», protestierte Barbara, «wir sind auch noch da.»

Sie zwängte sich mit Otto in die Arme Babettes.

«Nicht so stürmisch», sagte die, «ihr werft eure alte Amme ja gleich zu Boden.»

Davon war nicht auszugehen. Babette konnte sich keinen Zentimeter bewegen, so fest umklammerten ihre Ziehkinder sie.

Überrascht beobachtete Grit diese Vertrautheit. «Sagt mir, was verlangt Ihr, wenn Euch Geld nicht interessiert?»

Babette blickte auf. «Lass gut sein. Ich werde dir bei dieser unseligen Angelegenheit nicht helfen.»

«Aber Ihr könntet diesen Trank herstellen», versicherte sich Grit, «wenn Ihr nur wolltet?»

Trotzig meldete sich Kathi zu Wort. Niemand durfte an Babette zweifeln, auch dieses fremde Mädchen nicht. «Sie kann alle Tränke der Welt herstellen. In ihrem Wald wachsen Kräuter gegen jede Krankheit.»

«Ach, was weißt du schon», erwiderte Grit. Sie würde sich von einer vorlauten Göre nicht belehren lassen.

«Jetzt tu nicht so, als wärst du schon erwachsen. Ich wette, du bist gerade mal ein Jahr älter als ich.»

In jedem anderen Fall hätte Grit dieser Kleinen Manieren beigebracht, aber im Augenblick war das Wohlwollen der Alten wichtiger. Also beherrschte sie sich.

«Beruhige dich. Ich glaube ja, dass die Amme jeden Trank brauen kann.» Sie wandte sich erneut an Babette. «Aber leider erfüllt sie nicht jeden Wunsch. Selbst wenn ich ihr ein Säckchen Geld dafür verspreche.»

Sie hob es hoch und ließ es wie ein Pendel vor den Augen der Kinder baumeln.

«So ist es», bestätigte Babette und bückte sich nach ihrem Korb. Sie hatte für die Kinder eigens einen Topf leckeres Pflaumenmus gekocht und frisches Brot gebacken. Doch Babette ahnte nicht, wie das Leben in der Stadt die Kinder verändert hatte.

Barbara und Otto wussten genau, was man sich für ein Säckchen Geld alles kaufen konnte. Das würde für viel Brot, Käse und Milch reichen, damit würden sie lange nicht mehr hungern müssen.

«Du meinst», fragte Barbara, «du würdest für den Trank all das Geld ausgeben?»

Grit nickte.

Barbara flüsterte Kathi etwas ins Ohr. Doch die verneinte

vehement. «Wenn Babette das nicht machen will, dann mache ich das auch nicht.»

«Denk doch mal an uns», erwiderte Otto und legte die Hände um beide Hüften. Er konnte sie fast umschließen, so dünn war er geworden.

Grit, die den Wortwechsel aufmerksam verfolgte, konnte sich keinen rechten Reim darauf machen. Wieso redeten sie so auf die Kleine ein? Sie sollten lieber die Alte umstimmen.

«Nein, das mache ich nicht», wiederholte Kathi, «soll sie sehen, wer ihr den verflixten Trank braut.»

Sie drehte sich zu Babette um, die einen Ranken Brot in das Mus tauchte und ihn Kathi reichte.

Barbara hingegen suchte zu retten, was zu retten war. «Hab noch etwas Geduld», sagte sie zu Grit, «ich werde sie umstimmen. Ich verspreche es.»

«Wieso willst du ausgerechnet sie umstimmen wollen?»

«Weil sie in der Apotheke arbeitet und jede Medizin herstellen kann.»

Dieses kleine Ding sollte tatsächlich in der Zubereitung von Medizin bewandert sein? Wenn das stimmte, dann hatte sie leichtes Spiel. Ein Kind umzustimmen war nicht schwer. Da genügte eine Mahlzeit.

Grit nahm Barbara an der Schulter und führte sie weg. «Du bist dir sicher, dass das deine Freundin für mich machen kann? Kennt sie denn die geheimen Mixturen?»

Barbara nickte. «Sicher. Sie hat es doch bei Babette gelernt. Außerdem arbeitet sie in der Apotheke.»

Wenn das so war … «Wie willst du es anstellen?»

«Wir werden mit ihr sprechen», versprach Barbara, und Otto nickte dazu.

Von den dreien unbemerkt, braute sich hinter ihnen Unheil zusammen. Ein Stadtknecht war auf Babette aufmerksam geworden. Wie bei allen Händlern ließ er sich zeigen, womit sie handelte. Doch irgendwie hatte er es falsch angestellt. Babette hielt ihren Korb fest, und Kathi biss dem Stadtknecht in die Hand. Ein Schlag beförderte sie zu Boden.

Als Barbara und Otto das sahen, vergaßen sie jede Angst, die sie vor einem Stadtknecht hatten. In diesem Korb befand sich das Mittag- und Abendessen der Kinder. Wenn er ihn konfiszierte, waren sie die einzige Mahlzeit los, die sie heute bekommen würden. Sie eilten herbei und wehrten den stämmigen Kerl ab.

Grit sah dem ungleichen Kampf verwundert zu. Was war nur mit diesen Kindern los, dass sie gegen einen Stadtknecht aufbegehrten? Wenn er wollte, würde er sie vor den Schultheißen bringen, und ein Dutzend Hiebe mit dem Stock wären ihnen sicher.

Was Grit nicht verstand, war für Kathi und ihre Freunde eine Frage des Überlebens. Es ging nicht allein um den Korb und dessen Inhalt. Wenn Babette etwas geschehen würde, wären sie ihrer letzten Hilfe beraubt. Wer sollte sie dann noch mit Essen versorgen, wer ihnen Trost und Hoffnung spenden?

Otto griff in seine Hosentasche. Irgendwo hatte er doch noch den Eisenstift, den er in der Schmiede für das Fuhrwerk angefertigt hatte. Als er ihn endlich gefunden hatte, stach er mit aller Entschlossenheit zu. Der Stadtknecht schrie auf. Aus seinem Bein rann Blut.

In seinem verzerrten Gesicht spiegelte sich die Frage, wie es sein konnte, dass Kinder sich gegen einen Stadtknecht erhoben? Wieso stand dieser Zwerg mit einem Nagel in der Hand vor ihm? Waren sie tollwütig geworden, oder ging es hier nicht mit rechten Dingen zu? Das alte Weib musste sie verhext haben. Er rief die anderen Stadtknechte herbei, die nicht weit entfernt für Ruhe und Ordnung sorgten.

Der Vorfall hätte keine besondere Beachtung verdient, Raufereien gab es allenthalben, wenn sich in diesem Moment nicht Kolk mit einem grässlichen *Kraah*! auf Babettes Korb niedergelassen hätte.

6

Der neue Schultheiß Isidor Weigand hatte sich gerade mit Doktor Dürr und den Schöffen zur obligatorischen Gerichtsmahlzeit niedergelassen, als ein Stadtknecht die Gaststube betrat.

«Euer Gnaden», sagte er, «Ihr müsst kommen. Wir haben einen sonderbaren Fang gemacht.»

Weigand, der vor einem reich bestellten Tisch saß und sich auf eine der letzten Bratgänse freute, die der Wirt hatte aufbringen können, dachte nicht im Traum daran, sich diesen Festschmaus entgehen zu lassen.

«Sperrt euren sonderbaren Fang in den Keller. Nächste Woche ist wieder Gerichtstag.»

Der Stadtknecht ließ nicht locker. «Verzeiht, Herr, aber ich fürchte, so lange kann es nicht warten.»

«Selbst wenn der Leibhaftige draußen vor der Tür stünde, ließe ich ihn warten, bis ich mein Mittagsmahl beendet habe. So eine Gelegenheit kommt so schnell nicht wieder.»

Die Schöffen stimmten ihm schmunzelnd zu und sicherten sich ihrerseits einen Teil von der Schlachtplatte. Selbst der stille Doktor Dürr, der wie ein dunkler, schwarzer Schatten zwischen ihnen saß, ließ sich zu einem Lächeln hinreißen.

«Ein altes Weib hat sich in der Nähe der Scheiterhaufen herumgetrieben», berichtete der Stadtknecht.

«Am Brandtag sind viele alte Weiber unterwegs», antwortete Weigand, während er ein Stück aus der Gänsebrust biss, «und wenn sie nicht aufpassen, befinden sie sich morgen auf dem Scheiterhaufen.»

Beifälliges Gelächter ergoss sich über den armen Kerl.

«Und da ist ein großer schwarzer Rabe, der ihr zu Diensten ist.»

«Wenn er genauso unvorsichtig ist wie diese Gans hier, dann haben wir nichts zu befürchten.»

Nun stimmten auch die Gäste an den anderen Tischen in den Spott mit ein.

«Als einer der Unsrigen das Weib überprüfen wollte, wurde er von einer Horde Kinder angegriffen und verletzt», fuhr der Stadtknecht fort.

«Na, dann ist's bald aus mit unserem schönen Frankenland, wenn sich ein Stadtknecht nicht mehr vor einem Kind schützen kann.»

Weigand lachte über seine Bemerkung am lautesten, und die Übrigen standen ihm darin nicht nach. Nur Dürr war nicht nach Spaßen zumute. Er legte das Besteck beiseite, säuberte sich den Mund und sprach mit dünner, fast lautloser Stimme.

«Dieses alte Weib, von dem du berichtest, sag, wie sieht es aus?»

Der Stadtknecht wurde nervös. Wenn der gefürchtete Doktor Dürr ihn direkt ansprach, war Vorsicht geboten.

«Sie geht gebeugt und hat ein schrumpeliges Gesicht. Ein Auge hält sie geschlossen.»

«Führt sie denn etwas mit sich? Einen Beutel … oder gar einen Korb?»

«Ja, einen Korb», antwortete er.

«Was befindet sich darin?»

«Allerlei Kräuter und Töpfe.»

Dürr erhob sich. «Du sagtest, Kinder waren auch in ihrer Nähe?»

«O ja, Herr, eine ganze Horde wild gewordener Bengel, die sie mit Händen und Füßen verteidigten. Einer hat gar ein Messer gezogen und auf einen der Unsrigen eingestochen.»

Dürr ging auf ihn zu. «Ihr habt also ein altes, gebeugtes Weib gefangen genommen, das in einem Korb geheimnisvolle Kräuter mit sich führt und von einer Horde Kinder beschützt wird. Hinzu kommt ein Rabe, ein großer schwarzer, wie du sagst, der mit der Alten bestens vertraut ist.»

Der Stadtknecht nickte. Besser hätte er es nicht zusammenfassen können. Doch eine Information fehlte noch. «Es handelt sich wahrscheinlich um denselben Raben und dasselbe Mädchen, das gestern von Fischer Reinbrecht beobachtet wurde.»

«Von welchem Mädchen und welchem Fischer sprichst du?»

Der Stadtknecht berichtete, was ihm gestern ein Fischer zugetragen hatte.

«Dieses Mädchen, das bei Meister Grein in der Apotheke arbeitet, und der verrückte Hans haben mit einem Raben seltsame Dinge getan. Es heißt, sie sprächen mit ihm und er mit ihnen. Außerdem haben sie ihn mit einer Schmier behandelt. Die hat dem Raben so gutgetan, dass er grässlich zu jubilieren begann. Daraufhin öffneten sich die Wolken und bescherten uns den fürchterlichsten Regen seit Tagen.»

«Wie kommst du darauf, dass es sich um denselben Raben handelt?»

«Er trägt einen Verband am Bein.»

«Und wie verhält es sich mit dem Mädchen?»

«Sie treibt sich jeden Tag bei den Booten herum und verkauft den Fischern seltsame Sachen, die sie in der Apotheke selbst hergestellt haben will.»

«Wessen Kind ist sie?»

«Sie ist die Tochter des Kuriers Heinrich.»

«Der mit dem Geld unseres Bischofs verschwunden ist?»

«Ja, Herr.»

Die Geschichte wurde immer mysteriöser. Da war also ein altes Weib mit einem Korb voller Kräuter und Töpfe, dann ein verletzter Rabe, der Unwetter machen konnte, und schließlich ein Mädchen, das in der Apotheke arbeitete.

Vögel, altes Weib, Kind – hatte er so einen Sachverhalt nicht erst vor kurzem gehabt? Die unselige kleine Johanna hatte genau davon gesprochen – von der alten Holle, der die Vögel zu Diensten waren und die Kinder folgten.

Und nun begegnete er ihm erneut. Die Hoffnung, mit Johanna auch den Dämon getötet zu haben, der sie befallen hatte, schwand. Unbehagen erfasste ihn.

Was wäre, fragte er sich, wenn der Dämon den Körper Johannas erst auf dem Scheiterhaufen verlassen hätte, als die Flammen ihm entgegenschlugen?

Babette, Kathi und ihre Freunde warteten im Grünenbaum, dem Rathaus, auf das Eintreffen des Schultheißen. Er würde entscheiden, was weiter mit ihnen geschah. Zwei Stadtknechte bewachten sie. Der dritte, den Otto mit dem Nagel ins Bein gestochen hatte, hockte mit blutverschmierter Hose auf einer Bank und haderte mit seinem Schicksal. Wenn bekannt wurde, dass ein Kind einen Stadtknecht verletzt hatte, würden sich Hohn und Spott über ihn ergießen. Er musste sich etwas einfallen lassen.

Ein paar Schritte entfernt stand Grit. Auch sie hatten die Knechte mitgenommen, sie sollte den Vorfall bezeugen. Kathi beobachtete sie misstrauisch.

«Ein Dutzend Stockschläge sind uns sicher», jammerte Otto. «Wenn es schlecht läuft, sogar mehr.»

Barbara zitterte am ganzen Leib. «Wenn das meine Mutter erfährt oder, noch schlimmer, der Meister, dann brauche ich mich nicht mehr sehenzulassen. Was sollen wir nur tun?»

Auch Kathi wusste keine Antwort darauf. Eine Flucht war zwecklos, und Leugnen machte keinen Sinn. «Ganz so schlimm wird es nicht kommen. An einem Brandtag soll der Schultheiß immer gut gelaunt sein, sagen die Leute. Er hat gut gegessen und will sich dann nur noch hinlegen.»

So ganz glaubte sie ihren Worten selbst nicht. Die Leute redeten zuweilen gehörigen Unsinn. Sie konnte nur hoffen, dass der Schultheiß mit der Gerichtsmahlzeit zufrieden war und folglich gnädig mit ihnen umsprang.

Die alte Babette mischte sich in das Gespräch der Kinder nicht ein. Kathi sah sie in Erinnerungen versunken. Ihre Mutter hatte ihr erzählt, dass Babette schon einmal vor dem Schultheißen gestanden war. Ein boshaftes Weib hatte sie damals angeschwärzt. Die Anklage lautete auf Kindstötung. Dabei hatte sie sich nichts zuschulden kommen lassen. Neugeborene starben, das kam vor. Der Schultheiß hatte es mit zwanzig Stockschlägen bewenden lassen. Den Makel, eine Kindsmörderin zu sein, war sie aber nicht losgeworden. Was würde heute mit ihr geschehen? Sie hatte nichts Schlimmes getan, außer selbst hergestelltes Pflaumenmus und Honig zu verkaufen.

Als sich Schritte näherten, zuckten sie alle zusammen. Das Tor ging auf, und herein kam der missmutige Schultheiß

Weigand, gefolgt von einem ebenso ungeduldigen wie neugierigen Doktor Dürr.

Als Babette den Hexenkommissar erkannte, drückte sie fest die Hand von Kathi. «Das will nichts Gutes heißen», flüsterte sie zur Seite. «Der Hexenkommissar arbeitet in der bischöflichen Kanzlei, das Rathaus aber ist Sache des Bürgermeisters und des Stadtrats.»

Auch Kathi war der Anblick des Hexenjägers nicht geheuer. Wo er auftauchte, war das Unheil nicht weit. Seine dunklen Augen erfassten im Vorbeigehen Babette, die den Kopf gesenkt hatte. Kathi hingegen hielt seinem Blick stand, obwohl ihr nicht wohl dabei war.

Grit schlug das Herz bis zum Hals, als sie Dürr erkannte. Er würde ihren frechen Auftritt an jenem Abend im Stachel sicher nicht vergessen haben. In was war sie da nur hineingeraten?

«Mitkommen!», herrschte der Schultheiß die Wartenden an und ging eilig voran. «Wenn wir die Sache schnell hinter uns bringen, kann ich bald zu meinem Gänsebraten zurückkehren.»

«Los, ihr habt es gehört», sagte ein Stadtknecht und schob Babette und die Kinder weiter. Der verletzte Stadtknecht humpelte hinterdrein.

Grit folgte ihnen zaghaft. Zu weit würde sie sich der alten Babette und den Kindern nicht nähern. Der Schultheiß oder, schlimmer noch, Dürr, der Hexenkommissar selbst, könnte auf dumme Gedanken kommen.

Sobald sich Weigand auf den Richterstuhl gesetzt hatte, polterte er auch schon los. «Stadtknecht, komm näher und sag, was vorgefallen ist. Ich habe für diesen Unfug nicht den ganzen Tag Zeit.»

Der Verletzte trat vor ihn. «Gnädiger Herr», begann er und

zeigte auf den kleinen Jungen neben sich, «dieser wild gewordene Bengel hat mit einem Messer auf mich eingestochen, als ich den Korb des alten Weibs überprüfen wollte.»

«Ich hab kein Messer», widersprach Otto.

«Schweig», herrschte Weigand ihn an. «Du bist später dran.» Er sah wieder zum Stadtknecht. «Sprich weiter. Wieso wolltest du den Korb der Alten kontrollieren?»

«Sie hat Geschäfte getrieben, Herr. Ich wollte sehen, womit sie handelt.»

Weigand wandte sich an Babette. Als sie aufblickte, erkannte er ihr faltiges Gesicht mit der leeren Augenhöhle. Angewidert lehnte er sich zurück. «Womit treibst du Handel, alte Hexe? Hüte dich, mich zu belügen.»

«Ich verkaufe Pflaumenmus, Honig und Kräuter aus meinem Garten», antwortete sie. «Es ist nichts Verbotenes darunter.»

«Wo ist dein Korb?»

Babette zeigte auf einen der Stadtknechte. Weigand befahl, ihm den Korb zu bringen, dann zog er seinen Dolch und stocherte darin herum. Da waren eine Handvoll Kräuter und fünf kleine Töpfchen. Nichts Außergewöhnliches, über das man sich groß hätte Gedanken machen müssen. Er seufzte. Dafür hatte er also den Mittagstisch verlassen müssen.

«Was ist in den Töpfen?»

«Mus und Honig», antwortete Babette.

«Beweise es.»

Sie nahm ein Töpfchen aus dem Korb, öffnete es und bot es Weigand zur Probe an. Der jedoch wies es angeekelt zurück.

«Weg damit. Ich will nichts damit zu tun haben.»

«Aber das ist guter Honig, Herr. Er schmeckt süß und hält gesund.»

Unaufgefordert trat Kathi näher. Sie steckte einen Finger hinein und führte ihn zum Mund.

«Seht Ihr, es ist nichts Schlimmes daran.»

«Wieso wolltest du dann nicht, dass man dich überprüft?», fragte Weigand.

Der Stadtknecht kam Babette zuvor. «Die Alte hat sich gar nicht gewehrt, Herr. Es waren die Kinder, die sich mir in den Weg stellten.»

Wie konnten drei Kinder einem erwachsenen Mann gefährlich werden? Weigand schüttelte verwundert den Kopf.

«Und wer bist du?», fragte er über die Köpfe hinweg Grit, die sich hinter allen aufhielt. Nun erkannte Dürr sie. Was hatte dieses freche Weibsstück hier verloren?

Grit nannte ihren Namen und sagte, wo sie arbeitete. «Ich habe mit der ganzen Sache nichts zu tun. Ich stand nur zufällig in der Nähe.»

«Sie hat aber alles beobachtet», fügte der verletzte Stadtknecht hinzu. «Sie hat gesehen, wie der Teufelsbraten auf mich eingestochen hat.»

«Du da», sagte Weigand und deutete auf Otto, «stimmt das, was der Stadtknecht dir vorwirft?»

Otto nickte. «Ja, aber nur, weil wir glaubten, dass er uns den Honig und das Mus wegnehmen wollte.»

«Wo ist dein Messer?»

«Ich habe keines», antwortete Otto und zog den Nagel aus der Tasche. «Das hier hab ich benutzt.»

Ein Kind mit einem Nagel und ein jämmerlicher Stadtknecht. Das war also die ganze Sache.

«Stimmt das?», fragte er Grit.

«Ja, Euer Ehren.»

Weigand seufzte. Bevor er das Urteil sprach und jedem der Kinder zehn Stockhiebe zusprach – dem Schandbild eines

Stadtknechts aber dreißig –, blickte er hinüber zu Dürr. Der hatte sich die ganze Zeit über im Hintergrund gehalten und die Befragung aufmerksam verfolgt.

«Wollt Ihr noch etwas wissen?»

Dürr nickte. «Eine Frage noch, werter Schultheiß, und dann soll es genug sein.»

Mit der Verschlagenheit eines Hexenjägers kam er näher und schritt um Babette und die Kinder herum, als kreiste er sie ein. Dabei roch er mehrmals an der alten Amme und erinnerte sich der Worte der kleinen Johanna: *Ich kann das Eisenkraut riechen, das Donnerkraut und Frauenhaar, den Löwenzahn, das Silberblatt und das Bingelkraut* … Daran wollte Johanna die alte Holle immer erkennen, gleich in welche Person oder in welches Tier sie sich verwandelt hatte.

«Sag, wie heißt du, altes Weib?»

«Babette ist mein Name», antwortete sie.

«Du behauptest, den Honig und das Pflaumenmus selbst hergestellt zu haben. Richtig?»

Babette nickte.

«Hast du die Kräuter in deinem Korb dazu verwendet?»

«Einige, ja.»

«Was sind das für Kräuter?»

«Kamille, Thymian, Ehrenpreis und Nachtschatten, es sind heilende Kräuter, wie sie schon die heilige Hildegard zur Behandlung Kranker benutzt hat.»

Dieses alte Weib war nicht die Einzige, die sich auf die heilende Wirkung dieser Kräuter berief. Dürr hatte in den vergangenen Jahren viel darüber erfahren, meist aus dem Munde von Frauen, die später auf dem Scheiterhaufen landeten.

«Sag, wobei wendest du den Nachtschatten an?»

«Er hilft bei Magen- und Blasenleiden, auch bei Husten ist er empfehlenswert.»

«Was noch?»

«Als Salbe wird er bei starkem Jucken verwendet, er hilft gar bei Afterleiden und eitrigen Abszessen.»

«Was noch?»

Babette zögerte. «Genügt das nicht, gnädiger Herr?»

Dürr bestand auf einer Antwort. «Wozu kann man den Nachtschatten noch verwenden?»

Sie ahnte, worauf der Hexenkommissar hinauswollte. Das war ein Pfad ohne Wiederkehr.

«Ich denke, Ihr wisst es.»

Dürr nahm dem Stadtknecht den Korb aus der Hand und schüttete den Inhalt Babette vor die Füße. Die schwarzen Beeren des Nachtschattens lagen obenauf.

«Beinhalten diese Beeren nicht ein Gift, das Alt wie Jung qualvoll sterben lässt?»

«Nur die unreifen Beeren», schränkte Babette ein. «Reif können sie gegessen werden.»

«Was ist mit den Blättern?»

«Sie schmecken wie Spinat, wenn sie mit Bedacht zubereitet werden …»

«… und wieso stirbt das Vieh daran?»

«Weil sie die unreifen Früchte essen, Herr. Gift kann auch Medizin sein, wenn es richtig angewandt wird. Das ist altbekannt.»

Dürr wusste das und nickte zustimmend. Er musste sie anders kriegen. Er wusste auch schon, wie. Der Scheiterhaufen, auf dem die kleine Johanna verbrannt worden war, lag ganz in der Nähe des Mains – dort, wo sie ihren Geschäften nachgegangen war.

«Was hast du am Sanderanger zu suchen gehabt?»

«Es waren viele Menschen da. Ich konnte gut verkaufen.»

«Die Stadtknechte sagten mir, dass du dich bei einem

ganz bestimmten Scheiterhaufen aufgehalten hast. Es war der letzte in der Reihe. Nur ein kleines Bündel ist darauf verbrannt worden. Was hattest du dort zu suchen?»

Babette verstand nicht. Von welchem Scheiterhaufen sprach er, und was beabsichtigte er damit? Bevor sie etwas Falsches sagte, zog sie es vor zu schweigen und zuckte ahnungslos mit den Schultern.

An ihrer Stelle antwortete Kathi. Sie spürte, dass der Hexenkommissar Babette zu einer unüberlegten Aussage verleiten wollte.

«Entschuldigt, gnädiger Herr, aber Babette war mit uns zusammen. Die Nähe der Scheiterhaufen hat sie gemieden.»

Noch im selben Moment, als sie diese Worte gesprochen hatte, wusste sie, dass sie damit genau das Gegenteil erreicht hatte.

Dürr kam näher. «Interessant. Sie meidet also das heilige, reinigende Feuer, das schon viele Hexen und Teufelsanbeter von ihrem Fluch befreit hat?»

Kathi schluckte. Was hatte sie da nur angestellt! Sie musste unbedingt den falschen Eindruck korrigieren. «Nein, Herr, so habe ich das nicht gemeint …»

«Ist es nicht so, dass man das heilige Feuer nicht zu fürchten braucht, wenn man frei von Schuld ist?»

«Sicher, aber …»

«Und ist es nicht so, dass sich der Teufel und seine Gefolgschaft in jede beliebige Gestalt verwandeln können?»

Kathi schlug das Herz bis zum Hals. Was hatte sie nur angerichtet!

Dürr war nun in seinem Element. Seiner Logik konnte sich kaum einer entziehen. «Der Teufel ist wie eine Krankheit, die sich über die Luft, das Wasser und den Geist verbreitet. Willst du das bestreiten?»

«Babette hat damit nichts zu tun.»

«Woher willst du das wissen? Bist du etwa mit ihr im Bunde?»

Nun war es Babette, die ihrem Ziehkind zu Hilfe kommen musste, bevor sie sich noch weiter in dem Netz des Hexenkommissars verstrickte. «Hört nicht auf sie, gnädiger Herr. Sie ist noch ein Kind.»

«Der Teufel hat es bei Kindern und den Weibern besonders einfach. Das weißt du doch.»

Kathi widersprach. «Nicht bei mir.»

«Deshalb hast du auch deinen gefiederten Freund zu Hilfe gerufen?»

«Was meint Ihr?»

«Als du dich gegen den Stadtknecht gewandt hast, ist dir ein schwarzer Rabe zur Seite gestanden.»

«Kolk?», antwortete sie unüberlegt.

«Ist das sein Name?»

Der alte Fischer hatte ihn so genannt. Wahrscheinlich war er frei erfunden. Kathi hatte sich darüber keine Gedanken gemacht. «Ich weiß nicht, Herr.»

«Ich denke schon. Zumindest pflegt ihr ein enges Verhältnis. Gestern Abend hat man dich bei den Booten gesehen. Du hast das Vieh mit einer geheimnisvollen Salbe eingeschmiert. Sag mir, woraus war sie gemacht?»

«Aus heilenden Kräutern. Sonst nichts.»

«Wie bist du an die Salbe gekommen?»

«Ich habe sie selbst hergestellt. Ich arbeite bei Meister Grein in der Apotheke.»

«Dann scheint deine Salbe gar Wunderkräfte zu besitzen, denn als das Teufelsvieh wieder gesund war, soll es laut aufgeschrien und damit die Wolken geöffnet haben.»

«Nein, so war es nicht.»

«Willst du etwa behaupten, dass ich lüge?»

«Nein, Herr, aber ...»

«Oder soll ich den Fischer holen lassen, der dich beobachtet hat?»

Kathi stockte der Atem. Wenn jemand sie öffentlich beschuldigte, war Vorsicht geboten. Sie kannte den Verlauf einer Anklage auf Hexerei. Am Anfang stand immer ein Zeuge, auf dessen Aussage die Hexenkommissare tätig wurden. Fanden sich zwei weitere, war ihr Schicksal besiegelt. Was sollte sie nur tun?

Davon wusste auch Grit, die die Befragung besorgt verfolgte. Das alte Weib war ihrer Ansicht nach verloren, was nicht weiter schlimm war, denn sie hatte sich ohnehin geweigert, den gewünschten Trank herzustellen. An ihre Stelle war dieses Mädchen gerückt, das bei einem Apotheker arbeitete und offenbar über wundersame Fähigkeiten verfügte. Sie würde den Trank zubereiten, so hatte es ihre Freundin versprochen – sofern sie nicht vorher in die Fänge des Hexenkommissars geriet.

Sollte sie ihr zu Hilfe kommen?

Andererseits würde jede Einmischung als Komplizenschaft ausgelegt werden. Das führte geradewegs auf den Scheiterhaufen, und weder ein Zaubertrank noch ein Christian Dornbusch würden das wert sein. Es war besser, sich nicht einzumischen und den Dingen ihren Lauf zu lassen. Es gab noch andere kräuterkundige Frauen.

Ganz anders deutete jemand die Situation, der, von den lauten Stimmen angelockt, an der Tür haltmachte. Es war Christian Dornbusch. Der Stadtrat sah den Schultheißen, der offenbar über drei Kinder und eine alte Frau zu Gericht saß. Das wäre nicht weiter erwähnenswert gewesen, hätten sich im Saal nicht noch zwei Personen aufgehalten, die einen direkten Bezug zu ihm hatten: Grit und der Hexenkommissar Dürr.

Was machten sie hier? Stand Grit unter Anklage?

Falls ja, war ein Eingreifen dringend geboten. Nicht auszudenken, wenn sie unter der Befragung von Dürr ihrer beider Geheimnis verriet. Rasch trat er ein und gab sich empört.

«Darf man erfahren, warum die Sitzung des Stadtrats durch euer lautes Geschrei gestört wird?»

Dürr schaute erbost zur Tür. Er war es nicht gewohnt, bei seinen Befragungen unterbrochen zu werden, und schon gar nicht, wenn es dieser aufsässige, selbstgefällige Stadtrat war.

«Ist Euch inzwischen jeder Anstand abhandengekommen?», fuhr er ihn an. «Was stört Ihr meine Befragung?»

Christian Dornbusch tat überrascht. «Entschuldigt, Meister Dürr, ich wusste nicht, dass Ihr zu Gericht sitzt. Hätte ich es geahnt, hätte ich mich nicht so dreist geäußert.»

Dürr war für einen Augenblick besänftigt. «Da Ihr Euer Fehlverhalten eingesehen habt, seid Ihr entschuldigt. Nun geht, damit ich fortfahren kann.» Er winkte ihn hinaus.

«Ich danke für Euer Verständnis.»

Er verneigte sich, um einen Blick zu Grit werfen zu können. Sie sollte wissen, dass sie nicht mehr allein war.

Was geht hier vor, fragte er sie mit einem auffordernden Blick.

Doch Grit verstand nicht, und so musste er sich etwas anderes einfallen lassen. Er sah die am Boden liegenden Kräuter und ein altes Weib. Wenn Dürr sich für beides interessierte, konnte es nur eine Erklärung geben.

«Habt Ihr wieder ein altes Hexenweib ausfindig gemacht?», fragte er neugierig.

Der Hexenkommissar war nicht gewillt, darauf einzugehen. «Ich bin gerade dabei, es herauszufinden, sofern Ihr mich in Ruhe arbeiten lasst.»

Dornbusch überging den scharfen Ton. Er trat vor Babette hin und bückte sich nach einem Kräuterstängel. «Vermutlich treiben sie damit ihren Zauber.»

«Himmel, ja», erwiderte Dürr und nahm ihm das Gewächs aus der Hand. «Muss ich Euch nochmals auffordern, oder sollen die Stadtknechte Euch hinausbegleiten?»

«Verzeiht meine Neugier, Meister Dürr. Ich war noch nie zugegen, wenn Ihr den falschen Weibern auf die Spur gekommen seid. Lasst mich noch einen Augenblick bleiben, damit ich lerne, wie Ihr es anstellt.»

Einen Augenblick lang dachte Dürr darüber nach, und Dornbusch wusste die Unentschlossenheit zu nutzen.

«Habt Dank. Ich werde mich still im Hintergrund halten und auf jede Äußerung achten.»

Ohne zu zögern, trat er an die Seite Weigands.

«Nun denn», lenkte Dürr ein, «verhaltet Euch ruhig und gebt acht, damit ich es Euch nicht noch einmal zeigen muss.»

Dornbusch nickte dankbar, doch schon im nächsten Moment suchte er Blickkontakt mit Grit. Aber sie zuckte nur mit den Schultern.

Dürr widmete sich wieder Kathi. «Zurück zu deinem gefiederten Freund ...»

«Er ist nur ein verletztes Tier, das ich mit einer Heilsalbe behandelt habe», antwortete sie schnell.

«Weißt du denn nicht, dass der Teufel sich in jedes gewünschte Tier verwandeln kann?»

«Ja, Herr.»

«... und dass der Teufel alle Kniffe und Schliche kennt, um das Vertrauen der Menschen zu gewinnen?»

«Ja, Herr.»

«Gelten die Raben gemeinhin nicht als schlau und verschlagen?»

Kathi nickte.

«Der Teufel soll in ihnen stecken. Das weißt du doch.»

Sie antwortete nicht, sondern blickte zu Boden.

«Also, wenn du das alles weißt, wieso hast du dich …»

«Entschuldigt, Meister Dürr», unterbrach Dornbusch, «woher wissen wir, dass der Teufel tatsächlich in diesem Raben steckt?»

Er musste ihn aus dem Konzept bringen. Das war seine einzige Chance.

«Weil er gestern Abend seine Macht bewiesen hat», antwortete Dürr, über die erneute Störung sichtlich verärgert.

«Wie hat er das angestellt?»

«Indem er den Wolken befohlen hat, sich zu öffnen.»

«Jetzt verstehe ich», erwiderte Dornbusch erleichtert. «Habt Dank.»

«Dann seid jetzt still, wie wir es vereinbart haben.»

Er wandte sich wieder Kathi zu. «Also, noch einmal: Wieso hast du dich mit dem Raben eingelassen, wenn …»

«Noch eine Frage», ging Dornbusch dazwischen. Das Mädchen durfte keinesfalls auf die Frage antworten, sonst war sie verloren.

«Was ist denn schon wieder!», fuhr Dürr ihn an.

«Wie kam das Mädchen zu dem Raben?»

«Herrgott noch mal, wenn Ihr fünf Minuten früher gekommen wärt, dann bräuchtet Ihr die Frage nicht zu stellen.»

«Verzeiht meine Unachtsamkeit.»

Dürr seufzte aufgebracht. «Zum letzten Mal.» Dann sah er wieder zu Kathi. «Wieso hast du …»

«Meister Dürr, wie kam das Kind nun zu dem Raben?»

«Genug!», fuhr Dürr ihn an. «Ihr verschwindet jetzt aus meinem Gerichtssaal. Habt Ihr das verstanden?»

Dornbusch antwortete nun selbstbewusst: «Aber das ist nicht Euer Gerichtssaal. Jeder Kasus hat seinen eigenen Ort, an dem er verhandelt wird. Eurer ist in der Kanzlei des Bischofs.» Er wandte sich an den Schultheißen. «Habe ich nicht recht?»

Weigand war nicht wohl zumute. Wenn er wahrheitsgemäß antwortete, würde er Dürr düpieren. Andererseits hatte Dornbusch recht. Er war es, der hier zu Gericht saß, und nicht der Hexenkommissar.

«Es ist so, wie der Stadtrat Dornbusch sagt», antwortete Weigand zögernd. «Wir verhandeln hier den Widerstand und den Angriff auf einen Stadtknecht. Nicht eine Anklage auf Hexerei.»

Widerspruch war das Letzte, womit Dürr gerechnet hatte. Und erst recht nicht, dass er von einem nichtsnutzigen Schultheißen gemaßregelt wurde.

«Überlegt Euch gut, was Ihr da sagt», drohte Dürr.

«Recht muss Recht bleiben», erwiderte Dornbusch. «Das war das Erste, was ich an der Universität gelernt habe, die – nebenbei bemerkt – auch die Eure ist. Ihr wollt doch nicht gegen den obersten Grundsatz der Juristerei sprechen?»

Dürr rang um Fassung. Mit diesem neunmalklugen Advokaten wusste er nicht umzugehen. «Das ist noch nicht vorbei», zischte er Dornbusch an. «Wir werden uns wiedersehen. Früher, als Euch lieb sein kann.»

Damit schob er die Kinder beiseite und verließ mit wehender Robe den Gerichtssaal.

Zurück blieben staunende Stadtknechte und ein nervöser Schultheiß. «Herrgott, was habt Ihr mir da nur eingebrockt?»

Dornbusch antwortete nicht. Er nahm Dürrs Drohung ernst. Zukünftig würde er auf jedes Wort und jeden Schritt achtgeben müssen.

Ganz andere Gefühle trieben Grit um. Sie hatte staunend die Abkanzlung des mächtigen Hexenkommissars durch Christian Dornbusch miterlebt. Niemand hatte so etwas bisher gewagt. Niemand außer diesem jungen Stadtrat, für den ihre Gefühle damit nur noch heftiger wurden. Am liebsten hätte sie sich ihm auf der Stelle an den Hals geworfen.

Unerwartet trat Babette vor ihn. «Habt Dank, Herr, für Euren Mut und Euer Wort. Ich fürchte nur, dass Ihr Euch keinen Gefallen damit getan habt.»

Auch Kathi fiel ein Stein vom Herzen. Nicht auszudenken, wenn wegen ihr Babette etwas zugestoßen wäre. «Vielen, vielen Dank.»

Dornbusch nickte, um sich gleich Weigand zuzuwenden. Noch war die Anklage nicht vom Tisch. «Nun, weiser Schultheiß, wie lautet Euer Urteil?»

Der war mit dem Verlauf der Verhandlung und was sich daraus ergeben konnte, alles andere als zufrieden. «Wie hatte ich mich auf diesen Tag gefreut, und jetzt das.» Er wies die Stadtknechte an, Babette und die Kinder gehen zu lassen. Er wollte kein Wort mehr über diese vermaledeite Angelegenheit hören.

Murrend kamen sie seinem Befehl nach.

Draußen vor dem Tor des Rathauses verabschiedete sich Babette von den Kindern. «Nehmt den Honig und das Mus. Esst aber nicht alles auf einmal und haltet euch von den Stadtknechten und dem Hexenkommissar fern. Wollt ihr mir das versprechen?»

Die Kinder versprachen es.

«Wohin gehst du jetzt?», wollte Kathi wissen.

«Ich gehe schnellstens zurück in meine Hütte», antwortete Babette. «Das Stadtleben ist nichts mehr für mich.»

«Dürfen wir dich besuchen?»

«Ja, sicher. Wann immer ihr wollt.»

Sie gab jedem noch einen Kuss, bevor sie sich auf den Weg machte.

Unversehens standen nach wenigen Schritten zwei Kerle vor ihr. Sie trugen das bischöfliche Wappen auf der Uniform.

«Bist du die Amme Babette?», herrschte der eine sie an.

Sie bestätigte es.

«Mitkommen, auf Befehl des Bischofs.»

Babette seufzte. Sie hatte nicht gedacht, dass der Hexenkommissar seine Drohung so schnell wahr machen würde.

Mutlos gab sie sich ihrem Schicksal hin, während Kathi sich in die Arme der Landsknechte warf und sie um Gnade anbettelte. «Ich flehe Euch an, lasst sie gehen. Es war alles meine Schuld.»

Ein Landsknecht schüttelte sie ab. «Verschwinde, bevor du das Hexenweib in die Folterkammer begleitest.»

Sie stürzte zu Boden und musste mit ansehen, wie ihre geliebte Amme aus ihrem Leben verschwand. Tränen traten ihr in die Augen. Hätte sie doch nur geschwiegen.

7

Mechthild, des Schusters Eheweib, standen vor Schreck die Haare zu Berge. Was wollten diese Kinder von ihr?

«Wir bezeugen, dass Babette keine Hexe ist», antwortete Kathi mit brennendem Herzen, aber mit traurigen Augen. Nicht anders schauten Barbara und Otto drein, die hinter ihr standen. Sie hatten die Bitte in den letzten Tagen Dutzende

Male gestellt, seitdem sie sich überlegt hatten, wie Babette am besten zu helfen sei. Aber niemand wollte bislang für die alte Amme sprechen – selbst Mechthild nicht, die durch Babettes Hände auf die Welt gekommen, von ihr beschützt und genährt worden war. Einer angeklagten Hexe wollte niemand beistehen. Das hätte die Hexenjäger nur auf einen selbst aufmerksam gemacht.

«Tut mir leid», antwortete Mechthild. «Ich kann euch nicht helfen.» Sie mied den Blick der Kinder. «Babette … ist verloren. Der Herr sei ihrer Seele gnädig.» Sie bekreuzigte sich und schielte zur Seite, ob einer der Nachbarn sie beobachtete. «Und jetzt geht, bevor noch jemand sieht, wie ich mit euch spreche. Los, verschwindet.» Dann schloss sie eilends die Tür.

Die Kinder ließen die Köpfe hängen und entfernten sich in die anbrechende Nacht. Das Abendgebet hatten sie bereits hinter sich. Nun wartete nur noch das Bett auf sie.

«Hat wirklich keine einzige Seele Erbarmen mit Babette?», seufzte Kathi. «Dabei verdanken sie ihr alles. Wenn sie nicht gewesen wäre, hätten sie nie etwas anderes erlebt als Arbeit und Prügel.»

Otto legte den Arm um sie, und Barbara suchte nach der einfachsten Erklärung. «Sie haben Angst.»

«Wie wir alle», ergänzte Otto.

Kathi wollte das nicht gelten lassen. Sie befreite sich aus der Umarmung. «Will wirklich niemand Babette zu Hilfe kommen? In dieser Stadt muss es doch wenigstens einen Menschen geben, der den Mut dazu hat.»

Otto glaubte nicht daran. «Die Erwachsenen werden kein Risiko eingehen. Jeder weiß, was passieren kann. Es ist einfach zu gefährlich.» Er schüttelte den Kopf. «Und auf uns Kinder werden sie nicht hören.»

Kathi blieb stehen. Für einen Moment war es ihr, als habe

sie soeben den rettenden Gedanken gehört. *Auf die Kinder hören.* So wie die Erwachsenen auf das Jesuskind gehört haben. Aber keiner von ihnen war ein Christus. Niemand würde das Knie vor ihnen beugen. Das Einzige, was sie erwarten konnten, waren Prügel.

«Was sollen wir jetzt tun?», fragte Barbara.

Otto zuckte die Schultern, und Kathi blickte sich ratlos um. Es war spät, ihre Mutter erwartete sie.

Aus der Wachstube an der Mainbrücke erklangen Befehle an die Stadtknechte. Torschluss. Die Stadt ging schlafen.

Zu zweit strömten die Stadtknechte mit Fackel und Spieß in alle Richtungen aus, um diejenigen der Stadt zu verweisen, die kein Bürgerrecht besaßen. Dazu gehörten die Juden, ebenso die Bettler und anderes heimatloses Volk. Die Stadtknechte nahmen ihren Auftrag ernst. Sie leuchteten mit ihren Fackeln in jede dunkle Gasse und scheuchten mit den Spießen alle auf, die gehofft hatten, die Nacht hinter sicheren Stadtmauern verbringen zu können. Draußen vor den Toren herrschte Willkür, und wer sich nicht zu Wehr setzen konnte, verlor auch noch das letzte Hab und Gut, wenn nicht gleich das Leben.

Gemessen an den vielen Schatten, die sich an den Häusern brachen, hatte diese Verfolgungsjagd zahlreiche Beteiligte. Darunter gab es auch welche, die auffällig schnell und wendig waren – aufgescheuchtem Rattenvieh gleich. Sobald Licht auf sie fiel, tauchten sie behände ins Dunkel ab, sodass die Stadtknechte sie nicht sehen, geschweige denn erwischen konnten.

Kathi zeigte auf einen dieser kleinen Schatten. «Wer sind die?»

Otto wollte nichts davon wissen. «Es ist besser für uns, wenn wir uns von denen fernhalten.»

«Warum?», wollte Barbara wissen.

«Das sind Kinder, die nichts und niemanden mehr haben. Sie sind wie Ungeziefer, ernähren sich von Abfällen und stellen achtlosen Bürgern nach. Ganze Horden halten sich in der Stadt versteckt. Nicht für ein Abendessen beim Bischof möchte ich mit denen zu tun haben. Die sind schlimmer und gefährlicher als Wölfe.»

Unvermittelt tauchte aus der Schustergasse ein Stadtknecht auf. Er hielt die Fackel hoch, damit Licht auf die drei Kreaturen in der Domstraße fiel. «Heda! Wer seid ihr, und was macht ihr um diese Uhrzeit auf den Straßen?»

Kathi schluckte. «Wir haben dem ehrwürdigen Vikar Ludwig bei der Vorbereitung der Messe geholfen», log sie. Barbara und Otto starrten sie an.

«Zu so später Stunde?»

«Ja, Herr. Es gab viel zu tun.»

Im Schein der Fackel prüfte der Stadtknecht, ob er der Aussage trauen konnte. Diese Kinder sahen halbwegs anständig aus, nicht wie die vielen kleinen Ratten, die sich nachts in der Stadt herumtrieben.

«Gut, dann will ich euch glauben. Aber nun ist es Zeit. Los, geht nach Hause. Wenn ich euch heute Nacht noch einmal sehe, lernt ihr die Rute kennen.»

Die drei nickten eifrig und machten sich auf den Weg. Jeder in eine andere Richtung.

Kathi ließ den Dom links liegen und hielt auf St. Peter zu. Sie musste vorsichtig sein, der Weg war weit und die Bekanntschaft mit noch einem Stadtknecht wollte sie nicht riskieren. Sie ging schnell und achtete auf die Fackeln wie auch auf das gefährliche Rattenvolk, vor dem Otto sie gewarnt hatte.

Seit Babettes Verhaftung kam sie nun jeden Abend zu

dem neuen Malefizhaus, das der Bischof hatte erbauen lassen. Unten im Keller war Babette untergebracht, in einem der Kerker, aus dem Schreie, Flehen um Erbarmen und wüste Beschimpfungen nach draußen drangen, durchmischt von einem widerlichen Gestank nach alten Fäkalien und frischem Blut. Über ein im Boden eingelassenes Gitter hatte sie in der Nacht zuvor einen Gefangenen klagen und flehen gehört.

Ob er Babette kenne, hatte sie ihn gefragt.

Doch er war zu schwach, um einen klaren Gedanken fassen oder eine richtige Antwort geben zu können. Einzig den Namen Babette konnte er aufgreifen und ihn ein ums andere Mal wiederholen.

In dieser Nacht würde es Kathi noch einmal versuchen. Im schützenden Dunkel der Nacht schlich sie hinüber zu dem im Boden eingelassenen Gitter, das frische Luft in die Zellen brachte und den Gestank auf die Straße strömen ließ.

Sie beugte sich hinab und rief mit gedämpfter Stimme: «Hallo, ist da jemand?»

Dann legte sie das Ohr auf das Gitter und horchte, ob jemand ihr Rufen gehört hatte. Wie es schien, war das nicht der Fall. Nochmals rief sie in das dunkle Loch hinein. Da endlich hörte sie ein Knarzen, als wenn jemand etwas zur Seite schob.

«Ist da jemand?», wiederholte sie.

Schließlich kam von unten ein leises «Wer bist du?». Die Stimme klang alt und heiser, als käme sie aus einer Kehle, die lange nichts mehr zu trinken bekommen hatte.

«Ich bin Kathi. Und wer bist du?»

«Mein Name ist Magda.» Sie hustete und schnappte nach frischer Luft. «Was willst du von uns Verdammten?»

«Ich suche eine alte Amme. Babette heißt sie und soll in diesem Malefizhaus eingesperrt sein.»

«Babette …», wiederholte die Stimme. «Seit wann ist sie hier?»

Kathi musste nachdenken und zählte die Tage. «Zehn, es muss vor zehn Tagen gewesen sein, als sie der Dürr gefangen genommen hat.»

Die Stimme änderte sich. «Ah, Meister Dürr …» Fast klang sie bewundernd. Kathi war irritiert.

«Wisst Ihr, wie es Babette geht?»

«Meister Dürr», wiederholte die Stimme. «Ein wahrer Streiter für die gerechte Sache.»

Kathi wich zurück. «Was sagt Ihr da?»

«Wenn sich Meister Dürr deiner Babette angenommen hat, dann soll dir nicht bange sein.»

Kathi verstand nicht. «Bange? Wie kommt Ihr darauf?»

Die Antwort ging in einem Hustenschwall unter, und so fragte sie erneut: «Wie kommt Ihr darauf, dass es mir nicht bange sein soll, wenn Meister Dürr sich um sie kümmert?»

«Weil jeder, der mit ihm zu tun hatte …»

Die Stimme brach ab.

Kathi beugte sich abermals tief hinunter. «Sagt, was passiert mit denen, die mit Meister Dürr zu tun hatten?»

Die alte, krächzende Stimme kam zurück. «Komm näher, schönes Kind, ich kann dich nicht sehen und nicht mehr so laut sprechen.»

Kathi zögerte. Sie kannte diese Frau nicht, aber wenn sie etwas über Babette wusste, sollte es das Risiko wert sein. So näherte sie sich dem Gitter.

«Weiter so», sprach die Stimme. «Nur weiter.»

Als ihr Kopf nur noch eine Handbreit vom Gitter entfernt war, machte sie halt. «Das soll genügen, gute alte Frau. Nun sprecht: Was passiert …»

Obwohl die Gitterstäbe eng genug gefasst waren, um keine

Hand hindurchzulassen, verhielt es sich mit der abgemagerten, knochigen Hand einer alten Frau anders. Die Hand griff durch das Gitter hindurch und packte Kathi an ihren Haaren, dass sie vor Schmerz aufschrie.

«Lasst mich, um Himmels willen, lasst mich los.»

Aus der vormals brüchigen Stimme war nun eine fordernde geworden. «Was haben wir denn für ein spätes Vöglein hier? Solltest du nicht schon längst im Bett liegen?»

Kathi zerrte verzweifelt an der Hand der Alten. «So lasst mich doch los. Ihr tut mir weh.»

Das beeindruckte die Alte keineswegs. «Ja, schrei nur. Hier hört dich niemand, außer den Folterknechten. Sie werden viel Spaß an frischem jungem Fleisch haben. Glaube mir, das sehen sie nicht oft.»

Kathi zwang sich zur Ruhe. «Was wollt Ihr von mir?»

«Braves Kind», antwortete die Alte zufrieden. «Hast du etwas zu essen dabei?»

«Nein.»

Die Antwort löste Enttäuschung aus. Mit einem Ruck zog sie Kathi noch näher an das Gitter heran. «Dummes Stück. Hast du nicht gelernt, ein Geschenk mitzubringen, wenn du jemanden besuchst?»

«Ja, sicher, aber …»

«Nichts aber. Was hast du sonst dabei? Irgendetwas musst du doch haben.»

Fieberhaft dachte Kathi nach. Zu essen hatte sie nichts, und Geld schon gar nicht. Sie griff in eine Rocktasche und spürte Reste des Pulvers, mit dem sie heute gearbeitet hatte. Bei dem schlechten Licht konnte es leicht als etwas anderes durchgehen, etwas, das sich nur die Adeligen und Reichen leisten konnten oder ein Apotheker, wenn er daraus Zahnpulver herstellte.

«Hier habe ich etwas für Euch», sagte Kathi und hielt die geschlossene Hand über das Gitter.

«Was soll das sein?», zweifelte die Alte.

«Etwas, von dem du nur gehört hast. Das nur die Edlen am Hof des Bischofs bekommen.»

«Was ist das?»

«Es nennt sich Zucker und kommt von weit her. Es schmeckt süß wie Honig.»

«Bah», widersprach die Alte, «was kann das schon sein. Zucker …»

«Ich arbeite in der Apotheke. Da machen wir Medizin für den Hof. Glaub mir, es ist etwas Wunderbares, das du niemals vergessen wirst.»

«Ich glaube dir nicht.»

Zum Beweis führte Kathi die Hand zum Mund, öffnete sie und nahm mit der Zunge eine Prise der weißen Körner auf. Sie täuschte Genuss und Wohlempfinden vor. «Das ist gut.»

Die Zweifel der Alten schwanden. «Hör auf damit. Gib mir von dem Pulver, das nur die Edlen bekommen. Aber wage es nicht, mich zu betrügen. Ich habe dich fest am Schopf. Vergiss das nicht.»

«Aber wie soll ich es dir geben, wenn du mich mit der einen Hand festhältst? Du brauchst beide Hände, damit es dir nicht durch die Finger rinnt.»

«So dumm bin ich nicht, du kleine Hexe. Wenn ich dich loslasse, rennst du davon.»

«Dann bleibt nur noch eine Möglichkeit.»

«Welche?»

«Ich streue es dir direkt in den Mund.»

Die Alte zweifelte noch immer. «Und wenn du mich damit vergiftest?»

«Hast du nicht gesehen, dass ich selbst davon gekostet

habe? Ich kann es gerne noch einmal tun, wenn du mir nicht vertraust.»

Sie führte die Hand zum Mund.

«Genug», erwiderte die gierige Alte. «Gib es mir.»

Kathi nickte und erwartete das Gesicht der Alten an den Gitterstäben.

Wie ein Ertrinkender den Kopf über Wasser hält, so tauchten aus dem Dunkel des Kellerlochs zuerst eine Nase, dann die dürren Wangenknochen und schließlich der Mund auf.

Auch wenn das Licht spärlich war, so erkannte Kathi doch, was für Schmerzen diese Frau erlitten haben musste. Ein Auge fehlte ihr, die Nase war krumm geschlagen, und eine tiefe Wunde über der Lippe eiterte. Fast hätte Kathi Mitleid mit dieser erbärmlichen Kreatur gehabt, wäre sie nicht so hinterhältig und raffgierig gewesen. Als sie den Mund öffnete und zitternd die Zunge herausstreckte, verschlug es Kathi den Atem.

«Nun mach schon», stammelte die Alte.

Vorsichtig ließ Kathi die weißen Körner von ihrer Hand auf die Zunge rieseln, dann plötzlich pustete sie der Alten den Rest ins Gesicht.

Der Schmerz kam so überraschend, dass Kathi sich losreißen konnte. Nur ein paar Strähnen blieben zwischen den verknöcherten Fingern zurück.

«Du Teufel!», schrie die Alte auf und spuckte aus, um den vermeintlichen Zucker, der Natron war, aus dem Mund und den Augen zu bekommen. «Du sollst in der Hölle brennen.»

Früher oder später könnte das durchaus der Fall sein, dachte Kathi. Sie erhob sich und blickte in den schwarzen Schlund hinab.

«Ihr seid eine bemitleidenswerte alte Schlange. Ich hätte Euch helfen können, wenn Ihr mir geholfen hättet.»

«Du dummes Ding», krächzte es aus dem Loch. «Die, die du suchst, ist mehr tot als lebendig. Morgen hat sie es hinter sich.»

Kathi schreckte auf. «Wieso morgen? Was geschieht morgen mit Babette?»

Doch aus dem Loch kam nur noch das ächzende Knurren einer verlorenen Seele.

8

Niemand wusste etwas Genaues. Die einen sagten, man habe mit Babette nun endlich den Keim allen Übels ausfindig gemacht, die anderen beharrten darauf, dass ein einziges Weib niemals für all die Gräuel verantwortlich sein könne, die aus der einst so blühenden Stadt den Vorhof zur Hölle gemacht hatten.

Mit der Festnahme Babettes meldeten sich unerwartet Zeugen zu Wort, mit denen man vorher nicht hatte rechnen können.

Da war der vom Schicksal schwer gebeutelte Stadtrat Bauth, der seit seiner Geburt einen verkrüppelten Arm besaß. Er beschuldigte seine Amme, dass sie ihn als Kind über dem Feuer rösten wollte und dabei seinen Arm so schwer verletzt hatte, dass selbst der Teufel von seinem Anblick angewidert war.

Und da war Meister Grimms verkommener Sohn Cornelius. Schon als Kind konnte niemand seiner Herr werden, worüber die Eltern verzweifelten. Sein tollwütiges Gemüt habe er sich im Kindbett zugezogen, so sagten sie, als Babette ihn für ein paar Tage mit in die Waldhütte genommen hatte.

Schließlich gab es noch Hortensia, die Frau des angesehenen Schulmeisters Paulus. Sie war einmal mit Babette über die rechte Aufzucht von Kindern in Streit geraten. Seitdem konnte ihr Mann aus unerfindlichen Gründen kein Kind mehr zeugen. Sein Teil sei wie tot, lamentierte sie, und selbst unter größter Hingabe für den Akt nicht mehr zu gebrauchen. Die böse alte Hexe wolle es ihr auf diesem Weg heimzahlen, sie habe das Geschlecht ihres Mannes verhext.

Als Dürr klarwurde, wie weit die Schandtaten, die man Babette vorwarf, zurückreichten und welche Dimension das Ganze dadurch erhielt, musste er umgehend handeln. Wenn die Hexe nur jeden fünften Säugling, der durch ihre Geburtshände gegangen war, dem Teufel geopfert hatte, war das eine Zahl, die er sich gar nicht vorstellen mochte. Noch in der Nacht hatte er Bischof Ehrenberg vom Stand des Verfahrens berichtet. Der war von der Niedertracht und der Bosheit des alten Hexenweibs derart erschüttert, dass er kraftlos in den Sessel sank.

«Es gibt keinen Zweifel?», fragte er Dürr.

«Nein, gnädigster Fürst. Ich habe alles überprüft. Manch einem Zeugen habe ich gar mit der Folter gedroht, wenn er falsche Angaben macht.»

«Und es war niemand darunter, der das vermaledeite Weibsbild in Schutz nehmen wollte?»

«Nicht eine Seele.»

«Warum haben sich die Zeugen nicht früher gemeldet? Es sind doch Jahre vergangen, seitdem sie von der Amme verführt wurden.»

«Es ist die Angst, die ihnen die Zunge lähmt. Erst als sie hörten, dass das schändliche Weib im Kerker sitzt, haben sie den Mut gefunden, über ihr Schicksal zu sprechen.»

«Bloße Rache an einem alten, schutzlosen Weib ist auszuschließen?»

«Bislang ja.»

Der Bischof seufzte. Wenn er sich vorstellte, welches Unheil dieses Weib über sein Land und seine Untertanen gebracht hatte, wurde ihm schwindelig. Er griff nach einem Becher Wein und leerte ihn. Dann klingelte er nach seinem Diener, neuen Wein aufzutragen. Mit ihm trat ein weiterer Mitstreiter des Bischofs ins Audienzzimmer. Es war der Hexenkommissar Doktor Faltermayer.

«Was schaut Ihr so betrübt, gnädiger Herr», fragte Faltermayer. «Ist Euch etwas Unangenehmes widerfahren?»

Der Bischof wollte die Frage nicht beantworten. Mit einem Wink forderte er Dürr auf, seinen Bericht zu wiederholen.

Während Dürr dies tat, folgte Faltermayer aufmerksam den Ausführungen seines Kollegen, während er sich einen Becher Wein nahm. Dass er sich das erlauben durfte, hatte er der besonderen Gnade seines Bischofs zu verdanken, der mit ihm einen erfahrenen Hexenjäger gefunden hatte. Vor vier Jahren war er mit den besten Referenzen nach Würzburg gekommen, nachdem er eine Hexenepidemie im Hohenlohischen erfolgreich bekämpft hatte.

«Daher schlage ich vor», sprach Dürr und kam damit zum Ende seines Berichts, «nicht länger auf den nächsten Brandtag zu warten, sondern eine schnelle Lösung zu finden.»

Der Bischof nickte bedächtig. Doch bevor er seine Entscheidung kundtat, holte er den Rat Faltermayers ein.

«Was meint Ihr, Meister Faltermayer. Soll ich der Empfehlung Eures fleißigen Kollegen folgen?»

Faltermayer, groß an Statur und mit vollen schwarzen Haaren, die ihm bis zur Schulter reichten, war das auffallende Gegenstück zu dem schmächtigen, frühzeitig ergrauten Dürr. Er hätte genauso gut in einer Uniform auf einem Pferd sitzen können, um die Truppen in die Schlacht zu führen. Nachdenklich zwirbelte er seinen Bart und räusperte sich, bevor er antwortete.

«Das sind schwere Vorwürfe gegen ein Weib, das so viele Bürger zur Welt gebracht hat. Seid Ihr Eurer Sache wirklich sicher?»

Dürr blickte verwundert drein. «Zweifellos, sonst hätte ich es nicht gewagt, unseren gnädigen Fürsten damit zu belästigen.»

«Aber wir machen doch sonst nicht so viel Aufhebens um ein altes verderbtes Weib. Was macht sie so außergewöhnlich?»

Zur Verwunderung Dürrs kam nun Unverständnis.

«Ich weiß nicht, was Ihr damit meint? Diese Hexe ist erwiesenermaßen die Wurzel allen Übels. Wenn wir sie richten, schlagen wir der Schlange den Kopf ab. Sie ist des Teufels Stellvertreterin auf Erden.»

Genau das wollte Faltermayer hören. Er nickte zustimmend. «Gut gesprochen, werter Kollege. So sehe ich das auch. Dennoch: Was unternehmt Ihr, damit der böse Geist nicht auf ein anderes Weibsbild überspringt? Wir alle wissen um die berüchtigte Holle, der Ihr seit langem nachstellt. Ihr böser Geist ist nicht an einen menschlichen Körper gebunden, das wisst Ihr. Wie können wir also sichergehen, dass mit dem Tod der Amme auch dieser Geist in Flammen aufgeht?»

Dürr, sonst nicht um eine Antwort verlegen, wusste nicht zu antworten. Auch der Bischof war ratlos. «Habt Ihr eine Idee?», fragte er seinen obersten Hexenkommissar.

«Ich komme gerade aus Bamberg zurück», antwortete Faltermayer, «wo ich mich über die Fortgänge beim Auffinden und der Bestrafung von Hexen und Teufelsanbetern kundig gemacht habe. Der Weihbischof Förner hat sehr interessante neue Ansätze. Außerdem soll ich Euch, gnädiger

Fürst, schöne Grüße Eures Neffen, Bischof Fuchs' von Dornheim, ausrichten. Er sichert Euch bei der Verfolgung der Hexenbrut seine volle Unterstützung zu.»

«Habt Dank», erwiderte der Bischof beiläufig. Viel mehr war er an den neuen Methoden aus Bamberg interessiert. «So sprecht, werter Faltermayer, was können wir von unseren Freunden in Bamberg lernen?»

«Darauf komme ich gleich», erwiderte Faltermayer. «Gestattet mir zuvor noch, über die Reichweite dieses Falls zu sprechen.» Er wandte sich an Dürr. «Wenn es zutrifft, was mein geschätzter Kollege bei der Befragung dieses Hexenweibs herausgefunden hat, dann stehen wir vor einem weit größeren Problem, als nur eine einzige Hexe zu brennen. Wenn sie der Kopf der Schlange ist, dann ist doch die Frage berechtigt, wen sie alles an ihrer Brust genährt hat.»

«Ihr meint», sagte der Bischof und spann den Gedanken weiter, «dass jeder und jede, die jemals mit dem Weib in Berührung gekommen sind, von ihr infiziert wurden?»

Faltermayer nickte zustimmend und stellte die entscheidende Frage: «Wer könnte das alles sein?»

«Die Kinder natürlich», erwiderte Dürr, «die sie auf die Welt gebracht hat und die bei ihr in Aufzucht waren.»

«Wie das Ei, so das Küken. Wie das Küken, so der Vogel. Also legt er Eier», fügte Faltermayer hinzu.

«Nicht so schnell», warf der Bischof ein. «Wisst Ihr, was Ihr da sagt?»

Faltermayer nickte, Dürr schwieg. Er ahnte, worauf sein Kollege hinauswollte. Es war ein unvorstellbarer Gedanke, den er nicht wagte zu Ende zu denken, geschweige denn auszusprechen.

«Das würde bedeuten, dass viele hundert Kinder von der Seuche befallen sind.»

«Und die Kinder dieser Kinder auch», fuhr Faltermayer fort. «Schließlich hatte die Amme seit vielen Jahren freien Zugang zu den Müttern und zu den Neugeborenen.»

Das Gesicht des Bischofs verlor die Farbe. «Um alles in der Welt … Habt Ihr den Verstand verloren? Ihr würdet damit einen zweiten Herodes aus mir machen.» Er schüttelte den Kopf. «Das wird mir mein Volk niemals verzeihen. Der nächste Aufstand wäre damit beschlossene Sache.»

Dürr hatte gut daran getan, die Sache vor den Bischof zu bringen. Damit konnte niemand sagen, dass er alleine für die größte Hexenjagd, die es je in deutschen Landen geben würde, verantwortlich war.

Dennoch: Ganz wohl war ihm bei dem Gedanken nicht, fortan der Kinderhexenjäger von Würzburg genannt zu werden.

9

Kathi hatte schlecht geschlafen. Die ganze Nacht hindurch waren ihr die Worte der Alten aus dem Malefizhaus durch den Kopf gegangen.

Morgen hat sie es hinter sich.

Aber das konnte doch nicht sein! Das Malefizgericht hatte bisher immer im Voraus bekannt gegeben, wann der nächste Brandtag stattfand. Schließlich strömten aus dem ganzen Umland die Menschen herbei, und die mussten rechtzeitig informiert werden. Und weil das bis heute nicht geschehen war, hatte die Alte vermutlich schlichtweg gelogen. Kathi würde also noch Zeit haben, um einen Zeugen zu finden, der für Babette sprach.

Mit diesem beruhigenden Gefühl ging Kathi in die Apotheke, die sie erstaunlicherweise leer vorfand. Nur des Apothekers Eheweib Henriette war zugegen und kümmerte sich um die Kunden. Kathi konnte von Glück sagen, dass der Apotheker nicht da war und ihr auf die Finger sah, denn an diesem Morgen wollte ihr rein gar nichts gelingen.

Zu allem Überfluss ließ sie auch noch die sündhaft teure venezianische Retorte zu Boden fallen. Apotheker Grein würde sie dafür windelweich schlagen, das wusste sie.

«Was hast du denn wieder angestellt?» Henriette war aus dem Verkaufsraum herbeigeeilt.

«Es tut mir leid», erwiderte Kathi, «sie ist mir aus den Fingern geglitten.»

«Du dummes Ding», zürnte Henriette. «Mein Mann wird dich dafür zur Rechenschaft ziehen.»

Kathi seufzte. Ja, das würde er tun. Wenn er sie wegen einer Salbe schon halb totschlug, was erwartete sie erst bei einer zerbrochenen Retorte? Sie wagte es sich gar nicht vorzustellen.

Zu ihrer Überraschung hörte sie auch Henriette seufzen.

«Was ist mit Euch?», fragte Kathi.

«Sosehr man sich in diesem Haus auch müht», antwortete die Apothekersgattin, «man erhält niemals den Dank, den man verdient hat. Eine zerbrochene Retorte ist zwar ärgerlich, aber ersetzbar.»

Das waren ganz neue Töne, die Kathi niemals aus dem Mund von Henriette erwartet hätte. «Ich fürchte, das sieht der Meister anders.»

«Ja», antwortete sie nachdenklich, «da magst du recht haben. Ich erkenne ihn nicht wieder. Aus dem liebevollen und fürsorglichen Mann, den ich einst geheiratet habe, ist ein verbitterter Tyrann geworden. Ich frage mich, was ich nur falsch gemacht habe.»

Sie kniete sich neben Kathi hin und las die vielen kleinen Scherben auf. «Sorge dich nicht, ich werde sagen, dass mir die Retorte aus der Hand geglitten ist.»

«Aber, das könnt Ihr nicht machen.» Kathi war verwundert. «Der Apotheker schlägt Euch dafür tot.»

Wortlos schauten sie sich in die Augen, bis Henriette den Moment beendete. «Mir wird schon etwas einfallen. Notfalls schiebe ich die Schuld auf dieses blöde Regal.» Sie blickte zur Seite, wo noch mehr teure Apothekerware auf einem alten und wurmstichigen Bretterregal darauf wartete, eines baldigen Tages mit Getöse zu Boden zu stürzen. Apotheker Grein wusste um die Gefahr, doch bislang hatte sein Geiz alle Vorsicht übertroffen.

«Am besten, ich fange gleich damit an», sagte Henriette und erhob sich.

«Was habt Ihr vor?»

Henriette legte die Hand ans Regal. «Erst letzte Woche war der Schreiner da und hat meinen Mann gewarnt. Wenn er nicht ein neues Regal einbauen ließe, werde ihm diese wurmstichige Konstruktion bald zusammenbrechen.» Sie lächelte hinterhältig. «Ich frage mich nun, wieso dieser *baldige* Tag nicht schon heute sein kann.»

Kathi ahnte in diesem bitteren Lächeln all den Schmerz und die Demütigungen, die Henriette in den Jahren ihrer Ehe mit Grein hatte aushalten müssen. Nun schien es, als ob sie den geeigneten Moment gefunden hatte, um es ihm heimzuzahlen.

Sie ergriff eine Latte, die das Regal stütze, und rüttelte daran. Die Mörser und Stößel, die Kolben und Retorten, die Töpfe und Flaschen zitterten. Noch ein wenig mehr, und die Katastrophe würde ihren Lauf nehmen. Dann knackte es, eine Strebe brach und mit lautem Getöse fiel die Regalwand in sich zusammen. Der Staub des Holzfraßes vermischte sich mit den Splittern, dem Alkohol und den kostbaren Kräutern zu einer übel anzusehenden und stinkenden Pampe, die sich über den zerbrochenen Geräten am Boden bildete.

«Ihr habt es tatsächlich getan.» Kathi war fassungslos. Nie im Leben hätte sie damit gerechnet.

«Das hätte ich schon viel früher tun sollen», sagte Henriette und wischte sich die Hände ab.

«Wie sagen wir es dem Apotheker? Er wird wissen, dass das Unglück zu der Zeit stattfand, als wir in der Apotheke waren.»

Henriette schüttelte zufrieden den Kopf. «Wie könnte er? Er war heute noch nicht hier. Ich sage ihm, das Unglück hat sich in der vergangenen Nacht zugetragen.»

Ja, das war eine gute Erklärung, dachte Kathi, und gleich darauf fragte sie sich, wieso Grein heute noch nicht in der Apotheke war. Er besaß den Schlüssel und sperrte morgens auf. Er hätte das Malheur sofort bemerkt.

Henriette schien den Einwand erwartet zu haben. «Der Hexenkommissar Dürr hat in aller Früh nach ihm schicken lassen. Er ging auf direktem Weg zu ihm, ohne vorher in die Apotheke zu kommen.»

Kathi fuhr der Schreck in die Glieder. «Wieso ... was will er denn von Eurem Mann?»

«Er soll eine neue Art der peinlichen Befragung überwachen. Sie machen irgendetwas mit Kalk.»

Eine neue Foltermethode, schoss es Kathi durch den Kopf. Das konnte nur mit Babette zusammenhängen. Sie musste umgehend ins Malefizhaus und sehen, was mit ihrer Amme geschah. Nur, wie kam sie da rein? Kindern und allen anderen war der Zutritt untersagt. Das Regal, fiel ihr ein. Sie würde die Wachen bitten, zu Meister Grein vorgelassen zu werden, um ihm von dem fürchterlichen Unglück zu berichten, das sich in der Apotheke zugetragen hatte. Ja, das war es. Dagegen konnte niemand etwas sagen.

Und wie brachte sie das nun Henriette bei? Sie musste schnellstens gehen, bevor es zu spät war. «Werte Herrin, ich glaube, es wäre gut, wenn wir dem Meister das Unglück berichten. Schließlich hat die Apotheke schon eine Stunde offen, und wir sollten den Schaden längst bemerkt haben.»

Henriette musste nicht lange nachdenken. «Du hast recht. Los, beeil dich.»

«Danke», antwortete Kathi und war schon halb zur Tür hinaus, als Henriette sie zurückrief.

«Halt, warte. Du weißt doch gar nicht, wo du ihn findest.»

Kathi stutzte. «Im Malefizhaus natürlich. Wo denn sonst?»

«Nein, da ist er nicht. Er ist draußen, vor den Toren der Stadt. Auf dem Sanderanger.»

Wieso das? Der Sanderanger war eine Hinrichtungsstätte, aber kein Ort, wo man folterte.

«Sie brauchen ein Erdloch für den Kalk», sagte Henriette.

Die Gedanken überschlugen sich. Erdloch? Kalk? Was sollte das bedeuten? Die einzige Verbindung, in der Erdlöcher und Kalk Sinn machten, war, wenn Kalk für Bauarbeiten gelöscht wurde. Der zuvor gebrannte Kalk wurde vorsichtig mit Wasser versetzt. Dabei bildeten sich giftige Dämpfe, und das Gemisch erhitzte sich stark. Außerdem war es ausgesprochen ätzend, sodass es sich durch Haut und Fleisch fraß. Wenn die Bauarbeiter nicht aufpassten, zogen sie sich schlimme Wunden und Vergiftungen zu. Das war ein Teufelsgebräu mit unkalkulierbaren Folgen.

Um Himmels willen, durchfuhr es Kathi. Sie werden doch nicht so grausam sein?

Sie stürzte zur Apotheke hinaus und rannte die Domstraße hinunter, weiter zur Mainbrücke und dann geradewegs auf das Sandertor zu.

Bitte, Herr, betete sie, *lass sie nicht so wahnsinnig sein. Beschütze meine Babette.* Tränen rannen ihr über die Wangen.

Die Wachen am Sandertor ließen sie anstandslos passieren. Nicht, weil es sich nur um ein Mädchen handelte, sondern weil sie offenbar etwas in Augen und Nase bekommen hatten. Es handelte sich um eine seltsam weiße Wolke, die der Wind auf sie zutrieb. Die Wachen husteten und rieben sich das Gesicht. Ähnlich erging es den Kaufleuten, Handwerkern und Bettlern, die sich in der Nähe des Tors aufhielten.

Nicht weit vor dem Stadttor auf dem Sanderanger befand sich eine Gruppe Männer. Sie standen in einem der Stadt zugewandten, halbgeöffneten Kreis und stachen mit Stangen in ein Loch vor ihnen. Der Wind griff sich das weiße Pulver und trieb es von ihnen weg, genau auf die Stadt zu. Überwacht wurden sie von drei Reitern, die sich mit Tüchern an Mund und Nase vor den beißenden Dämpfen zu schützen suchten. Einer von ihnen mochte der Apotheker Grein sein, Kathi glaubte ihn an seiner Schürze zu erkennen, die er stets bei der Arbeit trug. An der Seite tummelten sich Kinder, einige starrten regungslos in das Loch, andere tanzten um die weiße Wolke herum.

Je näher Kathi den Männern kam, desto klarer erkannte sie, was sich dort abspielte.

Drei dicke Stämme waren zu einer Art Gerüst aufgerichtet, von dessen Spitze ein Seil hinabführte. Das eine Ende hielten zwei Männer in der Hand, am anderen befand sich ein leblos wirkender nackter Körper, ganz in Weiß getaucht. Ein ums andere Mal wurde er, an Händen und Füßen gebunden, ins Erdloch hinuntergelassen.

Kathi konnte auf den ersten Blick nicht erkennen, um wen

es sich handelte, nur dass die Kreatur völlig abgemagert apathisch am Seil hing. Ihr Kopf war kurz geschoren. Als sie die verzweifelten Schreie ihrer geliebten Amme hörte, wurde ihre Befürchtung grausame Wirklichkeit. Babette stöhnte und jammerte vor Schmerz, den der ätzende Kalk auf ihrem Körper verursachte.

Entsetzt rannte Kathi auf die Männer zu.

«Hört auf!», schrie sie sie an und zerrte an ihnen, damit sie innehielten. Doch sie ließen sich nicht beirren. Ein Schlag beförderte sie zu Boden.

Einer der drei Reiter erkannte Kathi sofort. Es handelte sich um den Apotheker Grein, der drauf und dran war, sein missratenes Lehrmädchen vor den Hexenkommissaren Faltermayer und Dürr zu schelten. Gleichwohl fürchtete er deren Unmut, wenn sich herausstellte, dass er mit dem Mädchen bekannt war. Es war daher besser zu schweigen.

«Wer ist das Kind?», fragte Faltermayer hinter vorgehaltenem Taschentuch.

Dürr schaute auf das Mädchen hinab. Irgendwoher kannte er es. War das nicht das Mädchen, das vor zehn Tagen mit der alten Hexe im Grünenbaum vor Gericht gestanden hatte?

Grein suchte sein Heil in der Ablenkung. «Diese Methode wird also erfolgreich in Bamberg angewendet?»

Faltermayer nickte. «Sie ist gefürchtet, und ich denke, wir sollten sie übernehmen.» Er blickte zur Seite. «Was meint Ihr, Meister Dürr?»

Doch Dürr hatte nur noch Augen für Kathi. Er stieg vom Pferd.

«Wo wollt Ihr hin?», fragte Faltermayer. «Der Kalk wird Euch die Augen zerfressen.»

Dürr näherte sich dem am Boden liegenden Mädchen, das sich mit wütendem Gesicht nun erhob und auf ihn zurannte.

«Meine Amme …», schrie Kathi.

«Was hast du hier zu suchen?», fragte Dürr und wehrte das offensichtlich verrückt gewordene Ding mit einem Hieb seiner Gerte ab.

Der Schlag streckte Kathi abermals nieder. Sie blickte auf und sah den scheuenden Gaul Faltermayers über sich.

«So ein Satansbraten», hörte sie ihn schimpfen und war starr vor Schreck, als die Hufe neben ihrem Kopf in das Erdreich fuhren. Ein Folterknecht packte sie an den Füßen und zog sie weg. Wieder auf den Beinen, eilte sie zu Grein.

«Herr, so tut doch etwas dagegen», flehte sie ihn an.

Grein, der nicht mit ihr in Verbindung gebracht werden wollte, stieß sie mit einem Fußtritt weg.

«Und Ihr, Herr», wandte sie sich an Faltermayer, «wollt Ihr nicht ein gutes Wort für meine Amme einlegen? Ich bitte Euch inständig. Sie ist ein ehrliches Weib und hat sich nichts zuschulden kommen lassen.»

Faltermayer runzelte die Stirn. «Wer bist du?»

«Ich bin Katharina, des Apothekers Lehrling und Zögling dieser Amme.»

Als Grein die Worte hörte, fuhr er auf. «Nein, Herr, dieses Kind ist nicht ganz richtig im Kopf. Auf meine Ehre, ich habe nichts mit ihm zu tun.»

«Und Ihr, Meister Dürr? Mir scheint, das arme Kind ist Euch nicht ganz unbekannt.»

Dürr nickte und kam näher. «Sie stand vor Gericht mit dem alten Hexenweib», sagte er und deutete mit der Gerte auf Babette.

«Was wurde ihr vorgeworfen?»

«Sie hat einen Stadtknecht angegriffen und verletzt.»

Faltermayer lachte auf. «Einen Stadtknecht angegriffen? Ha, ich wünschte, der Bischof hätte mehr von der Sorte. Dann wär ihm um die Sicherheit der Stadt nicht länger bang.» Er wandte sich Kathi zu. «Nun, sprich, hast du etwas zur Entlastung dieses Weibs vorzutragen?»

«Sie hat nie im Leben etwas Böses getan», antwortete sie und begann, all die Wohltaten aufzuzählen, die Babette ihr und vielen anderen Kindern getan hatte.

Faltermayer hörte aufmerksam zu. Jeden Kontakt, den Babette mit einem Kind oder dessen Mutter hatte, quittierte er mit einem wohlmeinenden Nicken. Als Kathi immer weiter fortfahren wollte, gebot er ihr zu schweigen.

«Ich habe genug gehört», sagte er milde. «Deine Babette ist gar ein fleißiges Weib gewesen. So viele Kinder, die sie zur Welt gebracht und aufgezogen hat, so viele Mütter, die sie von der Last der Aufzucht befreit hat. Nun sag, an welcher Brust haben sich denn all die Kinder genährt, wenn nicht an der ihrer Mütter?»

Kathi wurde unsicher. «Ich verstehe nicht, was Ihr meint.»

Mit Blick auf die magere Babette, deren Brüste seit einigen Jahrzehnten wohl keine Milch mehr gegeben hatten, sprach er einen schrecklichen Verdacht aus. «Wer hat dir und den vielen anderen Kindern die Milch gegeben, um ein gutes Christenkind zu werden. Dieses alte Weib doch nicht?»

«Ich weiß nicht, Herr», wich Kathi aus. «Ich nehme an, es war die Milch von Kühen und Ziegen, die sie uns gegeben hat.»

«Soso, du nimmst es an … Kann es nicht eher sein, dass nur der Teufel, in Person seiner verdammten Hexenbrut, imstande war, so viel Milch zu geben, wenn zur gleichen Zeit Kuh um Kuh, Ziege um Ziege ihre Milch verloren?»

Mit einem Mal verstand Kathi, worauf dieser spitzfindige Hexenkommissar hinauswollte. Wenn Kathi noch mehr von sich, den anderen Kindern und Babette preisgab, leistete sie jeder weiteren Anklage auf Hexerei Vorschub.

Auf der anderen Seite hatte der Hexenkommissar die Macht, Babette von der Folter und dem sicheren Tod zu bewahren. Was sollte sie nur tun?

Die Entscheidung wurde ihr abgenommen. Babette bäumte sich unter Schmerzen ein letztes Mal auf, ihre dürren, abgemagerten Arme spannten sich, um schließlich erschöpft von der Qual vom Leben zu lassen. Ein heiseres, kraftloses Stöhnen beendete das Martyrium. Ihr stierer Blick verlor sich im Nichts.

«Herr», sagte einer der Folterknechte, der das Seil hielt, an dem Babette baumelte, «ich glaube, das Hexenweib ist tot.»

Faltermayer reagierte überrascht. «So schnell? Dann müssen wir beim nächsten Mal eine bessere Mischung zubereiten.» Er sah den Apotheker Grein an, der pflichtbewusst nickte.

Kathi stand wie versteinert da. Sie starrte wie gelähmt auf den toten, geschundenen Körper ihrer lieben Amme. Alles Leben war mit einem Mal in ihr erloschen. Eines der Kinder, die um das Kalkloch standen, nahm ihre Hand und begann zu beten.

«Gegrüßest seist du, Maria …»

Doch Kathi wollte keines dieser Worte hören. Keine Maria, kein Josef und kein Jesus waren Babette beigestanden. Wozu waren sie nütze, wenn sie nicht einmal der gnädigsten Seele, die es je auf Erden gegeben hatte, helfen konnten?

Dieser bitteren Einsicht und der Erkenntnis, was diese Mörder angerichtet hatten, folgte ein Gedanke, den sie bei all der Leere, die in ihr war, nicht einordnen konnte. Dieser Gedanke war groß, und sie spürte, dass er die einzig mögliche Antwort auf dieses Verbrechen war.

Sorgsam blickte sie sich um und prägte sich jedes einzelne Gesicht dieser verfluchten Mörder ein.

Dafür werdet ihr büßen.

10

Was für ein scheinheiliges Weibsbild diese Felicitas Dornbusch doch war. Seit über einer Stunde kniete sie auf den harten Holzbänken der Reuererkirche und betete für das Seelenheil ihrer lebensunfähigen Bastarde. Es musste ausgerechnet diese Kirche sein, die der Unbeschuhten Karmeliten, die erst vor einem Jahr das leerstehende Kloster übernommen hatten und deren Weg zu Gott besonders asketisch und aufopferungsvoll war. Die Ritter-Kapelle am Markt oder die Domkirche waren der feinen Dame anscheinend nicht mehr gut genug.

Was fand Christian nur an diesem Weib, fragte sich Grit, die sie von der Tür aus beobachtete. Felicitas war blass und dürr. Selbst eine klapprige alte Ziege, die keine Milch mehr gab, war schöner anzusehen als dieser vorzeitig ergraute Sauertopf. War es wirklich der Einfluss ihrer Familie und das Geld, das Christian an sie band? Er verdiente viel mehr, als dieser fahle Spuk ihm bieten konnte.

Wieso legte er sich noch immer jede Nacht zu Felicitas ins Bett, wenn er stattdessen sie haben konnte? Es war ihr unbegreiflich. Dieses Weib hatte ihn verhext, so musste es sein.

Nachdem sich das eingebildete Lehrmädchen des Apothekers geweigert hatte, ihr einen passenden Trunk zu brauen, hatte sie sich an ein anderes kräuterkundiges Weib gewandt. Sie war nur einen Tag in der Stadt gewesen, bevor sie Hals über Kopf vor den Hexenjägern hatte flüchten müssen. Doch dieser Tag hatte ausgereicht, um das Geschäft abzuwickeln.

Grit solle Felicitas das Elixier auf die Haut oder in die Haare schütten, hatte die alte Hexe gesagt. Die Kleider würden notfalls auch genügen, falls sie ihr nicht nah genug käme. Das Elixier werde seinen Weg schon finden.

Es befand sich in einer kleinen Flasche, nicht größer als ein Daumen, und schimmerte giftig grün. Wenn Grit das Elixier anwendete, sollte sie ein Zauberwort sagen, etwas, das wie *Anisapte* klang. Dadurch würde Felicitas' Liebeszauber von Christian genommen, und Grit hätte freien Weg.

Nun wollte sie nicht länger warten, Felicitas konnte noch ewig auf der Holzbank knien. Grit ging den langen Gang zwischen den Kirchenbänken hindurch, leise und vorsichtig, bis sie hinter der Knienden angekommen war. Felicitas bemerkte sie nicht. Zu sehr war sie in das Zwiegespräch mit ihrem Heiland vertieft.

Grit holte das Fläschchen aus der Tasche und nahm den Korken ab. Sie schaute sich um. Außer ihr und Felicitas war niemand in dem großen Kirchenschiff zu sehen, außer in einem der Seitenaltäre vielleicht. Von hier aus konnte sie diese nicht einsehen. Aber sei's drum. Das Risiko musste sie eingehen. Eine bessere Möglichkeit würde sich so schnell nicht bieten.

Tropfen für Tropfen fiel auf das Kleid der ahnungslosen Felicitas. Dazu sprach Grit die Zauberformel: *Anisapte.* Möge dein Zauber weichen und Christian freigeben.

Das leise Schleifen einer Ordenstracht auf dem Steinboden ließ sie aufschrecken. Eine Nonne kam auf sie zu. Doch nun war es zu spät – niemand würde Felicitas mehr retten können. Das Fläschchen war leer und die Zauberformel gesprochen. Es war vollbracht.

Zufrieden steckte Grit das Fläschchen wieder ein, als sie eine Hand an der Schulter packte. Sie fuhr herum und blickte in das zornige Gesicht Christians.

«Was hast du da gemacht?», fragte er streng.

Felicitas drehte sich herum. Wider Erwarten war sie von Christians Anwesenheit nicht überrascht. Genauso wenig wie die Nonne, die ihn zwar aufforderte, die Stimme zu senken, aber mit ihm gerechnet zu haben schien. Die Einzige, die überrascht war, Christian hier zu sehen, war Grit.

«Bruder Bernhard erwartet Euch», sagte die Schwester und wies sie an, ihr zu folgen.

«Einen Moment noch», sagte Christian. «Ich muss ein Wort mit diesem Mädchen sprechen.»

«Wer ist das?», fragte Felicitas sichtlich erstaunt.

Grit hatte sich vom ersten Schreck erholt, und wenn sie es recht bedachte, war ihr die Konfrontation mit Felicitas gar nicht so unrecht. Der Zauber war gebrochen, sie hatte nichts zu befürchten.

Mit einem triumphierenden Lächeln wandte sie sich an Christian. «Ja, wer bin ich. Willst du es ihr nicht sagen?»

Christian stockte der Atem. «Wir kennen uns vom Gericht», antwortete er Felicitas. «Geh mit der Schwester schon mal vor. Ich komme gleich nach.»

Es war zu sehen, wie ein leiser Zweifel in Felicitas aufkam. Was hatte ihr Mann mit diesem Mädchen zu schaffen? Aber schließlich überwog die Einsicht, dass ihr Mann bei seiner Arbeit immer wieder auf Bekannte traf.

«Halte dich bitte nicht lange auf», sagte sie. «Bruder Bernhard wartet.»

«Ich weiß», antwortete er schnell. «Ich bin gleich bei euch.»

Er nahm Grit am Arm und führte sie in eine abgeschiedene Ecke. «Was hast du hier zu suchen?», fragte er mit gedämpfter, aber zorniger Stimme. «Und was hast du Felicitas aufs Kleid getan?»

Grit lächelte ihn an. «Der Zauber ist gebrochen. Felicitas hat keine Macht mehr über dich.»

«Was redest du da?»

«Du bist frei, Liebster. Verstehst du?» Sie schlang die Arme um seinen Hals.

Unwirsch wehrte Christian sie ab. «Hast du nun völlig den Verstand verloren?»

Er schaute sich um. Felicitas hatte mit der Schwester die Kirche bereits verlassen, und wie es schien, waren sie alleine. Eine gute Gelegenheit, um die Sache aus der Welt zu schaffen.

«Ein für alle Mal: Lass mich endlich in Frieden.»

Grit beschwichtigte ihn. «Der Zauber ist gebrochen. Ab jetzt gibt es nur noch uns zwei.»

«Hör auf mit dem Unsinn. Ich bin ein verheirateter Mann. Wir haben keine Zukunft.»

«Da bin ich anderer Meinung.»

«Was passiert ist, ist passiert. Ich kann nichts tun, außer den Herrn um Verzeihung für meinen schwachen Willen zu bitten.»

«Gegen unsere Liebe kann auch dein Jesus nichts ausrichten», widersprach sie verärgert. Sie wunderte sich, warum Christian immer noch so störrisch war.

Für einen Moment war er sprachlos. «Du sprichst von Liebe?» Er schüttelte den Kopf. «Den einzigen Menschen, den ich liebe, habe ich betrogen, und dafür werde ich in der Hölle schmoren. Du hingegen bist nichts anderes als ein verwirrtes Mädchen.» Er packte sie an den Schultern, um seinen Worten

Nachdruck zu verleihen. «Hast du gehört? Du bist ein Kind, und ich bin ein Mann. Wir haben nichts gemein.»

Die Gewalt, die sie durch seine Hände hindurch spürte, erschreckte sie. Sie begann zu ahnen, was er mit seinen schroffen Worten bezweckte. Er hatte seinen Spaß mit ihr gehabt, nun wollte er nichts mehr von ihr wissen.

«Ich will dich nicht mehr sehen», herrschte er sie an.

Dann drehte er sich um und eilte Felicitas hinterher. Grit blieb alleine zurück. Sie schaute ihm lange nach und überlegte, was soeben geschehen war. Es war nicht leicht, aber Stück für Stück begann sie zu verstehen. So erwuchs aus der Niedergeschlagenheit die Einsicht, und die Einsicht verwandelte sich in den Drang nach Vergeltung.

Niemand durfte sie so behandeln, weder die Kerle aus dem Stachel noch Christian. Mit bitterer Miene rief sie ihm nach: «Bei meiner Ehre: Wir werden uns wiedersehen, Christian Dornbusch. Verlass dich drauf, und dann gnade dir Gott.»

Was für ein überraschendes Gespräch, staunte Kathi, die von einem Seitenaltar aus unfreiwillig zur Zuhörerin geworden war.

Am frühen Morgen, als sie wie immer das Haus verlassen hatte, um in die Apotheke zu gehen, war sie in die Reuererkirche gegangen. Hier war sie ungestört. Ihre Lehre bei Apotheker Grein war beendet, das war klar. Ihre Mutter Helene wusste davon nichts, was im Moment noch nicht schlimm war. Für Erklärungen war später Zeit. Jetzt galt es, in aller Ruhe über die nächsten Schritte nachzudenken.

Bei der Wahl einer ruhigen und abgeschiedenen Kirche hatte sie die richtige Entscheidung getroffen. Die Reuererkirche, weit weg von der belebten Domstraße und in der Nähe des Sandertors gelegen, war offenbar ein Treff für die, die kein Aufhebens um ihre eigenen Angelegenheiten machen wollten. Dazu gehörte anscheinend diese wenig gelittene Bedienung aus dem Stachel, genauso wie das hochangesehene Ehepaar Dornbusch. Er, der erfolgreiche Meister der Rechtswissenschaften und geschätzte Stadtrat, und sie, die wohlhabende, helfende und gläubige Frau.

Bei einem Schankmädchen konnte es Kathi ja noch verstehen, wieso sie die abgelegene Ordenskirche der Karmeliten aufsuchte. Aber was zum Teufel machten die Dornbuschs hier? Ihr angestammter Platz war in den ersten Reihen von Neumünster und dem Dom, gleich neben dem Schultheißen und dem Bürgermeister.

Und dann die wichtigste Frage: Was verband die Dirne Grit mit dem Stadtrat Christian Dornbusch?

Bei ihrem ersten Aufeinandertreffen vor dem Schultheißen im Grünenbaum hatte sie bereits so etwas wie Verbundenheit zwischen den beiden gespürt, als Christian Dornbusch für Babette und sie eingetreten war, dabei aber Grit angesehen hatte. Damals hatte sie sich nichts weiter gedacht, ihre Aufmerksamkeit gehörte Babette.

Heute jedoch erhielt diese seltsame Beziehung eine neue Bedeutung. Von Liebe war zwischen den beiden die Rede gewesen, genauso wie von Zauber, Betrug und Felicitas. Ein Satz Dornbuschs war ihr besonders gut im Gedächtnis geblieben: *Du bist ein Kind, und ich bin ein Mann. Wir haben nichts gemein.*

Was für ein Zufall, dachte Kathi. Genau dasselbe beschäftigte sie in den letzten Stunden auch. Entschlossen, der Sache auf den Grund zu gehen, näherte sie sich Grit.

«Mit dir habe ich hier nicht gerechnet», sagte sie zu ihr.

Grit, im ersten Moment überrascht, auf den Apothekerlehrling zu treffen, zeigte keinerlei Interesse, ihren Kummer zu teilen.

«Was willst du?»

Kathi sah ihr den schroffen Ton nach. «Ich kam nicht umhin, eure Unterhaltung zu belauschen, und wenn ich ehrlich sein soll, habt ihr auch wenig Anstalten gemacht, dass die Angelegenheit unter euch bleibt.»

«Was geht dich das an?»

«Ich weiß ja nicht, was dich mit Christian Dornbusch verbindet, aber …»

«Und so soll es auch bleiben», schnitt Grit ihr das Wort ab. «Das sind meine Angelegenheiten. Halte dich da raus.»

Sie drehte sich um und ging.

Kathi gab nicht so schnell auf. *«Du bist ein Kind und ich ein Mann»*, rief sie ihr nach. «Waren das nicht seine Worte?»

Grit, die Tür bereits in der Hand, hielt inne. «Was willst du damit sagen?»

«Ich habe verstanden, dass Dornbusch nichts von dir wissen will. Schließlich ist er Stadtrat und Ehemann. Du hingegen bist eine einfache Dirne aus dem Stachel.»

Grit brauste auf. «Du kleine, gemeine Kröte …»

«Beruhige dich», sagte Kathi. «Es sind nicht meine Worte. Ich habe nur wiederholt, was ich gehört habe.»

Als Grit klarwurde, dass Kathi recht hatte, lenkte sie ein. «Ja, das hat er gemeint. Ich bin ein nichtsnutziges Ding, und er ist ein erwachsener Mann.»

Hier musste Kathi ansetzen. «Komm, ich will dir etwas zeigen.»

Sie führte sie zu einem Seitenaltar. Dort hing ein großes Marienbild. Auf dem Arm der Heiligen Jungfrau saß das Jesuskind mit einer leuchtend goldenen Krone auf dem Kopf. Sein Gesicht hatte einen seltsam erwachsenen Ausdruck, und wie das Kind die Hand nach vorne streckte, mochte man meinen, ein Feldherr gebot seinen Soldaten. Und tatsächlich, die vielen Menschen auf dem Bild warfen sich vor ihm nieder und beteten ihn als ihren Gott und König an.

«Schau dir dieses Bild mal genauer an», sagte Kathi. «Und alle anderen, die du in dieser oder auch in den anderen Kirchen von der Heiligen Jungfrau und dem Jesuskind siehst. Fällt dir dabei etwas auf?»

Grit wusste nicht, worauf Kathi hinauswollte. «Wonach soll ich denn suchen?»

«Schau einfach das Bild an und frag dich, welche Macht dieses Kind besitzt, dass sich alle Erwachsenen vor ihm niederwerfen.»

«Aber es ist Jesus, Gottes Sohn.»

«Das Jesuskind wusste davon nichts. Erst die Erwachsenen haben ihn zu einem Gott gemacht.»

«Tatsächlich?»

Kathi nickte. «Und jetzt frage dich: Wäre es nicht schön, auch so viel Macht über die Erwachsenen zu besitzen wie dieses nackte Jesuskind?»

Grit ließ die Worte und das Bild auf sich wirken, und je länger sie über die Macht des Jesuskindes als auch über ihre eigene Ohnmacht nachdachte, desto stärker wurde der Wunsch nach Vergeltung.

«Ich glaube, ich verstehe, was du meinst. Aber wie willst du das anstellen?»

Kathi lächelte. «Es ist einfacher, als du denkst.»

11

Der Morgen war frostig und feucht. Vom nahen Main zog Nebel auf und tauchte die Stadt in ein düsteres, graues Licht. Er kroch durch die Ritzen im Mauerwerk, hinein in die kalten Stuben, wo sich die frommen Seelen unter der Last der Albträume in den Betten wälzten. Auf der Haut fühlte er sich unangenehm an, als überkäme einen der fahle Hauch des Todes.

Kathi kam dieser Umstand gerade recht, so brauchte sie sich nicht zu verstellen. Sie kauerte sich vor das Tor zur bischöflichen Kanzlei und wartete auf einen Hofbeamten, der sie zitternd vor Angst vorfinden sollte.

Noch vor dem ersten Hahnenschrei hatte sie sich an ihrer schlafenden Mutter vorbei aus dem Haus geschlichen. Helene durfte nichts wissen von ihrem waghalsigen Plan, denn schon bald würde auch sie dem Hexenkommissar Rede und Antwort stehen müssen. Je weniger sie dann wusste, desto größer war die Aussicht, dass ihr Vorhaben gelang.

Kathis Nachthemd war nass und entlang des Saums von roter Erde beschmutzt. Die gleiche Erde, wie sie an einer ganz bestimmten Stelle am Schalksberg zu finden war – an genau jener Stelle, wo der letzte Hexensabbat stattgefunden haben sollte. Eine herumziehende Händlerin, die Knöpfles-Hökerin, war im letzten Monat verbrannt worden, weil sie auf ihrem nächtlichen Flug zum Schalksberg gesehen worden war. Als Beweis galt die rote Erde vom Schalksberg, die noch an ihren Schuhen geklebt hatte.

Mit einer Rute hatte sich Kathi quer über die Schenkel Striemen zugefügt, um ihren nächtlichen Ausritt glaubhaft aussehen zu lassen. Was noch fehlte, war ein scheinbarer Beweis, dass sie dem Leibhaftigen tatsächlich gegenübergestanden hatte. Dazu hatte sie sich die Schwanzhaare einer Ziege besorgt, die sie in ihren klammen Händen hielt.

Schritte hallten über den Marktplatz zu ihr herauf. Ihrer Abfolge nach handelte es sich um einen Mann, der beschwingt unterwegs war. Er pfiff eine Melodie, zu der er am Abend zuvor vielleicht getanzt hatte. Das konnte nur ein Beamter des Malefizgerichts sein, dachte Kathi. Niemand sonst hatte in diesen Zeiten Grund und Gelegenheit zu feiern.

Kathi sank zu Boden. Die nackten, geschundenen Beine umschlossen, begann sie zu wimmern, wie es nur ein armes, verlassenes Kind tun konnte. Als der Mann näher kam, das Weinen hörte und Kathi schließlich am Tor sitzen sah, war seine gelöste Stimmung verflogen. Er beugte sich zu ihr hinab und strich ihr über das zerzauste Haar.

«Was ist mit dir?», fragte er besorgt.

Kathi hob den Kopf. Die Tränen hatten sich mit dem Schmutz auf ihren Wangen vermischt, sie machte einen bemitleidenswerten Eindruck.

«Helft mir, Herr», schluchzte sie, «der Teufel will mich zu seiner Braut machen.»

«Der Teufel?», antwortete der Mann überrascht. «Wie kommst du darauf?»

«Weil er mir nachstellt.» Sie zeigte auf den roten Saum ihres Nachthemds. Ein Mann, und dann noch so ein hilflos dreinschauender wie dieser, vermochte darin nur einen Grund zu erkennen. Ein Mann musste diesem Kind Gewalt angetan haben.

Er griff ihr unter die Arme und half ihr auf. «Komm mit», sagte er. «Ich mache uns ein Feuer und ein warmes Bier. Das wird dich stärken.»

Kathi nahm das Angebot nur zu gerne an. Ihre Füße waren wie erfroren, das Humpeln fiel ihr leicht. Sie folgte ihm hinein in die dunkle Schreibstube der Kanzlei, wo er sie neben dem Ofen auf eine Bank setzte. Es war noch ausreichend Glut vom Vorabend da, sodass die neuen Scheite schnell Feuer fingen und eine wohlige Wärme verströmten. Die Flammen warfen wirre Bilder an die kargen Wände und machten die Stube zu einem geheimnisvoll aussehenden Ort.

«Hier, trink vorsichtig», sagte der Mann, der sich als Malefizschreiber entpuppte – der engste Mitarbeiter des Hexenkommissars Dürr.

Er reichte ihr den erwärmten Krug mit Bier.

Kathi griff zu und nahm einen tiefen Schluck. Das warme Gebräu lief ihr weich die Kehle hinunter, und schon bald verspürte sie ein angenehmes Kribbeln in Bauch und Kopf.

«Langsam», sagte der Malefizschreiber. «Es ist genug da.»

Aber Kathi fror und leerte den Humpen bis zur Hälfte.

«Nun sprich, was hat der Teufel dir angetan?»

Die vorbereiteten Worte lagen Kathi schwer auf der Zunge. Ihre Sinne schienen sich zu drehen wie das Bier in ihrem Bauch. Es war ein schönes, befremdendes Gefühl. Es flutete ihren Körper wie ein warmer Sommertag nach einem langen Winter. Noch nie zuvor hatte sie Bier getrunken, und jetzt gleich so viel davon. Irgendwie wollten sich nun die Worte nicht mehr so fügen, wie sie es sich ausgedacht hatte.

«Er hat mich gerufen», stieß sie hervor, um sich gleich selbst zu verbessern. «Nein, nicht der Teufel ... Es war ...»

Sie musste eine Pause machen und nachdenken.

«Wer?», fragte er ungeduldig. «Wer hat dich gerufen?»

Jetzt fiel es ihr ein.

«Babette.»

Der Malefizschreiber zuckte zurück. «Das alte Hexenweib, das wir zu Tode befördert haben?»

Sie nickte, wenngleich sie ihm bei diesen Worten am liebsten den Krug über den Kopf geschlagen hätte.

«Aber sie ist doch tot.»

«Babette ...», sie suchte nach Worten, «ihr kalter, lebloser Geist kam letzte Nacht in meine Kammer.»

Sie nahm noch einen Schluck und spürte, wie ihr Körper und Geist vom warmen Bier eingenommen und sanft in den Schlaf getrieben wurden.

«Was wollte er von dir?»

«Folgen», antwortete sie. Ihre Augen und die Zunge wurden schwer.

«Wohin solltest du ihm folgen?»

«Schalksberg», hörte sie sich noch sagen, als sie in ein wohliges und friedliches Dunkel hinüberglitt.

Es mochte eine gute Stunde oder mehr vergangen sein, als Kathi unsanft geweckt wurde. Sie blickte in das Licht, das ihr vom Fenster aus in die Augen stach.

«Sie kommt zu sich», hörte sie eine ihr bekannte Stimme. «Meister Dürr, sie wacht wieder auf.» Der Mann schien froh zu sein, er wirkte erleichtert.

Schemenhaft erkannte sie eine zweite Person. Kathi sah sich um. «Wo bin ich?»

«Gott sei Dank», sagte der Malefizschreiber. «Ich dachte schon, du würdest gar nicht mehr aufwachen. Du hast wirr dahergeredet, als steckte dir das Gift des Teufels noch in den Knochen.»

Sie erschrak. Hoffentlich hatte sie sich nicht verplappert. «Was habe ich denn gesagt?»

«Schalksberg, Tanz, Babette und noch manches mehr, das ich nicht verstehen konnte.»

Sie atmete auf. Gottlob, alles andere hätte sie den Kopf

gekostet. Dieser tat ihr allerdings schrecklich weh, und außerdem hatte sie einen fürchterlichen Geschmack im Mund.

«Wasser, bitte», flüsterte sie, und während der Mann es holte, beugte sich die zweite Person über sie. In ihr erkannte sie den Hexenkommissar Dürr.

«Man sagte mir», begann er, «du seist in der Nacht heimgesucht worden.»

Mühsam versuchte sie sich zu konzentrieren und fasste sich an den schmerzenden Schädel. Sie durfte jetzt keinen Fehler begehen. Was waren noch einmal die Worte, die sie dem Hexenkommissar sagen wollte?

«Babette ... der Geist von Babette ist mir erschienen.»

Dürr reagierte misstrauisch. «Babette? Die alte Hexe ist tot. Ich habe es mit eigenen Augen gesehen. Du warst doch auch auf dem Sanderanger. In dem alten Hexenweib steckte kein Funken Leben mehr. Also, wie kann sie dir dann erschienen sein?»

«Ja, Herr», stimmte sie ihm zu, «aber es war ihr Geist, der zu mir kam, nicht ihr Körper. Versteht Ihr?»

Nein, er verstand nicht. «Was meinst du mit ihrem Geist? Die Alte ist tot, und mit ihr alles, was uns gefährlich werden kann.»

«Etwas hat überlebt. Ich schwöre es.»

Dürr hatte im Laufe der Jahre viel Absonderliches über Hexen gehört, aber niemals, dass der Geist einer zu Tode gebrachten Hexe jemandem erschienen war.

Doch dann kam die Erinnerung an die alte Holle wieder hoch, deren Geist nach Belieben die Körper wechseln konnte. *Das Unwesen der Hexerei ist eine Krankheit, die sich über die Luft, das Wasser und den Geist verbreitet.*

Das letzte Mal bei der kleinen Johanna. Sie war im Hof der

Kanzlei vom Leben zum Tode befördert worden. Keiner der anwesenden Herren hatte sich anschließend seltsam benommen, und daher war er davon ausgegangen, dem Spuk ein Ende bereitet zu haben.

Nun aber sprach dieses Mädchen von einem vergleichbaren Vorgang.

Er musste umsichtig handeln. Dieses Mädchen war bei der Kalkgrube gewesen, just in dem Moment, als alles Leben aus der Alten gewichen war.

«Wann ist dir der Geist der Babette erschienen?», fragte Dürr misstrauisch.

«Es war mitten in der Nacht», antwortete Kathi, «plötzlich wurde es bitterkalt in meiner Stube.»

«War das Fenster geöffnet?»

«Nein, Herr, ich hatte es eigenhändig verschlossen, als ich zu Bett ging.»

Dürr nickte aufmunternd. «Was ist dann geschehen?»

«Ich spürte, dass jemand im Raum war, jemand, den ich kannte und der mir lieb war.»

«Babette.»

Kathi bestätigte es. «Ihr Geist erhellte die Stube, wie es das Feuer aus diesem Ofen tut. Ihr Körper und Gesicht waren nicht mehr alt, sondern jung und hübsch. Es schien, als ob sie einem Jungbrunnen entstiegen wäre. In ihrem Haar züngelten Flammen, und aus dem Mund kamen die süßesten Worte, die ich jemals gehört habe.»

«Was hat sie gesagt?»

«Dass ich ihr folgen solle, hinauf zum Schalksberg, wo ihr Herr und Meister zum Tanze lädt.»

«Wer ist ihr Herr und Meister?»

«Ihr wisst es schon, Herr. Der mit dem Huf und den Hörnern. Ich will seinen Namen nicht aussprechen.» Sie schniefte. «Dort würde es Essen und Trinken in Fülle geben, versprach Babette. Die feinsten Speisen und Getränke, die man sich nur vorstellen kann, standen dann auch wirklich für jeden bereit.»

«Außer dir waren also noch andere dort.»

«Ja, Herr, und ich wage es gar nicht zu sagen … Sie waren ganz ohne Kleider, so, wie der Herr im Himmel sie geschaffen hat. Sie tanzten und …»

«Hast du jemanden erkannt?»

«Lasst mich zuerst erzählen, wie es weiterging, Herr.» Und weil es zuvor bei dem Malefizbeamten schon seine Wirkung getan hatte, zog sie auch jetzt die Beine an, schlang die Arme darum und vergrub ihren Kopf im Schoß.

Nun saß da ein kleines Knäuel mit Wuschelkopf neben dem Ofen, das mit schluchzender Stimme stammelte: «Und wenn ich wollte, gäbe es da auch einen Jungen …»

Von dem Gedanken angewidert, erhob sich Dürr.

Zur rechten Zeit kam der Malefizbeamte mit dem Becher Wasser zurück. Er wusste nicht, was in den letzten Minuten gesprochen worden war, aber beim Anblick des Mädchens konnte er sich vorstellen, dass etwas Fürchterliches geschehen sein musste. Er setzte sich fürsorglich neben sie und gab ihr zu trinken.

Dürr behielt sie im Auge. Derartige Beschreibungen eines Hexensabbats hatte er in der Vergangenheit schon oft gehört, wenngleich erst nach der Folter. Bei diesem Mädchen jedoch verhielt es sich anders. Sie war von niemandem beschuldigt worden, sondern aus eigenen Stücken zu ihm gekommen. Sie sprach frei von der Seele weg. Seltsam.

Doch konnten ihre Angaben stimmen? War sie überhaupt auf dem Schalksberg gewesen? Der rote Saum ihres Nachthemds wies darauf hin.

«Lass eine Hebamme kommen», befahl er dem Malefizschreiber.

Um das Mädchen in aller Ruhe zu beobachten und um sehen zu können, was geschah, nahm sich Dürr einen Stuhl und setzte sich in angemessener Entfernung vor sie hin.

Kathi widerstrebte die unvermittelte Nähe zu diesem Scheusal. Sie rückte auf der Bank ein Stück weg. Dürr schaute ihr dabei unbeeindruckt zu.

Was hatte dieser Kerl vor, fragte sie sich. Es konnte eine Stunde dauern oder länger, bis die Hebamme eintraf. Wollte er tatsächlich die ganze Zeit dort sitzen und sie beobachten? Der Gedanke war ihr unangenehm. So verbarg sie ihr Gesicht erneut im Schoß und starrte auf das Nachthemd. In Gedanken ging sie alles noch einmal durch. Die Geschichte vom Schalksberg und dem Hexensabbat hatte Dürr bereitwillig geschluckt, zumindest schien es so. Babettes geisterhafte Erscheinung stellte auch keine Hürde dar. Fragte sich, was er zu dem Ergebnis der Untersuchung sagen würde. Sie hatte alles sorgsam präpariert.

Alles, fragte sie sich, wirklich alles?

Ein Schreck durchzuckte sie. Wo waren die Ziegenhaare? Vor dem Tor hatte sie sie noch in der Hand gehalten. Und jetzt? Sie konnte sie nicht mehr entdecken. Hatte sie die Haare während ihres Schlafs freigegeben, oder hatte sie sie bereits vor dem Tor der Kanzlei verloren?

Das Ziegenhaar war wichtig. Es war der unzweifelhafte Beweis, dass sie Kontakt mit dem Gehörnten gehabt hatte.

Verstohlen blickte sie zur Seite. Lag es irgendwo auf der Bank neben ihr? Da war nichts zu sehen. Auf dem Boden? Auch nichts.

Dann musste es vor dem Tor liegen. Sie brauchte es unbedingt, bevor die Hebamme sie untersuchte. Wie schaffte sie es nur, an Dürr vorbeizukommen, ohne Verdacht zu erwecken?

Die Frage wurde mit Erscheinen der Hebamme überflüssig. Nun war es zu spät. Sie konnte nur hoffen, dass die übrigen Hinweise ausreichten, um sie zu überzeugen.

«Ist sie das?», fragte die Hebamme und wies auf Kathi.

Dürr nickte. «Untersuche sie.» Dann zeigte er auf Kathis Nachthemd. «Da sind Spuren.»

Die Hebamme nahm es zur Kenntnis und führte Kathi in die Kammer nebenan. Dort war es merklich kühler, dafür heller. Durch das Fenster strahlte das Licht herein und fiel auf einen Tisch, der inmitten des Raums stand. Davor stand ein Stuhl. An den Seiten der Tischplatte erkannte Kathi Ketten, die fest mit dem Tisch verbunden waren und in einer Schelle endeten. Zweifellos wurden mit diesen Ketten Menschen an den Tisch gefesselt. Fragte sich nur, zu welchem Zweck.

«Leg dich mit dem Rücken auf den Tisch», bestimmte die Hebamme. Kathi folgte der Anweisung. «Ich hoffe, dass wir die nicht brauchen», sagte sie und deutete dabei auf die Ketten.

Kathi schüttelte entschieden den Kopf und legte sich hin.

Ihr Blick ruhte auf der Decke, die speckig braun glänzte. An den Seiten warfen Rußfahnen ihre Schatten. Sie fragte sich, wie viele schon vor ihr auf diesem Tisch gelegen hatten. Ob sie alle dieselben bangen Fragen umgetrieben hatte wie Kathi in diesem Moment? Wie wird die Untersuchung für mich enden? Ihr Herz schlug schneller.

«Beine anwinkeln», befahl die Frau und streifte ihr das Nachthemd bis zum Bauch hoch. Kathi spürte die prüfenden Blicke auf ihrer Haut. Zuerst würde die Hebamme die Striemen sehen und sich fragen, wie sie dort hingekommen waren.

«Du warst letzte Nacht auf dem Schalksberg?», fragte sie unvermittelt.

«Ja», antwortete Kathi.

Dann würde sie nach weiteren Malen Ausschau halten. Male der Gewalt, Male der Verwandlung, Male des Teufels.

«Hast du dich ihm hingegeben?»

«Nein», antwortete Kathi überzeugt, um im nächsten Moment laut aufzuschreien.

Etwas Hartes, Kühles war in sie eingedrungen. Es spreizte sie auseinander, sodass sie glaubte, den Halt zu verlieren.

«Bitte», flehte sie, «hört auf damit.»

«Ruhig», sagte die Frau, «es ist gleich vorüber.»

Sie blickte an sich herunter und sah die Hebamme auf dem Stuhl sitzen, nach vorne gebeugt und mit prüfendem Blick.

«Du hast immer keusch gelebt», sagte diese mehr zu sich selbst, als dass sie fragte.

Offenbar hatte sie gefunden, wonach sie suchte.

«Nie hat mich jemand berührt», antwortete Kathi.

Die Hebamme wich zurück, der Stuhl knarrte. «Das will ich dir glauben.»

Doch in dem Moment, als sie sich erheben wollte, hielt sie plötzlich inne.

«Warte», sagte sie und griff Kathi unter ihren Hintern. Dort, wo sich das Nachthemd gestaucht hatte, war ihr etwas aufgefallen, etwas, das nicht dorthin gehörte. Mit gespreizten Fingern zog sie es hervor und betrachtete es im Licht. Es waren Haare, auffallend hell und gerade. Sie konnten von allem Möglichen stammen, nur nicht von diesem Kind.

Als Kathi den Kopf hob, erkannte sie sofort, um was es sich handelte – die Haare der Ziege, die sie vergeblich in der Schreibstube gesucht hatte. Vermutlich hatte sie sie im

Schlaf losgelassen und war die ganze Zeit auf ihnen gesessen. Kein Wunder, dass sie verschwunden geblieben waren.

Die Hebamme konnte sich keinen rechten Reim auf diese Haare machen, bis sie schließlich daran roch.

«Bah», wandte sie sich angewidert ab, «das sind ja ...»

Mehr sagte sie nicht, sie befahl nur noch: «Du bleibst hier.» Dann verschwand sie eilends in die Schreibstube.

Kathi stemmte sich hoch. Es schmerzte zwischen ihren Beinen, aber sie musste einfach wissen, worüber die Hebamme mit dem Hexenkommissar sprach. Wie auf rohen Eiern trippelte sie zur Tür und spähte durch das Türschloss.

Von den Worten, die dort gesprochen wurden, verstand sie nicht viel. Doch was sie sah – wie die Hebamme die Untersuchung schilderte und wie Dürr darauf reagierte –, reichte völlig aus, um sich ein klares Bild vom Inhalt ihres Berichts zu machen.

Zu Anfang zeichnete die Hebamme die Striemen nach, die sich auf Kathis Schenkel befanden. Sie waren ein klarer Hinweis für einen Ritt auf dem Besen. Dann beschrieb sie mit auffallend gelassener Miene Kathis Jungfräulichkeit. Dürr fragte nach, aber das Ergebnis blieb das Gleiche: Kathi war unberührt.

Der Malefizschreiber war bei dieser Versicherung seltsam berührt. Eine Last schien ihm von den Schultern zu fallen.

Dürr wusste nicht recht, was er mit dieser Information anfangen sollte, bis die Hebamme die Ziegenhaare präsentierte. Sie forderte Dürr auf, daran zu riechen. Anfänglich weigerte er sich, doch dann gab er nach und zog sich ebenso angeekelt zurück wie zuvor die Hebamme.

Die Bestimmung der Haare als die einer Ziege oder, wahrscheinlicher, die eines Ziegenbocks, ließ sich am ehesten am Gesicht des Malefizschreibers erkennen. Von einer Sekunde auf die andere verlor es seinen erleichterten Ausdruck und sah bestürzt aus. Entsetzt hielt er sich sogar die Hand vor den Mund.

Nun war es heraus. Der letzte Beweis für eine nächtliche Ausfahrt zum Hexensabbat war gegeben, da jeder wusste, dass der Teufel im Körper eines Ziegenbocks steckte und mindestens genauso abscheulich stank wie die Haare, die an Kathis Nachthemd hafteten.

Mit dem Beweis vor Augen fragte Dürr abermals nach und erntete erneut nur Kopfschütteln. Nein, Kathi hatte keine Unzucht begangen, aber darauf folgte ein entschiedenes Ja. Irgendwie war sie mit dem Teufel in Kontakt getreten, die Haare sprachen dafür. Wie aber war das vonstattengegangen? Auch die Hebamme zuckte mit den Schultern.

Dürr gab sich damit zufrieden und wies den Malefizschreiber an, das Weib für seine Dienste zu entlohnen. Er selbst ließ sich auf dem Stuhl nieder und dachte nach.

Kathi meinte, eine gewisse Ratlosigkeit in seinem Blick zu erkennen. Sie atmete erleichtert auf. Ihr Plan war aufgegangen. Eine fachkundige und am Malefizgericht tätige Hebamme hatte sie der Teufelsbuhlschaft freigesprochen, aber den Ausritt mit dem Besen auf den Schalksberg bestätigt. Damit hatte ihre Aussage Gewicht.

Nun fehlte nur noch eins – der Auftritt von Grit. Wenn diese eine Hebamme aus der bischöflichen Kanzlei kommen sah, sollte sie noch eine Minute warten, bevor sie dem ratlosen Dürr das nächste Rätsel aufgab. Der hatte unterdessen den Malefizschreiber angewiesen, Kathi in die Schreibstube zu holen. Schnell lief Kathi zurück an den Tisch.

Mit einer Decke in der Hand öffnete der Schreiber die Tür und legte sie Kathi um.

«Was geschieht nun mit mir?», fragte sie.

«Du musst keine Angst haben», beruhigte er sie. «Meister Dürr wird dir noch ein paar Fragen stellen, und danach kannst du nach Hause gehen.»

«Das wäre schön», seufzte sie und folgte ihm hinüber in die Stube. Dort nahm sie wieder auf der Bank neben dem Ofen Platz. Vor ihr saß Dürr, wie immer still, wie immer in Gedanken versunken, noch immer argwöhnisch. Was geht in seinem Kopf vor, fragte sie sich.

Zum zweiten Mal hatte Dürr nun ein Kind vor sich. Der kleinen Johanna war er erst nach vielen Tagen auf die Spur gekommen, und das auch nur, weil sie sich am Ende selbst überführt hatte. Er hatte damals gespürt, wie nahe er ihren Zweifeln und ihrer Widersprüchlichkeit gekommen war. Auch unter den Bürgern und ehrenwerten Herren von Stadt und Kirche hatte ein spürbares Unverständnis geherrscht.

Ein Kind sollte eine Hexe sein? Wie konnte Gott es zulassen, dass unschuldige Kinder zu Hexen wurden? Wollt ihr mich zu einem zweiten Herodes machen?

Dürr war verwirrt. Weder in der kaiserlichen Rechtsprechung noch im «Malleus Maleficarum», dem «Hexenhammer» des Heinrich Kramer, war von Kinderhexen die Rede. Dort stand lediglich geschrieben, dass Kinder nicht als Zeugen aussagen und auch nicht zur Folter herangezogen werden durften. Anders verhielt es sich mit den Kindern von Hexen. Bei ihnen war davon auszugehen, dass sie bereits mit vergifteter Milch aufgezogen worden waren und daher, wenn auch unverschuldet, selbst zu Hexen wurden. Doch davon wussten die Bürger nichts. Ihre Kinder waren ihnen heilig, auch wenn sie es mit der Zucht zuweilen übertrieben. Würde es Gott überhaupt zulassen, dass Kinder dem Hexenwerk anheimfallen könnten? Wenn ja, wie stand es dann um die Rechtschaffenheit Gottes? Ein unvorstellbarer Gedanke. Dürr mochte ihn nicht.

Dennoch, erst Johanna und nun Kathi. Er musste sich Fragen stellen. Sein Bischof würde Antworten verlangen, wenn er ihm berichtete. Erneut sah er dessen Entsetzen vor sich, als er den Vorschlag seines Kollegen Faltermayer gehört hatte. Was würde geschehen, wenn ein Kind der Hexerei bezichtigt und verurteilt würde? Wie sollte er, wie sollten die Priester und der Bischof das den Bürgern erklären? Es würde eine Reihe von Nachforschungen nach sich ziehen, die er nicht mehr unter Kontrolle hatte. Ganze Familien würden entwurzelt und ins Feuer geworfen werden. Dieser Weg führte geradewegs in die Hölle. Einmal eingeschlagen, gab es kein Zurück.

So war Dürr im Fall dieser Kathi zunächst ratlos. Ihre Mutter Helene war eine rechtschaffene und unbescholtene Frau. Man konnte ihr nichts anhängen. Lediglich deren Mann Heinrich, der sich wahrscheinlich mit dem Geld des Bischofs davongemacht hatte, konnte ein schlechtes Licht auf sie werfen. Das schien ihm aber doch zu weit hergeholt, schließlich konnte er ihn weder befragen noch öffentlich anklagen.

Blieb also nur dieses Mädchen. An ihren Bericht musste er sich halten. Wenn er ihr nachweisen konnte, dass der giftige Geist Babettes auf sie übergesprungen war, gab es nichts mehr zu leugnen. Er musste sie befragen und beobachten. Alles Weitere war Sache des Bischofs. Der würde dann entscheiden, was mit dem Kind zu geschehen habe.

Er gab dem Schreiber Zeichen, die Befragung mitzuschreiben.

«Du willst Freunde und Bekannte auf dem Schalksberg gesehen haben?», begann er unvermittelt.

«Ja, Herr, Bekannte», antwortete Kathi. «Freunde waren keine darunter.»

«Um welche Bekannte handelt es sich, und was haben sie dort getan?»

Nun endlich hatte Dürr die Frage gestellt, auf die Kathi hingearbeitet hatte. Mit ihrer Antwort würde sie das Pendel an sich reißen, mit dem sie über Leben und Tod entschied. Nach all den Demütigungen der vergangenen Jahre, den Entbehrungen und der Machtlosigkeit würde sie sich mit ihrer Aussage zur Anklägerin aufschwingen und nicht mehr länger ein Mädchen sein, das man nach Belieben züchtigen konnte. Getreu dem Bibelvers *Auge um Auge, Zahn um Zahn* würde sie nun das tun, was Pfarrer, Lehrmeister und Eltern von jeher von ihr verlangten: ein pflichtbewusster und guter Christenmensch zu sein.

Ein guter Anfang war es, mit den Zeugen zu beginnen, die Babette der Hexerei beschuldigt hatten.

«Da war Cornelius, des Meisters Grimm erster Sohn», erinnerte sie sich, zumindest spielte sie die Rolle glaubwürdig. «Er war, wie Gott ihn geschaffen hat und mit einem Weibsbild zusammen, das ich in der Stadt schon einmal gesehen habe.»

«Welches Weibsbild», fragte Dürr. «War sie vielleicht auch nackt?»

Kathi nickte. «Ja, beide waren es, und sie haben getan, worüber es sich nicht zu sprechen ziemt.»

«Nun sag schon. Welches Weibsbild war es?»

«Es war Hortensia, Eheweib des Schulmeisters Paulus.»

Dürr erinnerte sich. Hatte diese Hortensia Paulus nicht Babette beschuldigt, das Geschlechtsteil ihres Mannes derart verzaubert zu haben, dass es nur noch zum Wasserlassen gebraucht werden konnte und nicht mehr zu dem, was Eheleute machten, um die Nachkommenschaft zu sichern?

Dieses lüsterne Weibsbild verlustierte sich demnach mit einem jungen Burschen, der ihr geben konnte, wonach es sie verlangte. Das würde auch zu diesem Cornelius Grimm passen, sagte sich Dürr. Bei seiner Zeugenaussage war er durch sein zügelloses, wildes Gemüt aufgefallen. Ihm traute Dürr es zu, der verdrossenen Hortensia zu geben, worauf sie offenbar sehnlichst wartete.

Und noch eine Person fiel Dürr bei dem Namen Hortensia Paulus ein – seine Mutter. Sie war seit einiger Zeit gut mit ihr befreundet. Seine Mutter hatte ihn gedrängt, der Aussage der Paulus gegen Babette besonderes Gewicht zu geben, obwohl er ihr misstraut hatte. Er kannte sie nicht persönlich, nur vom Sehen, da sie nicht weit vom Haus seiner Mutter entfernt wohnte. Aber alte, gehässige Tratschweiber waren ihm höchst unangenehm, und genau zu dieser Sorte zählte er sie.

«Da war noch jemand», fuhr Kathi fort. «Ich weiß seinen Namen nicht, aber er geht im Rathaus ein und aus. Dabei trägt er schwer an seinem verkrüppelten linken Arm.»

«Stadtrat ...», entfuhr es Dürr, der gerade noch den Namen unterdrücken konnte. Der Name musste von Kathi kommen, sonst konnte man ihm vorwerfen, er hätte ihn der Zeugin in den Mund gelegt.

«Erinnere dich. Wie heißt der Mann?»

«K... Knaus, nein, irgendetwas mit B. Ich habe ihn nur einmal gehört. B... Bauth?»

«Der Stadtrat Joachim Bauth?»

Kathi bestätigte es. Er hatte Babette mit der Aussage belastet, dass sie ihn als Kind über dem Feuer geröstet habe. Daher sein verkrüppelter Arm.

Nun wird der Rest deines Körpers dem Arm folgen, dachte Kathi. *Auge um Auge.*

«Was machte der verkrüppelte Stadtrat auf dem Schalksberg?», fragte Dürr.

«Ich habe ihn mit dem Gehörnten reden sehen, wie sie Gold und Schlüssel tauschten.»

«Schlüssel? Die der Stadt vielleicht?»

«Schon möglich.»

«Kein Wunder, wenn wir der Seuche nicht Herr werden können. Der Teufel hat freien Zugang.»

Unvermittelt klopfte es an der Tür. Der Malefizschreiber legte seinen Federkiel beiseite und schaute nach.

«Zu Meister Dürr», drang eine aufgebrachte Männerstimme herein. «Schnell, es eilt.» Kathi wusste genau, auf wen dieser forsche Ton passte. Auf einen Mann, dem das Seelenheil der Kinder mindestens genauso wichtig war wie seine Anerkennung als vollwertiger Pfarrer.

12

Der Schreiber meldete einen Vikar Ludwig und ein Kind in seiner Begleitung.

Während einer Befragung ließ sich Dürr nur ungern stören, aber Vikar Ludwig blieb nicht länger vor der Tür stehen. Mit Grit an der Hand stürzte er in die Stube.

«Meister Dürr», drängte er, «ich muss etwas zur Anzeige bringen.»

«Geduldet Euch», antwortete Dürr mürrisch, «ich will diese Befragung noch zu Ende bringen.»

«Die Sache duldet aber keinen Aufschub. Dieses Kind hier», er schob Grit nach vorne, «hat mir soeben gebeichtet, dass sie vergangene Nacht zum Schalksberg ausgefahren sei. Eine tote Hexe habe ihr dabei geholfen.»

Jetzt erst sah er Kathi. Für einen Moment war er irritiert, fragte sich, was eine seiner Schülerinnen hier verloren hatte, erst recht in einem derart ungebührlichen Aufzug. Aber das Seelenheil Grits war in diesem Augenblick dringlicher.

Dürrs Verstimmung war bei den Worten *Schalksberg*, *ausgefahren* und *tote Hexe* schnell verflogen. Sollte es tatsächlich noch ein weiteres Kind gegeben, das an demselben Vorfall beteiligt war?

Er schaute sich das Kind an Ludwigs Hand genauer an. Sie hatte den Kopf gesenkt, an den Seiten baumelten zwei schwarze Zöpfe. Ihr Nachthemd, die Beine, Arme und Hände waren derart verschmutzt, als hätte sie sich im Dreck gewälzt. Für ein Kind war sie außerdem auffällig groß und gut gebaut, soweit er das unter dem weiten Nachthemd erkennen konnte.

«Schau mich an», befahl er ihr.

Grit blickte auf, und Dürr staunte nicht schlecht, als er hinter all dem Schmutz das Schankmädchen aus dem Stachel und die Zeugin aus dem Rathaus erkannte.

«Ich kenne dich», sagte er. «Du bist doch das freche Ding …»

Doch das aufreizende Schankmädchen hatte wenig Ähnlichkeit mit diesem Kind hier. Die Dirne aus dem Gasthaus hatte das lange rote Haar offen getragen. Ihr Kleid war figurbetont gewesen, sodass Brüste und Hüften richtig zur Geltung gekommen waren. Dieses Kind aber hatte das schwarze Haar artig zu Zöpfen geflochten, und das einfach geschnittene Nachthemd ließ kaum vermuten, welch wohlgeformter Körper darunter steckte.

Sie hatte unübersehbar eine Wandlung vollzogen, und Dürr tat sich schwer damit.

«Ja, Herr», antwortete Grit überraschend schüchtern. «Wir haben uns kürzlich vor dem Schultheißen gesehen.» Sie mied den Augenkontakt und blickte wieder nach unten.

«Du scheinst mir gar arg verändert.»

Dürr war ein guter Beobachter. Wie kam es, dass aus der Dirne Grit ein eher bemitleidenswertes, schmutziges Mädchen mit langen Zöpfen geworden war, das nun eingeschüchtert und barfuß an der Seite eines Priesters stand?

Für diese Frage fühlte sich Vikar Ludwig zuständig.

«Gestern Abend, kurz vor Torschluss, kam sie zu mir in die Beichte», berichtete er. «Sie beklagte ihr schändliches Leben und bat, wieder in den Kreis der Gläubigen aufgenommen zu werden. Anfangs war ich mir nicht sicher, ob sie es ernst meinte, und fragte, woher der Sinneswandel denn komme. Dann erzählte sie von einem Druck, der auf ihr laste. Ein böses altes Hexenweib habe sie in ihrer Stube aufgesucht und ihr befohlen, sich für einen Ausritt zum Schalksberg bereitzuhalten. In der Nacht, wenn alle schliefen, würde sie sie abholen. Ich wollte ihr zuerst nicht glauben, da ich ja wusste, welch verdorbenes Leben sie führt, und schickte sie weg.

Heute Morgen kam sie erneut zu mir, so, wie Ihr sie jetzt seht, und weinte bitterlich. Das Hexenweib sei tatsächlich in der Nacht zurückgekehrt und habe ihr befohlen, sich zu ihr auf den Besen zu setzen. Dann seien sie in Windeseile hinauf zum Schalksberg gefahren, wo sie Ungeheuerliches erlebt habe …»

«Das reicht», unterbrach Dürr. «Lasst sie erzählen. Ich will es aus ihrem Mund hören.» Er wandte sich an Grit. «Nun sprich. Was ist letzte Nacht passiert?»

Einem Häufchen Elend gleich stand Grit in der Mitte des Raumes. Mit den Fingern der rechten Hand kratzte sie ein ums andere Mal an ihrem Unterarm, als müsse sie sich gegen einen penetranten Juckreiz zur Wehr setzen. Dabei murmelte sie unverständliches Zeug.

«Hast du mich gehört?», fragte Dürr.

«Habt Nachsicht mit ihr», schaltete sich Vikar Ludwig ein. «Sie hat Fürchterliches erlebt.»

«Ja, ja», tat Dürr ab, «trotzdem wird sie wohl den Mund aufmachen können. Oder muss ich davon ausgehen, dass der Teufel sie bereits in Besitz genommen hat?»

Die Warnung war nicht zu unterschätzen. «Ich will ja berichten», sagte sie schnell, «aber so einfach ist es nicht. Ich habe Schlimmes gesehen ...»

Und so begann Grit von der vergangenen Nacht zu erzählen, in der ihr der Geist der toten Hexe Babette erschienen war und sie aufgefordert hatte, ihr zum Schalksberg zu folgen.

Im Grunde tat sie nichts anderes, als Kathis Version zu wiederholen und sie somit zu bestätigen. Sie ging aber noch einen Schritt weiter und sprach von fremden Männern und Frauen, die es gar munter miteinander trieben. Auch Männer mit Männern und Weiber mit Weibern. Nicht einmal Kinder seien verschont worden. So viel Verderbtheit sei ihr bisher nicht untergekommen, selbst in der Zeit im Stachel nicht.

Am schlimmsten seien die Weiber gewesen, die auf Befehl des Leibhaftigen Kinder in große Töpfe warfen und sie kochten. Ein Freudengeschrei und Gejohle sei das jedes Mal gewesen, wenn ein unschuldiges Kinderleben ausgelöscht wurde. Am Ende sei in den Töpfen nichts anderes übrig geblieben als Kinderfett, das die Hexen für die Herstellung der Flugsalbe so dringend benötigten.

Grit hatte die Vorkommnisse in einer beeindruckenden Weise vorgebracht. Am Ende schluchzte und heulte sie herzerweichend. Dabei warf sie sich Ludwig in die Arme und bat inständig um Vergebung für ihr liederliches Leben.

«Seht Ihr», sagte er zu Dürr, «das Kind hat Fürchterliches erlebt.»

Er deutete das Flehen der Reumütigen als göttlichen Auftrag und sprach sie von ihren Sünden los.

Wie immer hatte er auch für diese Situation den passenden Bibelverweis zur Hand. «Sei erfüllt von der grenzenlosen göttlichen Liebe, wie sie schon unser Herr Jesus Christus der Maria Magdalena zuteil hat werden lassen. Gehe nun hin und führe ein gottgerechtes Leben. Deine Sünden seien dir vergeben.»

Dürr interessierte dieser Gnadenakt überhaupt nicht. Es war stattdessen seine Aufgabe herauszufinden, ob die Angaben des Mädchens stimmten und – viel wichtiger – ob sie mit dem Teufel verkehrt hatte. Eine körperliche Untersuchung durch die Hebamme konnte er sich sparen, jeder wusste um ihren Lebenswandel. Die Jungfräulichkeit hatte sie schon lange verloren.

Wenn es stimmte, was Kathi und Grit aussagten, dann mussten sie sich auf dem Schalksberg begegnet sein.

Er befahl Kathi ins Nebenzimmer, wo sie zuvor von der Hebamme untersucht worden war, um sie allein zu befragen.

«Wenn ihr beide letzte Nacht auf dem Schalksberg wart, dann kannst du mir doch sicherlich sagen, ob es zutrifft, was diese Grit uns berichtet hat?»

«Ja, Herr.»

«Nun denn: Stimmt es oder lügt sie?»

«Sie spricht die Wahrheit. Ich habe sie gesehen, und ich habe auch die Frauen gesehen, die die Kinder in die Töpfe warfen.»

«War jemand unter den Weibern, den du kennst?»

«Nein, Herr. Ich war zu weit entfernt.»

Dürr überlegte. Konnte das stimmen?

«Die Feuer bildeten sehr viel Rauch», fügte Kathi hinzu, als sie Dürrs Zweifel bemerkte. «Außerdem war es mitten in der Nacht, und ich war müde.»

Das konnte eine Erklärung sein. Dennoch, ganz überzeugt war er nicht. «Wann hast du Grit das letzte Mal gesehen?»

Kathi dachte nach. Gestern in der Kirche hatte sie niemand bemerkt. Selbst die Nonnen hatten sie nicht miteinander sprechen sehen. Sie waren ganz alleine gewesen. Von daher drohte also keine Gefahr.

«Damals, als wir beim Schultheißen waren», antwortete sie.

«Ich finde es heraus, wenn du mich belügst.»

«Bei meiner Seele. Ich spreche die Wahrheit.»

Dürr nahm es hin. Aber eine Sache war da noch. «Hat Grit mit dem Teufel Unzucht getrieben?»

«Nein, Herr, keinesfalls.»

«Wie kannst du so sicher sein? Es war Nacht, und der Rauch behinderte dich beim Sehen.»

«Das stimmt, aber wenn ich mich recht erinnere, hatte der Teufel andere Dinge zu tun.»

«Welche denn?»

Mit dieser Frage hatte sie nicht gerechnet. Sie hatte mit Grit auch nicht darüber gesprochen. Was sollte sie antworten?

«Er war umringt von anderen Frauen, glaube ich.»

«Hast du jemanden erkannt?»

«Nein, Herr. Ich hatte mich hinter einem Strauch versteckt.»

«Warum?»

«Weil ich zu viel Angst hatte.»

«Davon hast du vorhin aber nicht gesprochen.»

Richtig. Wieso eigentlich nicht? Sie wählte die naheliegende Erklärung.

«Verzeiht mir, Herr. Ich war zu aufgeregt.»

Misstrauisch beobachtete Dürr sie eine Weile. Dann entschied er sich, Grit zu befragen, während Kathi in diesem Raum zurückbleiben musste. Er war gespannt, wie Grit seine Fragen beantworten würde.

«Hast du Kathi auf dem Schalksberg gesehen?», fragte er sie streng.

«Ja, Herr.»

«Was hat sie dort getan?»

«Nichts. Sie war einfach nur dort.»

«Du lügst.»

«Nein, Herr. Ich würde Euch niemals belügen.»

«Sie sagt, du hättest Unzucht mit dem Teufel getrieben.»

«Das stimmt nicht.»

«Dann lügt sie also.»

«Sie muss mich verwechselt haben.»

«Wie soll das möglich sein?»

«Ich meine, sie muss mich mit einer anderen Frau verwechselt haben.»

Jetzt hatte er sie. Er grinste abfällig. «Und wer sollte das bitte schön sein?»

«Felicitas Dornbusch. Das Eheweib des Stadtrats Christian Dornbusch.»

13

Die Bürger der Stadt verstanden es als unmittelbaren Angriff des Bösen auf ihre Nachkommenschaft. Sie waren wie erstarrt und fragten sich: Konnte es etwas Abscheulicheres und Verdammungswürdigeres geben, als Kindern die Aussicht auf Erlösung und Eingang ins Himmelreich zu verwehren?

Die Nachricht vom nächtlichen Hexenflug hatte sich in Windeseile verbreitet. Erstmals waren Kinder von Hexen entführt und zum Hexensabbat gebracht worden. Dort wartete bereits der Teufel auf die unschuldigen Seelen. Wer sich ihm nicht unterwarf, sah seinem baldigen Ende entgegen.

Daher richtete sich der Zorn vornehmlich der Bürgerinnen und Mütter weniger auf den Teufel selbst als auf seine Gehilfinnen, die Hexen, die diese unverzeihliche Grausamkeit durch ihre Gier erst ermöglichten.

Umso mehr traf es sie, dass eine Hauptverantwortliche für den Frevel nicht irgendein niederträchtiges und rachsüchtiges Weibsbild sein sollte, sondern ausgerechnet Felicitas Dornbusch, die für ihre Gläubigkeit, ihre Demut und ihre Mildtätigkeit im Kinderheim von vielen bewundert, von manchen gar verehrt wurde.

Da fragte man sich schnell, wer diesen Vorwurf denn erhob. Als die Antwort lautete, es handle sich um Grit, die Dirne aus dem Stachel, waren sie im ersten Moment erleichtert. Ein leichtfertiges Schankmädchen besaß keine Glaubwürdigkeit, und erst recht nicht, wenn sie eine wie Felicitas Dornbusch beschuldigte.

Im zweiten Moment jedoch erhob sich eine Welle des Protestes gegen das schamlose Weibsbild. Durfte so ein Mensch ungestraft eine angesehene Bürgerin der Hexerei bezichtigen?

Die Empörung schwappte bis in den Rat der Stadt und in die bischöfliche Kanzlei. Die einen forderten eine öffentliche Züchtigung der Dirne, andere zogen es vor, die Anschuldigung bis auf Weiteres unerwidert zu lassen.

Nur einer sprach sich für Grit aus – der Vikar Ludwig, was ihm eine Rüge seines vorgesetzten und insgeheim verschmähten Pfarrers einbrachte. Er habe seine Unterstützung für die Dirne sofort einzustellen, hieß es, andernfalls brauche er sich keine Hoffnung mehr auf die angestrebte vollwertige Pfarrstelle zu machen. Zähneknirschend unterwarf sich Ludwig der Anordnung.

In der allgemeinen Empörung gingen die drei Hexenvorwürfe, die Kathi ausgesprochen hatte, fast unter. Nur die Betroffenen und deren Familien waren in heller Aufregung. Wer war dieses Kind, das solche todbringende Anschuldigungen erhob? Wir kennen sie doch überhaupt nicht, sagte man sich, und sie uns auch nicht. Warum also tat sie so etwas?

Diese Fragen beschäftigten auch ihre Mutter Helene. Als sie am Morgen erwacht war und ihre Tochter nicht im Bett vorgefunden hatte, führte ihr erster Weg zu Apotheker Grein. Von ihm erfuhr sie, dass Kathi schon seit Tagen nicht mehr in die Lehre kam; er habe sie hinausgeworfen, nachdem sie ihn bei der Kalkgrube bloßgestellt hatte. Mit dem Balg werde es noch ein schlimmes Ende nehmen, prophezeite er. Am besten sei es, sie in ein weit entferntes Kloster zu schicken. Dort, unter der strengen Aufsicht der Nonnen, solle sie lernen, was Demut und Dankbarkeit bedeuteten.

Helene irrte daraufhin durch die Stadt, doch niemand wollte Kathi gesehen haben, selbst ihre Freunde Barbara und Otto nicht. Erst als sie vom Hexenflug der vergangenen Nacht erfuhr, wusste sie, wo sie Kathi finden würde.

Der Malefizschreiber beruhigte sie. Alles sei in Ordnung, Kathi habe sich nichts vorzuwerfen. Sie habe richtig gehandelt, als sie sich direkt an den Hexenkommissar gewandt hatte. Nachdem sie ihre Aussage gemacht hätte, stünde es ihr frei zu gehen. Helene wollte von so viel aufmunternden Worten nichts hören und brachte Kathi auf dem schnellsten Weg nach Hause. Dort machte sie Wasser warm, schüttete es in einen Waschzuber und wusch ihre Tochter von Kopf bis

Fuß. Das geschah wortlos, denn Helene wollte zuerst sehen, ob Kathi irgendwelche Verletzungen davongetragen hatte. Als sie die Striemen auf ihren Schenkeln sah, ließ sie sich kraftlos auf dem Stuhl nieder.

«Was ist da passiert?», fragte sie sorgenvoll.

Kathi zögerte. Einen Hexenkommissar und einen Malefizschreiber in die Irre zu führen, war eine einfache Sache gewesen. Die Mutter aber würde jede Lüge bemerken. Außerdem musste sie eine Entscheidung treffen. Würde sie die Mutter in ihren Plan einweihen, oder würde sie die Mär von Babette und dem Hexenflug auch vor ihr aufrechterhalten?

Diese Frage hatte sie in den letzten Tagen umgetrieben. Schließlich war sie zu dem Entschluss gelangt, Helene aus allem herauszuhalten. Je weniger diese über die wahren Beweggründe wusste, desto geringer war die Gefahr für sie alle.

«Es ist so, wie ich es Meister Dürr gesagt habe. Die Wunden hat der Besen hinterlassen.»

«Herrgott, Kind!», fuhr Helene auf. «Weißt du, was du da sagst?»

Kathi blieb die Antwort schuldig. Sie blickte in Erwartung einer Schelte stur geradeaus.

«Der Vorwurf der Hexerei endet auf dem Scheiterhaufen. Das ist kein Spiel, hörst du. Hier geht es um Leben und Tod.»

Kathi wollte nichts davon hören. Wie sie es schon bei den Unterweisungen des Apothekers gehalten hatte, ließ sie ihre Gedanken reisen, während Helene auf sie einredete. Ihr Blick ruhte auf dem Kruzifix an der Wand.

Mit klaffender Wunde in der Seite erwartete Jesus auf einem klapprigen Gerüst sein Ende. Er hatte seine Kraft und die Hoffnung auf Erlösung von seinen Qualen eingebüßt. Es war nicht seine Entscheidung gewesen, so leiden zu müssen. Sein Vater hatte ihn auf die Erde geschickt. Für die Menschen, für ihre Sünden sollte er büßen, nicht für seine.

Babette hatte das gleiche Schicksal erfahren. Sie war für die Sünden anderer getötet worden.

Wie nach Jesu Tod der Himmel sich verfinstert hatte und die Mauern des Tempels eingestürzt waren, so würde nun Kathi die Erde erzittern lassen. Der Schalksberg war ihr Golgatha, auf dem die Mörder Babettes am Kreuz hängen sollten, bis die Knechte kamen und ihnen die Knochen brachen.

«Wer sind diese Leute, die du der Hexerei beschuldigst? Ich kenne sie nicht, und ich mag darauf wetten, sie kennen uns auch nicht. Also, was haben sie dir getan, dass du sie ins Verderben stürzt?»

«Sie sind des Teufels», antwortete Kathi kalt.

«So ein Unsinn. Du kennst sie nicht einmal.»

«Ich habe sie aber in seiner Gesellschaft gesehen.»

«Wo und wann soll das gewesen sein?»

«Auf dem Schalksberg, letzte Nacht.»

«Und wie bist du da hingekommen?»

«Der Geist von Babette hat mich hingebracht.»

«Ihr Geist? Um Himmels willen, sie ist tot. Ihr Geist, sofern sie jemals einen besaß, ist im Höllenfeuer mit ihr verbrannt. Sie war eine Hexe.»

«Die, die sie getötet haben, waren Hexen und Unholde. Babette war unschuldig und rein.»

«Babette, Babette», ereiferte sich Helene, «immer nur Babette. Was hat sie nur mit dir angestellt, dass du ihr mehr zugetan bist als mir.»

Kathi blickte auf ihre Mutter. «*Sie* hat mich geliebt.»

Die Worte trafen Helene bis ins Mark. Das Waschtuch glitt ihr aus den Händen, und Tränen rannen ihr über die Wangen. Schon viel früher, durchfuhr es sie, hätte sie erkennen müssen, dass ihre Tochter nach mehr verlangte als nur nach einem Bett und einem Frühstück.

Sie atmete tief ein, um die Kraft für vier einfache Worte zu finden.

«Ich liebe dich auch.»

14

Hexenkommissar Dürr war nicht dafür bekannt, anstehende Entscheidungen auf die lange Bank zu schieben. Er hatte sich, gleich nachdem Kathi und Grit ihre Anschuldigungen erhoben hatten, mit seinem Kollegen Faltermayer beratschlagt, wie in diesem Fall vorzugehen sei. Zum ersten Mal traten Kinder in einem Verfahren wegen Hexerei als Ankläger auf. In den Gesetzestexten war dies nicht vorgesehen, daher lautete sein Vorschlag, die Rechtsgelehrten der Universität anzurufen. Sie sollten die Sachlage prüfen, bevor weitere Schritte unternommen wurden.

Faltermayer stimmte zu, drängte allerdings auch zur raschen Tat, da er im Volk Unruhe verspüre. Der Bischof mache sich Sorgen und habe ihn angewiesen, eine Lösung herbeizuführen. So solle Dürr die Beschuldigten ruhig schon verhören, während er sich um das Gutachten der Universität kümmere.

Dürr willigte notgedrungen ein, wenngleich ihm bei dem Gedanken nicht wohl war, auf die Aussage eines Kindes hin gegen angesehene Bürger der Stadt vorzugehen. Er ahnte, was geschehen würde, wenn er sie foltern lassen musste.

Andererseits musste er schnell handeln. Als er von seiner Unterredung mit Faltermayer in die bischöfliche Kanzlei zurückkehrte, hatte sich vor dem Tor eine aufgebrachte Menge versammelt. Sie forderte den Bischof auf, ihre Kinder vor dem Zugriff von Hexen und dem Teufel zu schützen. Er solle endlich handeln, bevor es noch mehr Opfer zu beklagen gebe.

Dürr musste sich mit Hilfe von Folterknechten freies Geleit in die Amtsstube verschaffen.

Ein verängstigter Malefizschreiber empfing ihn. «Meister Dürr, dem Himmel sei Dank, dass Ihr zurück seid.»

«Seit wann geht das denn schon so?», fragte Dürr.

«Gleich nachdem Ihr gegangen wart, kamen sie. Gar ehrbare Bürger sind unter ihnen.»

«Ja, ich habe sie gesehen.» Er ahne, was geschehen würde, wenn er die Folterknechte losschickte, um die Beschuldigten zur Befragung abzuholen.

«Sag den Knechten Bescheid. Sie sollen Cornelius Grimm, Hortensia Paulus und Stadtrat Bauth vorführen.»

Der Malefizschreiber zögerte. «Und was geschieht mit Felicitas Dornbusch?»

Wenn er die Stimmung der Bürger richtig deutete, dann blieb Felicitas Dornbusch verschont. Aber das würde sich schon bald ändern, wenn neue Verdachtsmomente aufkamen.

«Nichts», antwortete Dürr. «Sie ist noch nicht so weit.»

Seit dem frühen Morgen wurde in der Stadt über nichts anderes gesprochen als über die Entführung von Kathi und Grit durch Babettes Geist. Während sich die Erwachsenen von der neuen Gefahr erschüttert zeigten, reagierten die Kinder anders. Zwar fühlten auch sie sich betroffen, schließlich ging es bei dem Vorfall um eine der ihren – um Kathi. Grit zählten sie nicht dazu, sie gehörte zur Welt der Erwachsenen. Aber die entscheidende Reaktion war ein andere, wobei … es war mehr ein Gefühl.

Sie fragten sich: Seit wann schenkten die Erwachsenen einem Kind so viel Aufmerksamkeit? Seit wann lag ihnen das Schicksal eines Kindes so am Herzen? Seit wann konnten die Worte eines Kindes eine derartige Reaktion auslösen?

Wussten die Erwachsenen denn nicht, dass der Teufel auch Kinder holen konnte? Jeden Tag hörten sie davon. In der Kirche, in der Schule, bei der Arbeit und zu Hause. Bisher hatten die Kinder es immer für eine Lüge der Erwachsenen gehalten. Eine Lüge, die ihnen Angst einjagen sollte. Eine Lüge, an Gott und dessen Worte zu glauben, und eine Lüge, dass Ungehorsam sie auf direktem Weg in die Hölle brachte.

Nun aber wurden auf Geheiß eines Kindes die Folterknechte losgeschickt, um drei Erwachsene für eine Befragung zum Hexenkommissar zu bringen. Konnte das tatsächlich geschehen?

Folglich musste an den Lügen der Erwachsenen doch etwas Wahres dran sein. Oder es gab eine andere Erklärung: Die Erwachsenen hatten schlichtweg den Verstand verloren.

Tatsache war, dass soeben etwas nie Dagewesenes, Großes und Unvorstellbares vor sich ging. Da mussten sie unbedingt mit dabei sein.

Barbaras Arbeitstag in der Gerberei hatte gerade begonnen, als er schon wieder vorbei war. Des Meisters Eheweib war kreidebleich in die Werkstatt gestürzt, um ihrem Mann die Neuigkeiten mitzuteilen. Worauf er, zu Anfang ungläubig, dann erschrocken, sein Weib aufforderte, die Kinder in Sicherheit zu bringen, und hinaus auf die Straße lief. Dort traf er die Nachbarn, die, ebenso alarmiert wie er, beschlossen, zur bischöflichen Kanzlei zu gehen.

Minute um Minute strömten mehr herbei, und alle fragten sich, ob die Berichte der Kinder tatsächlich stimmten, und wenn ja, was der Bischof zu unternehmen bereit war, damit ihre Kinder der Gefahr entkamen.

Barbara hatte, wie viele andere Kinder auch, ihre Arbeitsstätte verlassen und war den Erwachsenen gefolgt. Vor dem Tor der Kanzlei traf sie Otto.

«Kannst du das glauben?», fragte Otto sie. «Das ist doch unvorstellbar.»

Barbara nickte. Ihr fehlten die Worte. «Hast du Kathi gesehen?»

«Nein», antwortete er. «Entweder ist sie noch dadrin, oder ihre Mutter hat sie heimgeholt.»

«Dann sollten wir sie suchen. Sie kann bestimmt unsere Hilfe brauchen.»

Otto stimmte zu, aber bevor sie fragen konnten, wo Kathi geblieben war, kamen aus dem Tor sechs Folterknechte, jeder mit einem Spieß bewaffnet. Sie sahen nicht gerade vertrauenswürdig aus, was kein Wunder war, die meiste Zeit des Tages verbrachten sie in den Kerkern. Sie hatten so viel Leid gesehen und selbst herbeigeführt, dass ihnen jegliche menschliche Regung abzugehen schien. Sie sparten nicht mit Tritten und Hieben, als sie sich einen Weg durch die Menge bahnten.

«Warte», sagte Otto, «vielleicht sollten wir den Knechten folgen.»

«Warum?», fragte Barbara.

«Ich bin gespannt, ob sie die Paulus wirklich festnehmen. Die Paulus ist doch mit der Mutter vom Dürr so …» Er rieb zwei Finger aneinander, was bedeutete, dass die beiden dicke Freundinnen waren.

«Stimmt.» Barbara erinnerte sich. Die selbstgefällige Mutter Dürr glaubte, durch die Position ihres Sohnes Narrenfreiheit zu haben. Sie eckte mit jedem an, ließ Rechnungen unbezahlt und war für ein schlechtes Wort jederzeit zu haben. So hatte sie auch Hortensia Paulus kennengelernt, die mit ihrem Schandmaul der Dürr ebenbürtig war.

«Wenn auf Befehl von Hexenkommissar Dürr die beste Freundin seiner Mutter festgenommen wird, dann ist das doch einen Blick wert. Meinst du nicht?»

Und so folgten sie zwei Folterknechten. Die anderen vier gingen paarweise in verschiedene Richtungen davon, um Cornelius Grimm und den Stadtrat Bauth festzunehmen. Dieses Schauspiel wollten sich die Umstehenden nicht entgehen lassen.

An der Spitze des Zugs fanden sich die Kinder ein, die den Aufmarsch nicht nur aus Spaß anführten, sondern alles direkt miterleben wollten. Der Zug wurde immer breiter und länger. Barbara und Otto schauten sich erstaunt um.

«Wo kommen nur all diese Leute her?», fragte Barbara.

Otto wusste keine Antwort darauf. Er entdeckte Kinder, die er seit letztem Winter nicht mehr gesehen hatte. Kinder, deren Eltern auf dem Scheiterhaufen gelandet waren und die nun selbst schauen mussten, wie sie überlebten. Viele von ihnen hausten in verlassenen Kellern und schlugen sich mit den Ratten um die wenigen Nahrungsmittel. Sie kannten keine Regeln und keine Gesetze außer ihren eigenen, und die waren auf das pure Überleben ausgerichtet. Nun hatten sie sich aus ihren Löchern gewagt und sich mit ihren schwarzen Gesichtern, zerlumpten Kleidern und hungrigen Augen in den Zug eingereiht, als wäre es das Selbstverständlichste von der Welt. Obwohl Otto Mitleid mit ihnen hatte, fürchtete er sich auch vor ihnen.

Das Haus des Schulmeisters Paulus tauchte vor ihnen auf, ein stattliches Anwesen. Vereinzelt standen Nachbarn zusammen, tuschelten miteinander und erschraken beim Anblick der Menge, die da auf sie zukam. Noch war niemand vor oder im Haus der Familie Paulus zu sehen. Wahrscheinlich hatten sie sofort das Weite gesucht, als die Nachricht von der Anschuldigung zu ihnen gedrungen war. Doch das sollte sich als Irrtum erweisen.

Die Tür ging auf, und heraus kamen weder Hortensia Paulus noch ihr Mann, der Schulmeister, sondern Mutter Dürr. Sie war eine korpulente Frau mit roten Backen, der man den Hunger in der Stadt nicht ansah. Sie verstand es offenbar gut, die Beziehungen ihres Sohnes zu nutzen. Und so verhielt sie sich auch den Folterknechten gegenüber, denen sie glaubte Befehle erteilen zu können.

«Was wollt ihr?», fragte sie barsch.

Die Folterknechte hatten zwar mit Widerstand gerechnet, aber Mutter Dürr stand nicht auf ihrem Plan. Sie hatten sie schon einige Male erlebt, wenn sie ihren Sohn besuchte und sich über den Fortgang der Verhöre erkundigte. Meister Dürr war das stets unangenehm gewesen, und er hatte sie daran erinnert, dass sie an diesem Ort nichts zu suchen habe. Aber das interessierte die Alte kaum.

«Uns wurde befohlen», begann einer von ihnen, «die Hortensia Paulus zur Befragung abzuholen.»

«Wer hat euch das befohlen?»

Die Folterknechte schauten sich an und schienen sich zu fragen, was die Alte mit der Frage bezweckte. Sie wusste, dass allein ihr Sohn sie geschickt haben konnte und somit jeglicher Widerstand zwecklos war.

Die Kinder, die sich um die Folterknechte geschart hatten, nahmen dieses Zögern wahr. Sie spürten die Machtprobe zweier Autoritäten. Würde Mutter Dürr gewinnen oder ihr Sohn, der Hexenkommissar?

«Ihr wisst, werte Frau, wer uns das befohlen hat», antwortete schließlich der Mutigere der beiden.

«Gar nichts weiß ich», blaffte die Alte, «und solange nicht der Bischof selbst Befehl gibt, wird hier niemand mitgenommen.»

Daraufhin schloss sie die Tür mit einem Knall und ließ so die Folterknechte genauso wie die Schaulustigen wissen, wer in dieser Sache das Sagen hatte.

Höhnisches Gelächter erhob sich. Mutter Dürr hatte die Folterknechte vorgeführt. Der Vorfall würde genauso schnell die Runde machen wie der Hexenflug selbst. In das Gelächter der Erwachsenen fielen die Kinder mit ein. Sie nahmen die Folterknechte nicht länger ernst, zeigten mit den Fingern auf sie und verspotteten sie.

Wutentbrannt griff einer der beiden in die lärmende Horde und schnappte sich einen Jungen.

«Lauf schnell zurück in die Kanzlei», befahl er ihm, «und hole Meister Dürr. Los, beeil dich.»

Der Kleine tat, wie ihm befohlen, und rannte los. In der Zwischenzeit postierten sich die beiden Folterknechte als Wachen neben der Tür und schworen sich, niemand hinein- oder herauszulassen, und wenn es der Teufel höchstselbst oder Mutter Dürr war.

Sie hatten Glück und mussten ihren überraschenden Mut nicht unter Beweis stellen. Im Haus blieb es ruhig. Davor trieben die Kinder allerlei Späße mit ihnen, und die Erwachsenen diskutierten, wie Meister Dürr reagieren würde. Sie alle kannten ihn als strengen Hexenkommissar, dem man besser nicht begegnen wollte. Nun bot sich die Gelegenheit, ihn als Sohn einer übermächtigen Mutter zu erleben. Das wollte sich keiner entgehen lassen.

«Was meinst du», fragte Barbara, «wird er kommen?»

«Bestimmt nicht», antwortete Otto. «Ich jedenfalls würde ein paar richtige Stadtknechte schicken, die mehr Mut haben als die beiden dort.»

Die Kellerkinder wussten auf ihre Art, wie sie die Zeit bis zur Entscheidung nutzen konnten. Sie drückten sich zwischen den Erwachsenen herum und hielten Ausschau nach Verwertbarem. Hier und da setzte es eine Ohrfeige, aber davon ließen sie sich nicht entmutigen. Am Ende blieb immer etwas hängen. Nur einer, ein Junge, älter und größer als die anderen, beteiligte sich nicht an den Beutezügen. Er hatte Barbara und Otto beobachtet. Jetzt kam er auf sie zu.

«Ihr seid Freunde von Ursula, richtig?», sagte er.

Der Junge war angsteinflößend, groß und zerlumpt.

Barbara nickte verhalten.

«Aber ihr seid auch die Freunde von dieser Kathi.»

Otto trat ihm mutig entgegen. «Ja, aber wen interessiert das?»

Der Junge beschwichtigte. «Keine Sorge, ich will ihr nichts Böses. Ich habe von ihrem Hexenflug gehört.»

«Was willst du von ihr?»

«Ursula hat mir von euch erzählt. Ihr seid ihre besten Freunde, sagt sie.»

Barbara atmete erleichtert auf. Wenn dieser Junge Ursula kannte, die schon seit Wochen verschwunden war, dann konnte man wohl mit ihm reden. Sie hatte geglaubt, Ursula sei gestorben oder geflohen.

«Wie geht es ihr?», fragte Barbara.

«Sie war krank. Lange Zeit wusste niemand, ob sie es schaffen würde. Aber nun ist sie wieder bei Kräften.»

«Ist sie hier?», fragte Barbara und hielt in der Menge Ausschau nach ihr.

«Nein», antwortete Volkhardt. «Sie passt auf unser Lager auf, solange wir fort sind.»

«Was für ein Lager?», fragte Otto überrascht.

«Meines.» Er baute sich auf. «Ich bin Volkhardt von Hohenstätt, Anführer der Schwarzen Banden.»

Ein Adliger? Wie konnte ein Junge aus edlem Hause unter Kellerkinder geraten sein? Das war mehr als zweifelhaft.

«Gib dir keine Mühe», sprach Volkhardt weiter, «ich werde euch weder sagen, wo unser Lager ist, noch nehme ich euch dorthin mit.»

Die Abfuhr machte Barbara und Otto nichts aus. Wer wollte schon mit den Kellerkindern zu tun haben? Aber Ursula hätten sie doch gerne gesehen.

«Sag ihr», erwiderte Barbara, «dass wir an sie denken und sie vermissen.»

Volkhardt nickte. «Und ihr richtet dieser Kathi aus, dass es sehr mutig ist, was sie da angerichtet hat.»

«Angerichtet?», fragte Otto. «Wieso das?»

«Ihr seht doch, was hier los ist.»

Er wies auf die vielen Erwachsenen und die Kinder um sie herum. «Das habt ihr Kathi zu verdanken. Ich habe das alles schon mal erlebt.»

«Was meinst du damit?»

Für eine Antwort war keine Zeit mehr. Meister Dürr war im Anmarsch. Sein schwarzer Umhang flatterte im Wind, und etwas Farbe war in sein blasses Gesicht zurückgekehrt. Das Geplapper ringsum verstummte, auch die Kinder blickten ihm entgegen.

Die zwei Folterknechte würdigte Dürr keines Blicks. Er klopfte an die Tür. Es dauerte, aber dann öffnete seine Mutter doch. Er trat ein, bevor sie widersprechen konnte.

Was im Inneren des Hauses vorging, ließ sich am ehesten

aus den lauten Stimmen schließen, die hin und wieder nach draußen drangen. Dürr lieferte sich mit seiner Mutter einen Kampf. Für ihn ging es um seinen Ruf, für sie um die Vorherrschaft in der Familie.

Die Schlacht war überraschend schnell geschlagen. Dürr kam missmutig zur Tür heraus und schnauzte im Vorbeigehen die Folterknechte an. «Festnehmen und mitnehmen.»

Sie waren sich nicht sicher, wen er damit meinte.

«Die Paulus natürlich!»

Am unteren Teil des Marktplatzes hatte sich vor dem Stachel ebenfalls eine Menschentraube gebildet. Bei dieser Gruppe war das Pendel in eine andere Richtung ausgeschlagen. Den lauthals skandierenden Bürgern ging es nicht um die Festnahme einer Person, die Kathi und Grit am Hexensabbat gesehen haben mochte, sondern um die Auslieferung der Dirne Grit, die die ehrenwerte Felicitas Dornbusch beschuldigt hatte.

Valthin, der Wirt, hatte mit seinen Knechten große Mühe, den Anfeindungen standzuhalten. Er forderte die Bürger auf, endlich nach Hause zu gehen. Grit sei nicht hier.

Christian Dornbusch hatte sich aufgemacht, um Grit zur Rede zu stellen. Als er ihre Kammer betrat, fand er Grit in einer Ecke kauernd vor. Sie schreckte auf, entspannte sich dann aber bei seinem Anblick.

«Was um Himmels willen hast du dir dabei gedacht», warf er ihr vor, «mein Weib der Hexerei zu bezichtigen? Hast du nun völlig den Verstand verloren?»

Grit war nicht gewillt, seine Fragen zu beantworten. Sie fuhr ihn an. «*Wir haben nichts miteinander zu schaffen.* Das waren deine Worte in der Reuererkirche. Erinnerst du dich? Nun sieh zu, wie du dein Weib retten kannst, du närrischer Ehemann.»

Christian packte sie am Arm. «Das ist kein Spaß mehr. Hier geht es um Leben und Tod. Begreifst du das nicht?»

«Ich verstehe sehr gut, worum es geht.»

«Was willst du dann damit erreichen?»

«Sag dich von ihr los und komm zu mir. Dann will ich sie verschonen.»

Christian stockte der Atem. «Ist das dein Plan?» Er zerrte sie zum Fenster. «Sieh hinaus und sag mir, wer hier Schutz benötigt. Felicitas oder du?»

Grit tat die aufgebrachte Menge ab. «Ein paar wirre Köpfe. Sie verstummen bald.»

«Einen Teufel werden sie tun. Die ganze Stadt steht hinter Felicitas. Du hast nicht die geringste Möglichkeit, ihr etwas anzuhängen.»

«Das werden wir ja sehen.»

Christian schüttelte den Kopf über so viel Starrsinn. «Widerrufe, sofort, und ich will sehen, was ich noch für dich tun kann.»

Grit lächelte bitter. «Weiß dein Weib eigentlich, dass du bei mir bist?»

«Ich habe es ihr gesagt.»

«Hast du ihr auch von unserer gemeinsamen Nacht erzählt?»

Er zögerte. «Ja.»

«Und, was hat sie geantwortet?»

«Dass ich mich versündigt habe, nicht nur am heiligen Sakrament der Ehe, sondern viel schlimmer, an einem Kind.»

«Ich bin kein Kind mehr!», schrie sie ihn an. «Jeder Kerl in dieser verdammten Stadt weiß das, nur der ehrwürdige Stadtrat Dornbusch nicht.»

«Du irrst», antwortete er, der Unterhaltung müde. «Du bist ein kleines, verwirrtes Ding.»

Grit riss sich los und schlug ihm zornentbrannt ins Gesicht. «Dann sollst du dein ‹Kind› bekommen. Ich schwöre, dass ich nicht länger Ruhe gebe, bis du mich auf Knien anflehst, dich zu verschonen.»

Christian hatte nichts mehr zu erwidern. Enttäuscht wandte er sich ab. «Das wirst du noch bitter bereuen.»

Er verließ das Zimmer und ging die Treppe hinunter auf die Straße. Er hörte die Schritte, die sich wütend den Weg nach oben bahnten, aber es fehlte ihm der Wille, Grit zu beschützen.

Was er nicht mehr sah, war, wie drei Kerle sie zu Boden warfen und auf sie einschlugen. Dann schleiften sie sie hinaus auf die Straße, hin zum Marktplatz. Dort riss ihr einer das Kleid vom Leib, damit ein anderer die Bestrafung mit dem Stock ausführen konnte. Die Schläge trafen sie am Rücken und rissen ihr die Haut auf. Die umstehende Meute johlte und beklatschte den baldigen Tod der Dirne.

Da drängte sich einer durch die skandierende Menge und stellte sich schützend vor Grit.

«Haltet ein», rief Vikar Ludwig und hielt ihnen sein Kreuz entgegen. «Versündigt euch nicht an den Unschuldigen. Das Mädchen hat die Wahrheit gesagt. Soeben hörte ich aus der Kanzlei, dass noch ein Kind Felicitas Dornbusch auf dem Schalksberg gesehen hat.»

15

Kathi bekam von den Vorgängen auf dem Marktplatz nichts mit. Helene hatte ihr befohlen, in der Kammer zu bleiben, um sie vor den Familien der Angeklagten zu schützen. Außerdem versuchte sie, ihrer Tochter zu helfen, indem sie das Gerücht verbreitete, Kathi läge im Fieber und rede wirres Zeug. Sie sei weder mit dem Geist Babettes ausgefahren, noch habe sie auf dem Schalksberg irgendjemanden erkannt. Alles sei ein schrecklicher und fiebriger Irrtum, der sich bald auflösen werde.

Doch niemand wollte ihr so recht glauben. Schließlich gab es ja noch ein zweites Mädchen, die Dirne Grit, die Gleiches behauptete. Deren Vorwurf sei zwar aufgrund ihres Rufs weniger glaubhaft, aber der werte Vikar Ludwig setze sich für sie ein, und das wolle auch etwas heißen.

Kathi stand am Fenster und blickte zu ihrer Mutter hinab, die in ein Gespräch mit Nachbarn und Passanten vertieft war. Helene würde es niemals schaffen, sagte sie sich, die aufgebrachten Gemüter zu beschwichtigen. Dafür ging es um zu viel, als dass ein vermeintliches Fiebergeschwätz den Verdacht entkräften konnte, die Kinder der Stadt seien in Gefahr. Also legten die Bürger die Verantwortung für das weitere Geschehen in die Hände des Bischofs. Er und seine Helfer waren studierte Leute. Wenn es sich um eine Lüge handelte, dann würden sie sie schnell aufdecken. Und bis dahin würde er seine Kommissare zur Arbeit anhalten, damit jedweder Verdacht, und sei er anfangs noch so abwegig, der Wahrheit gegenübergestellt wurde.

Nicht einen Moment hatte ihre Mutter die Möglichkeit erwogen, sie habe die Wahrheit gesprochen. Das wunderte Kathi. Nahm Helene sie etwa nicht ernst? Sicher, der Mutter etwas vorzumachen, war noch nie einfach gewesen. Aber nachdem der Hexenkommissar Dürr und die Bürger der Stadt ihr glaubten, war sie davon ausgegangen, auch Helene sei beeindruckt.

Kathi dachte nach, wie es weitergehen sollte. Wenn sie erneut befragt wurde, musste auch der leiseste Verdacht ausgeräumt sein, sie sei eine Lügnerin. Andernfalls würde sie sich vom Kerker und der öffentlichen Züchtigung nicht mehr retten können. Danach würde sie der Bischof der Stadt verweisen. Vor ihren Toren, verdammt zum Bettelstab und den Wirren eines heraufziehenden Kriegs ausgeliefert, war das Leben eines vogelfreien Mädchens nichts wert.

Hoffentlich hielt sich Grit an den gemeinsamen Plan. Wenn die wundersame Wandlung einer Dirne zu einer gottesfürchtigen Büßerin gelang, war ein erster, wichtiger Schritt getan. Alles Weitere sollte einfacher sein. Schließlich gab es eine allseits bekannte biblische Vorlage, die Vikar Ludwig ungehörigen Mädchen einzuschärfen nicht müde wurde – den Aufstieg der Maria Magdalena von einer Straßendirne zur Vertrauten Jesu und seiner Mutter, von der Fußwaschung einer Dienerin zur glorreichen Erhebung in den Stand einer Heiligen. Es gab also noch Hoffnung.

Ein Junge, er mochte fünf oder sechs Jahre alt sein, flüchtete sich an den Rock seiner Mutter. Er redete aufgeregt und zeigte hinüber zum Marktplatz. Kathi konnte nicht verstehen, was sich dort unten abspielte, aber als sie den versteinerten Gesichtsausdruck ihrer Mutter sah, wusste sie, dass etwas passiert sein musste.

Sie öffnete das Fenster, was ihr Helene eigentlich streng untersagt hatte, und rief hinunter: «Mutter, was ist geschehen?»

Helene hörte ihre Tochter sofort. Statt einer Antwort und der Ermahnung, das Fenster wieder zu schließen, erhielt Kathi einen verwirrten, rätselhaften Blick.

«Sagt, Mutter, was ist passiert?», fragte sie erneut.

Doch Helene schüttelte nur den Kopf. Dann folgte sie den anderen zum Marktplatz hinüber.

Was ging da unten vor? Die Ungewissheit nagte an Kathi.

Es musste etwas mit ihrer Aussage zu tun haben. Die ganze Stadt war deswegen auf den Beinen. Sie nahm ein Tuch ihrer Mutter, warf es sich über den Kopf und rannte die Treppen hinunter.

Aus den Gassen strömten die Bürger auf den unteren Markt. Unweit des Stachels rotteten sie sich zu einer beeindruckenden Menge zusammen, in ihrer Mitte Vikar Ludwig. Zu seinen Füßen lag Grit mit blutigem Rücken. Er wetterte gegen die Ungläubigkeit des Volkes.

«Wer seid ihr, dass ihr euch gegen dieses arme Ding erhebt? Was hat sie euch getan, dass ihr glaubt, sie habe den Tod verdient? Und wer, außer den Zauberern, Hexen und Unholden, hat überhaupt den Tod verdient? Der Lügner? Der Ehebrecher? Die Dirne? *Wem ihr die Sünden vergebt, dem sind sie vergeben; wem ihr die Vergebung verweigert, dem ist sie verweigert.* Das sind die Worte unseres Herrn Jesus Christus und nicht der Hass und die Wut auf reumütige Sünder.»

Sein drohender Blick ging reihum. «Sie kam zu mir in ihrer dunkelsten Stunde und bat um Vergebung ihrer schlimmen Sünden. Und ja, auch ich war zu Anfang zögerlich. Wie konnte ich diesem liederlichen Weibsbild die Vergebung unseres Herrn in Aussicht stellen, wenn sie Tag für Tag seine Gesetze brach? Doch dann entsann ich mich der falschen Schriftgelehrten und Pharisäer, die zu Jesus kamen, um ihn auf die Probe zu stellen.

Meister, diese Frau ist auf frischer Tat beim Ehebruch ergriffen worden. Was sollen wir mit ihr tun. Mose hat uns geboten, solche Frauen zu steinigen. Was sagst du? Doch Jesus erkannte ihr falsches Zeugnis und sprach: *Wer unter euch ohne Sünde ist, der werfe den ersten Stein.* Und da gingen sie fort, einer nach dem anderen, *die Ältesten zuerst*, bis Jesus ganz alleine mit der Sünderin war.

Nun sagt mir: Wer von euch wagt es, auf dieses Kind den ersten Stein zu werfen? Er möge hervortreten und tun, was ihm sein Glauben und sein Gewissen befehlen.»

Eine gespannte Stille trat ein. Wer noch wenige Minuten zuvor die Hand gegen Grit erhoben hatte und sie lieber tot als lebendig sehen wollte, erstarrte jetzt und wagte es nicht, sich gegen die Worte des Herrn zu stellen.

«Niemand?», fragte Ludwig. «Mag tatsächlich niemand mehr das tun, von dem er glaubt, es sei das einzig Richtige?»

Ein selbstzufriedenes Lächeln spiegelte sich auf seinen Lippen. Er hatte gewonnen. Er hatte tatsächlich die Bürger in einem Kampf auf Leben und Tod besiegt.

«Nun denn, so sei es. Gehet fort und tut Buße. Gedenkt dabei der Worte unseres Herrn, die er zu Thomas, dem Ungläubigen, gesprochen hat: *Weil du mich gesehen hast, glaubst du. Selig sind die, die nicht sehen und dennoch glauben.*»

Doch so schnell wollte sich die Menge nicht vertreiben lassen. Sie fragten: «Wer ist das andere Kind, das Felicitas Dornbusch auf dem Schalksberg gesehen haben will?»

«Es ist ein Kind aus dem Kinderhaus», antwortete Ludwig.

«Aus dem gleichen, in dem Felicitas barmherzige Hilfe leistet?»

Ludwig nickte. «So hat es mir Meister Dürr gesagt.»

Sie bedrängten ihn. «Wie heißt es? Komm, sagt es uns.»

«Der Name wird euch nichts nützen. Sie ist das Kind einer Auswärtigen.»

«Wer ist sie?», drohte einer. «Sprich endlich, bevor du den Stock kennenlernst.»

«Das Kind heißt Anna, und ihre Mutter stammt aus Wertheim.»

«Wie kann Meister Dürr einer Fremden glauben?»

«Sie ist nicht fremd. Ihre Tante ist die Aumännin, die ihr alle noch kennt.»

«Die hat doch die Pest geholt», rief einer. Und ein anderer: «Ihrer Schwester und ihrem Mann erging es nicht besser. Sie haben sich bei ihr angesteckt.»

«Und darum kam das Kind nach Würzburg ins Heim», führte Ludwig fort. «Ihre Verwandtschaft ist tot.»

«Aber das kann doch kein Grund sein», protestierte einer, «dass wir dem Kind glauben sollen.»

«Meister Dürr sagt, ihre Angaben decken sich mit denen von Grit und dem anderen Kind.»

Er unterließ es, Kathis Namen zu nennen. Dennoch wusste jeder, um wen es sich handelte. Helene, die sich auch in der Menge befand, wurde rot. Die, die sie kannten, betrachteten sie, als sei sie eine Aussätzige.

«Dann sind das schon drei Kinder, die letzte Nacht von der Hexe geholt wurden», sagte eine Frau bestürzt. «Wie soll das nur weitergehen?»

Damit richtete sich die Aufmerksamkeit der Bürger wieder auf ihr eigenes Schicksal. Der Solidarität mit Felicitas Dornbusch war vorerst Genüge getan.

«Geht nach Hause», rief Ludwig ihnen zu, «und achtet auf eure Kinder. Unterweist sie streng in der Lehre unseres Herrn Jesus Christus. Gebt nicht nach, auch wenn sie müde oder aufsässig werden. Lasst sie die Zehn Gebote sprechen, das Vaterunser und das Glaubensbekenntnis. Jetzt gilt es. Wer in der Zucht der Kinder nachlässt, öffnet dem Teufel die Tür zu seinem Haus.»

Einige bekreuzigten sich, andere drehten ihm missmutig den Rücken zu. Doch alle gingen sie.

Kathi, die sich hinter einer Häuserecke versteckt gehalten hatte, wagte sich aus ihrem Versteck und lief auf die am Boden liegende Grit zu. Ludwig erkannte seine Schülerin unter dem Kopftuch zuerst nicht. Als sie es abgenommen hatte, um sich über Grit zu beugen und deren Wunden zu untersuchen, war er überrascht.

«Kathi, was machst du hier?»

«Ich habe alles mit angehört. Ihr habt treffende Worte gebraucht, werter Vikar. Ohne Euer mutiges Einschreiten hätten sie Grit getötet.»

Ludwig stimmte mit einem selbstgefälligen Nicken zu. «Wie schlimm sind die Wunden? Werden sie wieder heilen?» Er wusste, dass Kathi mit der Zubereitung von Heilsalben vertraut war. Sie konnte die Verletzungen besser einschätzen als er.

«Bei guter Versorgung und Pflege sollten sie in ein paar Tagen abgeheilt sein.»

Grit war noch immer ohne Bewusstsein. Kathi machte den Schmerz, den sie erlitten hatte, dafür verantwortlich.

«Wir müssen sie irgendwo hinschaffen, wo sie sicher ist.»

Ludwig dachte nicht lange nach. «Ich bringe sie ins Kloster.»

«Aber Ihr seid ein Priester. Was werden die Leute davon halten?»

Noch immer unter dem Eindruck seines Triumphs, tat Ludwig den Einwand ab.

«Um die scher ich mich nicht. Wichtig ist, dass Grit wieder gesund wird. Im Kloster gibt es eine leerstehende Kammer. Dort hat sie die Ruhe, die sie braucht.»

«Wie Ihr meint.» Kathi stand auf. «Ich werde Heilsalben zubereiten und Kräuter besorgen. Heute Abend komme ich damit zu Euch.»

Ludwig war einverstanden und hob Grit auf.

«Dieses Mädchen, Anna», fragte Kathi, «wo ist sie jetzt?»

«In der Kanzlei, denke ich. Aber sie soll ins Juliusspital gebracht werden, wo sich die ehrwürdigen Schwestern um sie kümmern werden.»

Kathi bedankte sich für die Auskunft. Dann sah sie Vikar Ludwig nach, der die bewusstlose Grit quer über den Marktplatz ins Kloster Neumünster trug. Das war eine mutige Entscheidung.

Als Nächstes musste sie sich um diese Anna kümmern. Wie konntest du Felicitas Dornbusch auf dem Schalksberg sehen, wenn du nicht selbst dort warst?

Diese Frage galt es schnell zu klären, bevor noch mehr Kinder ihren Hexenflug für sich nutzten. Sie musste alles über diese Anna in Erfahrung bringen. Wer war sie? Was brachte sie dazu, Felicitas Dornbusch der Buhlschaft mit dem Teufel zu bezichtigen?

«Da bist du ja», hörte sie eine vertraute Stimme.

Es waren Barbara und Otto. Eigentlich hatte Kathi sie erst später wiedersehen wollen, wenn die Ereignisse ihren Lauf genommen hatten. Für zu große Offenheit war es noch zu früh.

«Wie geht es euch?»

«Uns geht es gut», antwortete Otto, «aber was ist mit dir?»

Ohne eine Antwort zuzulassen, schob Barbara hinterher: «Stimmt es, was die Leute sagen? Babettes Geist hat dich zum Schalksberg entführt?»

Kathi konnte nicht anders, als ihre zwei besten Freunde zu belügen. «Ja», sagte sie, «er kam in der Nacht zu mir in die Stube ...»

Dann erzählte sie ihnen das Gleiche, was sie schon Dürr erzählt hatte. Wohl war ihr nicht dabei. Im Gegenteil, sie fühlte sich hundsmiserabel, als sie ihre Freunde anlog. Aber es musste sein. Andernfalls würde sie sie noch in Gefahr bringen.

Barbara und Otto hörten gespannt zu. Sie kannten Kathi gut und wussten, dass sie nicht zu Übertreibungen neigte und schon gar nicht zur Lüge. Wenn sie etwas sagte, dann hatte es Hand und Fuß.

Am Ende ihres Berichts standen Barbara und Otto fassungslos vor ihr. «Du hast tatsächlich den Teufel gesehen?», fragte Otto, und Barbara schob nach: «Die Hexen … sind sie wirklich so, wie man sie beschreibt?»

Jetzt war es genug. Sie wollte nicht länger über letzte Nacht sprechen. Stattdessen fiel ihr auf, dass die beiden eigentlich gar nicht hier sein durften. «Solltet ihr nicht bei eurer Arbeit sein?»

Sie schüttelten den Kopf und berichteten ihrerseits von den Geschehnissen, die sie beobachtet hatten.

«Du hättest sehen sollen, wie Meister Dürr angerannt kam, um seine eigene Mutter zurechtzuweisen», sagte Otto.

«Und außerdem», ergänzte Barbara, «waren nicht nur alle Erwachsenen auf den Beinen, sondern auch die Kinder. Selbst die, die wir sonst nie sehen, wollten sich den Spaß nicht entgehen lassen.»

Ob es sich dabei um einen Spaß handelte, bezweifelte Kathi. Sie hatte wohl damit gerechnet, dass ihre Beschuldigungen die Erwachsenen aufrütteln würden, aber die Kinder? Nein, die waren in ihrem Plan nicht vorgesehen, genauso wenig wie diese Anna, die sich ihre Geschichte zu eigen machte.

«Kennt ihr jemanden im Kinderhaus?»

Barbara und Otto zuckten die Schultern.

«Oder im Juliusspital?»

«Die älteste Tochter meines Meisters hilft dort in der Küche aus», sagte Otto.

«Kannst du mich ihr vorstellen?»

«Warum?»

«Ich glaube, da ist noch ein anderer Geist unterwegs.»

16

Kathi erschrak vor dem Bild Julius Echters von Mespelbrunn. Er schaute drohend auf sie herab – so empfand sie die strenge Miene dieses hageren Mannes mit weißer Halskrause und braunem Bart. Als Vater des fränkischen Volkes wurde er verehrt. Er hatte die Universität und das nach ihm benannte Spital erbaut. Aus eigenen Mitteln hatte er Ländereien und beste Weinlagen erworben, um die daraus erzielten Gewinne in sein Stift fließen zu lassen, das den Armen, Kranken, Waisen und Pilgern als Zufluchtsort und Krankenhaus diente.

Aber dieser wohltätige und überaus beliebte Julius Echter hatte auch ein anderes Gesicht. Er betrieb die Verfolgung und Verbannung der Lutherischen und der Juden genauso eifrig wie die erste große Jagd nach Hexen und Unholden in den Jahren 1616 und 1617. Jeden Dienstag ließ er bis zu fünfundzwanzig Hexenleute auf dem Scheiterhaufen bei Gerolzhofen verbrennen. Allesamt kamen sie vom Land, kein einziger Würzburger Bürger war unter ihnen. So ging es zwei Jahre lang. Erst der Tod beendete sein gottgefälliges Tun.

Wenn Julius Echter geahnt hätte, dass sich nur wenige Jahre später sein geliebtes Würzburg in eine Brutstätte von Hexen und Zauberern verwandeln würde, dann hätte er wohl schon zu Lebzeiten diesseits der Stadtmauern nach der teuflischen Krankheit gesucht, die für die Hexenseuche verantwortlich gemacht wurde. So aber blieb es seinen Nachfolgern Johann Gottfried von Aschhausen und Philipp von Ehrenberg vorbehalten, das Versäumte nachzuholen.

Kathi ging den endlosen Gang im Hospitalbau entlang. Als Erstes fielen ihr die Gerüche auf. Einige kannte sie aus der Apotheke, andere von der Straße, wenn die Krankheiten bereits weit fortgeschritten waren.

Aus den Zimmern drangen Wehklagen, Gejammer und Geschrei. Die Frauen, die den gut ausgebildeten Ärzten zur Seite standen, kümmerte das nicht. Sie machten einen erschöpften Eindruck, als wären sie seit Tagen nicht mehr zur Ruhe gekommen. Ebenso wenig scherten sie sich um Kathi. Sie hielten sie für ein weiteres Waisenkind, das Aufnahme im Juliusspital gefunden hatte und damit dem Hungertod entkommen war.

«Geh doch runter in den Hof», sagte schließlich eine Schwester zu ihr, «dort spielen die anderen Versteck.»

«Ich warte auf eine Freundin, die in der Küche arbeitet», antwortete Kathi.

«Wie heißt sie denn?»

«Gertrud.»

«Dann brauchst du nicht mehr lange warten. Gleich ist Essenszeit.»

Und so war es auch. Mit einem klappernden Handwagen kamen vom anderen Ende des Gangs zwei Frauen und ein Mädchen auf sie zu. Sie verteilten aus einem großen Kessel Essen an die Bettlägerigen, und wer sich noch halbwegs bewegen konnte, hielt ihnen die Schüssel entgegen.

Gertrud winkte Kathi zu sich. «Du suchst Anna?»

Kathi nickte.

«Dann warte noch ein wenig, bis wir das Essen verteilt haben.»

Es sollte nicht lange dauern, dann war der Kessel leer.

Gertrud nahm sie an die Hand und führte sie ein Stockwerk höher, direkt unter das Dach. Eine Schüssel mit Kohlsuppe und Brot hatte sie mit dabei.

«Wo bringst du mich hin?», fragte Kathi.

«Anna ist in einer Kammer, zu der nur Doktoren und ein paar Schwestern Zutritt haben. Dort wird sie untersucht. Du kannst also nicht lange bleiben.»

«Was geschieht mit Anna?»

«Sie ist ein seltsamer Fall. Um einer Ansteckung vorzubeugen, wurde sie von den anderen Waisenkindern getrennt.»

«Ist sie denn krank?»

Gertrud zuckte mit den Schultern. «Die Ärzte wollen kein Risiko eingehen. Du weißt ja, wo sie letzte Nacht gewesen sein will.»

«Glaubst du ihr das?»

«Kann ich nicht sagen. Die Schwestern sind jedoch besorgt. Sie behandeln sie, als habe sie eine schlimme Krankheit.»

Vor dem betreffenden Raum angekommen, zog Gertrud einen Schlüssel aus der Rocktasche und öffnete damit die Tür.

«Nimm das», sagte sie zu Kathi und drückte ihr das Brot und die Schüssel mit Kohlsuppe in die Hand. «Wenn jemand kommt, sag einfach, dass du die neue Aushilfe bist. Du hast Anna das Essen gebracht. Ich bin in ein paar Minuten zurück und hole dich wieder ab.»

Kathi tat, wie ihr befohlen. Mit Brot und Schüssel betrat sie den Raum. Er war auffallend hell, trotz des schmalen Gaubenfensters. An der weiß getünchten Wand hing ein Kreuz, darunter brannten auf einem Betschemel zwei Kerzen. Zu ihrer Linken standen Tisch und Stuhl, darauf lagen die Gerätschaften, die man für einen Aderlass benötigte.

«Wer bist du?», hörte sie jemand zu ihrer Rechten sagen. «Dich habe ich hier noch nicht gesehen.»

Kathi sah ein Mädchen von elf, vielleicht zwölf Jahren. Sie trug ein weißes Nachthemd und saß barfuß auf einer Liege. Ihr blasses Gesicht und ein Verband am Arm ließen auf mehrere Aderlässe schließen.

«Ich bin Kathi», antwortete sie und stellte die Schüssel mit der Kohlsuppe auf den Tisch.

«Ich esse hier», bestimmte Anna in einem ungewohnt herrischen Ton.

Kathi kam ihrem Wunsch dennoch nach und reichte ihr Schüssel und Brot. Diese zögerte nicht lange und machte sich schlürfend über das Essen her.

«Ich hörte, du bist ein Waisenkind aus dem Kinderhaus», begann Kathi ihre Nachforschungen.

Anna blickte über den Rand der Schüssel und nickte.

«Wie kommst du dann hierher, ins Spital?»

Sie schaute erneut hinter der Schüssel hervor und musterte Kathi misstrauisch. «Wer bist du, dass du so etwas fragst?»

«Ich bin die neue Aushilfe in der Küche», wich Kathi aus, «du musst keine Angst vor mir haben.»

«Was interessiert es dich dann, wie ich hierhergekommen bin?»

Kathi ließ sich nicht einschüchtern und setzte sich ungefragt zu ihr aufs Bett. «Alle in der Küche fragen sich, wer du bist, dass Doktoren und Schwestern dich versorgen. So viel Aufmerksamkeit wird doch sonst nur einer Adligen oder einer wohlhabenden Tochter von Stand zuteil.»

Der Vergleich mit Adligen gefiel Anna. «Ich bin etwas Besonderes. Ich war letzte Nacht auf dem Schalksberg und kehrte lebendig wieder zurück.»

Kathi quittierte die Antwort mit Bewunderung. «Treiben sich dort nicht Hexen und Unholde herum? Hast du etwa welche gesehen?»

«Und ob», antwortete Anna. «Ich habe sogar den Teufel gesehen.»

Vor Schreck hielt Kathi die Hand vor den Mund. «Tatsächlich? Ist er denn so, wie man ihn beschreibt? Mit Pferdefuß, einem langen Schwanz und dem Kopf eines Ziegenbocks?»

Anna nickte. «Er stinkt nach Schwefel und Gülle. Die Neuen müssen sich ihm unterwerfen und versprechen, nicht länger Christus, sondern ihn als einzigen Gott anzubeten. Dann hält er ihnen sein Hinterteil hin, und jeder muss es küssen. Egal wie es aussieht und egal wie es riecht. Damit ist der Pakt besiegelt.»

«Musstest du das auch tun?», fragte Kathi erschrocken.

«Wo denkst du hin? Nein, die Hexe Babette hat mich zur Probe mitgenommen. Sie wollte sehen, ob ich schon für den Teufel geeignet bin. Als Buhlerin.»

«Und, bist du es?»

Anna biss ein Stück vom Brot ab. «Das wird sich noch herausstellen. Ich bin nicht die Einzige.»

Die Erschrockene und Bewundernde zu spielen fiel Kathi leichter, als sie es gedacht hatte. «Wer ist denn noch dort? Ich meine, welche Weibsbilder könnten es schon mit dir aufnehmen? Du bist schön und hast wunderbares Haar.» Sie streichelte es.

«Es gibt da ein Weib, das mir zuvorgekommen ist», sagte Anna ernst.

«Die Dornbusch? Ist sie es?»

«Ja, dieses fahle und eingebildete Miststück, das ein totes Kind nach dem anderen zur Welt bringt, glaubt, sie könnte mich ausstechen. Aber das wird ihr nicht gelingen.»

Voller Abscheu warf sie die Schüssel zu Boden und schmiss das Brot hinterher. Ihre Züge verfinsterten sich. Kathi glaubte, Tränen in ihren Augen zu erkennen. Doch Mitgefühl war in diesem Moment fehl am Platze. Sie hatte nicht mehr viel Zeit, bis Gertrud zurückkam. Sie musste herausfinden, warum dieses Mädchen behauptete, auf dem Schalksberg gewesen zu sein und Felicitas Dornbusch als Konkurrentin erkannt zu haben.

Sie legte fürsorglich den Arm um sie. «Du kennst diese Dornbusch aus dem Kinderhaus. Stimmt das?»

Offensichtlich war das die falsche Frage. Anna blickte auf. Die Trauer war verflogen, und an ihre Stelle war Misstrauen getreten. Sie stieß Kathi von sich.

«Wer zum Teufel bist du? Willst du mich aushorchen und an den Hexenkommissar verraten?» Sie stand auf und stellte sich drohend vor Kathi. «Ich habe ihm längst alles erzählt. Er glaubt mir, genauso wie es die Doktoren und Schwestern in diesem Spital tun. Ich bin etwas Besonderes.»

«Du irrst», hielt ihr Kathi entgegen. «Ich bin nur …»

«Los, verschwinde jetzt», fiel ihr Anna ins Wort. «Sonst werde ich die Schwestern rufen lassen, und dann gnade dir Gott. Sie haben Gerätschaften hier, die dir die Zunge lösen und die Knochen brechen. Du hast mich die längste Zeit ausspioniert.»

Erschrocken wich Kathi zurück. Was war nur mit diesem Mädchen geschehen? Wie konnte der Name der als barmherzig bekannten Felicitas Dornbusch sie so sehr erzürnen? Zwischen den beiden musste sich etwas Schreckliches zugetragen haben, anders war die Reaktion nicht zu erklären.

Sie eilte zur Tür hinaus und schlug sie hinter sich zu. Anna polterte weiter. Der Stuhl fiel um, die Schüssel knallte gegen die Wand. Ihr Geschrei drang bis auf den Gang hinaus. Mit wehendem Rock kam Gertrud auf sie zu.

«Was ist passiert?», fragte sie.

Doch Kathi konnte und wollte ihr nicht antworten. Hastig bedankte sie sich für ihre Hilfe und lief die Treppen hinunter. Erst im weiten Innenhof kam sie zur Ruhe. Sie atmete schwer, Schweiß rann ihr über die Stirn.

An den beiden Brunnen spielten noch immer die Kinder Versteck, andere sprangen Bock und schlugen Reifen. Ein Junge kam auf sie zu. «Bist du neu hier?»

Kathi schüttelte den Kopf.

«Bist du aus dem Kinderhaus herübergekommen?»

Sie schaute auf. «Kinderhaus?»

«Ja», antwortete er. «Georg und Kilian sind auch hier.» Er zeigte zu einem Brunnen. «Dort drüben sind sie.»

Das war die Gelegenheit, sagte sie sich. «Kann ich mit ihnen sprechen?»

Der Junge sah sie verdutzt an. «Ja, wieso nicht?»

Dann steckte er beide Zeigefinger in den Mund und stieß einen lauten Pfiff aus. Die Kinder hoben die Köpfe. Er rief die beiden Namen und winkte Georg und Kilian heran. Wie zwei übermütige Welpen kamen sie angerannt.

«Dieses Mädchen will euch was fragen», sagte er.

«Ihr seid aus dem Kinderhaus?»

Die beiden nickten.

«Dann kennt ihr doch bestimmt Anna, die …»

«… mit der Hexe Babette zum Schalksberg ausgefahren ist und den Teufel gesehen hat?», unterbrach einer.

«Klar kennen wir die», sagte der andere. «Sie ist oben unter dem Dach und lässt es sich gutgehen.»

«Wieso gutgehen?», fragte Kathi.

«Essen, Trinken und Schwestern und Doktoren, die sich

um sie kümmern. Ich wünschte, ich wär auch so krank wie sie. Dann bräuchte ich nicht zu hungern.»

«Geht es euch im Kinderhaus denn so schlecht?»

Die beiden schauten sie fragend an. «Du hast wohl noch Vater und Mutter, die sich um dich kümmern. Ansonsten würdest du nicht so dumme Frage stellen.»

Sie bejahte, auch wenn die beiden keine Ahnung hatten, wie es war, unter der Fuchtel von Apotheker Grein und Vikar Ludwig zu leben. Vom Verschwinden ihres Vaters Heinrich und den niederträchtigen Gerüchten über ihn ganz zu schweigen.

«Ist euch die Frau des Stadtrats Dornbusch, Felicitas, bekannt?»

Die seltsamen Fragen begannen die beiden zu langweilen. Wusste das Mädchen denn überhaupt nichts?

«Sie kommt jeden Tag ins Kinderhaus, arbeitet und hilft, als ob sie das nötig hätte. So eine reiche und gute Frau.»

«Anna kennt sie demnach auch.»

Sie lächelten zweideutig. «Und wie sie die kennt. Sie hat sich doch Hoffnungen gemacht, dass die Dornbusch sie zu sich nimmt.»

Das war also die Verbindung zwischen den beiden. «Aber dazu kam es nicht …»

«Das Geschrei war groß, als die Dornbusch es ihr sagte. Sie wollte sich stattdessen an ein Kloster wenden und nach einem Findelkind fragen. Drüben, im Reuererkloster, soll es eine ganze Menge von den Bälgern geben.»

Nun wurde einiges klar. Kathi verstand, warum die Dornbuschs in der Reuererkirche gewesen waren und warum Anna Felicitas hasste.

Aber eine Frage blieb offen. Wie hatte Anna so schnell von ihrem Ausflug auf den Schalksberg hören können, und wie kam sie darauf, dass Felicitas die Buhlschaft des Teufels war?

«Wie habt ihr von Annas Ausflug auf den Schalksberg erfahren?»

«Weil wir ihr davon erzählt haben», antwortete einer, doch der andere widersprach ihm. «Nein, wir haben nicht gesagt, dass Anna auf dem Schalksberg war, sondern dass es diese zwei Mädchen waren, die heute Morgen in der Kanzlei aufgetaucht sind. Erst danach ist Anna zum Hexenkommissar gelaufen und hat ihm gestanden, dass sie auch dabei war.»

Kathi verstand nun gar nichts mehr. Wie kamen die beiden dazu, ihre Geschichte vom Schalksberg ins Kinderhaus zu tragen?

«Wir helfen den Folterknechten dabei, die Kerker mit frischem Stroh zu versorgen. Kaum hatten wir damit angefangen, kam der Malefizschreiber auch schon kreidebleich herunter und erzählte, was oben in der Schreibstube vorgefallen war.»

Der Kreis schloss sich. Die Kinder hatten ihre Augen und Ohren überall. Sogar in den Kerkern.

17

Niemand außer Vikar Ludwig und Bruder Christophorus wusste, dass in einer leerstehenden Kammer des Klosters Neumünster das Mädchen Grit untergebracht war.

Christophorus war als Bruder Portarius, der das Amt des Pförtners innehatte, für das Eingangstor verantwortlich, und als Ludwig mit dem verletzten Mädchen auf dem Arm um Einlass bat, hatte er sich zunächst gesträubt. Eine Frau beziehungsweise ein Mädchen hätten hinter Klostermauern eines Konvents nichts verloren. Doch Ludwig war ein schlauer Mann, der gerne aushalf, wenn Not am Mann war und diese Hilfe auch für sich einforderte, wenn er sie benötigte. Schließlich wollte er nicht sein ganzes Leben darauf warten, eine Pfarrgemeinde zugesprochen zu bekommen. Das nahm er nun selbst in die Hand. Und Grit würde ihm dabei helfen.

«Bruder Christophorus», sagte er, «du erinnerst dich doch noch an das vergangene Osterfest, als du das Hochamt im Weinkeller verschlafen hast und ich für dich …»

«Ja, ja, schon gut», antwortete Christophorus, der nicht wieder daran erinnert werden wollte. «Die Vergebung ist erste Christenpflicht.» Er zog ihn zur Tür herein. «Was ist mit dem Mädchen?»

«Es ist verletzt.»

Das war nicht gut. Ein verletztes Mädchen hinter Klostermauern, das konnte man auch missverstehen. «Was willst du mit ihm machen?»

«Es gesund pflegen, natürlich. Und du hilfst mir dabei.»

«Aber …»

«Nichts aber. Besorg sauberes Wasser und Tücher, damit wir die Wunden säubern können.»

«Ich hole Bruder Koloman. Er kennt sich mit Heilkräutern aus.»

«Untersteh dich. Das bleibt unter uns. Und nun geh mir aus dem Weg.»

Ein zweites Mal an diesem Tag musste Bruder Christophorus gegen die Regeln des Konvents verstoßen, als Kathi mit der Heilsalbe und einem stärkenden Trunk wünschte, zu Grit vorgelassen zu werden. Beim dritten Mal, als Kathi erneut auftauchte, um die Verbände zu wechseln, seufzte Christophorus nur noch und ließ sie kopfschüttelnd passieren. Nie wieder würde er sich dem Wein hingeben und sich dabei erwischen lassen.

Die Kammer lag verlassen neben dem Waschhaus. Viermaliges Klopfen öffnete die Tür.

«Sie schläft», sagte Ludwig leise und legte einen Finger auf die Lippen.

Kathi trat ein. «Hat sie ausreichend vom Sud getrunken?»

Ludwig nickte. «Du verstehst dich gut auf die Zubereitung von Arzneien.»

Das war das erste Lob, das sie je aus Ludwigs Mund gehört hatte. Sie lächelte, ließ es sich aber nicht anmerken.

Grit lag bäuchlings auf einem Brett, das hastig mit schmutziger Wäsche bezogen worden war. Ihr nackter Rücken war lediglich mit einem dünnen Tuch bedeckt. Die Wunden mussten atmen können. Kathi hob es an, und Grit erwachte.

«Wo bist du so lange gewesen?», stöhnte sie unter Schmerzen. «Ich dachte schon, du lässt mich mit dem Pfaffen alleine.»

Kathi legte ihr den Finger auf den Mund. «Still, und sprich nicht so wirres Zeug. Der Vikar hat dir das Leben gerettet.»

Sie lachte auf. «Wie denn das? War er vielleicht auch auf dem Schalksberg?»

«Schweig endlich», zischte Kathi sie an, während Vikar Ludwig sie von der Ecke aus beobachtete. Er wirkte besorgt, wenngleich auch ein wenig hoffnungsvoll, jetzt, da Kathi ihre Wunden versorgte. Bald würde er sie wieder für seine Zwecke einsetzen können.

«Nein, Vikar Ludwig war nicht auf dem Schalksberg», fuhr Kathi fort, «dafür aber ein Mädchen namens Anna, das Felicitas Dornbusch mit dem Teufel gesehen haben will.»

Grit schreckte auf. «Wer ist sie? Wir waren doch nicht …»

Kathi bedeutete ihr, nicht so laut zu sprechen. «Eben. Sie hat unsere Aussagen vor dem Hexenkommissar zugetragen bekommen und beschlossen, sich uns anzuschließen.»

«Das ist doch gut, oder?»

«Nein, ist es nicht. Sie kann mit einem dummen Wort alles zerstören. Wir müssen uns etwas überlegen.»

«Niemand wird ihr glauben.»

«Sei dir da mal nicht so sicher. Ich habe sie erlebt. Sie wirkt überzeugend.» Kathi berichtete von ihrem Besuch im Juliusspital und dem Gespräch mit den beiden Jungen aus dem Kinderhaus.

«Deshalb war sie mit Christian also in der Reuererkirche», antwortete Grit. «Sie wollen ein Kind annehmen, wenn sie selbst keines bekommen können.» Sie grinste gehässig. «Das können sie sich jetzt ohnehin aus dem Kopf schlagen. Felicitas ist eine Hexe.»

«Nein, ist sie nicht», widersprach Kathi leise. Sie beugte sich an ihr Ohr. «Felicitas Dornbusch ist noch immer nicht zur Befragung in die Kanzlei geladen worden, und solange das nicht geschehen ist, ist deine Beschuldigung haltlos.»

Grit fuhr vor Zorn auf, aber die Schmerzen zwangen sie auf ihr Lager zurück. «So haben wir nicht gewettet», warf sie Kathi vor.

«Ich sage für dich aus, du für mich», flüsterte Kathi. «Dabei bleibt es auch. Aber leider hast du dir einen Gegner ausgesucht, der nicht so leicht zu bezwingen ist. Felicitas Dornbusch genießt großen Rückhalt im Volk, wie du heute am eigenen Leib erfahren hast.»

Die Schmach ließ die Wunden doppelt schmerzen.

«Ich frage mich», fuhr Kathi fort, «ob du dir nicht eine andere Gegnerin aussuchst. Sie ist einfach zu mächtig.»

«Niemals», herrschte Grit sie an, «selbst wenn ich sie in die

Hölle begleiten muss. Felicitas Dornbusch wird brennen, und mit ihr all die, die mir das angetan haben.»

Woher kam nur dieser abgrundtiefe Hass, fragte sich Kathi. Nach all dem, was Grit von Christian und seiner Frau erzählt hatte, kannte sie Felicitas doch kaum.

Vielleicht war die Antwort woanders zu finden, zum Beispiel auf ihrem Rücken. Als sie die Wunden das erste Mal mit der Heilsalbe behandelte, waren ihr ältere Verletzungen aufgefallen. Die Form der Narben deutete auf eine Rute hin, die in der Mitte einen Zacken aufwies. Sie glichen einem dornigen Rosenstängel, der mehrfach in ihr Fleisch eingedrungen war. Noch seltsamer kam ihr aber eine sternförmige Verletzung in Höhe des linken Schulterblatts vor. Sie musste sehr alt sein, da sie von den Stellen daneben inzwischen kaum noch zu unterscheiden war. Nur einmal hatte Kathi eine Waffe gesehen, die ein ähnliches Muster hinterließ. Ihr Vater Heinrich hatte einen Dolch besessen, bei dem zwei Klingen, Blatt auf Schneide, ineinander geschmiedet waren. Damit könnte er sogar ein Wildschwein aufspießen, hatte er gesagt, sollte er bei seinen Kurierreisen überfallen werden.

«Du musst jetzt gehen», sagte Vikar Ludwig, der sich in der Ecke aufgehalten hatte. «Die Pforte wird gleich geschlossen.»

Kathi stand auf. «Es könnte sein, dass Meister Dürr uns morgen noch mal vorlädt.»

«Wieso sollte er das tun?», fragte Grit.

«Weil die Beschuldigten bestimmt leugnen werden. Er wird uns noch mal ins Gewissen reden, bevor er die Folter anwendet.»

«Dann kann ich ihm gleich meinen Rücken zeigen. Er soll die Bastarde festnehmen, die mir das angetan haben.»

Insgeheim hoffte Kathi, dass es dazu nicht kommen möge.

Sonst würde er die sternförmige Wunde sehen und womöglich noch auf dumme Gedanken kommen.

18

Die Dunkelheit war über die Bischofsstadt hereingebrochen, und der Ruf des Nachtwächters hallte durch die menschenleeren Gassen. Die Ereignisse, die mit den Aussagen von Kathi und Grit in den frühen Morgenstunden ihren Anfang genommen hatten, waren den Würzburgern aufs Gemüt geschlagen. Obwohl die Bedrohung durch die Hexen und Unholde schon seit Jahren existierte, hatte mit der Entführung der drei Kinder auf den Schalksberg alles eine neue Wendung erhalten.

Ungewöhnlich früh waren die Bürger zu Bett gegangen – die einen, weil sie die hereinbrechende Nacht nun noch mehr fürchteten als zuvor; die anderen, weil sie ihre Kinder nicht eine Minute aus den Augen lassen wollten. Wenn es stimmte, was die Mädchen sagten, dann ließ sich der Geist der Hexe Babette nicht durch die üblichen Vorsichtsmaßnahmen aufhalten. Er überwand geschlossene Fenster genauso, wie er die Schutzkraft des Kruzifixes und des Weihwassers bezwingen konnte. Was lag daher näher, als auf die altbewährten Bräuche der Ahnen zurückzugreifen. Trotz größter Anstrengungen der Kirche, die heidnischen Rituale aus den Familien zu verbannen, waren viele noch vorhanden und wurden eingesetzt, wann immer man sich besonders bedroht sah. Einträchtig neben den christlichen Insignien behüteten somit Salzkreise, Runen, Schutzamulette und Bannsprüche Haus, Familie und Vieh.

Viele Eltern schliefen bei ihren Kindern, wenn sie es wegen der engen Häuser nicht ohnehin schon taten, um sie vor dem Zugriff der Hexen zu schützen. Keine Hexe würde nachts mehr ein Kind entführen, ohne dass es die Alten mitbekamen, so viel war sicher.

Aus der Tiefe der Nacht erklangen die Flügelschläge Kolks. Er ließ sich auf einem First von Neumünster nieder und rollte die Augen nach allen Seiten, um etwaige Gefahrenherde auszumachen. Als er glaubte, hier oben ganz alleine zu sein, war er beruhigt, plusterte sich auf und stocherte mit dem Schnabel in seinem Gefieder nach ungebetenen Gästen. Danach würde er sich entspannt der Nachtruhe hingeben.

Das Rascheln von kleinen Füßen ließ ihn aufmerken. Es kam von einem Stück Blech nicht weit unter ihm. Das Geräusch war so typisch für eine bestimmte Art von Beute, dass er kaum widerstehen mochte, auch wenn er sich am Nachmittag den Magen an einer toten Katze vollgeschlagen hatte. Er hüpfte ein Stück vor, und schon erstarrte die Maus in ihrem Lauf. Auch sie spähte in die Nacht hinein, nicht mit ihren Augen, sondern mit der Nase. Sie schnupperte in den Wind – lauerte da Gefahr?

Kolk verharrte in der Position. Seine schwarzen Augen suchten im Dunkeln nach einem Körper. Wo hatte sich die leckere Beute versteckt?

Die Maus beschloss, dass keine Gefahr drohte. Dennoch wollte sie sich schnell in den Dachstuhl zurückziehen. Hier draußen war es viel zu –

Das sanfte, geräuschlose Gleiten eines deutlich gefährlicheren Räubers, als Kolk es war, hörte sie nicht. Als sich die scharfen Krallen in ihren Pelz bohrten, wurde sie in einem Wimpernschlag hinaus in die Dunkelheit gerissen.

Der Angriff hatte selbst Kolk überrascht. Er hatte die Eule

weder in ihrem Anflug gesehen noch gehört. In der Ferne erklang ihr triumphaler Ruf. Aufgeregt schwang er sich empor.

Es war eine gute Nacht zum Fliegen. Aus den Schloten der Häuser drang nur wenig Rauch in seine Augen, und in den Straßen unter ihm war niemand zu sehen, der ihm gefährlich werden konnte. Einzig auf die Kirchturmspitzen vor ihm musste er achten; sie waren schwer zu erkennen.

Zu seiner Linken bot eine verwinkelte Dachecke Schutz, wenngleich in einem Fenster Licht brannte. Ein Mensch öffnete und schloss das Fenster mehrmals, als wollte er überprüfen, ob es sicher schließen würde.

Um ein Feuer auf einem Platz vor dem Fluss scharten sich Männer mit Spießen und Musketen. Sie waren im Vergleich zu den vorangegangenen Tagen auffällig ruhig. Es schien, als bereiteten sie sich auf etwas vor. In den Gassen daneben erspähte er kleine Menschen mit schwarzen Gesichtern und zerrissenen Kleidern, die dem Schein des Feuers geschickt auswichen und flink von Hausecke zu Hausecke rannten. Sie hatten es offenbar auf das Brot und das Fleisch abgesehen, das in einem Korb neben den Männern lag.

Kolk drehte ab. In diesem Teil der Stadt würde er keine Ruhe finden. Auch auf dem Festungsberg, in der großen Burg, brannten Feuer, und Soldaten liefen auf der Befestigungsanlage Wache. Er hielt sich rechts, überquerte erneut den Fluss und sah ein paar stille und dunkle Giebel vor sich. In dieser weiten Anlage mit zwei Brunnen würde er sich endlich niederlassen, beschloss er, als er schon wieder überrascht wurde. Von hinten zog etwas Seltsames, Übelriechendes an ihm vorbei. Er konnte es nicht erkennen, aber es flog geradewegs den Schalksberg hinauf.

19

Den Hahnenschrei überhörte Kathi an diesem Morgen. Sie schlief tief und fest, nachdem sie erst spät in der Nacht eingeschlafen war. Zuvor hatte sie mit ihrer Mutter ein karges und ungewöhnlich stilles Abendessen zu sich genommen. Die beiden hatten kein Wort miteinander gesprochen – Kathi wagte es nicht, und Helene haderte mit den Geschehnissen des Vortags auf dem Marktplatz. Dabei ahnte Kathi die quälende Frage, die ihrer Mutter auf der Seele brannte.

Hatte ihre Tochter mit der Bezichtigung der drei Würzburger tatsächlich recht?

Noch gestern hatte Helene die Frage glatt verneint, aber nachdem ein drittes, völlig unbekanntes Mädchen die Vorwürfe bestätigte, war es um ihre Gewissheit geschehen. Den Rest des Abends war sie ins Gebet versunken.

Kathi war danach früh zu Bett gegangen, schlafen hatte sie dennoch nicht können. Sie sah ihre Mutter die halbe Nacht unter dem Kruzifix Fürbitten sprechen. Ein ums andere Mal spürte sie den Impuls, hinauszugehen und Helene alles zu beichten. Doch dann entsann sie sich des fürchterlichen Todes, den Babette in der Kalkgrube erlitten hatte. Dieses Verbrechen würde sie nicht ungesühnt lassen, auch wenn ihre Mutter dafür einige Tage leiden musste. Babettes Tod stand über allem. Und wenn alles nach Plan lief, war der Spuk in ein paar Tagen vorbei. Danach war genügend Zeit, mit Helene über alles zu sprechen.

Ein wütendes Pochen an der Haustür im Erdgeschoss ließ sie hochfahren.

«Aufmachen», hörte sie einen Mann rufen, «im Namen des Bischofs, öffnet die Tür.»

Kathi sah sich schlaftrunken um. Wo war ihre Mutter? Wieso öffnete sie nicht?

Im Nachthemd schlurfte sie hinüber in die andere Kammer.

«Mutter, wo seid Ihr?»

Niemand antwortete. Als sie auf dem Tisch eine Schüssel Brotsuppe mit ein paar Bohnen vom Abendessen sah, wusste sie, dass Helene zur Arbeit gegangen war und sie hatte schlafen lassen.

«Aufmachen! Jetzt sofort.»

Sie warf sich eine Decke über und machte sich auf den Weg nach unten. Während sie vorsichtig die abgewetzten Stufen der schmalen Treppe nahm, fragte sie sich, wer in aller Herrgottsfrühe Einlass verlangte.

Im Namen des Bischofs.

Das konnte eigentlich nur jemand aus der bischöflichen Kanzlei sein. Ihr Herz schlug schneller. Was wäre, wenn Grit alles gestanden hatte? Sie mochte gar nicht daran denken. Zögerlich öffnete sie die Tür. Wie befürchtet war es einer von Dürrs Folterknechten.

«Zieh dich an», befahl er ihr, «Meister Dürr wünscht dich zu sprechen.»

Kathi wagte nicht, nach dem Grund zu fragen. Wenn Dürr seine Folterknechte losschickte, dann war klar, worum es ging.

Sie ging in die Kammer zurück und begann sich anzukleiden. Worüber würde Dürr mit ihr sprechen wollen? Was würde sie entgegnen, wenn Grit sie für alles verantwortlich machte? Oder war alles nur ein Vorwand, und Dürr hatte ihre Lügen längst enttarnt und würde sie bis zur Urteilsverkündung in den Kerker werfen lassen? Ein Schauer rann ihr über den Rücken. Sollte sie es gar nicht erst so weit kommen lassen und fliehen? Selbst wenn sie an den Torwachen vorbeikäme, wohin sollte sie gehen?

Es war aussichtslos. Jenseits der Stadttore war sie rechtlos. Der nächstbeste Bettler konnte sie ausrauben und ihr Schlimmeres antun, ohne Strafe fürchten zu müssen. Da war es besser, die zwei Dutzend Stockschläge zu ertragen, auch wenn sie danach niemand mehr anschauen wollte.

So warf sie sich das weiße Tuch über den Kopf, genau so, wie es die Heilige Mutter Maria auf den Bildern trug. Vielleicht half es, wenn sie als reumütige Sünderin vor Dürr trat und um Milde bat.

Den Weg hinüber zur Kanzlei brachten sie wortlos hinter sich. Statt Kathi vor sich herzutreiben, wie es normalerweise bei allen Verdächtigen geschah, ging dieser ungewaschene und grobschlächtige Kerl voraus. Sie folgte mit ihrem weißen Kopftuch. Sie mussten ein seltsames Bild für die Bürger abgeben. Alle schauten sie irgendwie eigentümlich an. Ein paar Frauen schlugen gar das Kreuzzeichen und senkten den Blick.

Was war passiert?

Die Frage wurde dringender, je näher sie der Kanzlei kamen. Wieder hatte sich eine Menschenmenge gebildet und belagerte das Tor. Doch dieses Mal protestierte niemand. Sie sahen aus, als ob ihnen der Schreck in die Glieder gefahren sei und sie fest im Griff hielt. Niemand sagte etwas. Bereitwillig bildeten sie eine Gasse, damit Kathi und der Folterknecht die Kanzlei betreten konnten.

Anders als erwartet, empfingen sie in der Schreibstube nicht Dürr und der Malefizschreiber, sondern andere vertraute Gesichter. Menschen, mit denen sie hier nicht gerechnet hatte. Auf der Bank neben dem Ofen saßen in einer Reihe Ulrich und Benedikt, ihre beiden Mitschüler aus der Klasse von Vikar Ludwig, und ein Junge, den sie nur vom Sehen her kannte und der Andreß genannt wurde. Er war ihr bei den Hinrichtungen durch sein sorgloses Spielen aufgefallen, während die anderen im Schreck erstarrten. An ihrer Seite blickte das Mädchen Anna aus dem Juliusspital auf. Sie wirkte – anders als die Jungen – ruhig und gelassen. Und schließlich kauerte Grit in einer Ecke. Sie hatte sichtlich Mühe, sich aufrecht zu halten. Ihr Rücken musste noch schrecklich schmerzen. Ihre Blicke trafen sich für einen Moment, und wäre der Folterknecht nicht gewesen, wäre Kathi gleich mit der Frage herausgeplatzt, was sie hier alle suchten. So verhielt sie sich ruhig und wartete ab.

«Hinsetzen», raunzte er sie an.

Kathi setzte sich den anderen gegenüber auf einen Stuhl.

Dann ging er in die Kammer nach nebenan. Als er die Tür öffnete, sah Kathi für einen Augenblick Dürr, wie er jemanden befragte, der vor ihm stand. An seiner Seite befanden sich Vikar Ludwig und der Malefizschreiber. Der Größe nach zu urteilen, handelte es sich um ein Kind, ein ziemlich verdrecktes und verlaustes Kind mit zerrissener Kleidung. Die Situation wirkte angespannt. Dürr schaute streng, und Ludwig blickte nicht weniger ernst drein.

«Das Mädchen ist jetzt da», sagte der Folterknecht. Dann schloss er die Tür.

Stille kehrte ein, einzig unterbrochen von gelegentlich aufkommenden Beschuldigungen und Drohungen, die vom Fenster her in die Stube schwappten. Draußen kämpften sie um einen guten Platz am Fenster.

Kathi wagte nicht zu fragen, was hier vor sich ging. Außer Grit traute sie niemandem, und deren misstrauischer Blick auf die anderen bestätigte ihr, besser den Mund zu halten.

Da war diese unberechenbare Anna, die sie abfällig musterte. Was machte sie hier? Was hatte sie mit den anderen zu schaffen? Ulrich und Benedikt waren ihr freundlicher gesinnt. Ein schüchternes Lächeln lag auf ihren Gesichtern. Kathi fiel bald Ulrichs rechte Hand auf. Er hielt sie mittlerweile zu einer Kralle verkrampft. Unkontrolliert zuckte sie so stark, dass sie den Körper nach sich zog. Die Vergiftung seines Körpers durch Arsen und Quecksilber musste bedrohlich fortgeschritten sein. Wenn er nicht bald von da fortkam, stand ihm ein fürchterlicher Tod bevor.

Ihr Blick wechselte zu Benedikt, dem Ältesten der Klasse. Er arbeitete in einer Drechslerei. Weitaus gefährlicher als herumfliegende Späne und ein strenger Lehrmeister war das Damoklesschwert, das über ihm hing. Die Schwester seiner Mutter war als Hexe verbrannt worden. Es würde nicht mehr lange dauern, bis der Verdacht auf seine Eltern und auch auf ihn selbst übersprang. Flucht war die einzige Rettung. Doch wohin? Es gab niemanden, der sie aufnehmen würde. Die Gefahr, dafür bestraft zu werden, war zu groß. Sie mussten eine andere Lösung finden.

Schließlich war da noch dieser unbekannte Junge, Andreß, der sich bei jeder Hinrichtung in vorderster Reihe aufhielt. Seinem Verhalten nach zu urteilen, berührten ihn die grausamen Folterungen und Tötungen überhaupt nicht. Wenn andere Kinder entsetzt den Blick abwandten oder erstarrten, schnitt er Grimassen, hüpfte vor Freude von einem Bein aufs andere und stellte die Leiden der Verurteilten nach. Er war ein sonderbarer Kauz. Kathi empfand Ekel vor ihm, wobei sie ihn gleichzeitig auch bemitleidete. Dieser Junge von fünf oder sechs Jahren hatte in seinem kurzen Leben schon so viele Menschen auf die schrecklichste Weise sterben sehen, dass man sich nicht wundern musste, wenn er dem Schwachsinn verfiel.

In die Stille platzte ein Hilferuf, der einem Flehen gleichkam. Er drang durch die Tür aus der anderen Kammer herein.

«Bei meiner Seel', Herr. Ich spreche die Wahrheit.»

Die Kinder schreckten auf. Was geschah da, dass ein Kind um Hilfe rief? Andreß aber sprang auf und äffte das unglückliche Kind nach. «Bei meiner Seel', bei meiner Seel'.»

Dazu machte er ein weinerliches Gesicht und hüpfte närrisch herum, wie es ein Eulenspiegel oder ein Gaukler vom Jahrmarkt tat. «Morgen früh um sechs kommt die kleine Hex'. Morgen früh um sieben lässtse Mäuse fliegen. Morgen früh um acht …»

Hätte der Aufschrei Kathi nicht bis ins Mark getroffen, hätten zwei Ohrfeigen wieder für Ruhe gesorgt. Aber diese Stimme kannte sie doch. Wie um alles in der Welt …

Die Eingangstür öffnete sich, herein kam der Hexenkommissar Faltermayer. Er wirkte ernst und schaute sich ein Kind nach dem anderen an. Irgendetwas suchte er in ihren Gesichtern zu lesen. Eine Antwort? Auf welche Frage? Kathi fühlte sich bei seinem bohrenden Blick auf der Stelle unwohl, versuchte ihm aber standzuhalten. Unschlüssig ging Faltermayer weiter, hinüber in die andere Kammer. Kathi schaute ihm in der Hoffnung nach, etwas mehr von diesem Kind zu sehen, das sie gut kannte, wie sie glaubte. Aber an der stattlichen Erscheinung Faltermayers gab es für ihre Blicke kein Vorbei.

«Morgen früh um neun brennt runter die Scheun.»

«Sei endlich still», fuhr Grit Andreß unvermittelt an, sodass er erschrak. Doch nur für einen Augenblick. Sobald er erkannt hatte, dass von ihr keine Gefahr ausging, fuhr er fort.

«Morgen früh um zehn gibt's ein Heul'n und Fleh'n.»

Der Folterknecht öffnete die Tür. «Ihr zwei», sagte er und deutete auf Ulrich und Benedikt. «Reinkommen.»

Die beiden erhoben sich und folgten mit bangem Herzen.

Grit, Anna und Kathi schauten sich an. Jetzt waren sie allein, eine gute Gelegenheit, um herauszufinden, weswegen sie einbestellt wurden. Nur Andreß störte. Keiner wusste, was von ihm zu halten war, Vorsicht war geboten.

«Du bist also dieses Mädchen, von dem so viel gesprochen wird», sagte Anna ungeniert und brach damit das Schweigen. Sie hatte offenbar keine Bedenken.

«Was hast du denn von mir gehört?», antwortete Kathi.

«Dass du auf dem Schalksberg warst.»

Grit schaltete sich ein. «Wer hat dir das erzählt?»

«Babette», erwiderte Anna. «Sie hat mich letzte Nacht besucht.»

Kathi und Grit stutzten. Ihre Phantasiegestalt sollte Anna besucht haben? Was bezweckte dieses hinterhältige Ding damit?

«Dann weißt du ja auch, wie sie aussieht», erwiderte Kathi.

Anna ließ sich nicht so schnell verunsichern. «Sicher. Ihr etwa nicht?»

«Beschreib sie uns», forderte Grit.

«Nichts leichter als das. Sie ist ein altes, schrulliges Hexenweib mit einer langen, krummen Nase. Ihr ausgemergelter Körper ist übersät mit Warzen und Beulen, aus denen der Schwarze Tod trieft. Ihre Augen funkeln wie Feuer …»

«Ihre beiden Augen?», unterbrach Kathi hinterhältig.

Bejahend fuhr Anna fort. «Ja, in ihren beiden Augen spiegeln sich die Flammen der Hölle.» Sie unterstrich ihre Worte mit übertriebener Theatralik.

Kathi und Grit schauten sich an. Diese Lügenhexe hatte

Babette niemals gesehen, so viel war sicher. Sie wiederholte lediglich, was allgemein über Hexen erzählt wurde. Die Beschreibung konnte auf nahezu jedes alte Weibsbild zutreffen.

Nur auf Andreß machten die Worte Eindruck. Er hing staunend an Annas Lippen.

Sie wurden durch den Folterknecht unterbrochen. «Ihr vier», raunzte er sie an, «alle reinkommen.»

Jetzt war es so weit, seufzte Kathi. Jetzt würde sich herausstellen, was ihr Plan wirklich taugte. Sie folgte den anderen in die Kammer.

Als Ersten sah sie Dürr. Er saß am selben Tisch, auf dem sie gestern noch die Untersuchung der Hebamme hatte über sich ergehen lassen müssen. Er schaute sie aus seinen kalten Augen ausdruckslos an. Neben ihm protokollierte der Malefizschreiber mit der Feder die Aussagen der Kinder.

Direkt hinter ihm stand Faltermayer, die Arme verschränkt und mit einem unerklärlichen Lächeln auf den Lippen. Kathi deutete es als Schadenfreude oder etwas noch viel Gemeineres. Vikar Ludwig stand am Fenster. Er trug einen langen hölzernen Rosenkranz mit braunen und schwarzen Perlen über seiner Kutte. Daran hing ein Kreuz. Kathi hatte im Angesicht des Rosenkranzes schon manche Strafe erfahren. Ludwig trug ihn immer dann, wenn eine wichtige Entscheidung bevorstand und die Kinder darauf schwören mussten.

Der Folterknecht wies sie an, sich neben Ulrich und Benedikt, die mit unsicherem und gesenktem Blick dastanden, aufzustellen; neben ihnen stand dieses verdreckte Kind, das Kathi nur für einen Augenblick von hinten gesehen hatte und dessen Stimme ihr so vertraut erschienen war. Kein Wunder, denn nun erkannte sie Ursula – ihre seit Wochen verschwundene Freundin, die sie mit Barbara und Otto immer unten am Fluss getroffen hatte. Sie sah bemitleidenswert dünn aus. Sie mochte seit Tagen nichts mehr gegessen haben, und um ihre Gesundheit war es offenbar ebenfalls nicht gut bestellt. Was um alles in der Welt machte sie hier?

Kathi ging an ihr vorüber, ohne sich etwas anmerken zu lassen. Auch Ursula verriet mit keiner Regung, dass sie Freundinnen waren. Sie taten gut daran, denn Kathi bemerkte den prüfenden Blick von Dürr und Faltermayer. Sie wollten sie offenbar auf die Probe stellen.

Nachdem sie alle in einer Reihe standen, schaute Dürr sie lange und eindringlich an. Die Stille war bedrückend. Die Kinder waren wie erstarrt, nur Andreß nicht. Er murmelte leise seine Hexenreime vor sich hin, und das Stillstehen behagte ihm überhaupt nicht. Er zuckte in einem fort, als wolle er loslaufen und zwischen den ehrwürdigen Herren Purzelbäume schlagen.

«Andreß», zischte ihn Ludwig an, «beherrsch dich.»

«Lassen wir der Natur ihren Lauf», korrigierte ihn Meister Dürr. «In dem Jungen steckt etwas, das nach draußen will. Die Frage ist nur: Was könnte das sein?»

Die Frage war an die Kinder gerichtet. Sie schauten überrascht und verwirrt. Woher sollten sie das wissen? Sie kannten den Jungen nicht einmal.

«Weiß niemand», wiederholte Dürr, «was in den Jungen gefahren sein könnte?»

Alle schüttelten den Kopf.

«Seine Mutter hat mir bezeugt, dass das Kind bis gestern völlig normal gewesen sei. Erst als es heute Morgen erwachte, stellte sie dieses seltsame Verhalten an ihm fest.»

Eine dreiste Lüge, dachte Kathi. Wann immer sie ihn bei den Hinrichtungen gesehen hatte, hatte er sich verhalten, als sei alles ein großer Spaß. Sein Verhalten war verletzend und schändlich zugleich. Hier wollte sich jemand von Schuld reinwaschen. Vermutlich fürchtete die Mutter den Verdacht, irgendetwas sei mit ihrem Kind nicht in Ordnung, und beugte so vor.

«Verspürt einer von euch denselben Drang?», fragte Dürr.

Er erntete Kopfschütteln.

«Interessant», sprach er weiter und erhob sich. «Die Aussagen jedes Einzelnen von euch sind gleich. Jeder will mit dem Geist der Hexe Babette nachts ausgefahren sein.»

Kathi erschrak. Ihr Blick huschte hinüber zu Ulrich, Benedikt und Ursula. Hatten auch sie einen Hexenflug vorgegeben? Dem sonst aufmerksamen Dürr war Kathis überraschte Reaktion nicht aufgefallen, Faltermayer schon. Er stand im Hintergrund und beobachtete. Als sie seinen Blick spürte, glaubte sie zu erröten.

«Aber nur dieser eine Junge zeigt körperliche Anzeichen einer Verwandlung. Wie kommt das?»

Er ging vor der Reihe auf und ab, als inspiziere er Gefangene aus dem Kerker.

Zaghaft hob Ulrich seine steife Hand. «Seht, Herr», sagte er, «auch mir hat die Hexe Schaden angetan.»

Dürr wandte sich ihm schon fast väterlich zu. «Richtig», sagte er, «deine Hand sieht nicht gesund aus. Was ist mit ihr geschehen?»

«Die böse Hexe Babette hat mir das angetan», platzte es aus Ulrich heraus. «Letzte Nacht, als sie mich vom Schalksberg zurück in die Stadt brachte, verhexte sie sie mir mit einem Zauber.»

«Lügner», ging Vikar Ludwig dazwischen. «Deine Hand sieht schon länger so aus.»

«Verzeiht, Hochwürden», wehrte er sich, «aber so schlimm

ist es erst seit letzter Nacht. Ich kann die Finger nicht mehr bewegen. So seht doch.»

Er versuchte, seine Hose zu greifen, aber die Finger glitten immer wieder ab.

«Wieso sollte dir die Hexe das angetan haben?», fragte Dürr.

«Damit ich nicht verrate, wen ich auf dem Schalksberg gesehen habe. Erst später will die Hexe den Zauber wieder rückgängig machen.»

«Und wen hast du auf dem Schalksberg gesehen?»

«Meinen Meister und sein Eheweib.»

«Auch ihre Kinder?»

«Nein, Herr, nur die beiden.»

«Was haben sie dort gemacht?»

«Sie tanzten nackt um ein Feuer.»

«War an dem Feuer irgendetwas außergewöhnlich?»

«Ja, Herr. In den Flammen sah ich Kinder von Neumünster.»

«Lebendig oder tot?»

«Lebendig. Mein Meister und sein Weib wollen aber nicht eher Ruhe geben, bis sie alle Kinder der Stadt zum Teufel auf den Schalksberg gebracht haben.»

«Was will denn der Teufel mit ihnen anstellen?»

«Sie sollen ihm zu Diensten sein.»

«Wozu?»

«Als Kämpfer für sein Reich.»

«Du meinst, sein Reich des Bösen?»

«Ja, Herr, denn das Ende ist nah.»

Kathi glaubte ihren Ohren nicht zu trauen. Das, was Ulrich da vorbetete, war nichts anderes, als was sie im Unterricht bei Vikar Ludwig gelernt hatten, vermischt mit dem, was sie sich sonst über Himmel und Hölle zusammenreimten.

Dürr wandte sich Benedikt zu. Der hatte den Darstellungen seines Freundes aufmerksam zugehört.

«Was hast du letzte Nacht erlebt?»

Benedikt zögerte keinen Moment. Er stotterte und würgte, wie es Kathi niemals zuvor bei ihm erlebt hatte. «Ich ... lag ... im ... Bett ...» Dabei zog er die rechte Schulter hoch, als würde er nur mit ihrer Hilfe die Worte aus seinem Mund pressen können.

Kathi blickte hinüber zu Vikar Ludwig. Würde er das Narrenspiel durchschauen? Schließlich kannte er Benedikt gut und wusste um dessen Fähigkeit, sich der Wahrheit zu entziehen.

Doch davon war nicht auszugehen. Er klebte regelrecht an Benedikts Lippen und hörte staunend all das, wovor er die Kinder immer gewarnt hatte. Es war offensichtlich: Der Teufel hatte die Jagd auf die Kinder eröffnet. Wer nicht fest im Glauben war, würde sich seines Einflusses nicht entziehen können und für immer verloren sein.

Kathi war mit ihren Gedanken nicht alleine. Sie spürte, wie Faltermayer sie unablässig beobachtete. Was hatte er vor? Er verhielt sich ruhig und abwartend, achtete aber auf jede ihrer Gefühlsregungen. Würde er schwerer zu beeindrucken sein als Dürr?

Nachdem Benedikt seinen Meister aus der Drechslerei im Bunde mit dem Teufel gesehen haben wollte und nahezu wörtlich wiederholt hatte, was Ulrich zuvor über die Kinder im Feuer gesagt hatte, war Ursula an der Reihe. Kathi war gespannt, was ihre Freundin zu berichten wusste.

Von Aussehen und Geruch des Mädchens angeekelt, ging Dürr auf Abstand und hielt sich ein Taschentuch vor den Mund. «Du scheinst mir direkt aus dem Schlund der Hölle zu kommen», sagte er.

«Verzeiht, Herr», antwortete sie mit gesenktem Haupt. «Dort, wo ich war …»

«Schon gut», erwiderte er, um die Befragung schnell hinter sich zu bringen. «Von dir haben wir schon gehört, was dir letzte Nacht widerfahren ist. Kannst du bestätigen, was die beiden uns berichten?»

Sie nickte. «Ja, Herr, als ich am Feuer vorbeikam, sah ich Männer und Weiber tanzen. Unter ihnen war auch ein Spielmann, der die Flöte blies. Er sollte die Kinder mit seinem Spiel anlocken.»

Spielmann? Flöte? Kathi ahnte, wen sie damit meinte – ihren Ziehvater Karl Rußwurm. Der Nichtsnutz war für sein Flötenspiel bekannt. Wann immer sich die Gelegenheit bot, holte er sie hervor und spielte zum Tanze auf. Betrunken wie er dann war, hatte Ursula nichts zu lachen. Saß er zurzeit aber nicht wegen Diebstahls im Kitzinger Kerker ein? Andererseits, irgendwann würde er auch wieder freikommen, vielleicht schon bald.

«Hast du den Spielmann erkannt? Kennst du seinen Namen?», fragte Dürr.

Ursula nickte. «Ja, Herr, es ist mein Ziehvater. Meine richtigen Eltern sind schon lange tot.»

«Wie heißt er?»

«Karl Rußwurm.»

Der Malefizschreiber notierte den Namen, so wie er alle anderen auch in das Protokoll übernommen hatte. Anhand der Liste würden die Knechte später losgeschickt, um die Beschuldigten herbeizuschaffen.

Das Verhör verlief überraschend ergiebig. So zumindest deutete Kathi Dürrs kurzes, zufriedenes Lächeln. Er drehte sich zu Faltermayer um, der ihm mit einem Nicken sein Wohlwollen bekundete.

«Eine Sache ist mir allerdings noch unklar», fuhr Dürr fort. «Woher wisst ihr denn, dass es sich bei der Hexe um Babette handelte und nicht um ein anderes Weibsbild?»

Für Kathi, Ursula, Grit, Ulrich und Benedikt war die Frage leicht zu beantworten. Sie alle hatten sie kennengelernt, nur Anna und Andreß nicht, zumindest hatte Kathi sie noch nie in ihrer Begleitung gesehen.

Anna setzte zur Antwort an, aber Andreß kam ihr zuvor. «Sie ist ein altes, schrulliges Hexenweib mit einer langen, krummen Nase», sagte er ebenso aufgeblasen wie Anna zuvor. Doch die wollte sich nicht so schnell den Schneid abkaufen lassen und riss das Wort an sich. «Ihr ausgemergelter Körper ist übersät mit Warzen und Beulen, aus denen der Schwarze Tod trieft. Ihre Augen funkeln wie Feuer ...»

Dürr hatte derlei Beschreibungen schon unzählige Male gehört, sie interessierten ihn kaum noch. Aber in diesem Fall merkte er auf. Eigentlich hatte er die Frage aus reiner Gewohnheit gestellt, so wie er viele Hexenbefragungen anhand einer vorgeschriebenen Liste durchführte. Nur selten verfing sich ein Fisch in diesem Netz.

«Ihre Augen funkeln wie Feuer?», unterbrach er sie.

Anna, leicht irritiert, bestätigte es. «Ja, Herr. In ihren Augen sind die Flammen zu Hause.»

Dürr stellte Andreß die gleiche Frage. Der bestätigte es nach kurzem Zögern. «Flammen in den Augen.»

Aus dem Hintergrund trat Faltermayer hervor. Das war der Fehler, auf den er gewartet hatte. Er hatte Babette bei der Folter in der Kalkgrube zwar nur kurz gesehen, aber ihr fehlendes Auge war ihm genauso wie Dürr nicht verborgen geblieben.

«Wie könnt ihr so sicher sein?», fragte er.

Nun war etwas mehr Einfallsreichtum gefragt. Kathi

lehnte sich vor, um zu sehen, wie sich Anna und Andreß aus der Schlinge zogen.

«Weil … sie mir direkt ins Gesicht geschaut hat», erwiderte Anna unsicher.

«Und da hast du Flammen erkannt?»

«Ja.»

Faltermayer richtete die Frage an Andreß. «Kam die Hexe auch dir so nahe?»

Der antwortete schneller als Anna, ebenfalls falsch.

«Ja.»

Die Brisanz der Frage war auch Vikar Ludwig nicht entgangen. Schließlich hatte er in Anna die einzige Bestätigung für Grits Vorwurf, Felicitas Dornbusch auf dem Schalksberg gesehen zu haben. Fiel Anna, brach auch Grits Aussage in sich zusammen. Er trat vor.

«Stimmt etwas nicht?»

Dürr war nicht geneigt, die Frage zu beantworten. Jetzt ging es um alles. Wenn Anna bei ihrer Aussage blieb, stellte sie Grit bloß, und die würde früher oder später auch zugeben, dass sie gelogen hatte. Damit stand Kathi allein. Das Schicksal jedes Einzelnen war mit dem der anderen verknüpft. Fiel einer, fielen alle. Kathi musste eingreifen.

«Verzeiht, Herr», sagte sie unaufgefordert. «Babette hatte zu Lebzeiten nur ein Auge, das ist richtig. Aber als sie in die Dienste des Teufels trat, hat er ihr das verlorene Auge zurückgegeben.»

Dürr trat auf sie zu. «Und wieso sollte der Teufel das tun?»

«Aus Dankbarkeit.»

Er lachte lauf auf, sodass sich selbst Faltermayer über den Gefühlsausbruch wunderte. «Wofür sollte er ihr denn dankbar sein?»

«Weil sie eine seiner wertvollsten Dienerinnen ist. Babette

hat viele Kinder auf die Welt gebracht, mehr als jede andere in dieser Stadt.»

Das Argument hatte Gewicht. «Das fällt dir erst jetzt ein?», schalt er sie. «Wieso hast du das nicht früher gesagt?»

Von der anderen Seite der Kammer kam Grit ihr zu Hilfe. «Es war Nacht und daher nur schwer zu erkennen. Erst wenn sie einem nahe kam, konnte man sehen, dass da ein neues Auge war.»

Faltermayer beugte sich zu ihr hinunter. «Bist du nicht dieses Mädchen, das Felicitas Dornbusch mit dem Teufel hat buhlen sehen?»

«Ja, Herr.»

Anna merkte auf. Das war also ihre geheime Komplizin, auf deren Aussage hin sie zur zweiten Anklägerin geworden war. Auch wenn es ihr wenig behagte, diesem frechen Ding zur Seite zu stehen, in diesem Fall war es geboten.

«Babette ist eine Gestaltswandlerin», sagte sie unvermittelt. «Sie vermag es, in einem Moment wie ein altes, fürchterliches Weib auszusehen und im anderen wie eine hübsche Jungfrau. Das ist ihr Zauber, das ist des Teufels Magie.»

Dieser Vergleich kam dem Vikar gelegen. Er erinnerte sich einer entsprechenden Stelle in der Heiligen Schrift. «Denn der Satan selbst nimmt die Gestalt eines Engels des Lichtes an; es ist daher nichts Großes, wenn auch seine Diener die Gestalt von Dienern … oder anderen Wesen annehmen. Das wissen wir aus Epistula ad Corinthios II.»

Die beiden Hexenkommissare waren des Lateinischen mächtig; den Worten der Heiligen Schrift war nichts entgegenzusetzen.

Guter Rat war also teuer. Wie konnten sie der Wahrheit auf die Spur kommen?

Dürr, der erfahrene Hexenjäger, hatte eine passende Antwort parat. Er wies den Folterknecht an, ein paar seiner Werkzeuge zu holen. Wenn die Erwachsenen beim Anblick der Gerätschaften bereitwillig Auskunft gaben, sollte es ihm bei den Kindern wohl auch gelingen.

Es sollte nicht lange dauern, bis Zange, Daumenschraube und Peitsche auf dem Tisch lagen. An der Peitsche klebte noch Blut. Die Kinder wussten, welche Wunden diese Werkzeuge in ihre Körper reißen würden.

Jedem, außer dem schwachsinnigen Andreß, verschlug es den Atem. Er war seltsam erregt, als würde gleich sein Lieblingsspiel beginnen. Ulrich und Benedikt überkam ein Zittern, Anna und Grit hielten dem Anblick nicht stand und schauten zu Boden, so wie Kathi es ebenfalls tat. Allerdings war sie auf die Drohung vorbereitet, Apotheker Grein hatte davon berichtet. Ab und an hatte er auf Anweisung der Hexenkommissare an den Verhören teilgenommen, wenn sich die Beschuldigten auf die heilende Anwendung bestimmter Kräuter beriefen und er testieren musste, ob sie sich auch zur Herstellung giftiger Tränke eigneten.

Kathi wusste, dass dieser Moment kommen würde. Sie hatte sich geschworen, standhaft zu bleiben, denn zunächst handelte es sich nur um eine Drohung. Ihr Leben und ihre Gesundheit lagen den Hexenkommissaren mehr am Herzen als der Wunsch, sie qualvoll sterben zu sehen. Je länger sie lebte, desto mehr konnte sie preisgeben.

Unerwartet erhielten die Kinder Unterstützung von Vikar Ludwig. Er stellte sich mutig zwischen sie und die Hexenjäger. «Haltet ein», sagte er beschwichtigend, «es sind Kinder.»

Doch dafür war es jetzt zu spät. Dürr begann mit Kathi und zeigte auf die Folterinstrumente.

«Die, die du im Bunde mit dem Teufel auf dem Schalksberg gesehen haben willst, haben auf die Heilige Schrift geschworen, dass du die Unwahrheit sprichst. Ich frage dich daher noch einmal: Hast du Hortensia Paulus, Cornelius Grimm und den Stadtrat Joachim Bauth auf dem Schalksberg gesehen? Ja oder nein? Bedenke gut, was du antwortest. Eine Lüge könnte auch dein Leben kosten.»

Um die Drohung zu untermauern, wies er Vikar Ludwig an, näher zu treten. Kathi sollte die Hand auf den Rosenkranz legen.

«Nun sprich: Ja oder nein?»

Mit der Hand auf dem Kreuz fiel es Kathi unerwartet schwer, die richtige Antwort zu geben. Sie wusste zwar, dass sie sich mit ihrer Lüge schwer versündigte, aber das war nichts im Vergleich zum Tod ihrer Amme.

«Zögere nicht länger, mein Kind», ermunterte sie Ludwig. «Der Herr ist mit den Wahrhaftigen.»

Der Herr ist mit den Lügnern und Mördern, ging es ihr durch den Kopf. Sie durften in seinem Namen ungestraft falsches Zeugnis ablegen, foltern und brennen. Auge um Auge, Zahn um Zahn. Das war es, was sie ihr beigebracht hatten – mit Worten, Schlägen und Hunger. Nun sollten sie das Wort des Herrn am eigenen Leib erfahren. Sie wusch ihre Hände in Unschuld.

«Ja», antwortete Kathi mit fester Stimme. «Ich habe die drei am Schalksberg gesehen.»

«So sei es», antwortete Dürr.

Dann wandte er sich Grit zu. Bisher hatte er Felicitas Dornbusch verschont. Ihr Einfluss und ihr Leumund waren zu groß, als dass er Unruhe ins Volk hineintragen wollte. Der Bischof hatte es gutgeheißen. Nun aber hatte sich die Situation verändert. Es gab eine zweite Anklägerin, die nicht länger schweigen wollte.

«Auch dir stelle ich die Frage: Willst du Felicitas Dornbusch im Bunde mit dem Teufel gesehen haben?»

Grit legte die Hand aufs Kreuz. Sie hatte keinerlei Skrupel mit einem geweihten Kreuz. Ohne nachzudenken, antwortete sie mit Ja.

Als Dritte musste Anna ihre Anschuldigung bekräftigen.

«Felicitas Dornbusch ist die Buhlin des Teufels. Ich schwöre es bei meinem Seelenheil.»

Damit war der dünne Faden, an dem Felicitas' Schicksal gehangen hatte, gerissen.

Faltermayer ließ es sich nicht nehmen, dem Folterknecht Anweisung zu geben, die Beschuldigte festzunehmen. Es überkam ihn dabei ein erhebendes Gefühl. Nun endlich hatte er das Mittel in der Hand, um diesen aufsässigen Christian Dornbusch zu disziplinieren. Ab jetzt war dieser nicht länger Stadtrat und Rechtsgelehrter, sondern nur noch der gehörnte Ehemann einer Buhlin des Teufels.

20

Nach reiflicher Überlegung und Rücksprache mit dem Bischof sollten die Kinder für die Dauer der Prozesse von allen schädlichen Einflüssen ferngehalten werden. Sie wurden kurzerhand aus ihren Familien nach Neumünster verlegt, wo sie unter die Obhut von Ludwig gestellt wurden. Das war eine überraschende Wertschätzung des Vikars, auf die manch anderer Kanoniker neidisch blickte. Für Ludwig hingegen wurde der Traum, als vollwertiger Pfarrer einer Gemeinde vorstehen zu dürfen, endlich wahr – selbst wenn es sich nur um Kinder handelte.

Mit der Beförderung Ludwigs ging auch eine Veränderung

seiner Lehrmethoden einher. Der Druck, einen Platz in der Gemeinde zu finden, war von ihm genommen worden. Jetzt war es Zeit, alles besser zu machen als seine Vorgänger. Bibeltexte mussten zwar immer noch rezitiert, Inhalte von Predigten wiedergegeben und Gebete auswendig gelernt werden, doch die Mittel und Wege sollten fortan nur noch selten über die Rute gehen. Nur die wirklich Unbelehrbaren und Faulen würden noch Ludwigs starke Hand zu spüren bekommen. Die meisten Schüler lernten einen neuen Lehrer kennen, der ihnen aufmerksam und fürsorglich gegenübertrat und ein Ohr für ihre Nöte hatte.

Das sprach sich in Kinderkreisen schnell herum, sodass viele nur noch vom Kinderpfarrer sprachen. Nicht wenige drängten ihre Eltern, in die Schule von Neumünster wechseln zu dürfen, für die meisten erfüllte sich dieser Wunsch allerdings nicht.

Seitdem der Bischof die Vermögen der Beschuldigten einzog, um die Finanzierung der Prozesse zu gewährleisten, war auch ein Teil für Kost und Logis der Kinder an Neumünster gefallen. Der Abt war erleichtert. Dringend notwendige Reparaturen an den Klostergebäuden konnten durchgeführt werden, und auf dem Speiseplan fanden sich lang vermisste Gerichte.

Kathi und Ursula hatten so gut gegessen wie seit langem nicht mehr. Sie fühlten sich rundum wohl. Sie schliefen in sauberen Betten, und ihre Kleidung wurde in der Waschküche des Klosters für sie gereinigt. Außerdem war die Zucht ausgesetzt, solange sie unter dem Schutz von Ludwig standen. Was konnte man sich Schöneres vorstellen?

Bis zur nächsten Unterrichtsstunde und dem gemeinsamen Gebet war noch Zeit. Sie beschlossen, einen Spaziergang hinunter zum Main zu machen, wo sie sich immer getroffen hatten. Über einen Seiteneingang verließen sie das Klostergelände. Das Hauptportal mieden sie. In den letzten Tagen trieben sich dort immer mehr Kinder herum, die einen Blick auf die «Entführten», wie sie nun genannt wurden, werfen wollten. Manch einer erhoffte sich auch ein Almosen.

Daher hatte sich Ursula entschlossen, wie Kathi ein weißes Kopftuch zu tragen, um nicht sofort auf der Straße erkannt zu werden. Nun waren weiße Kopftücher in den grauen und verdreckten Straßen Würzburgs nicht gerade häufig zu sehen. Sie zogen eher die Blicke auf sich, als dass sie sie abhielten. Doch schon bald gefiel den beiden die unerwartete Aufmerksamkeit.

Sie wählten den kürzesten Weg über den Marktplatz. An diesem Morgen war Markt. Er war lange nicht so gut besucht wie in den guten Zeiten. Es roch nach Kuhdung, und Marktweiber wetteiferten um die Aufmerksamkeit der Bürger. Aber es wurden auch Nachrichten getauscht. Was gab es Neues, was trug sich in anderen Städten zu?

Die jüngsten Ereignisse beherrschten die lebhaft geführten Diskussionen. Wie konnte es sein, dass jemand vom Schalksberg zurückkehrte, ohne von der Hexenseuche infiziert worden zu sein? Das widersprach allen Erfahrungen. Andere hielten mit dem besonderen Schutz dagegen, den Jesus Christus den Kindern zugesprochen hatte. *Ihnen gehört das Himmelreich.* Er liebte und segnete sie.

Wo immer Kathi und Ursula mit ihren weißen Kopftüchern auftauchten, verstummten die Gespräche. Niemand wagte sie anzusprechen oder zu belästigen.

Unten am Main, an der Anlegestelle für die Fischerboote, machten sie halt. Sie genossen die Zeit zwischen den Gebeten und dem Unterricht, unterhielten sich und lachten wie schon lange nicht mehr. Da trug der Wind ihnen ein Flugblatt vor die Füße.

«Angeli minori», las Kathi vor, «die kleinen Engel von Würzburg.»

Darunter eine Zeichnung vom Schalksberg und dem Hexensabbat, wie ihn sich der Künstler vorstellte. Der Teufel saß auf einem Thron und ließ sich Kinder und Frauen zuführen. Wer sich ihm nicht beugte, wurde gefressen oder im Kessel gekocht. Um die Feuer tanzten nackte Erwachsene. Von Würzburg herauf kam ein altes Weib auf einem Ziegenbock geritten. Ihre Beute waren unschuldige Kinder, die nach ihren Eltern riefen. Über alles jedoch ergoss sich das göttliche Licht, auf dessen Strahlen Kinder in Engelsgestalt herabfuhren, die dem schändlichen Treiben ein Ende bereiteten.

«Sollen wir das sein?», fragte Ursula und deutete auf die kindlichen Engel.

«Gar nicht mal so schlecht getroffen», antwortete Kathi lachend. «Der da im Waffenrock, mit dem kleinen Speer, bist sicherlich du.»

«Nie im Leben habe ich einen Spieß in der Hand gehabt.»

«Die Leute sehen uns aber so.»

Ursula seufzte. «Macht dir das nicht Angst?»

«Wenn wir zusammenhalten, kann uns nichts passieren», antwortete Kathi.

«Aber wenn es mal nicht mehr so sein wird, was dann?»

Kathi ließ die Frage unbeantwortet. Ein paar Kähne weiter spielten Kinder das alte Verhörspiel, in dem es um Anklage, Leugnen, Folter und Geständnis ging. Bis heute waren die Kinder in die Rollen der Erwachsenen geschlüpft – in die des Anklägers, Opfers und Folterknechts. Jetzt aber hatte sich ihr Verhalten verändert. Die Person des Anklägers war nicht mehr länger ein Erwachsener, sondern ein Kind.

Kinder spielten sich selbst. Sie hatten die Macht über Leben und Tod an sich gerissen.

«In der Bibel steht, dass Jesus Christus uns gesegnet hat. *Wenn ihr nicht werdet wie die Kinder, bleibt euch das Himmelreich verschlossen.* Wir sind demnach mehr wert als die Erwachsenen.»

«Wieso verprügeln sie uns dann?»

«Weil sie dumm und neidisch sind.»

«Aber deine Mutter liebt dich doch.»

«Nur, wenn ich tue, was sie von mir verlangt.»

Ein paar Meter weiter kam eine Frau ans Wasser. Sie trug eine große Schlachtschüssel in ihren blutigen Händen, setzte sie am Ufer ab und wusch sich die Hände im Fluss. Von ihr unbemerkt, näherte sich ein Rabe von hinten. Er beobachtete sie genau, dachte Kathi, denn der Rabe wagte sich nur vor, wenn die Frau ihn nicht beachtete. Kaum hatte sie sich hingekniet und die Arme ins Wasser getaucht, sprang er auf die Schüssel und pickte sich ein Stück heraus. Mit der Beute im Schnabel erhob er sich in die Luft. Doch der Batzen entglitt ihm und fiel zwischen zwei Boote. Der Spalt war für ihn nicht zu überwinden, weil die Boote im Wasser schaukelten und er von ihnen zerquetscht würde, sobald er sich zwischen sie begab. Zudem lag das Stück Fleisch im kniehohen Wasser.

«Karl, mein Ziehvater, soll morgen aus dem Kitzinger Kerker nach Würzburg geholt werden», sagte Ursula. «Wenn er freikommt, wird er mich töten.»

«Keine Sorge», beruhigte Kathi sie, «Karl ist die längste Zeit dein Albtraum gewesen. Ich habe noch nie von einem Musikanten gehört, der ein Verhör überlebt hat.»

«Was macht dich so sicher?»

«Es braucht Musik, um tanzen zu können. Und beim Hexensabbat wird viel getanzt.»

In den letzten Wochen hatte sie davon gehört, dass Spielleute in panischer Flucht Stadt und Land verließen. Ihre Fähigkeit, für Freude zu sorgen, hatte sich in einen tödlichen Fluch verwandelt. Kein Wunder, denn sie tauchten auf vielen Flugblättern auf, wie sie mit Fidel und Flöte den Hexentanz begleiteten. Seither war es in der Stadt viel ruhiger geworden. Selbst auf Hochzeiten – so sie in diesen Zeiten überhaupt noch gefeiert wurden – sah man sich vergeblich nach ihnen um.

Kathi blickte zu den Booten hinüber. Hatte der Rabe sein verlorengegangenes Stück Fleisch zurückerobert? Er war nirgends zu sehen. Entweder war es ihm gelungen, oder er hatte aufgegeben. Als sie sich wieder Ursula zuwandte, sah sie für einen kurzen Moment etwas Schwarzes auf sich zufliegen.

Ursula reagierte schneller. «Vorsicht!», rief sie und duckte sich.

Zu spät für Kathi. Sie spürte nur noch, wie die Krallen ihre Stirn streiften und ihr Kopftuch mit sich rissen. Schützend hielt sie die Hände über den Kopf.

«Hat er dich erwischt?», fragte Ursula, die sich rasch in Sicherheit gebracht hatte.

Der Rabe hatte es zwar geschafft, Kathi das Tuch vom Kopf zu ziehen, aber er hatte es nicht weit entfernt wieder zu Boden fallen lassen. Er selbst kreiste in der Luft, und es schien, dass der Angriff noch nicht vorüber war.

«Komm, weg hier», rief Ursula.

Kathi folgte ihr. Gerade noch rechtzeitig, denn der Rabe kam zurück. Allerdings interessierte er sich nicht mehr für die Mädchen, sondern für das weiße Stück Stoff am Boden. Er landete neben ihm, blickte sich um, als wolle er sich der Zuschauer vergewissern, und nahm eine Ecke des Tuchs in den Schnabel. Wie man eine Decke hinter sich herzieht, schleifte er Kathis Kopftuch zu der Stelle, an der das Fleisch im Wasser gelandet war. Dann hüpfte er auf die schmale Reling des Bootes und krächzte zu ihnen herüber.

«Was hat er vor?», rätselte Ursula.

Diese unglaubliche Frechheit brachte Kathi zum Schmunzeln. Eigentlich konnte das nur einer wagen. Sie lief zu ihm hinüber und schaute nach seinem Bein, das sie vor einigen Tagen mit der Heilsalbe behandelt hatte. Der Schorf war verschwunden, nur das Gefieder war noch nicht nachgewachsen und die Wunde noch nackt.

«Kolk», sagte Kathi, «was fällt dir ein? Du hast meiner Freundin und mir Angst gemacht.»

Kolk schaute sie mit seinen schwarzen Augen an und krächzte erneut.

«Du willst, dass ich deine Beute aus dem Wasser fische?»

Er legte den Kopf schief, was vermutlich so viel wie ja bedeutete.

«Du bist ein Gauner, weißt du das?»

Sie suchte nach einem Stock oder etwas Ähnlichem, der für die Wassertiefe ausreichte. In einem der Boote fand sie einen mit einem Haken an der Spitze. Der war bestens dafür geeignet, einen Fisch aus dem Wasser zu ziehen. Sie stocherte damit zwischen den schwankenden Booten herum, bis sie das Fleisch zu fassen bekam.

«Hier ist es», sagte sie und legte es auf die Reling. «Guten Appetit.»

Kolk ließ sich das nicht zweimal sagen. Der Klumpen Fleisch war für seinen Schnabel allerdings viel zu groß, und so knabberte er mehr daran, als dass er etwas abbeißen konnte. Weitere Hilfe war nötig.

«Ein Messer wäre gut.»

Im Boot war nichts zu finden. Aber das war auch gar nicht länger notwendig, denn Ursula kam in Begleitung auf sie zu. An ihrer Seite gingen Otto, Barbara und ein unbekannter Junge, größer und schmutziger als die, die sie kannte.

«Du hast uns gefehlt», sagten Barbara und Otto. Sie nahmen sie in den Arm.

«Ihr mir auch», antwortete sie, die Augen auf den unbekannten Jungen gerichtet.

Ursula schien durch seine Anwesenheit keinesfalls besorgt zu sein. «Darf ich vorstellen», sagte sie, «das ist Volkhardt von Hohenstätt, Anführer der Schwarzen Banden. Ohne ihn wäre ich schon längst tot.»

Und wie es sich für einen Sohn aus gutem Haus wohl gehörte, deutete er eine Verbeugung an. «Ich freue mich, dich kennenzulernen. Ursula hat viel von dir erzählt.»

Der Junge war Kathi nicht geheuer.

«Du kannst ihm vertrauen», sagte Otto, der Kathis Bedenken spürte. «Am Anfang hatte ich auch Zweifel. Aber Ursula hat recht: Er ist einer von uns.»

«Ich stamme aus dem Haus von Hohenstätt in der Nähe von Heilbronn», sagte er, «und glaube mir, ich weiß sehr wohl, welches Schicksal ihr teilt.»

«Wie will ein Adliger wissen, wie es uns geht?», hielt ihm Kathi entgegen.

«Seitdem mir die Eltern und der Besitz genommen wurden, geht es mir keinen Deut besser als euch. Ich lebe von Abfällen und Diebstählen. Auf meiner Flucht habe ich mich nach Würzburg retten können. Hätte ich geahnt, dass mich hier ein noch schlimmeres Los erwartet als beim Vagabundieren, hätte ich um diese Hölle einen weiten Bogen gemacht.»

Das konnte sie verstehen, wenn es auch rätselhaft klang.

Kolk interessierte das nicht. Er krächzte und erinnerte Kathi an sein Beutestück.

«Hat jemand ein Messer dabei?», fragte sie.

Volkhardt reichte ihr seines. «Willst du das Teufelsvieh damit aufspießen?»

«Kolk ist mein Freund und sehr gescheit. Er hat weniger mit dem Teufel gemein als der Bischof oben in seiner Burg.»

Dann schnitt sie ein Stück Fleisch ab und reichte es dem Raben. Eine derartige Verschwendung hatten die Kinder noch nie zuvor gesehen.

Otto lief das Wasser im Mund zusammen. «Du willst doch nicht den gesamten Leckerbissen an das Vieh verfüttern?»

Kathi schaute sich in der Runde um. Es war noch nicht lange her, dass sie einen ebenso leeren Magen gehabt hatte wie Otto, Barbara und Volkhardt jetzt. Mit Blick auf Kolk fällte sie ein gerechtes Urteil.

«Einen Batzen für dich, der Rest für uns.»

Kolk schnappte gierig zu. Den anderen Teil reichte sie Otto.

«Ich sorge für Holz und Feuer», sagte Volkhardt und rannte zum Marktplatz. «Bin gleich wieder zurück.»

Kathi wartete, bis er hinter den Palisaden verschwunden war. «Ihr traut ihm wirklich?»

Ursula beruhigte sie. «Er hat Essen und Medizin gestohlen, als ich krank war. Ohne ihn wäre ich in den Straßen zugrunde gegangen. Ich bin nicht die Einzige, die ihm ihr Leben verdankt. Wer seine Eltern verloren hat und nicht ins Kinderhaus aufgenommen wurde, hat sich ihm angeschlossen. Sie nennen sich die Schwarzen Banden, und er ist ihr Anführer.»

«Außerdem», fügte Barbara hinzu, «weiß er, was in Würzburg vor sich geht.»

Kathi merkte auf. «Was weiß er?»

«Er sagt, in einem Dorf unweit vom Wohnort seiner Familie haben Kinder schon einmal Erwachsene der Hexerei bezichtigt. Viele Erwachsene, aber auch Kinder starben dadurch. Nur wenige überlebten, und er ist einer von ihnen.»

Volkhardt kam mit Brennholz ans Ufer zurück.

Gemeinsam entfachten sie Feuer, teilten das Fleisch unter sich auf und genossen den unerwarteten Leckerbissen. Während die anderen aßen, band Kathi Kolk ein weißes Band um den Fuß, damit sie ihn künftig besser erkennen konnte.

«Cornelius Grimm hat bereits beim Anblick der Daumenschrauben gestanden», sagte Otto mit vollen Backen. «Ein Folterknecht hat es erzählt, als er wegen eines neuen Feuerhakens in die Schmiede kam.»

Kathi war nicht überrascht, wenngleich ihr bei dem Gedanken nicht wohl zumute war, ihn in den Folterkeller gebracht zu haben. Dann aber sagte sie sich, dass er keineswegs unschuldig war. Er hatte als Erster die Klage gegen Babette erhoben. Es war nur ausgleichende Gerechtigkeit, wenn er jetzt für seine todbringende Lüge bestraft wurde.

Volkhardt ließ Kathi nicht aus den Augen. Obwohl er die Wahrheit nicht kannte, schien er doch mehr zu wissen, als ihr lieb war.

«Der Stadtrat Bauth war da schon aufsässiger», erzählte Otto weiter. «Er beteuerte seine Unschuld bis auf die Streckbank und warf Dürr vor, auf das Geschwätz eines Kindes hereingefallen zu sein. Doch Dürr kannte kein Erbarmen. Er ließ ihn für die Frechheit aufziehen.» Sie hatten ihm also die Hände auf den Rücken gebunden und ihn mit einem Seil an den Händen hochgezogen, Kathi schauderte. «Eine ganze

Stunde soll er durchgehalten haben, aber dann gestand auch er.»

«Die eitle Hortensia Paulus hatte nicht so viel Glück», berichtete Barbara. «Sie muss Dürr schon länger ein Dorn im Auge gewesen sein. Schließlich ist sie ja eine gute Freundin seiner Mutter. Er wollte sich keine Bevorzugung vorwerfen lassen und hat sie gleich zur Wasserprobe geschickt. Drüben an der Mainbrücke haben die Knechte sie ins Wasser herabgelassen, ein ums andere Mal. Geschwommen ist sie natürlich nicht, die feiste Kuh. Aber das machte keinen Unterschied. Dürr ließ ihr die Halskrause anlegen. Schmuck ist sie ja gewöhnt.»

«Hat sie dann gestanden?», fragte Kathi.

«Schlimmer», antwortete Otto. «Der Folterknecht hat gesagt, sie habe Dürrs Mutter bezichtigt, wohl in der Hoffnung, dass er dann von ihr ablässt.»

«Sie hat Dürrs Mutter besagt?», erwiderte Kathi. «Unvorstellbar. Wie hat er darauf reagiert?»

«Er soll noch bleicher geworden sein, als er ohnehin schon ist. Hat dem unverschämten Weibsbild die Schädelschraube angedroht, wenn sie nicht auf der Stelle widerruft.»

«Hat sie es getan?»

Otto lächelte. «Der Folterknecht sagt nein. Vertuschen konnte er es im Beisein der Knechte natürlich nicht mehr. Und jetzt steckt er ganz schön in der Klemme.»

Das war eine unfassbare Nachricht. Einer der gefürchtetsten Hexenjäger, den die Stadt jemals gesehen hatte, sollte eine Hexe zur Mutter haben? Das setzte dem Ganzen die Krone auf. Man durfte gespannt sein, wie der Bischof darauf reagierte.

Von den anfänglich vier Beschuldigten fehlte jetzt nur noch Felicitas Dornbusch. Barbara nahm Kathis Frage vorweg.

«Die Dornbusch ist bis jetzt noch nicht verhört worden. Sie sitzt im Loch vom Grünenbaum und soll bis morgen Gelegenheit erhalten, über die Anschuldigung nachzudenken. In der Zwischenzeit ist ihr Mann Christian zur Burg gezogen, um den Bischof persönlich von der Unschuld seiner Frau zu überzeugen.»

«Wurde er vorgelassen?»

Otto und Barbara zuckten mit den Schultern. Doch Volkhardt wusste mehr. «Ich hörte, Faltermayer setzt alles daran, dass der Bischof ihn nicht empfängt.»

Das konnte sich Kathi nicht erklären. «Was hat Faltermayer damit zu tun?»

Volkhardt antwortete geheimnisvoll: «Mehr, als du denkst.»

21

Kolk wich Kathi nicht mehr von der Seite. Es schien, als hätte er eine neue Komplizin gefunden, mit der er seine Beutezüge zukünftig durchführen wollte. Denn alleine hätte er den Batzen Fleisch niemals in so bequeme Stücke zerlegen können.

Nun saß er oben auf einem First von Neumünster und wartete, bis Kathi vom Unterricht mit Pfarrer Ludwig zurückkehrte. Es dauerte lange, für ihn eine halbe Ewigkeit. Er war hungrig. Unten im Innenhof tat sich nicht viel. Menschen mit kreisrunden Ausschnitten im Haar liefen über den Hof, einmal in Eile, das andere Mal ruhig und bedächtig. Da war auf der breiten Straße jenseits des Gebäudes schon mehr los. Kolk erhob sich in die Luft.

Nachdem sich die Nachricht vom Geständnis der drei Beschuldigten in der Stadt herumgesprochen hatte, war etwas

Seltsames geschehen. Die Erwachsenen reagierten bestürzt, da sich der besorgniserregende Vorwurf bestätigt hatte. Auf die Bestürzung folgte Ratlosigkeit und später dann Zorn auf die einst so geschätzten und unverdächtigen Mitbürger.

Die Kinder kannten diese Sorge nicht. Sie hatten die Nachricht von den Geständnissen mit Neugier aufgenommen. Ab jetzt war bewiesen, dass die Allmacht von Erwachsenen gebrochen werden konnte. Sie waren damit nicht länger nur das Ziel teuflischer Verführung, sie waren jetzt der Fingerzeig Gottes – *da alles Gute stets herrlich war und diese Herrlichkeit allein von Gott kam.* So hatten sie es im Unterricht gelernt, so war es ihnen vor dem Zubettgehen mit dem Rohrstock eingebläut worden.

Denn welche der Geist Gottes treibt, die sind Gottes Kinder.

In der Domstraße, keine fünfzig Schritte vom Portal des Kiliansdoms entfernt, lag ein Junge auf dem Boden. Es schüttelte ihn, als sei eine dämonische Krankheit in ihn gefahren. Bürger und Geschäftsleute liefen zusammen.

«Ist das nicht der Bub vom Weininger, dem Radmacher?», fragte einer.

«Was ist los mit ihm?»

«Der Teufel hat Besitz von ihm genommen.»

Die Bürger traten einen Schritt zurück.

«So ein Unsinn», regte sich ein altes Weib auf, «das Kind ist krank. Das ist das St.-Johannes-Übel.»

Die Alte kniete sich zu ihm hin und legte seinen Kopf in ihren Schoß. Da öffnete er die Augen.

«Da ist sie hineingegangen», sagte er und zeigte auf das Portal des Doms.

«Wer ist da hineingegangen?», fragte die Alte.

«Die Muhme ...»

«Sollst du hier auf sie warten?»

«Nein, sie hat mich verhext, damit ich ihr nicht folgen kann.»

Die Alte rätselte. «Warum sollte sie das wollen?»

«Ich habe sie in der Nacht auf dem Schalksberg gesehen. Sie soll für den Teufel die Hostie aus der Monstranz stehlen.»

Die Umstehenden erschraken.

«So haltet sie doch auf», flehte der Junge inständig, «bevor sie das Fleisch unseres Herrn und Erlösers entweiht.»

Auf der anderen Seite der Stadt, in Stift Haug, verwandelten gleich vier Schüler den Unterricht in ein Tribunal gegen den Vikar Franziskus. Sie schnitten furchterregende Grimassen, tanzten wie von allen guten Geistern verlassen auf den Tischen, rülpsten, furzten und geiferten, wie sie es von Vikar Franziskus beim Drudentanz auf dem Schalksberg gelernt haben wollten. In Panik rannten die Mitschüler auf die Straße und riefen um Hilfe.

Ein paar Straßen weiter kamen Lene und Lotti aus der Apotheke ihres Vaters gestürzt, die weißen Schürzen voller Blut und die Gesichter totenbleich, als hätten sie dem Tod ins Auge geblickt. Meister Grein sei außer Rand und Band, greife lüstern nach ihnen und berühre sie dort, wo es selbst dem eigenen Vater nicht gebühre, ein unschuldiges Kind zu berühren. Seitdem er in den Morgenstunden von einem nächtlichen Ausflug zurückgekommen sei, sei er nicht mehr derselbe. Etwas Fürchterliches müsse mit ihm geschehen sein, dass er sich am eigenen Fleisch und Blut vergreife.

«Heilige Mutter Maria und alle Schutzengel der Stadt», schrien sie über den Marktplatz, «so helft uns doch, damit er endlich von uns ablässt.»

Ihr Geschrei hallte auf dem Platz wider und drang bis in die Schulkammer des nahen Neumünsters.

Ludwig blickte von der Bibel auf. Ulrich und Benedikt liefen zum Fenster, Grit und Anna folgten ihnen. Auf der Straße vor Neumünster war nichts zu sehen.

«Tretet zur Seite», sagte Ludwig und öffnete das Fenster. Drüben auf dem Marktplatz liefen die Passanten zusammen.

«Ist das nicht Lene?», sagte Kathi zu Ursula. «Und da … das ist doch Lotti. Ich erkenne sie.»

Ohne Pfarrer Ludwig um Erlaubnis zu bitten, verließ Kathi den Unterricht und rannte auf die Straße hinaus. Dort traf sie auf andere Kinder, die ebenfalls durch die Hilferufe aufmerksam geworden waren. Sie liefen zusammen zum Marktplatz, wo sich inzwischen eine Menschenmenge versammelt hatte. In ihrer Mitte sahen sie Henriette, Lene und Lottis Mutter, am Boden sitzen und mit ihrem ganzen Körper ihre beiden Kinder beschützen, wie ein Schutzengel es tut, der seine Schwingen ausbreitet.

In den Augen der drei war das blanke Entsetzen zu Hause. Niemals zuvor hatte Kathi Henriette so gesehen. Sie litt Todesangst, keine Frage. Bei Lene und Lotti war sie sich nicht so sicher. Die beiden hatten schon zu oft ihre Unschuldsmiene aufgesetzt, um die Schuld von sich auf andere zu lenken. Apotheker Grein war jedes Mal darauf hereingefallen.

Kathi drängte sich an den Umstehenden vorbei zu Henriette vor. «Was ist mit Euch geschehen?»

Da sah es Kathi: Henriettes Auge war halb geschlossen, die linke Wange geschwollen. Grein musste sie fürchterlich geschlagen haben. Jetzt, da Kathi nicht mehr länger als Prügelknabe herhielt, musste Grein sein Gemüt offenbar an jemand anderem kühlen.

«Kathi?», sagte Henriette leise, als sie sie erkannte, «du solltest nicht hier sein. Wenn er dich sieht …»

«Keine Sorge, mir geht es gut. Aber was ist Euch widerfahren?»

Die Antwort musste warten. Mit wütendem Geschimpfe und Schlägen nach allen Seiten bahnte sich Grein einen Weg durch die Menge.

«Lasst mich durch, ihr elendes Pack.»

Sein Gesicht war vor Zorn rot angelaufen, die Apothekerschürze blutverschmiert, und in der Hand führte er einen Feuerhaken, den er gegen jeden einzusetzen drohte, der sich ihm in den Weg stellte. Als er Kathi erkannte, verstummte er. Mit ihr hatte er nicht gerechnet.

«Was willst du hier?»

Sein ohnehin schon roter Kopf wurde noch eine Spur dunkler. War da nicht Blut an seinem Hals? Kathi konnte es nicht genau erkennen, aber wie es aussah, blutete Grein am Kopf, und das Blut floss an seinem Hals herunter.

«Hatte ich dir nicht verboten, dich jemals wieder bei uns blicken zu lassen?»

Kathi nahm allen Mut zusammen. Sie wollte nicht mehr vor Grein kuschen. Es war Zeit, dass ihm jemand Einhalt gebot. Sie vergewisserte sich, dass sie im Notfall auf ein paar starke Kerle zählen konnte. Dann erhob sie sich und stellte sich vor Henriette und die Kinder hin.

«Habt Ihr nicht schon genug Unheil angerichtet?»

Grein dachte nicht daran aufzuhören. Er war der Apotheker am Platz, und sie stand auf seinem Grund und Boden.

«Du nichtsnutziger, verlogener Bastard. Mit dir hat das ganze Übel angefangen. Hätte ich dir nur früher die Phantastereien ausgetrieben, dann stünden wir nicht hier.» Sein Griff um den Feuerhaken wurde fester. «Babette, Hexe, Schalksberg und der ganze Unsinn! Du brauchst eine anständige Tracht Prügel, damit du wieder zur Vernunft kommst.»

Er machte einen Schritt auf sie zu, doch gleich darauf hielt er inne. Henriette hatte sich an Kathis Seite gestellt.

«Wage es nicht, sie anzurühren», schimpfte sie. «Du hast sie die längste Zeit schikaniert. Genauso wie du uns gedemütigt hast. Ab heute ist Schluss damit. Erhebe nie wieder deine Hand gegen eine von uns, oder du wirst es bitter bereuen.»

Grein glaubte seinen Ohren nicht zu trauen. Was redete sein zweifellos verrückt gewordenes Eheweib da für wirres Zeug?

Wer glaubte sie zu sein, dass sie ihm befehlen konnte? Noch dazu in aller Öffentlichkeit!

Er hob den Arm mit dem Feuerhaken. Kathi wich zurück, aber Henriette blieb eisern stehen. Wenn sie sterben sollte, dann hier vor allen Leuten. Doch nicht sie, sondern Lene und Lotti lehrten Grein das Fürchten. In ihren Gesichtern war derselbe Wille zu erkennen wie bei Henriette.

«Du bist ein Teufel», wetterte Lene, «ein widerwärtiger und verdorbener Knecht alles Bösen. Ich habe dich am Schalksberg gesehen, wie du Kindern den Hals abgeschnitten und sie im Kessel gekocht hast.»

Und Lotti fügte hinzu: «Der Teufel hat in dir seinen größten Helfer gefunden. Wer könnte besser eine Flugsalbe aus den Leibern unschuldiger Kinder kochen als du, der Apotheker des Teufels? Die Hexen kommen nachts zu uns, um bei dir, dem Meister der Giftmischerei, in die Lehre zu gehen.» Sie spuckte ihm vor die Füße. «Pfui, du Helfer und Knecht des Herrn der Hölle. Sei verflucht.»

Grein stockte der Atem, und den herumstehenden Bürgern erging es nicht anders. Grein, ein Giftmischer und Gehilfe des Teufels? Es war kaum vorstellbar, schließlich war er einer der angesehensten Bürger der Stadt, der selbst vom Bischof und seinen Kommissaren ins Vertrauen gezogen wurde. Was die Kinder da von sich gaben, war krankhafter Wahn. Wenn jemand des Teufels war, dann sie.

Bevor die Stimmung vollends kippte, musste etwas geschehen.

«Es stimmt, was die Töchter des Apothekers berichten», schaltete sich Kathi ein. Sie trat vor die Menge. «Letzte Nacht, als ich friedlich unter dem Kreuz der seligen Brüder von Neumünster eingeschlafen war, hörte ich die Hexe Babette erneut nach mir rufen. Sie ritt draußen vor den Mauern des Klosters auf ihrem Besen. Sie rief mich zu sich, und sosehr ich mich auch dagegen sträubte, ich musste den Worten meiner alten Amme folgen. Sie befahl mich auf ihren Besen, und zusammen fuhren wir hinauf zum Schalksberg. Dort oben, unter Hexen, Zauberern und Unholden, sah ich ihn, Meister Grein, wie er am Kessel stand.»

Ein Raunen ging durch die Menge.

«Er hatte den Arm eines Kindes in der Hand und rührte damit den Sud, den er aus den Gebeinen anderer Kinder gewann. Er sah mich nicht kommen, zu sehr war er in seinem Teufelswerk gefangen. Es warteten an die zwei Dutzend Hexen auf das Elixier, mit dem man die Flugsalbe zubereitet. Ohne diese Zaubersalbe gibt es nachts kein Ausfahren, ohne sie sind die Hexen zahnlos wie die alten Weiber, und ohne sie müssen sie wie eine Schlange im Dreck kriechen. Beeilen soll er sich, riefen ihm die Hexen zu. Drunten, in der Stadt, warte viel Arbeit auf sie. Die Kinder müssten schnell eingefangen werden, bevor unser hochwürdiger Bischof und seine Hexenkommissare ihnen auf die Spur kämen …»

Sie zeigte auf den fassungslosen Grein.

«Ruft die Stadtknechte, damit sie diesen Zauberer und Giftmischer gefangen nehmen. Wartet keinen Augenblick länger. Ich weiß, dass er über ein Pulver verfügt, das ihn unsichtbar machen kann. Ergreift ihn, bevor er vor unser aller

Augen verschwindet und zu seinem Meister, dem Satan vom Schalksberg, auffahren kann.»

Wenn die Bürger zuvor Grund gehabt hatten, an den Vorwürfen von Lene und Lotti zu zweifeln, dann hatten sie jetzt die Gewissheit, dass die Mädchen die Wahrheit sprachen. Kathi stand unter dem Schutz von Neumünster und besaß das Vertrauen der Hexenkommissare. Sie war die Erste, die auf den Schalksberg entführt worden und unbeschadet zurückgekehrt war. Wenn man jemandem trauen konnte, dann ihr.

Zwei starke Knechte des Wagenmachers gingen auf Grein zu. Doch so schnell würde er sich nicht gefangen nehmen lassen, und schon gar nicht auf die Aussage dieser verschlagenen Kleinen hin. Der Zorn stieg wieder in ihm auf, nur dieses Mal doppelt und dreifach. Mit dem Feuerhaken in der Hand stürmte er auf sie zu.

Eigentlich hätte Kathi wissen müssen, wie Grein auf diese Worte reagieren würde. Oft genug hatte sie seine Wutausbrüche erlebt. Aber genauso oft hatte sie die Unterweisung widerstandslos über sich ergehen lassen müssen, Flucht war niemals ein Ausweg gewesen. Das sollte sich jetzt rächen. Unfähig, im rechten Moment davonzulaufen, stand sie da und schloss die Augen.

Sie sah den Feuerhaken nicht kommen, hörte aber, wie er dumpf auf Knochen traf.

22

Des Steinmetzen jüngste Tochter Thea, des Tuchmachers zweiter Sohn Karl, die Bettelkinder Lennart, Frieda, Hanns und Gertrud – sie alle hatten an diesem Morgen Eltern, Verwandte, Lehrer, Nachbarn und Rivalen des Pakts mit dem Teufel bezichtigt.

Hinzu kamen die vier Schüler von Stift Haug, die von ihrem Lehrer, Vikar Franziskus, angeblich dem Teufel zugeführt worden waren. Sie gaben nicht eher Ruhe, bis er aus ihrer Nähe entfernt worden war. Danach fielen sie in einen rätselhaften, todesgleichen Schlaf. Bruder Hieronymus, der der Medizin kundig war, stellte eine niedrige Körpertemperatur und eine schwache Atmung an ihnen fest. In Decken gewickelt und mit heißem Arzneitee versorgt, erholten sie sich bis zum Anbruch der Abendstunden.

Der siebenjährige Junge aus Heidingsfeld, der in der Domstraße von seiner Muhme verzaubert zurückgelassen worden war, konnte nach einer kräftigenden Mahlzeit wieder auf eigenen Beinen stehen. Er hatte über fünf Stunden lang kein Gefühl darin gehabt. Sein übriger unkontrolliert zitternder Körper hatte sich allerdings schon mit der Gefangennahme seiner hexerischen Muhme beruhigt.

Zu diesen elf Kindern gesellten sich Lene und Lotti, die in den Morgenstunden ihren Vater bezichtigt hatten. Ihre Mutter Henriette war nach dem Vorfall auf dem Marktplatz ins Juliusspital gebracht worden, wo nur noch ihr Tod festgestellt werden konnte. Die beiden Wagenknechte hatten nicht mehr rechtzeitig eingreifen können. Für alle blieb es ein Rätsel, wieso Henriette sich vor Kathi gestellt hatte. Vielleicht wollte sie auch nur den Schlag abwehren. Wer konnte das in dieser Situation schon richtig deuten. Jedenfalls hatte sie mit dem Leben bezahlt. Kathi musste ihr sehr am Herzen gelegen haben.

Die Tragödie war ein weiterer Beweis, dass man selbst den angesehensten Bürgern nicht mehr trauen konnte. Was war nur in Grein gefahren? War er wirklich des Teufels?

Kathi hatte ihn durchschaut, leider zu spät für Henriette. Jetzt schmorte Grein im Loch vom Grünenbaum, und schon bald würden sich die Hexenkommissare seiner annehmen. Man durfte gespannt sein, welche Schandtaten noch ans Licht kamen.

Die Kinder, über die an diesem Morgen so viel Leid gekommen war, waren auf Anweisung des Bischofs in die Obhut des Kinderpfarrers Ludwig gegeben worden. Er sollte gemeinsam mit ihnen beten und sie im festen Glauben bekräftigen, damit sie keine Opfer des Teufels mehr werden konnten.

So war Ludwigs Gemeinde binnen eines Tages von sechs auf knapp zwanzig Kinder angewachsen. Der unerwartete Zuwachs erfüllte ihn mit Stolz. Er empfand es als Bestätigung seiner Arbeit und seiner Person.

Der Stadtsäckel und die bischöfliche Kasse kamen gemeinsam für die Kosten der Unterbringung und der Verpflegung der Kinder auf, was nur auf den ersten Blick großzügig wirkte. Der bischöfliche Erlass, die Vermögen der der Hexerei Beschuldigten zur Finanzierung der Verfahren einzuziehen, griff auch hier. Faltermayer hatte seinen Büttel zur Feststellung und zum Konfiszieren der Vermögen losgeschickt, und wie sich zeigte, stieß er im Hause Greins auf eine beträchtliche Barschaft. Daneben stellte er zahlreiche Schuldverschreibungen und Besitzurkunden fest. Grein war ein unvermutet reicher Mann, der allerdings mehr durch seine Klagen über die schlechten Zeiten aufgefallen war als durch Spendierfreudigkeit.

Das Kloster Neumünster hätte an diesem Tag noch mehr Kinder aufnehmen müssen, wäre es nach dem Willen der Bürger gegangen. Niemand fühlte sich in den heimischen Wänden mehr sicher, jetzt, da man Kathis Bericht von ihrem letzten Ausflug auf den Schalksberg gehört hatte. Lediglich hinter Klostermauern seien Kinder vor dem Zugriff der Hexen noch geschützt – solange die Kinder nicht auf das Rufen der Hexen hörten. Um dem vorzubeugen, kam jemand sogar auf die Idee, ihre Ohren mit Bienenwachs zu schließen.

Kathi, Grit und die anderen Kinder mussten in einen größeren Raum verlegt werden, damit alle an einem Ort versammelt waren. Das machte die Aufsicht einfacher.

An der Kopfseite der beiden Reihen aus Strohmatten wachte immer ein Klosterbruder über die Schutzbefohlenen. Hatte Ludwig die Kinder mit einem Nachtgebet zu Bett gebracht, so war nun Bruder Timotheus an der Reihe, die Kinder durch die Nacht zu begleiten. Mit einem Rosenkranz und der Heiligen Schrift ausgestattet, richtete er sich auf einem harten Stuhl und an einem schmalen Tisch ein. Darauf stand eine Schale mit Weihwasser für alle Fälle.

Von einem Laienbruder hatte er zudem gehört, dass eine mit Knoblauch bestrichene Hasenpfote gegen den Angriff böser Geister schütze, wenn man dazu die Worte sprach: *Weiche von mir, Satanas.* Darauf wollte er nicht verzichten und versteckte die Pfote unter seiner Kutte.

Augenscheinlich sorgte der Schutz mit Weihwasser und Hasenpfote für die Beruhigung seiner Nerven, denn nach wenigen Minuten war er friedlich eingeschlafen.

Sobald Bruder Timotheus' gleichmäßiges Schnarchen zu hören war, kehrte Leben in den Saal zurück. Niemand konnte ernsthaft geglaubt haben, dass die Kinder nach diesem ereignisreichen Tag einfach die Augen schließen und einschlafen würden. Dafür gab es viel zu viel zu erzählen, was in Anwesenheit der Erwachsenen nicht möglich war. Einer nach dem anderen setzte sich von seiner Strohmatte auf und nahm das Bienenwachs aus den Ohren. Ob sie damit dem Ruf der Hexen verfielen, kümmerte sie nicht.

Sie mussten erst einmal austauschen, was sie und die anderen Kinder auf ihrem Flug zum Schalksberg erlebt und wie sie die Fähigkeit entwickelt hatten, eine Hexe überhaupt zu erkennen. Vor kurzem war das noch nicht möglich gewesen, da waren sie genauso blind und taub gewesen wie die Erwachsenen. Was hatte sich verändert?

Der Junge aus Heidingsfeld führte seine neugewonnene Gabe auf einen Zaubertrank zurück, den ihm seine Muhme bei Vollmond verabreicht hatte. Er war lange Zeit krank gewesen, mit Husten und Fieber, doch als der Trank zu wirken begann, wurde er mit jedem Tag kräftiger. Dann, eines Nachts, kam eine Hexe zu ihm ans Fenster und forderte ihn auf, ihr zu folgen. Also war er auf den Schalksberg gegangen, wo sich Unholde, Hexen und Zauberer ein Stelldichein gaben. Gar lustig sei es dort zugegangen, viel getrunken und gegessen habe er, getanzt, gespielt und auch mit einem Weib gebuhlt. Die sei ganz zart mit ihm umgesprungen und habe ihm noch mehr versprochen, wenn er dem Christus abschwöre und dafür dem Teufel seine Seele verspräche.

«Und?», fragte ihn sein Bettnachbar ungeduldig, «hast du es getan?»

«Nein, natürlich nicht. Aber dafür habe ich die Fähigkeit bekommen, eine Hexe zu erkennen.»

«Das ist doch gar nichts», meldete sich ein Junge zu Wort, der mit seinen drei Freunden zu der Gruppe aus Stift Haug gehörte.

«Ich habe den Drudentanz von einem Spielmann des Teufels gelernt. Damit kann ich zaubern, wie ich will, und jede Hexe erkennen, selbst wenn sie als die Heilige Mutter Maria daherkommt.»

«Angeber», widersprach Benedikt, der auf die Schüler aus dem Stift Haug offenbar nicht gut zu sprechen war. «Mit deiner Tollerei kannst du nicht einmal einen Narren erkennen, außer dir selbst.»

Die anderen drei erhoben sich. Wenn einer der ihren angegriffen wurde, bekam er es mit der ganzen Bande zu tun.

«Wer bist du, Schweinehirt, dass du behauptest, wir lügen?»

«Ich bin schlau genug, um nicht auf euren Mummenschanz hereinzufallen. Ihr wart nie auf dem Schalksberg gewesen.»

«Ach ja?»

«Nein, denn sonst hätte ich euch dort gesehen.»

«Du bist ein Lügenbold und Scharlatan. Komm doch her, wenn du dich traust.» Er ballte die Fäuste.

Kathi lag am Ende der Reihe auf ihrer Strohmatte und starrte in das Halbdunkel des Saals. Die Hahnenkämpfe der Jungen interessierten sie nicht. Sie hing noch dem Vorfall mit Meister Grein auf dem Marktplatz nach.

An ihrer Seite lag Ursula. Sie beobachtete Kathi schon eine Weile.

«Was ist mit dir?», fragte sie besorgt.

Kathi seufzte. «Ich verstehe nicht, wieso Henriette das gemacht hat.»

«Sie hat dir das Leben gerettet. Ich habe es genau gesehen.»

«Warum aber mir? Lene und Lotti waren in Gefahr.»

Ursula dachte eine Weile nach. «Vielleicht warst du wie ein Kind für sie, wie ein drittes.»

Kathi erinnerte sich an den Vorfall, als ihr die teure venezianische Retorte in der Apotheke zu Boden gefallen und in tausend Splitter zerbrochen war. Statt sie anzuschwärzen, hatte Henriette sich auf ihre Seite geschlagen. Kathi hatte sich nie gefragt, wieso sie das getan hatte. Nun hatte sie sich abermals zwischen sie und Grein gestellt und dafür mit dem Leben bezahlt.

Tränen traten ihr in die Augen.

«Nicht weinen», sagte Ursula und schmiegte sich an sie. «Es geht ihr jetzt bestimmt besser.»

«Sie ist wegen mir gestorben», antwortete Kathi. «Nur weil ich den Mund nicht halten konnte. Hätte ich mich mit dem Gerede über Hexen und Teufel nicht eingemischt, wäre sie noch am Leben.»

«Unsinn, dann hätte Meister Grein zuerst Lene und Lotti und danach Henriette erschlagen. Du hast nichts falsch gemacht. Ich wünschte, ich hätte so viel Mut wie du.»

Kathi schluchzte. «Ich bin an all dem Unglück schuld.»

Ursula setzte sich auf.

«Das stimmt nicht, hörst du? Schau dich doch nur um. Jeder von uns hat dir sein Leben zu verdanken. Ohne dich würden wir immer noch Prügel beziehen, hungern und mit Angst vor dem nächsten Tag zu Bett gehen. Jetzt aber wagt es niemand mehr, uns zu schlagen, wir essen die besten Speisen und trinken, wann immer wir Durst haben. Ich trage saubere Kleidung und habe endlich ein Bett, ganz für mich allein.» Sie streckte die Hand vor. «Schau, ich zittere nicht mehr. Meine Hand ist ruhig, seitdem ich weiß, dass mir mein Ziehvater nicht mehr wehtun kann. Das alles habe ich dir zu verdanken. Verstehst du? Ohne dich gäbe es das alles nicht. Du hast uns gerettet.»

Kathi war sich da nicht so sicher. Sie dachte an Grit, deren Gründe für die Besagung von Felicitas Dornbusch alles andere als edel waren. Sie hatte bisher ein unbeschwertes Leben geführt, konnte tun, was ihr beliebte, und brauchte keinen Hunger zu leiden. Sie hatte es gut. Und dennoch stürzte sie eine unschuldige Seele ins Verderben.

Anna lebte im Waisenhaus. Sicher, ein wahres Zuhause war das nicht, und sie konnte sich ihre Enttäuschung vorstellen, als ihr jemand anders vorgezogen wurde. Aber musste sie sich gleich mit einem Todesurteil rächen?

Und da waren Lene und Lotti. Im Grein'schen Haus hatte es ihnen nie an etwas gefehlt. Sie hatten nie Hunger oder Durst leiden müssen, hatten stets saubere Kleidung und eine fürsorgliche Mutter gehabt, die ihnen jeden Streich verzieh. Warum also hatten sie sich plötzlich gegen ihren Vater erhoben? Eine Tracht Prügel konnte doch nicht der Anlass gewesen sein. Da hatten Kathi und all die anderen Kinder schon mehr ausgehalten. Jetzt waren sie ohne Vater und Mutter. Was würde aus ihnen werden?

«Du glaubst, du hast alles Schlimme schon gesehen?», unterbrach Ursula ihre Gedanken. Sie wiegte nachdenklich den Kopf und schaute zu Grit hinüber, die sich Fett aus der Küche besorgt hatte und damit Arme und Beine einrieb. «Von dieser Grit habe ich gehört, dass sie aus gutem Hause stammt.»

Kathi stutzte. «Grit, die liederliche Bedienung? Woher willst du das wissen?»

«Eine Magd aus dem Stachel hat in ihrer Truhe ein Tuch mit einem Wappen gefunden. Nicht irgendeines, sondern ein feines, mit dem man ein Kind, ein hochwohlgeborenes Kind, wickelt. Es war zwar gewaschen, aber Flecke von Blut konnte selbst das beste Waschweib nicht herausbringen. Das Auffällige war, dass das Tuch an dieser Stelle durchlöchert war, als habe ein Messer auf jemanden eingestochen. Aber wieso sollte so eine wie Grit, die viel auf Kleidung achtgibt, ein durchlöchertes, wertloses Tuch aufbewahren, wenn es nicht eine besondere Bedeutung hat?»

Kathi wusste keine Antwort darauf, erinnerte sich aber der auffälligen, sternförmigen Narbe auf Grits Rücken.

«Anna», fuhr Ursula fort, «ist nun schon viele Jahre im Waisenhaus. Wusstest du, dass sie nicht nur die Älteste ist, sondern auch am längsten von allen Kindern dort lebt?»

«Nein», antwortete Kathi.

«Sie kam mit zwei Jahren, und nun ist sie zwölf. Sie hat viele andere Kinder kommen und gehen sehen. Die einen starben, die anderen fanden eine Familie oder konnten sich ins Kloster retten. Nur Anna nicht. Kannst du dir vorstellen, was sie durchmacht?»

Nein, das konnte sie nicht. Sie sah stattdessen ein Mädchen auf dem Sprung zur jungen Frau, die im Nachthemd dasaß und sich das lange Haar kämmte. Hin und wieder wechselte sie vorsichtige Worte mit Grit. Die beiden waren sich nähergekommen.

Welche geheime Vergangenheit mochten die anderen Kinder haben, fragte sich Kathi. Benedikt und Ulrich, die sich gerade mit den vier Jungen von Stift Haug anlegten, der fremde Junge aus Heidingsfeld, der ganz in seine Traumwelt versunken war, und der offenbar schwachsinnige Andreß, der sich am Leid anderer erfreute?

Lene und Lotti waren die Einzigen, die still unter der Decke lagen. Was sich in ihren Köpfen und Herzen abspielte, Kathi wusste es nicht. Hatte sie in den zwei Jahren, in denen sie im Grein'schen Haus gearbeitet hatte, wirklich die ganze Wahrheit erfahren? Wie musste es für sie gewesen sein, immer in Furcht vor dem Vater zu leben?

Vielleicht waren sie die Einzigen in diesem Raum, die den Teufel je gesehen hatten.

23

Den Kreaturen der Nacht hatte es niemals Probleme bereitet, die Grenzen zu überwinden, welche den Menschen gesetzt sind. Diese Fähigkeit verschaffte ihnen den entscheidenden Vorteil, wenn es um Leben und Tod ging.

So wie in dieser Nacht, in der kein Stern am Himmel zu sehen war und sich eine erdrückende Wolkenlast daranmachte, abermals Unglück und Verderben über die Bischofsstadt zu bringen. Auf dem Schalksberg verstummte das Geheul der Wölfe, die sich seit einiger Zeit dort herumtrieben. Sie verlegten ihre Jagd ins Tal, wo noch ein paar Feuer brannten und manch anderes Beutetier lockte. Sie überließen ihr Revier anderen Jägern, die, am Tag unsichtbar, in der Nacht zum Leben erwachten.

Eine Spinne bezog Position am Rande ihres Netzes, bereit loszuschlagen, wenn sich die Beute in ihrem klebrigen Geflecht verfing. Durchs Gras glitt eine Schlange, blind wie die Menschen, aber mit einem feinen Geruchssinn ausgestattet, der sie direkt zur Erdhöhle einer unvorsichtigen Maus führte.

Hoch über alldem flatterte ein Tier, ein überraschend kleines, dem aber ein großer Zauber nachgesagt wurde, eine Fledermaus. Sie war der unbestrittene König des Nachtflugs. Viele meinten, der Teufel selbst reite auf ihren Schwingen durch die pechschwarze Nacht und finde mit rätselhafter Sicherheit sein Ziel.

Vielleicht dachte man im Zusammenhang mit ihr auch deshalb an den Teufel, weil die Fledermaus tagsüber nicht zu sehen war und an finsteren Orten kopfüber auf das Hereinbrechen der Nacht wartete. Nicht wenige wollten den Teufel schon in der gleichen Position gesehen haben.

Die Luft war drückend schwer in dieser Nacht. Im Kessel des Maintals hatten sich die Wolken gefangen und drängten sich zusammen, nirgendwo gab es ein Entweichen. Erste Blitze teilten den Nachthimmel.

Die Fledermaus spürte das drohende Gewitter wohl, wagte es aber dennoch, in die Stadt hinunterzufliegen, wo sie um die Feuer am Flussufer noch Scharen von Fliegen vermutete. So flog sie los, blind, aber sehend mit ihren großen Ohren, die Hindernisse sicher und rechtzeitig erkannten. Außer in der Nacht zuvor, als ein verirrter und nachts hilfloser Rabe unvermittelt ihren Weg gekreuzt hatte.

Ihr erster Weg führte sie hinüber in die Keller der Burg auf dem Frauenberg. Obwohl die Aussicht auf Beute bei der großen Konkurrenz hier eher gering war, so schwirrten in den Ställen der Pferde, Schweine, Kühe und Ziegen doch so viele Fliegen herum, dass sie für alle reichten.

Einzig ein Mensch störte, der mit seinem lauten Rufen und Pochen gegen das Tor die Beute verjagte.

«Aufmachen», forderte Christian, «Stadtrat Dornbusch wünscht zum Bischof vorgelassen zu werden.»

Seine Stimme war nicht mehr so kräftig und sein Pochen nicht mehr so fest wie noch zwei Stunden zuvor. So lange drang er schon auf ein Gespräch mit dem Bischof. Das schriftlich formulierte Bittgesuch hatte dieser zwar angenommen, aber eine Antwort war er bislang schuldig geblieben.

Er solle nach Hause gehen, hatte ihm der Sekretär ausrichten lassen. Der Bischof sei bereits zu Bett und werde am nächsten Tag entscheiden. Niedergeschlagen machte sich Christian endlich auf den Heimweg.

Oben, aus einem Fenster am Fürstenbau, schien noch Licht in die Nacht hinaus. Die hungrige Fledermaus ortete

Fliegen an einem Fenster, die nach einem Schlupfloch ins Innere suchten. Die Gier machte sie unvorsichtig, und so genügte dem Tier ein Anflug, um zwei Fliegen auf einmal zu fangen.

Faltermayer öffnete das Fenster und horchte in die Dunkelheit. «Er hat aufgegeben», sagte er zum Bischof, der im Hintergrund mit einem Glas Wein im Sessel saß. «Wie aufdringlich diese Städter doch sein können.»

Bischof Philipp von Ehrenberg war nicht wohl in seiner Haut. Er wirkte nervös.

«Sie streitet immer noch alles ab?» Der Bischof hatte die Frage schon mehrfach gestellt.

«Ja, mein Fürst. Das Loch vom Grünenbaum hat sie nicht eines Besseren belehren können. Morgen verlege ich sie in den Kerker. Wenn sie die Instrumente sieht und die Schreie hört, wird ihr Widerstand brechen.»

«Was macht Euch so sicher?»

«Die menschliche Natur. Niemand kann ihr entkommen, selbst eine Heilige nicht.»

«Ich habe kein gutes Gefühl bei der Sache. Diese Dornbusch ist immer noch sehr beliebt im Volk, und daran haben auch die Vorwürfe dieser seltsamen Mädchen nichts ändern können.»

«Vertraut mir, mein Fürst. Am Ende hat noch jede gestanden.»

Der Bischof ließ sich so nicht besänftigen. Allmählich zwängte sich ihm ein Verdacht auf. «Was liegt Euch eigentlich an dem Weib, dass Ihr sie unbedingt brennen sehen wollt?»

Die Frage hätte Faltermayer beunruhigen sollen, aber er sah in seinem neugierigen Bischof keine Gefahr. Er schenkte sich ein Glas ein.

«Ein wahrlich guter Tropfen. Vom Stein? Muss wohl einer der besseren Jahrgänge sein.»

«Ich habe Euch etwas gefragt», insistierte von Ehrenberg. «Wieso wollt Ihr das Weibsbild aus dem Weg schaffen?»

Faltermayer antwortete ausweichend. «Ihr kennt das Gleichnis vom guten Hirten ...»

«Sicher», antwortete der Bischof, eine Spur ungehalten. *«Ich bin der gute Hirte und erkenne die Meinen und bin bekannt den Meinen ...* Was wollt Ihr damit sagen?»

Faltermayer nickte. «Ihr seid der gute Hirte, mein hochwohlgeborener Fürst. Kein Zweifel. Ihr tragt den Bischofsrock und den Hirtenstab. Die Bürger, Eure Schafe, beugen das Knie vor Euch. Jeder kann das sehen.»

Von Ehrenbergs Irritation wuchs. «Was wollt Ihr damit sagen?»

«Nun, *liebt* das Volk Euch auch, wie die umherirrenden Schafe ihren fürsorglichen Hirten lieben? Oder respektiert es Euch nur als Stellvertreter unseres Heiligen Vaters, des Papstes, der wiederum selbst der Stellvertreter des Allmächtigen hier auf Erden ist?» Er zitierte die entsprechende Stelle aus dem Gleichnis. «Genauso wie sie den *Mietling* respektieren müssen, der kein richtiger Hirte ist, sondern ein bestellter, dem die Schafe nicht eigen sind und der sie verlässt, sobald der Wolf naht?»

Der Bischof legte die Stirn in Falten.

«Ihr meint, das Volk liebt dieses Weibsbild mehr als mich?»

«Ihr sitzt hier oben auf der Burg, sie aber lebt unter ihnen, wie ein guter Hirte inmitten seiner Herde. Ihr Lebenswandel ist makellos. Sie gilt als Vorbild und wird geschätzt, ja fast als Heilige angesehen.»

Von Ehrenberg verstand. «Was wollt Ihr dagegen unternehmen?»

Faltermayer lächelte. «Was geschieht, wenn sich der gute Hirte als Wolf im Schafspelz herausstellt? Und alle Hoffnungen als Lug und Trug?»

«Dann suchen die verschreckten Schafe nach einem neuen Hirten.»

Faltermayer nickte. «Außerdem sind ihr Vermögen und das ihrer Familie nicht zu verachten. Schließlich muss jemand für die Verfahrenskosten aufkommen. Und wenn etwas übrig bleibt, dann wird es nicht zum Schaden der bischöflichen Kasse sein.»

Der Bischof hob daraufhin sein Glas, das feine Lächeln seines ersten Hexenkommissars entging ihm.

Noch war die hungrige Fledermaus nicht satt. Sie suchte nach neuer Beute, unten am Fluss, wo zwei Lagerfeuer brannten. Ein Schwarm saftiger Fliegen machte sich Hoffnungen auf die Reste einer Katze, die da am Drehspieß hing.

«Der wievielte Brandtag ist es?», fragte ein Stadtknecht.

«Ich habe aufgehört zu zählen», antwortete der andere. Er drehte den Spieß langsam. Das dürre Katzenvieh würde kaum für einen reichen. Er fragte sich, ob er dem andern nicht lieber eins über den Schädel ziehen sollte.

«Das wäre dann der dritte in diesem Monat», rechnete der Erste, «oder gar der vierte?»

«Und wenn's der fünfte wär', würd's mich auch nicht kümmern. Je früher wir das Hexengeschmeiß los sind, desto besser.»

«Die Kerker sind voll. Neuer Platz muss her, oder der Dürr kürzt seine Verfahren um die Hälfte. Blass ist er geworden, fast wie der Tod.»

«Kein Wunder. Er steht mit einer Hex' auf und geht mit einer anderen zu Bett.»

«Meinst du seine Mutter, die alte Dürr?»

Der andere lachte gehässig. «Wenn sich die Vorwürfe gegen sie bestätigen, dann geht's hier bald richtig los. Bin gespannt, wie der Bischof darauf reagiert.»

«Wohl eher der Faltermayer. Was der sagt, wird gemacht.»

Ein Blitz durchschnitt die dichte Wolkendecke, gefolgt von einem Grollen, das sich im Maintal verfing.

«Himmel, Arsch und …», fluchte der andere. Jetzt machte ihm auch noch das Wetter einen Strich durch die Rechnung. «Das Vieh ist noch nicht einmal halb durch …»

«Macht nichts», sagte der Erste, zog sein Messer und schnitt ein Stück ab.

Doch ehe er abbeißen konnte, krachte wie aus dem Nichts ein Prügel auf seinen Kopf.

Die ersten Tropfen fielen, und der Mückenschwarm flüchtete. Auch die Fledermaus musste schauen, dass sie unterkam. Wenn Regen fiel, war es mit ihren Flugkünsten schnell vorbei. Ein Fachwerkhaus mit einem überstehenden Dachstuhl würde sie vor der Nässe schützen. Zum Glück ragte ein ausreichend langer Nagel aus dem Gebälk hervor, an den sie sich kopfüber klammerte. Hinter dem danebenliegenden Fenster hatte ein anderes Gewitter schon längst begonnen.

«Dieses irrsinnige Weibsbild bringt uns noch alle in den Kerker», polterte ein aufgebrachter Dürr. «Was hast du ihr getan, dass sie dich besagt?»

Mutter Dürr hielt demonstrativ die Arme vor der Brust verschränkt. Sie war sich der gefährlichen Lage durchaus bewusst, in der sie und ein wenig auch ihr Sohn steckten. Doch der Ton, den er sich ihr gegenüber erlaubte, war nicht hinnehmbar.

«Schrei mich nicht so an!», keifte sie zurück. «Ich bin noch immer deine Mutter.»

Lag es an der Wärme des Kaminfeuers, an seiner aufgebrachten Stimmung oder an beidem, Dürr war nicht zu halten.

«Zum Teufel damit. Dir droht der Scheiterhaufen und mir der Kerker. Kannst du das nicht verstehen?»

Mutter Dürr reagierte mit Trotz. «Wieso solltest du nur den Kerker bekommen und ich den Scheiterhaufen?»

Dürr griff sich an den Kopf. Hatte dieses alte Weib tatsächlich den Verstand verloren?

Er sank auf einen Stuhl und zwang sich zur Ruhe, um die Frage zu wiederholen, nun in einem gemäßigten Ton.

«Mutter», begann er, sichtlich um Beherrschung bemüht, «sag mir bitte, was hat das Weibsbild gegen dich?»

Sie nickte zufrieden. «Na also, geht doch … Ich weiß beim besten Willen nicht, warum Hortensia das macht. Wir hatten immer das beste Auskommen miteinander. Meiner Meinung nach muss sie sich bei den Hexenleuten infiziert haben. Anders ist es nicht …»

«Das ist alles schon hinreichend bewiesen», fuhr Dürr dazwischen. «Ich will von dir wissen, wieso die Paulus gerade dich beschuldigt, eine Hexe zu sein. Sie hätte jedes andere Weibsbild wählen können.» Er stand auf und trat vor sie hin. «Ich bitte dich inständig, zu deinem und zu meinem Wohl: Sag mir, was hat sie gegen dich?»

Mutter Dürr blickte wütend an ihm vorbei. Sollte er alleine sehen, wie er das wieder hinbog. Es würde ihm eine Lehre sein, seine eigene Mutter wie eine Hilfsmagd zu behandeln.

«Das darf doch nicht wahr sein … Antworte, Mutter!»

Vor dem Fenster hatte sich der Himmel nun vollständig geöffnet. Regentropfen, so dick und schwer wie Kieselsteine, hämmerten auf das Nachbarsdach. Die Fledermaus rollte sich ganz in ihre Schwingen ein. An ein Weiterfliegen war vorerst nicht zu denken. Kein Hund, keine Katze oder Ratte und schon gar nicht ein Mensch setzte auch nur einen Schritt vor die Tür, in diese finstere, scheinbar niemals enden wollende Regenflut.

Von allen Teufeln, die in jener Nacht unterwegs waren und vor der Unbill der Natur kapitulieren mussten, hatte es nur das Rudel Wölfe vom Schalksberg nicht geschafft, rechtzeitig eine trockene Zuflucht zu finden. Sie schlichen mit klatschnassem Fell und geduckten Köpfen durch die Straßen. Auf ihrem Weg machten sie hin und wieder einen Satz zur Seite, wenn ein Ziegel vom Dach herunterrauschte und vor ihren Pfoten in tausend Stücke zersprang.

Drüben am Grünenbaum herrschte Aufruhr. Der plötzliche Regen, der binnen kurzem die Straßen unter Wasser gesetzt hatte, drang in Keller und Wohnungen ein. Säcke wurden geschleppt und eilig vor die Kellerlöcher und die Eingangstüren gelegt. Da und dort rief jemand um Hilfe.

Ein Schrei, den niemand hören konnte, kam aus dem Loch unter dem Grünenbaum.

Felicitas Dornbusch kniete mit gesenktem Haupt und gefalteten Händen in einer Ecke ihrer Zelle. Das Wasser, das über das kleine Kellerloch hereinströmte und den Boden bereits bis zu den Knöcheln bedeckte, kümmerte sie nicht. Wenn sie in der Sintflut sterben sollte, dann war das der Wunsch ihres Herrn Jesus Christus. Dieser Entscheidung würde sie sich fügen.

Die dreizehn Stationen ihres Leidenswegs, die am folgenden Tag auf sie warteten, war sie jedoch nicht gewillt hinzunehmen. Sie flehte um Gnade, allerdings nicht für sich, sondern für ihren Mann Christian. Sie wusste, dass er seit ihrer Festnahme dem Bischof die Tür einrannte, bisher ohne Erfolg. Und sie wusste auch, dass mit Prozessbeginn nicht nur Christian, sondern auch ihr Vater, ihre Mutter und ihre Geschwister in Verdacht gerieten.

Im benachbarten Bamberg hatte sich jüngst ein Fall dieser Art an einem hohen Beamten zugetragen, bei dem die ganze Familie ausgelöscht worden war. Felicitas war also gewarnt. Obwohl sie fest im Glauben war und gegen die Folter ankämpfen würde, wusste sie doch, dass ein Mensch am Ende seines Leidens alles gestand, damit die Schmerzen nur endlich aufhörten. Als Verräterin und Mörderin ihrer Familie wollte sie nicht vor ihren Schöpfer treten.

«O gnädigster Herr im Himmel, Herr über Leben und Tod, ich flehe dich an, lass mich kein falsches Zeugnis ablegen wider meine Liebsten. Gib mir Kraft, damit ich bis zum Ende den falschen Versprechen und der Pein widerstehe.»

Draußen auf der Straße ließen die Wölfe die Stadt hinter sich. Hier war es viel zu gefährlich für sie. Sie liefen im Schutz der Palisaden, bis sie zu einer Tür kamen, über die man vom Ufer in die Stadt gelangte. Ein Stadtknecht musste sie beim plötzlich einsetzenden Gewitterregen zu schließen vergessen haben. So schlüpften sie durch den engen Spalt hinaus und fanden sich vor einer langen Reihe schwankender Fischerboote wieder.

Aus deren Bäuchen drangen keine Gerüche zu ihnen, der Regen wusch alles rein. Hungrig und durchnässt machten sie sich auf den Rückweg am Fluss entlang, als ein Welpe das Rudel plötzlich zu sich rief. Er hatte etwas gefunden. Schnuppernd schlich er um das leblose Ding herum. Seine Eltern hatten ihn gelehrt, diesen Geruch zu meiden und schnellstens das Weite zu suchen, wenn er ihm in die Nase stieg. Aber in diesem Fall war da noch ein zweiter Geruch. Der Geruch von frischem Blut.

Der Leitwolf schreckte zurück, als er auf die Leiche eines Menschen stieß. Jemand hatte ihm den Schädel eingeschlagen. Nasses, verbranntes Holz, Rauch und der Geruch eines Bratens umgaben ihn. Doch unter allen Gerüchen war der des Blutes am stärksten und am verlockendsten.

Der Wolf blickte sich um. Es konnte sich auch um eine Falle handeln. Doch in dieser Dunkelheit und bei diesem Wetter würde sich kein Mensch vor die Tür wagen, so viel hatte er im Umgang mit seinen Feinden gelernt. Er hob den Kopf und stieß ein kurzes Geheul aus, das den Brüdern und Schwestern signalisierte, die Jagd sei beendet. Nun war es Zeit zu essen.

Auf den Ruf des Wolfs und die wild zuckenden Blitze am Himmel folgte ein weiterer Jäger, der die Palisaden hochgeklettert kam. Sein Name war Lorentz.

24

Bei Tagesanbruch wurde das Ausmaß des Gewitters offenbar. In den flussnahen Gebieten hatten sich die Ufer des Mains bis an die zweite Häuserreihe ausgeweitet. Die Palisaden hatten Schlimmeres verhindert, abgerissene Äste, gekenterte Boote und totes Getier waren an der Bischofsstadt vorbeigetrieben.

In den Straßen blieb jedoch eine übel riechende Brühe zurück, die mancherorts bis an die Knöchel reichte. In ihr trieben Abfälle, herrenloser Hausrat und Fäkalien von Mensch und Tier. Wer konnte, vermied es, vor die Tür zu gehen. Ein Tuch vor Nase und Mund sollte den Gestank und die Krankheitserreger abhalten, was nahezu aussichtslos war. Allein der noch immer anhaltende Regen wusch die Luft ein wenig und machte sie damit etwas erträglicher.

Kathi hatte schlecht geschlafen. Eine beängstigende Unruhe trieb sie um, wann immer sie die Augen schloss. Henriettes im Tod erstarrtes Gesicht hatte sich ihr eingebrannt. Es schrie sie an: *Hättest du nur den Mund gehalten, dann wäre das alles nicht passiert.*

Ursulas beschwichtigende Worte konnten sie nicht trösten. Stattdessen sah sie Lene und Lotti stumm abseits von den anderen im Speiseraum des Klosters sitzen – vor ihnen eine Schüssel mit Haferbrei, unberührt und erkaltet.

Pfarrer Ludwig forderte sie auf, zu den anderen zu kommen oder zumindest etwas zu essen, aber die beiden blieben auch für ihn unerreichbar. Er setzte an, um es ihnen zu befehlen, ließ es dann aber sein. Es machte keinen Sinn.

«Sie sind nicht die Ersten und sicher nicht die Letzten, die ihre Mutter verloren haben», sagte Grit beiläufig. Sie saß Kathi gegenüber und löffelte den warmen Brei aus der Schüssel. «Sie werden lernen müssen, damit zu leben.»

Noch gestern wäre Kathi ihr für diese schnoddrige Bemerkung über den Mund gefahren, aber nachdem Ursula von dem durchlöcherten Wickeltuch erzählt hatte, schwieg sie. Sie hatte geglaubt, alles über Grit zu wissen, so wie jeder in dieser Stadt. Doch niemand hatte sich bisher für ihre Vergangenheit interessiert. Was hatte sie erlebt, das sie zu einer Dirne hatte werden lassen? Welches Geheimnis trug sie unter der sternförmigen Narbe auf ihrem Rücken? Und warum hatte sie sich ausgerechnet den verheirateten Christian Dornbusch als ihren Schatz ausgesucht, und nicht einen wohlhabenden Durchreisenden, der ihren Ruf nicht kannte? Gelegenheiten soll es zahlreiche gegeben haben.

«Sie werden dem Tag entgegenfiebern», schaltete sich Anna ein, die neben Grit saß und zu ihrer neuen Vertrauten geworden war, «an dem ihr Vater auf dem Scheiterhaufen zu einem Haufen Asche verbrannt ist. Erst dann ist die Tat gesühnt.»

Kathi und Ursula bezweifelten das. Ihre Väter waren schon lange tot oder verschwunden, aber noch immer hatte sich die Wunde nicht geschlossen. Und eine Mutter wog noch mehr.

«Du kannst nicht ersetzen, was sich nicht ersetzen lässt», antwortete Ursula gereizt. «Je früher du das verstehst, umso besser.»

Nicht nur Anna schreckte bei diesen unerwartet barschen Worten auf. Auch Grit und Kathi wunderten sich.

«Was willst du damit sagen?», erwiderte Anna.

«Dass du richtige Eltern nicht einfach kaufen und besitzen kannst wie einen Esel auf dem Markt.»

«Woher willst du das wissen, du neunmalkluge Kellerassel?»

«Weil ich einen Ziehvater hatte, dem nichts Besseres einfiel, als mich zum Betteln zu schicken.»

«Nicht alle Väter sind solche Halunken wie deiner. Ich weiß, dass es bessere gibt.»

«Ach ja?», giftete Ursula. «Weil du ja schon so viele Väter gehabt hast, du *Waisenkind*.»

Die Anspielung auf Annas sehnlichsten Wunsch, endlich zu einer Familie zu gehören, traf. Leider vergaß sie dabei, dass sie Anna körperlich unterlegen war.

«Du kleine, hinterhältige Ratte», brauste Anna auf. Mit dem Löffel in der Hand schlug sie auf Ursula ein.

Kathi ging dazwischen. «Hör auf damit!» Doch Anna war

nicht zu bremsen. Sie zog und riss an Ursulas Haaren, die sich wehrte, so gut sie konnte.

Ludwig eilte herbei. «Was ist in euch gefahren?»

Er packte die beiden Streithähne und zog sie auseinander.

Kathi schaltete sich ein und spielte den Vorfall herunter.

«Verzeiht, ehrwürdiger Vater, es ist nur ein Streit um das Frühstücksmahl, nichts, worüber Ihr Euch Sorgen machen müsstet.»

Der Kampf ums Essen war eine vertraute Situation. Ludwig hatte keinen Grund, ihn zu hinterfragen.

«Es ist genug da», erwiderte er und befahl den beiden, sich in Frieden wieder zu setzen. «Zur Beruhigung betet ihr fünf Gegrüßet-seist-du-Maria und zehn Vaterunser. Danach macht ihr euch fertig. Heute ist Brandtag.»

In Reih und Glied, ordentlich gebürstet und gekleidet, standen die Kinder von Pfarrer Ludwig wenig später an der Klosterpforte.

«Es werden heute viele Menschen von nah und fern den Hinrichtungen beiwohnen», unterwies er sie, «und ihr wisst, warum. Sie wollen euch sehen. Daher erwarte ich, dass ihr euch anständig benehmt und keinen Anlass zur Klage gebt. Habt ihr verstanden?»

Alle nickten pflichtschuldig. Ludwig wies sodann Bruder Timotheus an, das Tor zu öffnen.

Kathi war nicht wohl zumute, denn sie wusste, über wen heute die Urteile gesprochen wurden. Ursula hielt ihre zitternde Hand. «Keine Sorge», sagte sie beruhigend, «es sollen über zwanzig Hexen und Zauberer gerichtet werden. Da fallen deine gar nicht auf.»

Das würden sie sehr wohl, dachte Kathi. Durch ihre Beschuldigung würden drei Menschen ihr Leben verlieren, die im eigentlichen Sinne unschuldig waren. Andererseits hatten sie sich an Babette versündigt. Das sollte sie besänftigen, doch wider Erwarten tat es das nicht.

«Wir beten den Rosenkranz für die Erlösung der verführten Seelen», gab Ludwig vor und ging los. Die Kinder folgten ihm, wie er es sich gewünscht hatte. Sie wollten bei den Bürgern einen guten Eindruck hinterlassen. «Ich glaube an Gott, den Vater, den Allmächtigen …»

Die Kinder stimmten mit ein und traten in Zweierreihen vor das Tor. Dort wurden sie bereits von ihren Eltern erwartet, soweit sie noch welche hatten. Kinder und Eltern hatten sich einige Tage nicht mehr gesehen. Auch Helene war gekommen. Sie bemühte sich, ihre wahren Gefühle zu verbergen, aber Kathi kannte ihre Mutter. Sie ahnte, was in ihr vorging. Ein vorsichtiges Lächeln sollte sie ein wenig beruhigen.

Obwohl die Überschwemmung nicht bis zum oberen Teil des Marktplatzes reichte, hatte Dürr auf Bitten des Stadtrats die Vollstreckung der Urteile auf den Sanderanger verlegen lassen. Die erwartete Menschenmenge hätte das Chaos in den Straßen der Stadt nur verschlimmert.

Dennoch ließen es sich viele nicht nehmen, den Zug der Verdammten von der Kanzlei aus zum Sanderanger zu geleiten. Die Vorfreude auf den heutigen Brandtag war groß. Die ersten drei Hexenleute, die sich an Kindern vergangen hatten, sollten ihren Zorn zu spüren bekommen, bevor der Henker ihnen die Arbeit abnahm. Steine und Prügel lagen in vielen Händen.

Ludwig spürte die aufgeheizte Stimmung. Er wies die Kinder daher nicht an, sich wie gewohnt in die vorderste Reihe zu begeben, sondern im sicheren Rückraum zu bleiben. Er bat auch die Eltern, neben ihnen zu bleiben, damit kein Wirrkopf ihnen etwas antun konnte.

Helene beugte sich zu Kathi herab und nahm sie in den Arm.

«Wie geht es dir?», fragte sie, mit den Tränen kämpfend.

«Es geht mir gut», antwortete Kathi mit belegter Stimme. «Ihr braucht Euch nicht zu sorgen.»

Selten zuvor war eine ihrer Lügen so offensichtlich gewesen. Helene streichelte zärtlich ihre Wange und redete ihr ins Gewissen. «Bist du sicher, dass du das willst?»

«Ja, Mutter», antwortete sie.

«Du kannst alles rückgängig machen. Ein Wort genügt.»

Kathi nickte.

«Eine Lüge ist eine schlimme Sünde, und es ist unverzeihlich, wenn deswegen ein Mensch stirbt.»

«Ich weiß, Mutter.»

Ohrenbetäubendes Geschrei erhob sich, als das Tor der Kanzlei geöffnet wurde.

Zuerst kam ein Stadtknecht heraus, ein großes hölzernes Kruzifix vor sich hertragend. Die Menge trat zur Seite und bildete eine Gasse. Es folgten zu Pferd die Hexenkommissare Dürr und Faltermayer, dahinter der Malefizschreiber zu Fuß, Stadtknechte in Rüstung und mit Spießen, dann der Henker und sein Gehilfe und schließlich drei von Ochsen gezogene, offene Karren, auf denen die Todgeweihten an schweren Ketten gefesselt eng beieinandersaßen. Auf jedem Karren befand sich ein Priester, der die armen Hexenleute zum Gebet anhielt. Den Zug beschloss ein von Gäulen gezogener Wagen, in dem sich die Werkzeuge des Henkers befanden.

«Kommt jetzt», hielt Ludwig die Kinder an und reihte sie hinter den Hexenkommissaren ein.

Kathi war nicht wohl bei der Sache. Sie sah die Gasse,

durch die sie hindurchmussten, und die nach Vergeltung fiebernden Gesichter der Bürger. Sie konnte nur hoffen, dass niemand ihre Angst, aber auch ihre Schuld spürte.

Der schwachsinnige Andreß dagegen war ganz in seinem Element. Er war nicht mehr zu halten, schnitt Grimassen und äffte Schaulustige wie auch Gefangene nach. Manch einer mochte sich fragen, ob der Bengel nicht besser auf einen der Karren gehörte.

Als der erste Wagen die Menge passierte, bewahrheitete sich Kathis Befürchtung. Steine kamen geflogen, Prügel tanzten über den Köpfen der verängstigten Gefangenen. Auf Befehl Dürrs gingen die Stadtknechte mit ihren Spießen dazwischen.

Ludwig schützte die Kinder, so gut es ging.

«Geht weiter», rief er ihnen zu. «Betet!»

Auch der eher ängstliche Malefizschreiber kam herbei. Er breitete tapfer seinen Mantel über die Kinder aus.

Faltermayer musste die aufgebrachte Stimmung im Volk geahnt haben. Auf sein Zeichen hin kamen weitere Stadtknechte und drängten den Pöbel zurück. Mit ihrer Hilfe konnte die Formation gehalten werden, und sie schafften es ohne größere Zwischenfälle zum Sandertor.

Das Hochwasser hatte große Teile des Sanderangers in Besitz genommen, sodass sich die Schaulustigen auf engem Raum drängten. Wo man auch ging, drang Wasser in die Schuhe ein. Wer es sich leisten konnte, war zu Pferd gekommen. Händler boten ihre Waren feil. Ihr Geschrei mischte sich mit dem Geplapper der Bürger. Hier und da traten auch Gaukler auf, Musikanten sah man keine.

Vor den Scheiterhaufen war die übliche Gerichtsschranne mit Holzstangen abgesteckt worden. Bewaffnete Stadtknechte sorgten für deren Einhaltung. Sie ließen sich auch von den

Kindern nicht irritieren, die zunehmend aufdringlicher und respektloser wurden. Es setzte Ohrfeigen und Fußtritte.

Volkhardt hatte sich mit seinen Schwarzen Banden unter die Bürger und Händler gemischt. Das Gedränge kam ihren diebischen Händen gelegen. Klein und flink wie sie waren, nutzten sie das Durcheinander aus. Bevor jemand einen Verlust bemerkte, waren sie längst in der Menge verschwunden.

Auch die Krähen waren durch den großen Zulauf angelockt worden. Sie ließen sich kreischend in den Ästen nieder und warteten. Kolk war natürlich auch unter ihnen. Seine Größe und sein spitzer Schnabel verschafften ihm einen guten Platz. Von hier aus hatte er alles im Blick.

Als der Kruzifixträger das Sandertor passierte, kam Unruhe in das ohnehin schon hektische Treiben. Alle drängten nach vorne, wo die Stadtknechte mühsam eine Gasse frei hielten. Faltermayer schickte daraufhin eine Schar Berittener voraus. Der massige Körper der Pferde und ihre Hufe lehrten die Übermütigen Respekt.

Die Eltern hatten sich längst in den gleichen Zug eingereiht, Hand in Hand beteten sie an der Seite ihrer Kinder. Ludwig sah das gerne, wusste er doch, dass mit jedem Kind und jedem Elternteil sein Einfluss in der Gemeinde wuchs. Auf dem Weg zum Sanderanger entstand daraus eine Idee, mit der er sich zunehmend anfreundete. Wenn der Zulauf an Kindern weiter anhielt, dann würde er die Bevormundung des Abts von Neumünster hinter sich lassen und seine eigene Kindergemeinde gründen. Ein geeignetes Objekt hatte er auch schon im Auge. Drüben, auf der anderen Mainseite, im Schutze der bischöflichen Burg und in der Nähe des Deutschherrenhauses, stand ein Gebäude leer. Dort würde er zu Ehren des heiligen Nikolaus, des Schutzpatrons der Kinder, eine neue Schule gründen.

Kathi hielt die Hand ihrer Mutter fest umschlungen. Je näher sie den Scheiterhaufen und der lärmenden Menge kamen, desto ängstlicher wurde sie. Sie konnte sich nicht erklären, woher dieses beklemmende Gefühl plötzlich kam, aber wenn sie in die hasserfüllten Gesichter der Menschen blickte, spürte sie, wie ihr bang ums Herz wurde. Wieso gerade jetzt, fragte sie sich, mit den Scheiterhaufen vor Augen erfüllte sich doch ihr Plan. Sie durfte nicht davon ablassen. Sie war kurz vor dem Ziel.

«Was ist mit dir?», fragte Helene, die spürte, wie ihre Tochter mit sich rang.

Diese wich der Frage aus. «Es ist nichts. Ich bin nur etwas aufgeregt.»

Während der Zug mit dem Kruzifixträger an der Gerichtsschranne endete und Dürr und Faltermayer von den Pferden absaßen, führte Ludwig die Kinder in einen zweiten, von der Menge abgegrenzten Bereich. Er lag gleich nebenan und nahm die Karren mit den Malefikanten auf sowie den Wagen des Henkers mit den Werkzeugen. Die bewaffneten Stadtknechte bezogen davor Stellung, um jeglichen Übergriffen seitens der gereizten Menge vorzubeugen.

Der Malefizschreiber beeilte sich derweil, die notwendigen Unterlagen für die anstehende Verlesung der Klage auf einem schwarz eingedeckten Tisch vorzubereiten. Neben dem dicken, ledernen Gesetzbuch und dem Gerichtsstab kamen einundzwanzig Klageschriften zum Vorschein. Er legte sie fein säuberlich Kante an Kante, sodass sie den größten Teil des Tisches einnahmen.

Faltermayer knurrte ihn deswegen an. «Willst du das Gericht alleine leiten? Schaff Platz, Schreiberling, bevor ich dich auch auf die Liste setze.»

Der Schreiber nahm die Drohung ernst. Er sammelte alles

wieder ein und legte die Anklageschriften nun aufeinander. Als er endlich fertig war, gab er den Stadtknechten ein Zeichen, die Malefikanten vorzuführen. Die Ketten, mit denen sie an den Karren gebunden waren, rasselten durch die Ringe. Im Büßerhemd und mit gesenkten Häuptern ließen sie sich widerstandslos vor das Gericht treiben, wo sie sich in zwei Reihen aufzustellen hatten. Wie an allen Brandtagen zuvor war ihr Wille längst gebrochen. Es gab nichts mehr zu gewinnen. Das Einzige, worauf sie in der Urteilssprechung noch hoffen konnten, war ein schneller, an Schmerzen armer Tod.

Dürr und Faltermayer beobachteten den Vorgang gewohnt gelassen. Sie waren die Herren des Verfahrens, sie gaben den Ausschlag zwischen unbarmherzigem Leid und schneller Vollstreckung. Als Ankläger und Richter in einer Person hatten sie mit dem von ihnen angefachten Zorn des Volks nichts zu schaffen.

Ein Knecht schenkte Wein ein, und sie ließen sich alle Zeit, die Becher zu leeren. Dann gab Dürr dem Malefizschreiber Anweisung, mit der Verlesung der Anklageschriften zu beginnen.

Die Trommler legten sich ins Zeug, um die mehr als tausend Schaulustigen zum Schweigen zu bringen.

«Vor dem hohen Malefizgericht zu Würzburg sind erschienen …»

Kathi reckte wie viele andere auch den Kopf nach den Angeklagten. Welcher Name gehörte zu welcher Person? In welchem Zustand waren sie nach den Verhören und der Folter? Würde jemand die Kraft aufbringen, sein Geständnis zu widerrufen?

Einige Namen wurden genannt, die Kathi schon einmal gehört hatte, andere waren ihr völlig unbekannt. Wo waren die drei unter den einundzwanzig, die sie beschuldigt hatte? Sie hatte sie noch nicht zu Gesicht bekommen. Ihre Aufregung wuchs, und als die Namen Cornelius Grimm, Hortensia Paulus und Joachim Bauth endlich ausgerufen wurden, glaubte sie, alle Blicke richteten sich auf sie und nicht auf die Angeklagten.

«Geht es dir nicht gut?», fragte Helene. Erneut hatte sie das Gefühl, dass in ihrer Tochter etwas vorging. Ihre Hand war feucht und kalt.

Kathi räusperte sich. Eine Antwort war nicht so leicht. Ihre Zunge fühlte sich geschwollen und ausgetrocknet an, sodass ihr die Worte beinahe im Halse stecken blieben.

«Sorgt Euch nicht, Mutter. Es geht mir gut.»

Sie blickte zur Seite, um zu sehen, wie es den anderen Kindern erging. Da war Grit, die sich auffallend unwohl in ihrer kindlichen Kleidung fühlte und sich nach jemandem umsah, den sie offenbar nicht finden konnte. Anna trat von einem Bein aufs andere. Ihr schien kalt zu sein, und außerdem interessierte sie sich nicht einen Deut für das, was um sie herum vor sich ging. Ulrich und Benedikt teilten sich ein Stück Brot; sie aßen es heimlich, damit sie der Bestrafung durch Pfarrer Ludwig entgingen. Der Junge aus Heidingsfeld wiegte einen Stein in der Hand. Er wartete nur noch auf den richtigen Augenblick. Und Andreß? Wie nicht anders zu erwarten, ging er in seiner Narretei völlig auf.

Allein Ursula verhielt sich angemessen. Die Verlesung der Anklagepunkte machte sie betroffen, zugleich erschrak sie über das Gekeife der Schaulustigen nach einer möglichst grausamen Bestrafung der Malefikanten. Sie ahnte, welche Gräuel sie heute noch mit ansehen musste.

Ludwig hatte alle Hände voll zu tun, die anderen Kinder aus seiner Klasse zu disziplinieren. Es setzte zwar noch immer

Ohrfeigen, aber bei weitem nicht mehr so oft wie noch vor einer Woche. Er gab sich als guter Hirte, und die Kinder dankten es ihm nicht. Sie glaubten, er sei schwach geworden.

Im Augenwinkel erblickte Kathi noch ein bekanntes Gesicht – Volkhardt, den Anführer der Schwarzen Banden. Er stand breitbeinig und selbstbewusst in vorderster Reihe. Als könne er ihre Gedanken lesen, lächelte er ihr aufmunternd zu. Kathi erwiderte das Lächeln zögerlich.

Ganz anders schaute ein Junge an seiner Seite. Er war kleiner als Volkhardt, aber genauso verlaust und dreckig. Er hatte eine seltsame Art, sie anzusehen. Irgendwie stechend, irgendwie bedrohlich. Als er dann auch noch einen Finger quer über den Hals zog und dabei gehässig grinste, schreckte Kathi zusammen. Wieso machte der Junge das? Kannte er sie?

Plötzlich tauchte Andreß vor ihr auf. «Jetzt sind deine dran. Deine dran!» Er hüpfte wie toll um sie herum. «Eins, zwei und drei, Schluss mit der Hexerei. Vier, fünf und sechs, ins Feuer mit der alten Hex'. Sieben, acht, neun und zehn, hilft kein Bitt'n und kein Fleh'n, brennen will ich sie seh'n.»

Kathi schob ihn angewidert zur Seite. Sie wollte hören, welche Anklagepunkte der Malefizschreiber vorzubringen hatte.

«… hat Cornelius Grimm zehn Kindern und dreizehn alten Leuten hinterrücks das Leben genommen. Seinem Nachbarn, dem Bäcker Sendler, ist er mindestens fünfmal in den Keller gefahren und hat das gute Korn verdorben. Bei Nacht ist er als Wolf unterwegs gewesen und hat sieben unschuldige Kinder gefressen und den Friedhof mit seiner Notdurft entweiht.»

Die Aufzählung der Schandtaten dauerte noch eine ganze Weile an. Kathi fragte sich, wie der Mann, der zweifellos keinen guten Ruf besaß, all diese Gräuel begangen haben sollte. Das schien niemand zu interessieren, er hatte die Verbrechen ja gestanden. Wenn siebzehn oder auch weniger Kinder ermordet oder gefressen worden waren, dann hätte sie – wie jeder andere auch – doch bestimmt davon erfahren. Es war ihr aber nichts bekannt. Offenbar handelte es sich um auswärtige Kinder, daher gab sich jeder damit zufrieden.

Sie schaute durch die Reihen der Angeklagten. Da stand ein kleinwüchsiger, aber stämmiger Bursche, vielleicht sechzehn oder achtzehn Jahre alt, der hin und wieder zu den Anschuldigungen den Kopf hob, um ihn dann kraftlos fallen zu lassen. Sein rechtes Auge war geschlossen, sodass er nichts damit sehen konnte. Seine Lippen ähnelten einer großen Pflaume, so aufgeschwollen und blau waren sie. Selbst wenn es ihm erlaubt worden wäre, hätte er sich nicht zu den Vorwürfen äußern können. Dieser Cornelius Grimm hatte die Folterknechte wahrlich kennengelernt, und Kathi war schuld daran. Sie schluckte.

«Joachim Bauth, vormals hochgeschätzter Stadtrat und Doktor der Philosophie, hat sich folgender Verbrechen schuldig gemacht:

Des Feuerlegens in über zwanzig Fällen, an die fünfzig Kinder, Weiber und Mannsleute sind dabei schrecklich verbrannt, der Zauberei, mit der er fünfundsiebzig Kinder und Weibsbilder verkrüppelt hat, des Hostiendiebstahls in elf Fällen, des Hagel- und Schauermachens …»

Wieder hielt Kathi nach dem Angeklagten Ausschau. Ein nach vorne gebeugtes Mannsbild mit einer Kralle anstatt einer Hand wankte und konnte sich nur mit einer Art Krückstock auf den Beinen halten. Einer der Stadtknechte musste es auf ihn abgesehen haben. Wann immer Bauth das Bewusstsein zu verlieren drohte, schlug er ihm mit dem Stock auf den Rücken. Es war ein unwürdiges Schauspiel, bei dem ein gemeiner Knecht einen wehrlosen Lehrer der angesehenen Universität zu Würzburg auf das schändlichste traktierte.

Kathi wandte sich ab. Ihr Blick ging hinüber in die erste Reihe der Schaulustigen, wo noch ein paar Augenblicke zuvor Volkhardt gestanden war. Jetzt war er verschwunden. Nicht so der Junge mit den stechenden Augen. Noch immer starrte er sie an. Was war nur mit ihm los? Wusste er etwas über sie, das ihr gefährlich werden konnte? Seine böse Geste beunruhigte sie zunehmend.

«Hortensia Paulus», verkündete der Malefizschreiber nun, und ein Raunen ging durch die Menge. «Das schändlichste aller Weiber hat einundvierzig Kindern den Schwarzen Tod und andere Krankheiten angezaubert, achtmal Kirchenraub begangen, Vieh und Weiden verhext, sodass sie nicht mehr fruchtbar waren, dreiundzwanzigmal Ehebruch begangen, drei Häuser und zwei Scheunen angezündet, sechs unschuldige kleine Seelen im Kindbett erstickt, neun unheilige Ehen angerichtet …» Er fuhr noch eine ganze Weile fort.

Die Vorwürfe waren so entsetzlich, dass nicht nur Helene erschrak, sondern auch andere Frauen. Es war, als hätte Hortensia Paulus alles verraten, wofür eine Mutter und ein Eheweib standen. Der Malefizschreiber konnte die Aufzählung der ihr vorgeworfenen Vergehen nicht in Ruhe verkünden, immer wieder und immer lauter forderten die Frauen, das elende Hexenweib auf der Stelle im Main zu ersäufen, wie man es seit eh und je mit derartigen Verbrecherinnen tat.

Steine flogen, und erboste Frauen drangen gegen die Absperrung. Die Stadtknechte hatten Mühe, die Paulus zu schützen. Einer Frau gelang es, die Absperrung zu überwinden, ihr folgte eine zweite und eine dritte. Sie rannten auf Hortensia zu und warfen sie zu Boden. Tritte und Schläge prasselten auf sie ein.

«Bringt das Hexenweib um», tönte es aus der Menge.

Dürr sprang von seinem Stuhl auf und befahl den Stadtknechten einzugreifen, doch die waren damit beschäftigt, die Absperrungen zu sichern.

«Lasst sie», befahl Faltermayer. «Eine weniger, um die wir uns kümmern müssen.»

Die Menge war außer sich vor Mordlust. Es war besser, sie gewähren zu lassen und sie nicht weiter zu reizen. Dürr musste das akzeptieren. Er ging wieder auf seinen Platz zurück.

Doch jemand anders war nicht gewillt, klein beizugeben.

«Egal, was passiert», sagte Helene, «du bleibst hier. Hast du gehört?» Dann machte sie Anstalten, die Absperrung zu überwinden.

Kathi meinte ihren Augen nicht zu trauen. «Mutter! Wo wollt Ihr hin?»

«Ich kann nicht einfach danebenstehen und nichts tun, wenn sich eine Freundin ins Unglück stürzt.»

«Eine Freundin? Wen meint Ihr?»

«Warte hier.»

Helene lief auf die drei Frauen zu, die ungehindert auf Hortensia einprügelten. Da erkannte Kathi eine von ihnen. Es war eine Nachbarin, eine junge Mutter, die oft mit Helene in die Kirche ging und ihren Glauben über alles stellte. Helene forderte sie auf mitzukommen, sie würde mit der Tat ihr Seelenheil auf ewig beschädigen. Doch die Frau hörte nicht. Sie schlug weiter auf Hortensia ein. Von irgendwoher kam Blut. Kathi sah eine Haarspange aus Metall in einer Hand aufblitzen. Ein ums andere Mal stach die Spitze zu.

Die Menge jubilierte. «Bringt sie um! Bringt sie um!»

In dem Durcheinander löste sich ein Mädchen von der Hand ihres Vaters und schlüpfte den Stadtknechten durch die Beine. Es rannte weinend auf die Frauen zu und warf sich schützend auf Hortensia, ihre Tante.

«Muhme, Muhme.»

Bei diesen flehenden, verzweifelten Worten aus einem Kindermund hielten die Frauen endlich inne – blutüberströmt, mit Mordgier in den Augen.

«Was habt ihr mit meiner Muhme gemacht?», heulte die Kleine. Sie rüttelte den leblosen Körper und wiederholte stets das Gleiche. «Muhme, so sag doch was …»

Helene nahm sie in die Arme. «Komm mit, mein Kind. Deine Muhme ist jetzt an einem besseren Ort.»

«Ich will meine Muhme …»

Endlich kam auch der Vater, unsicher und verängstigt, ob er das gleiche Schicksal wie seine Schwägerin erleiden würde.

Helene drückte ihm das Kind in die Hand. «Los, nimm es und verschwinde. Schnell.»

Die überhitzte Stimmung war mit dem Auftreten des Kindes verebbt. Betroffenheit machte sich breit und ergriff auch die drei Frauen, die sich von ihrem Zorn hatten hinreißen lassen. Nun hatten sie mit eigener Hand Unheil über ein Kind gebracht.

Kathi und Ursula starrten sie entsetzt an.

«Seht ihr, was ihr angerichtet habt?», sagte Helene vorwurfsvoll zu ihnen. «Damit muss jetzt Schluss sein.»

Sie nahm Kathi an die Hand und zerrte sie mit sich.

«Was … wo wollt Ihr hin?», stammelte Kathi.

Ursula folgte ihr, wie es eine kleine Schwester tat.

Helene hielt schnurstracks auf die Hexenkommissare zu. Die schauten ebenso überrascht.

«Was willst du, Weib», herrschte Dürr sie an. «Und was sollen die Kinder hier?»

Helene schob Kathi und Ursula voran. «Jetzt sagt, dass ihr euch das alles nur ausgedacht habt.»

Kathi verstand nicht. «Mutter, was ist mit Euch?»

«Ihr gebt jetzt zu, dass ihr niemals mit Babette auf den Schalksberg ausgefahren seid.»

«Aber …»

Unruhe machte sich breit. Die Ersten in der Menge begannen zu fragen, was dieses Weib, das die Bestrafung der Hexe verhindern wollte, dort vorne zu suchen habe. Wollte diese Närrin etwa auch die anderen Angeklagten von der Sünde freisprechen?

Die Situation war so nicht geplant, aber sie war günstig. Der kleine Lorentz, der die Anklägerin seines Vaters neben den anderen Hexenkindern gesehen hatte, würde die Gelegenheit beim Schopf fassen. Er würde ihr alles heimzahlen und seinen Vater aus der Haft befreien. Damit wäre sein jämmerliches Dasein bei den Schwarzen Banden beendet, und er konnte wieder nach Hause zurückkehren. Er huschte an den Stadtknechten vorbei, hob den Finger und zeigte auf die Anklägerin.

«Hexe! Hexe!», schrie er so laut, dass selbst die Angeklagten vor Staunen aufblickten. «Sie ist eine Hexe!»

Kathi drehte sich um. Da war er wieder, dieser Junge mit den stechenden Augen. Er stapfte durch den Schlamm genau auf sie zu.

«Du bist eine Hexe. Hexe!»

Immerzu wiederholte er die Worte, während er mit ausgestrecktem Finger auf sie zeigte.

«Wer ist der Bengel?», raunzte Faltermayer.

Dürr zuckte mit den Schultern.

Auch Kathi wusste keine Antwort, nur dass er in Begleitung Volkhardts gewesen war.

«Er ist mein Stiefbruder», antwortete Ursula und überraschte alle. «Der Sohn meines Ziehvaters Karl Rußwurm.»

Und je näher Lorentz kam, desto deutlicher wurde, dass er mit dem Fingerzeig nicht Kathi beschuldigte, sondern die neben ihr stehende Ursula. Das Halsabschneiden, das er Kathi symbolisch angedroht hatte, hatte offenbar ihr gegolten.

«Du bist eine Hexe!»

Lorentz spuckte vor ihr aus. «Ich weiß, was du alles mit dem Teufel getrieben hast.»

Stellvertretend für Ursulas verstorbene Mutter verpasste Helene ihm eine Ohrfeige. «Du verdorbener Rotzlöffel! Untersteh dich, so zu sprechen.»

«Haltet ein», bestimmte Dürr und erhob sich. «Ich will hören, was der Bub zu sagen hat.»

Er wandte sich an Lorentz. «Nun, sprich. Welche Anschuldigung erhebst du gegen dieses Kind?»

«Sie ist eine Hexe», antwortete er, durch das Eingreifen von Dürr wieder mutiger geworden. «Ich habe sie auf dem Schalksberg gesehen, wie sie mit dem leibhaftigen Teufel gebuhlt hat. Er hat sie zu seiner Braut genommen.»

«Lügner», erwiderte Ursula. «Du warst nie auf dem Schalksberg, und den Teufel, den du zu sehen glaubst, der steckt in deinem widerlichen Vater und damit auch in dir.»

«Wie willst du denn auf den Schalksberg gekommen sein?», fragte Dürr misstrauisch, aber auch neugierig.

«Die Hexe Babette kam letzte Nacht zu mir und hat mich mitgenommen.»

«Babette hast du nie gesehen», erwiderte Kathi zornig. «Mit einem wie dir hat sie nichts zu schaffen.»

Lorentz strafte sie mit seinem stechenden Blick. «Missgeburt der Hölle. Auch du bist des Teufels Braut.»

Wieder erhob Helene die Hand, doch Dürr hielt sie zurück. «Wartet. Wir werden das klären.» Er blickte sich nach Pfarrer Ludwig um und gab ihm ein Zeichen, mit den Kindern herzukommen.

Als sie sich im Halbkreis um Lorentz, Kathi und Ursula aufgestellt hatten, fragte er sie: «Kennt ihr diesen Jungen?»

Grit, Anna und all die andern schauten sich unsicher an. Was wollte Dürr damit bezwecken? Es war besser, vorsichtig zu sein. Einer nach dem anderen schüttelten sie den Kopf.

«Und Ihr, Pfarrer, kennt Ihr das Kind?»

Auch Ludwig verneinte.

«Wenn niemand dich kennen will», schlussfolgerte Dürr, «aber alle auf dem Schalksberg gewesen sind, was inzwischen bewiesen ist, dann bist du ein Lügner.»

Das hatte sich Lorentz leichter vorgestellt. Er protestierte. «Ich lüge nicht. Diese Hexen haben sich alle gegen mich verschworen, weil ich die Wahrheit sage und sie damit auf den Scheiterhaufen bringen kann.»

Grit lachte böse. «Und wie willst du das beweisen?»

Lorentz drehte sich zu ihr um. «Du bist nicht nur eine Hexe, sondern auch eine hinterlistige Dirne und Mörderin.»

Grit ahnte, worauf er anspielte. «Unverschämter Lügner», keifte sie zurück.

«Ich habe einen Zeugen. Eine Magd, die in deiner Truhe wundersame Sachen entdeckt hat. Alles Dinge, die du mit deinem Komplizen ahnungslosen Reisenden geraubt hast. Er wurde gefangen und liegt in Wertheim im Loch.»

Diese Nachricht verschlug ihr die Sprache. Wenn Dürr ihre Truhe untersuchen ließ oder gar mit ihrem Komplizen sprach, war sie verloren.

Lorentz triumphierte. «Nun hast du nichts mehr zu sagen, nicht wahr?»

Woher wusste er vom Inhalt der Truhe? Doch dann fiel Kathi ein, dass auch Ursula davon gesprochen hatte. Im Kreis der Schwarzen Banden war das offensichtlich längst kein Geheimnis mehr.

Als Nächsten suchte er sich Benedikt aus. «Deine Tante und dein Onkel sind als Hexe und Zauberer vor einem Jahr verbrannt worden. Willst auch du mich einen Lügner schimpfen?»

Nicht nur Benedikt wusste, in welcher Gefahr er wegen seiner Verwandtschaft steckte. Er senkte wortlos den Kopf.

Schließlich wandte er sich Kathi zu. «Und du bist die Tochter eines Diebs.»

Helene traf der Vorwurf wie ein Blitz. Was sagte diese kleine, verlogene Kröte da über ihren Mann? Sie musste sich beherrschen, damit sie nicht auf ihn losging.

«Dein Vater hat sich mit dem Gold des Bischofs davongemacht. Er lässt es sich in Köln gutgehen, während alle glauben, die Landsknechte hätten ihn erschlagen und das Gold geraubt.»

Faltermayer erhob sich. «Woher willst du das wissen?»

«Er hat einen der Unsrigen im Gramschatzer Wald erschlagen, als wir ihn aufspürten. Ich kann Euch zu seinem Grab führen, wenn Ihr wollt.»

Dürr und Faltermayer schauten sich fragend an. Konnte das stimmen? Sie gingen einen Schritt zur Seite und beratschlagten.

«Selbst wenn es sich als Lüge herausstellt, wir dürfen den Hinweis nicht unterschlagen», gab Faltermayer zu bedenken. «Der Bischof will sein Gold wiederhaben.»

Kathi las in ihren Gesichtern, dass sie den Vorwurf ernst

nahmen. Unruhe erfasste sie. Es durfte nicht sein, dass dieser Bastard das Ansehen ihres Vaters und die Ehre ihrer Mutter beschmutzte. Womöglich wurde Helene noch in Haft genommen, um die vermeintliche Wahrheit aus ihr herauszupressen.

In Sachen Gold ließ der Bischof nicht mit sich spaßen. Er würde alles unternehmen, um es zurückzubekommen. Und was das hieß, hatte Kathi an den Angeklagten gesehen, die mehr tot als lebendig aus den Folterkammern gekommen waren.

Sie musste etwas unternehmen, jetzt und sofort, bevor die Anschuldigung noch mehr Zweifel säte. Doch was konnte das sein? Es gab nur einen Ausweg.

«Lüge», rief sie laut und drehte sich zu allen Seiten, damit es möglichst viele hören konnten. «Alles, was dieser Junge sagt, ist eine hinterhältige Lüge. Er ist nie mit Babette zum Schalksberg ausgefahren, und er hat nie den Teufel gesehen. Ich weiß es genau, denn Babette ist auch mir niemals erschienen, genauso wenig wie den anderen. Wir haben uns alles nur ausgedacht. Babette liegt tot in ihrer Asche. Es gibt keine Hexe!»

Seit Beginn der Kindesentführungen kannte jeder in der Stadt Kathi. Jeder wusste, dass erst auf ihre Beschuldigungen hin das ganze Ausmaß der angeblichen Missetaten offenbar geworden war und dass die Hexenkommissare ihr ganz und gar vertrauten, genauso wie die Bürger der Arbeit der Hexenkommissare vertrauten. Diese waren studierte Doktoren und eigens für die Jagd auf die Unholde ausgebildet. Sie standen in der Pflicht, die Lüge von der Wahrheit unterscheiden zu können.

Wenn sie mit ihrer gottgefälligen Arbeit herausgefunden hatten, dass Babette unschuldige Kinder zum Schalksberg brachte, dann stimmte das.

Und nun sollte alles eine große Lüge sein? Nie und nimmer, dann hätten Kathi und die anderen Kinder es ja fertiggebracht, den Bischof, die Hexenkommissare und die Bürger an der Nase herumzuführen. Das durfte nicht sein.

Den eigentlichen Schock durch Kathis Geständnis erlitten aber Grit, Anna, Ulrich, Benedikt und all die anderen, die ihre Anschuldigungen auf die Aussage Kathis gestützt hatten. Wenn sie zugab, gelogen zu haben, dann hatten auch sie gelogen. Nicht auszudenken, welche Konsequenzen das haben konnte. Prügel, Kerker und öffentliche Bloßstellung am Pranger waren dafür die geringfügigen Strafen. Weit Schlimmeres hatten sie von den Verwandten und Freunden derjenigen zu erwarten, die sie mit ihrer Anschuldigung in die Folterkeller und beinahe auf den Scheiterhaufen gebracht hatten.

Fassungslos schauten sie sich an. Hatte denn niemand eine rettende Idee?

Die Kinder besaßen seit kurzem einen Schutzengel, einen, der ihnen alle Hindernisse aus dem Weg schaffte und sie gegen jedes Unglück verteidigte – Pfarrer Ludwig. Er hatte seine Karriere und seine Existenz an das Schicksal der Kinder geknüpft. Fielen sie, fiel auch er, und zwar tiefer und gnadenloser, als jeder es sich vorstellen konnte. Der Bischof, der Abt, seine Klosterbrüder, die Eltern der Kinder und alle Bürger der Stadt würden nichts mehr mit ihm zu tun haben wollen. Er durfte froh sein, wenn er mit einem Verweis das Kloster verlassen konnte und mit einer lebenslangen Wanderschaft durch das kriegsgebeutelte Land davonkam. Von heute auf morgen hätte er alles verloren, worum er jahrelang gekämpft hatte.

Er musste eingreifen, schnell und überzeugend. Aber er musste auch umsichtig vorgehen und Kathi nicht der Falschaussage bezichtigen, sondern auf Verblendung abheben, mit der sie ein hinterlistiger Teufel geschlagen hatte, um die arglosen Bürger zu täuschen. Damit hätte ihre Aussage wie die der Kinder nach wie vor Bestand. Er trat entschlossen vor die Hexenkommissare.

«Vergebt diesem Mädchen», rief er laut, damit es alle hören konnten, «und glaubt nicht ihren Worten. Denn es sind nicht die ihren, sondern es ist Blendwerk des Teufels. Er stellt euch damit auf die Probe.»

«Unsinn», widersprach Kathi, «ich spreche die Wahrheit. Es ist alles eine Lüge. Es gab nie eine Hexe Babette.»

Ludwig lachte übertrieben laut und zeigte auf sie. «Hört ihr das? Hört ihr die falschen Worte, die der Satan ihr eingibt? *Es gab nie eine Hexe.* Dabei weiß jede halbwegs vernünftige Seele, dass der Teufel mit seiner Hexenbrut die schlimmste, verdammungswürdigste und hinterlistigste Geißel ist, die wir uns nur vorstellen können. Denn steht nicht geschrieben: *Habt acht, dass euch niemand verführt! Denn viele werden unter meinem Namen kommen und sagen: Ich bin der Christus! Und sie werden viele verführen.*

Auch der Teufel weiß davon. Er kennt die Schrift genauso gut wie ihr. Doch er ist listiger und einfallsreicher, als ihr es euch vorstellen könnt. Er hat sich mittels eines Zaubers dieses Kindes bemächtigt und ihm das Gift der Täuschung eingeflößt. Er will allen, die ihr heute hier versammelt seid, vormachen, dass diese verlorenen Seelen», er zeigte auf die Angeklagten, «nicht des Teufels seien, sondern unschuldige, bedauernswerte Christenmenschen, die zu Unrecht angeklagt worden sind. Und wenn ihr sie dann habt gehen lassen, werden sie erneut die böse Saat unter euch verteilen, auf dass ihr ihnen nachfolgt in sein finsteres Reich der Hölle. Daher rufe ich euch zu: Seid wachsam, steht fest im Glauben, seid mutig und stark! Vergebt diesem Kind die falschen Worte, denn es sind nicht seine.»

Jemand schrie dazwischen: «Verbrennt das verfluchte Hexenvieh!» Jubel ertönte.

«Ja, verbrennt sie», wiederholte Ludwig die Forderung, allerdings mit einem anderen Gedanken. «Verbrennt sie, damit uns die Verführungskunst des Teufels auf ewig ein Rätsel bleiben wird und gleich die Nächste wieder falsches Zeugnis ablegen kann, sobald des Teufels Brut vor dem Scheiterhaufen steht. Versteht ihr denn nicht? Wenn ihr dieses Kind tötet, wird uns der Teufel stets aufs Neue an der Nase herumführen. Gebt ihr sie mir aber in meinen Schutz, so kann ich sie studieren und herausfinden, wie er es anstellt, das Gute zum Bösen zu verkehren. Seid nicht dumm, tretet nicht in seine Schlingen, die er überall für euch ausgelegt hat. Erkennt stattdessen seine Gespinste, damit ihr sie gegen ihn nutzen und euer Seelenheil für immer retten könnt.»

Die Worte taten ihre Wirkung. Kathi schaute sich erschrocken um. Niemand schien ihre Beichte weiter ernst zu nehmen, jeder hing an Ludwigs Versprechungen.

Sie rannte auf die Hexenkommissare zu.

«Glaubt ihm kein Wort», beschwor sie sie, «er spricht die Unwahrheit. Es hat niemals eine Hexe gegeben. Ihr versündigt Euch, wenn Ihr anderes glaubt.»

Mit der Bitte stieß sie bei Dürr und Faltermayer auf taube Ohren. Wenn sie ihre Kronzeugin verloren, dann standen sie als einfältige Esel da, die sich von einem Kind hinters Licht hatten führen lassen. Der Bischof wäre darüber nicht erfreut, genauso wenig wie die Bürger noch länger Vertrauen in ihre beiden angesehenen Kommissare haben konnten.

«Geh aus dem Weg», herrschte Dürr sie an und schob sie zur Seite. Er ging auf Ludwig zu und sprach zur Menge. «Der ehrwürdige Pfarrer Ludwig hat recht. Der Teufel hat uns heute mit diesem Kind in die Irre treiben wollen. Gott sei es gedankt, dass wir mit Ludwig einen so aufmerksamen und unbestechlichen Diener des Herrn in unseren Reihen wissen. Mit ihm an der Seite ist es mir nicht bang, die verfluchte Herrschaft des Teufels und seiner Hexen auf immer zu brechen. Hiermit ordne ich an, dass das Kind in seine Obhut überstellt bleibt und er sie ausgiebig erforscht, damit wir niemals mehr dem Zeugnis falscher Stimmen verfallen.»

Er wandte sich an den Malefizschreiber. «So fahr er nun mit der Verlesung der Anklagen fort, damit wir diesen unseligen Tag noch mit einer guten Tat beenden können.»

Das forsche Eintreten für die Rechtmäßigkeit des Verfahrens sollte sich rächen. Zu Dürrs Füßen lag die tote Hortensia Paulus in ihrem Blut. An ihrer Seite stand ein anderes Weib, eine Malefikantin im Büßerhemd. Ihre wirren Haare hingen ihr ins Gesicht, doch als sie den Hexenkommissar in unmittelbarer Nähe spürte, schwor sie sich, nicht alleine ins Totenreich des Teufels einzugehen.

Sie erhob die blutige Hand und zeigte auf ihn. «Du bist einer Hexe Sohn!»

Dürr fuhr herum.

«Du wurdest von einer Wölfin geboren, die mit der Paulus nachts zum Schalksberg ausgefahren ist. Verflucht seist du.»

Sie spuckte ihn an.

Dürr reagierte schnell. Mit einem Schlag brachte er das schändliche Weib zum Schweigen.

Doch da erhob sich schon der nächste Zeigefinger gegen ihn.

25

Als sich der Himmel über dem Sanderanger mit dicken Rauchwolken verfinsterte, wurde auf der anderen Seite der Stadt in aller Heimlichkeit eine Gefangene verlegt. Der Zeitpunkt der Verlegung war von den Hexenkommissaren mit Bedacht gewählt worden. Trotz der Besagung durch Grit und Anna blieb die Wertschätzung für Felicitas Dornbusch in der Bürgerschaft hoch. Es war daher besser, kein Öl ins Feuer zu schütten und ihren Transport vom Loch unterm Grünenbaum ins Juliusspital so geheim wie möglich zu halten. Dort waren in jüngster Zeit Räume zur Befragung von verdächtigen Hexenleuten eingerichtet worden.

Christian hielt sich hinter einer Hausecke versteckt, die eine Hand am Dolch, in der anderen ein Prügel. Nur zwei Stadtknechte waren im Grünenbaum zurückgeblieben, die die Gefangenen bewachten. Der Rest war auf dem Sanderanger, um die Hinrichtungen zu sichern.

Ein altes Weib hatte es sich nichtsahnend am Pranger unter der Gerichtslinde bequem gemacht. Offensichtlich war sie eine Fremde, sonst hätte sie diesen Ort gemieden, an dem Diebe, Betrüger und Mörder zur öffentlichen Bestrafung festgebunden wurden. In diesen Zeiten hing da auch schon mal ein altes, unvorsichtiges Hexenweib in Ketten.

Wenn er Felicitas befreien wollte, musste er jetzt handeln. Der Moment war günstig. Schon bald würden die Scheiterhaufen niedergebrannt sein und die Stadtknechte zurückkehren.

Doch Christian war kein Kämpfer, zumindest keiner, der mit Schwert und Morgenstern umzugehen verstand. Er war ein Rechtsgelehrter, dessen Kunst in der geschickten Auslegung von Gesetzen bestand. Darin machte ihm so schnell keiner etwas vor. Außerdem stand drüben am Torhaus zur Mainbrücke auch noch ein anderer Knecht. Wenn der mitbekam, was hier gleich geschehen würde, dann stünden Christian drei Gegner gegenüber. Er musste sich also etwas einfallen lassen.

Am geschicktesten wäre es, wenn der Kampf gar nicht erst auf der Straße stattfand, sondern im Grünenbaum. Aber er wusste nicht, ob sich dort noch weitere Bedienstete und Wachen aufhielten.

Die Entscheidung wurde ihm von einem heranpreschenden Reiter abgenommen. Er kam aus Richtung des Sandertors; sein schwarzer Mantel wehte im Wind, und das bleiche, gehetzte Gesicht erkannte Christian als das des Hexenkommissars Dürr. Ihre Blicke trafen sich für einen Moment, und Christian glaubte, damit sei sein Befreiungsversuch bereits gescheitert, bevor er richtig begonnen hatte. Doch zu seiner Überraschung kümmerte sich Dürr nicht um ihn.

In gestrecktem Galopp ritt Dürr über den Platz vor dem Grünenbaum. Als er Christian Dornbusch mit einem Prügel in der Hand an der Ecke zur Domstraße sah, erschrak er für einen Moment. Aber er hatte Dringenderes zu tun. Sein Vorsprung war nicht groß. Faltermayer hatte ihm bis zum Anstecken des zehnten Scheiterhaufens Zeit gegeben, um seine persönlichen Dinge, wie er es genannt hatte, zu ordnen. Dann würde er die Stadtknechte losschicken und seine Mutter festnehmen lassen.

Dürr hatte in den Jahren als Hexenkommissar gelernt, auf alles vorbereitet zu sein, und so hatte er seine Mutter vor Beginn des Brandtages zu einem Freund in die Pleich gebracht, damit in Ruhe abgewartet werden konnte, ob die Vorwürfe gegen sie bestehen blieben. Zum Teufel damit, schimpfte er, wer konnte ahnen, dass außer der Paulus noch andere den Finger gegen ihn erhoben? Den ersten beiden hatte er noch rechtzeitig das Maul stopfen können, aber den anderen?

Himmel, Arsch und Hölle. Damit hatte wirklich niemand rechnen können.

Hinter dem Karmeliterkloster zügelte er den Hengst und ließ ihn zum Haus des Freundes auslaufen. Es sollte nicht der Eindruck entstehen, als hätte er es eilig.

Wenn er die Mutter aus dem Haus geschafft und das Pleicher Tor hinter sich gelassen hatte, würde er mit ihr nach Veitshöchheim reiten, um sie unauffällig einzuschiffen. Von dort aus war es nicht mehr weit bis zur Landesgrenze in Gemünden. Danach würde sie Aufnahme bei einer Köhlerfamilie im Spessart finden, der er in einer anderen Sache geholfen hatte.

Er betete zu Gott, dass es gelingen möge. Doch Dürr hatte nicht mit dem Starrsinn seiner Mutter gerechnet.

Sie empfing ihn bereits vor dem Haus in Mantel und Haube.

«Keinen Moment länger bleibe ich in dieser schäbigen Hütte.»

Dürr drosselte das Pferd und stieg ab.

«Was machst du hier draußen? Hatte ich dir nicht gesagt …»

«Papperlapapp. Ich will nach Hause. Jetzt, sofort.»

Im Hintergrund sah er Nepomuk, den Kannengießer, hilflos mit den Schultern zucken.

Dürr nahm sie zur Seite. «Du kannst nicht mehr nach Hause.»

Sie brauste auf. «Was fällt dir ein? Natürlich werde ich …»

«Die Stadtknechte erwarten dich schon. Sie haben Befehl,

dich zur Befragung zu bringen. Hortensia hat dich zu einer Hexe gemacht.»

«Aber …»

«Mutter, es ist zu spät. Ich konnte nichts dagegen tun. Wir müssen fliehen.»

Allmählich schien sie zu verstehen. Sie hätte nun in Panik verfallen müssen, doch dann wäre sie nicht die Mutter des Hexenkommissars Dürr gewesen. In der höchsten Not kam ihr Überlebenssinn zurück.

«Du musst noch mal in unser Haus», flüsterte sie ihm geschäftig zu, «in der Speisekammer, unter dem zweiten Regal, ist eine Büchse ins Mauerwerk eingelassen. Darin befinden sich der Schmuck, das Geld und all die Urkunden.»

Dürr seufzte. «Wir müssen jetzt die Stadt verlassen, bevor die Wachen Nachricht erhalten. Danach kehre ich zurück und rette, was noch zu retten ist.»

Sie nickte stumm. Dann sah sie sich um. «Wo ist die Kutsche? Du willst mich doch nicht auf diesen Gaul setzen?»

Aus dem nahen Kloster Sankt Marx trat Schwester Walburga vor die Tür und wunderte sich über das Gezänk auf dem kleinen Platz. Sie ließ sich nicht weiter davon aufhalten, sie hatte Wichtigeres zu tun. Pfarrer Ludwig hatte nach ihr schicken lassen. Sie solle ins Kloster Neumünster kommen, er brauche ihre Hilfe bei einer delikaten Angelegenheit. Sie fragte sich, worum es sich wohl handelte, dass er eine Schwester aus einem anderen Kloster hinzurief. Er hatte durch die Vorfälle der letzten Tage doch alle Unterstützung, die man sich als Pfarrer nur wünschen konnte.

Gleich würde sie es erfahren.

An der Pforte empfing sie Bruder Christophorus. Sie musste nichts sagen. Wortlos führte er sie zu einer Kammer, die abseits des Konvents in einem Gerätehaus lag. Sie klopfte, und Ludwig öffnete.

«Schwester Walburga», sagte er erleichtert. «Ich danke dir, dass du so schnell kommen konntest.»

Sie trat ein und sah ein Mädchen auf einem Stuhl sitzen. Augenscheinlich ging es ihr nicht gut, sie weinte und hielt den Kopf gesenkt.

«Was ist mit ihr?», fragte Walburga. «Hat sie sich verletzt?» Sie beugte sich zu ihr hinab. «Und überhaupt: Was macht sie hier?»

Zu viele Fragen auf einmal. «Es ist kompliziert», antwortete er und rieb seine Hände angestrengt, als versuche er, einen Schmerz in den Fingern zu besänftigen. «Ich werde dir alles erklären. Doch zuvor muss ich etwas Dringendes erledigen.»

Walburga verstand nicht. «Und wie kann ich dir helfen?»

«Achte auf sie. Lass niemanden herein, und vor allem: Sie darf mit niemandem sprechen.»

«Wieso sperrst du sie nicht einfach ein?»

Er beugte sich an ihr Ohr. «Vielleicht spricht sie mit dir. Hör aufmerksam zu und berichte mir.»

Sie nickte. «Wann kommst du zurück?»

«Bald», antwortete Ludwig ausweichend und ging zur Tür. Als er sich noch einmal umdrehte, sah er Kathi, wie sie ihm wütend nachblickte.

Doch dafür hatte er jetzt keine Zeit. Es galt an anderer Stelle ein Feuer zu löschen, das ihm bedrohlich nah kommen könnte. Er überquerte den Hof und schaute zum Schlafsaal der Kinder hoch. An den Fenstern war niemand zu sehen, aus dem Treppenaufgang war ebenfalls nichts zu hören. Das konnte ein gutes, aber auch ein schlechtes Zeichen sein. Hatten sie sich womöglich gegen ihn verbündet?

Als er die Tür öffnete, sah er Bruder Timotheus, wie er diesen fremden Jungen vom Sanderanger an den Ohren zog.

«Du kleiner Satan», schimpfte er. «Hast du nicht schon genug Unheil angerichtet?»

Die anderen Kinder beobachteten den Tadel mit gespannter Aufmerksamkeit. Die Älteste, Grit, hatte die Fäuste geballt.

«Genug», sagte Ludwig und trat ein. «Was geht hier vor?»

Timotheus war froh, ihn zu sehen. «Ludwig, gut, dass du endlich kommst. Du hast mich vor einer großen Sünde bewahrt. Dieser Bursche hier hat wahrlich den Teufel im Leib …»

Ludwig konnte sich schon denken, was Lorentz angestellt hatte – er hatte die Geheimnisse der anderen Kinder ausgeplaudert. Aber woher wusste der Bengel nur so viel? Das würde ein langer Tag werden, sagte er sich. Der Bengel würde nicht so schnell seine Quellen preisgeben. Dessen war er sich sicher. Aber er kannte Mittel und Wege, die ihn zum Sprechen bringen würden.

Bis dahin schickte er ihn mit Bruder Timotheus hinaus auf den Hof. Dort stand eine Tränke, in der er sich waschen sollte.

Zuvor musste er sehen, wie es um seine kleine Herde stand. Er befahl den Kindern, sich in einer Reihe aufzustellen.

«Wie habt ihr euch entschieden?», fragte er sie.

Den Anfang machte Grit. «Sie ist eine verfluchte Lügnerin», fauchte sie zornig. «Brennen soll sie dafür.»

Er nickte.

Die Nächste war Anna. Ihr war es egal. «Sie ist eine Lügnerin.»

Dann Ulrich. Er tat sich schwer. «Lügnerin.»

Benedikt war traurig. Dennoch: «Lügnerin.»

Der Junge aus Heidingsfeld war überzeugt. «Lügnerin.»

Andreß, der Schwachsinnige, freute sich unbändig. «Fünf, sechs und sieben, die Hex' wird nimmer fliegen.»

Zuletzt kam noch Ursula. Sie schwieg.

«Nun, Ursula», fragte Ludwig und beugte sich zu ihr hinab. «Willst auch du die Hexe Babette nicht kennen, und bist auch du nie mit ihr zum Schalksberg ausgefahren?»

Sie schwieg weiter.

«Jetzt ist die Zeit, eine Entscheidung zu treffen. Der Bischof und sein Hexenkommissar lassen bald nach mir schicken. Sie wollen wissen, ob wir alle einer gemeinen, hinterlistigen Lügnerin aufgesessen sind. Auch wenn Kathi deine Freundin ist und du sie nicht enttäuschen willst, so musst du dein Schicksal jetzt selbst in die Hand nehmen. Also, wofür entscheidest du dich?»

Ursula begann zu weinen.

Ihr Schluchzen verfing sich in einem Versorgungsschacht, der den Schlafsaal mit der Küche verband. Dort fiel das Weinen des Kindes auch niemandem auf, außer einem Jungen, der die Brotpforte, eine kleine Durchreiche zwischen Kloster und Straße, an der Armenspeisungen durchgeführt wurden, benutzt hatte, um ins Innere des Klosters zu gelangen.

Volkhardt glaubte, für einen Moment etwas gehört zu haben. Er verhielt sich still, horchte, aber da er nichts weiter vernahm, hangelte er sich weiter, bis er endlich in der Küche landete. Es roch verlockend nach Essen. Hier ein Topf voll Schmalz, dort eine geräucherte Wurst und unter den Tüchern frischgebackenes Brot. Er nahm von allem reichlich, stopfte sich die Taschen und die Backen voll. Vom Fenster aus blickte er in den Hof. Er sah einen Klosterbruder über eine Viehtränke gebeugt. Was machte der? Er schrubbte mit Bürste und Seife ein Kind.

Aus dem Wasser fuhr ein Kopf hoch, und ein kleiner Mund schnappte begierig nach Luft. Hätte er Lorentz nicht schon einmal halbwegs sauber gesehen, so hätte er ihn wohl nicht wiedererkannt. Lorentz brüllte, was das Zeug hielt, doch der Klosterbruder hatte kein Einsehen. Erneut tauchte er seinen Schopf unter Wasser.

Jenseits dieser Szene sah Volkhardt etwas Ungewöhnliches. Jemand, mit dem er nicht gerechnet hatte, kam auf den Hof. War er nicht in einem Männerkloster? Was machte dann diese Nonne hier? Sie trug einen Krug in der Hand. Offenbar war er leer, und sie suchte nach dem Brunnen.

Diesen Hinweis hatte er zwar nicht erhofft, aber er würde ihn an sein Ziel bringen. Er verließ die Küche, schlich sich an der Wand entlang, bis er zu der Tür kam, aus der die Nonne gekommen war. Er ging hinein und fand sich in einem Geräteschuppen wieder. Das war nicht gerade das, woran er bei der Suche nach Kathi gedacht hatte. Dieser Pfarrer hatte sie wahrscheinlich hoch unter den Dachstuhl bringen lassen. Dort war sie sicherer als …

Ein Schluchzen ließ ihn aufhorchen. Er schaute sich um und sah einen Pflug, Hacken und Rechen, Körbe, Werkzeug … und eine Tür. Das Geräusch kam eindeutig von dort. Vorsichtig näherte er sich ihr.

«Ist da jemand?»

Das Weinen verstummte.

Er legte sein Ohr an die Tür. «Ist da jemand?»

«Volkhardt, bist du das?»

Kathi. Eindeutig. «Ja, Teufel noch mal. Was machst du dadrin?» Er versuchte, die Tür zu öffnen, rüttelte daran. «Mach auf.»

«Die Schwester hat abgeschlossen. Komm zur Seite, da ist ein kleines Fenster.»

Er folgte der Anweisung. Eine Öffnung ließ Luft in die Kammer strömen. Die Luke war ausreichend groß, beide konnten sich sehen.

«Was machst du hier?», fragte Kathi.

«Ich bin gekommen, um dich zu warnen.»

Seitdem sie den Jungen mit den stechenden Augen an seiner Seite gesehen hatte, traute sie ihm nicht mehr.

«Vor wem oder vor was willst du mich denn warnen?»

«Vor Lorentz. Er will gegen dich aussagen.»

«Ist das der Junge, der mit dir auf dem Sanderanger war?»

«Ja, warum fragst du?»

«Wieso soll ich dir trauen, wenn einer deiner Leute gegen mich aussagt.»

Volkhardt seufzte. «Er gehört nicht länger zu uns ... oder um ehrlich zu sein: Die Schwarzen Banden gibt es nicht mehr.»

«Wieso denn das?»

«Lorentz hat alle aufgestachelt, es dir nachzumachen. Jetzt folgen sie ihm und nicht mehr mir.»

Kathi stutzte. «Was will er denn damit erreichen?»

«Dreimal Essen am Tag, saubere Kleidung, ein Bett. Alles, was ihr habt, du und deine Freunde, seitdem ihr zum Schalksberg geflogen seid.»

«Nichts davon ist wahr.»

«Ich weiß.»

«Woher?»

«Ich habe das Gleiche schon einmal erlebt. In meiner Heimat im Hohenlohischen. Auch da haben Kinder Erwachsene bezichtigt.»

«Wie ist es da ausgegangen?»

«Blutig.»

Ganz ohne Blutvergießen war eine Rache an den Erwachsenen nicht möglich, das war Kathi klar. Die Frage war nur, wie konnte sie alles eindämmen, dass nur die zur Rechenschaft gezogen wurden, die es auch wirklich verdienten.

«Kannst du mich hier rausholen?», fragte sie.

«Einen Moment. Hier liegt Werkzeug, ich muss nur etwas Passendes finden.»

Er schaute sich um. Drüben an der Wand stand ein Schreinertisch. Hammer, Säge und Beil konnten nicht weit sein.

«Beeil dich», drängte Kathi. «Schwester Walburga ist gleich zurück.»

Keine zwanzig Schritte war Walburga mehr vom Schuppen entfernt. Sie schleppte schwer an dem Krug mit Wasser. Aber es war notwendig. Das Mädchen musste sich waschen, so schmutzig wie es war. Ähnlich wie dieser Junge, den der Bruder von einer dicken Schicht Dreck befreit hatte. Trotzig saß er auf dem Rand der Tränke und ließ sich wie ein nasses Schaf trocken reiben.

«Jetzt bist du wieder als ein Mensch erkennbar», sagte Bruder Timotheus. «Gnade dir unser allmächtiger Herr im Himmel, wenn ich dich noch einmal so erwische.»

Er lächelte Walburga an. «Schwester, was macht Ihr in unseren bescheidenen Mauern?»

Sie lächelte zurück. «Pfarrer Ludwig hat mich gebeten, ihm auszuhelfen.»

«Ludwig? Dann habt Ihr mit seinen Kindern zu tun?»

«So der Herr es will.»

Vom Tor her hörten sie Pferdegetrappel. Sie sahen Faltermayer, hoch zu Ross.

Er schaute sich um, wo er Ludwig und die Kinder finden würde. Auf dem Hof waren nur ein Bruder, ein halbnackter

Junge und eine Nonne zu sehen. Was machte eine Nonne hier?

«Wo hält sich Pfarrer Ludwig auf?», fragte er sie.

Bruder Timotheus zeigte hinüber zu einer offenstehenden Tür. «Oben, im ersten Stock, ist der Schlafsaal. Dort sind sie alle versammelt.»

Faltermayer saß ab, drückte Timotheus wie selbstverständlich die Zügel in die Hand und machte sich auf den Weg. Er musste erfahren, wie sich die Kinder entschieden hatten, nachdem er Ludwig unmissverständlich zu verstehen gegeben hatte, dass er in diesem Fall keine weitere Unklarheit mehr wünschte. Ein Vorfall wie auf dem Sanderanger durfte sich nicht wiederholen. Es hatte ihn einen seiner besten Hexenjäger gekostet. Dürr war als Sohn einer besagten Hexe nicht länger haltbar. Er konnte nur hoffen, dass er seine Mutter rechtzeitig aus der Stadt geschafft hatte, bevor die Knechte sie ergriffen. Nicht auszudenken, wenn sie gestand. Er würde die Sache nun selbst in die Hand nehmen. Der Bischof erwartete seinen Bericht. Schnellen Schritts ging er die Treppe hoch.

Im Geräteschuppen gegenüber hatten Kathi und Volkhardt das Eintreffen Faltermayers beobachtet, nachdem Volkhardt das Türschloss beherzt aufgestemmt hatte.

«Was macht der denn hier?», fragte Kathi.

«Er versucht wohl zu retten, was zu retten ist», antwortete Volkhardt.

«Was meinst du damit?»

«Das erzähl ich dir später», sagte er und nahm sie an die Hand. «Zuvor müssen wir verschwinden.»

Zusammen eilten sie an der Wand entlang hinüber zur Küche.

Oben, am Fenster des Schlafsaals, stand Ursula und beobachtete die beiden. Sie hoffte, dass ihre Flucht gelang, denn sie wusste nicht, wie lange sie noch standhalten würde.

26

Volkhardts Versteck lag hoch oben in den Weingärten auf dem Nikolausberg. Von hier aus hatte er nicht nur einen ausgezeichneten Blick über die Stadt, sondern auch auf die gegenüberliegende Burg des Bischofs am Frauenberg. In dessen Verlängerung lag der Schalksberg, der Ort allen Übels. Unten im Tal floss der Main ruhig dahin, als wäre überhaupt nichts geschehen. Dabei brannte es in der Stadt lichterloh – diesmal jedoch brannten keine Häuser, sondern Verunsicherung ging um. Kathis Beichte war von den umstehenden Stadtknechten den Bürgern berichtet worden. Die fragten sich, ob sie ihre Seele nun vollends an den Teufel verloren oder ob sie die Wahrheit gesprochen hatte.

Der Aufstieg war steil und anstrengend, Kathi kam gehörig ins Schwitzen. Sie hatte schon lange keinen Berg mehr erklommen, zuletzt mit ihrem Vater.

Lorentz fiel ihr ein und was er über ihren Vater gesagt hatte. Ihr Vater sollte tatsächlich noch am Leben sein und das Geld des Bischofs in Köln verprassen? Im ersten Moment war sie so wütend geworden, dass sie Lorentz hätte umbringen können. Dann aber fragte sie sich, wieso er überhaupt auf diesen Gedanken gekommen war, wenn nicht ein Funken Wahrheit in ihm steckte?

Aber nein, das konnte nicht sein. Sie hatte ihren Vater gut genug gekannt, um zu wissen, dass er sie und ihre Mutter niemals alleine in Würzburg zurücklassen würde. Lorentz war ein niederträchtiger Lügner, der sich nur aufspielen und sie verletzen wollte.

«Er sagt nichts, ohne etwas zu bezwecken», erwiderte Volkhardt auf ihre Frage, warum Lorentz behauptete, den Aufenthaltsort ihres Vaters zu kennen. «Sei auf der Hut vor ihm. Ich habe ihn unterschätzt.»

«Aber er ist doch noch so klein.»

«Er ist ein Satansbraten, wie man sich ihn nur vorstellen kann. Und wenn man seinen Vater kennt, weiß man auch, warum. Als Spielmann ist er viel herumgekommen, Lorentz war stets an seiner Seite. Er hat alles von dem Tunichtgut gelernt. Lügen, stehlen, betrügen. Er war lange Zeit mein bester Soldat.»

«Warum hat er dann die Schwarzen Banden verlassen?»

Volkhardt lächelte bitter. «Weil er herausgefunden hatte, dass man mit einer ordentlichen Lüge viel schneller an ein Mittagessen kommt als mit kleinen Diebstählen.»

Kathi blieb stehen. Sie musste eine Rast einlegen und setzte sich auf einen Stein. Volkhardt ließ sich neben ihr nieder. Gemeinsam schauten sie hinunter auf die Stadt.

«Ich soll ihm also kein Wort glauben», wiederholte Kathi. Sie war ein wenig erleichtert.

«Zumindest würde ich seine Lügen nicht unwidersprochen hinnehmen. Andererseits kennt er viele Spielleute und fahrendes Volk. Es kann durchaus sein, dass jemand glaubt, deinen Vater in Köln gesehen zu haben. Aber vielleicht hat er ihn auch verwechselt. Irrtümer und Gerüchte reisen schnell. Sie werden von Mal zu Mal größer. Lorentz weiß das geschickt für sich zu nutzen. Misstraue ihm, dann liegst du richtig.»

Kathi seufzte. Diese Ungewissheit nagte an ihr. Wie konnten ihre Mutter und sie jemals zur Ruhe kommen, wenn unklar war, ob ihr Vater noch lebte? Ganz abgesehen von der Schande, Tochter eines Lügners und Betrügers zu sein.

«Ich sorge mich um die anderen Kinder», fuhr Volkhardt fort. «Wenn sie Lorentz' Lügen weiterhin Glauben schenken, werden sie alle sterben.»

«Wie kommst du darauf?»

Volkhardt hob einen kleinen Ast vom Boden auf und stocherte damit in der feuchten Erde herum. «Bei uns damals begann es mit einem Jungen, kaum sechs Jahre alt, der von sich behauptete, er könne Frösche und Fliegen zaubern …»

«Haben die Erwachsenen ihm das geglaubt?»

«Anfänglich nicht, aber als ein zweites Kind dasselbe sagte, wurden einige Erwachsene nachdenklich. Und je mehr sie sich fragten, grübelten und zweifelten, desto größer wurde die Angst. Die Kinder spürten das, und sie stellten schnell fest, dass sie Macht über die Erwachsenen gewonnen hatten. Plötzlich standen sie im Mittelpunkt und nicht länger die Erwachsenen. Da kam ein drittes, viertes und fünftes Kind, das von sich behauptete, es sei in der Nacht zuvor mit einer Hexe zum Tanz mit dem Teufel ausgefahren. Allesamt erzählten sie die wundersamsten Geschichten, die sie zuvor von ihren Eltern, Lehrern und Pfarrern gehört hatten.

Aus den zwei Kindern zu Anfang waren bald zwanzig geworden, die alle mit Hexen und Zauberern in Kontakt stehen wollten. Und da es so viele waren, fragte auch niemand mehr, ob die Kinder die Wahrheit sagten. Jeder nahm ihre Worte einfach für bare Münze.»

Volkhardt brach ab. Er schaute starr in das Loch vor ihm, das er mit dem Ast gegraben hatte.

«Was ist los mit dir?», fragte Kathi. «Wieso erzählst du nicht weiter?»

«Es sind keine schönen Erinnerungen», antwortete er, «und

es fällt mir nicht leicht, darüber zu sprechen.» Er verharrte eine Weile, bis er fortfuhr. «Natürlich wurden den Kindern dieselben Fragen gestellt wie hier in Würzburg. Wen hatten sie auf dem Hexensabbat gesehen? Wer war mit dem Teufel im Bunde? Es wurden Namen genannt, einige überraschend, andere standen schon länger in Verdacht. Es machte keinen Unterschied. Hauptsache Namen. Die Hexenkommissare bekamen alle Hände voll zu tun. Die Scheiterhaufen brannten. Mein Vater legte Beschwerde beim Bischof ein, ein derart widerliches Treiben müsse aufhören. Wenig später fiel dann der Name Wolf von Hohenstätt, der Name meines Vaters. Ein Mädchen hatte behauptet, ihn und meine Mutter auf dem Hexensabbat gesehen zu haben. Meine Brüder und ich machten uns gleich auf den Weg, dieses Mädchen aufzusuchen. Wir wollten von ihr wissen, warum sie die Anschuldigungen gegen unsere Eltern erhob. Sie kannte uns doch gar nicht und wir sie auch nicht …»

Kathi begann zu ahnen, welches Schicksal er und seine Familie erlitten hatten.

«Da sah ich eines Nachts einen Reiter mit den Eltern des Mädchens sprechen. Es ging um Schulden, die sie hatten und die sie nun endlich begleichen müssten, ansonsten drohe ihnen der Kerker. Am anderen Morgen kehrte derselbe Mann zurück, allerdings kam er zu uns auf die Burg. In seiner Gefolgschaft waren zwölf bewaffnete Männer. Sie forderten meine zwei älteren Brüder auf, die Schlüssel zur Burg auszuhändigen und mitzukommen. Sie seien ebenfalls von dem Mädchen auf dem Hexensabbat gesehen worden.

Wir waren vorbereitet, denn wir wussten, worum es in dieser Sache in Wahrheit ging. Die Kräfte waren jedoch ungleich verteilt, und der Kampf dauerte nur kurz. Die Burg und all unser Besitz fielen an den Bischof. Meine Eltern und meine Brüder starben unter dem Schwert. Anschließend wurden sie verbrannt.»

«Und was geschah mit dir?», fragte Kathi. «Wie bist du entkommen?»

«Meine Brüder hatten mich rechtzeitig aus der Burg geschafft und zu einer Magd in den Wald gebracht. Dort harrte ich aus, bis die Nachricht mich erreichte, die Knechte des Hexenkommissars suchten nach mir. Die Magd geriet darüber in Angst und vertraute mich einem Händler an, der auf dem Weg in den Norden war. So kam ich nach Würzburg ... Das ist nun einige Jahre her. Irgendwie habe ich es nicht geschafft weiterzuziehen. Doch als eines Tages derselbe Mann, der meine Eltern und Brüder gefangen genommen und umgebracht hat, nach Würzburg kam, wusste ich, dass es keinen anderen Ort auf dieser Welt für mich gibt als diesen.»

Kathi erschrak. «Er ist hier in Würzburg? Wer ist es?»

Volkhardt zögerte.

«Nun sag schon. Wer ist der Mann, der dich um deine Familie und um euren gesamten Besitz gebracht hat?»

Bevor er antwortete, bohrte er den Ast in die Erde.

«Faltermayer.»

«Unser Hexenkommissar?»

Volkhardt nickte. «Er stand vor ein paar Jahren noch in Diensten eines anderen Bischofs. Als der ihm jedoch den verabredeten Anteil verweigerte, wusste er, dass er fliehen musste.»

Kathi verstand nicht. «Wovon sprichst du? Welcher Anteil?»

«Der Teil des Vermögens, den der Bischof und seine Beamten für sich kassieren, wenn jemand der Hexerei bezichtigt wird. Nach außen hin sagen sie, das Vermögen des Beschuldigten werde für die Prozesskosten herangezogen, was zum Teil auch zutrifft. Doch je schneller die Verfahren abgewickelt werden, desto mehr bleibt am Schluss für die Hexenjäger übrig.»

«Und das verleiben sich der Bischof und seine Kommissare einfach ein?»

Volkhardt nickte. «Es ist eine elegante Art, unliebsame Rivalen loszuwerden und den eigenen Säckel zu füllen. Ohne diese Vermögen gäbe es nur wenige Prozesse, da sie sonst nicht bezahlt werden könnten.»

Davon hatte Kathi nichts gewusst. Bis vor kurzem war sie fest davon überzeugt, der Bischof und seine Kommissare handelten allein nach dem Gesetz. Doch nun stellte sich heraus, dass sie keinen Deut besser waren als der niederträchtigste Straßenräuber.

«Das Schlimme daran ist», berichtete Volkhardt weiter, «dass sie unschuldige Kinder für ihre Verbrechen missbrauchen. Zuerst machen sie sie zu Anklägern, dann zu Beschuldigten, und am Ende landen sie alle auf dem Scheiterhaufen. Damit gibt es keine Zeugen, und sie können ungestört ihre geraubten Reichtümer verprassen.»

Kathi wollte das nicht wahrhaben. «Aber das kann doch nicht geheim gehalten werden. Es muss doch irgendjemanden geben …»

Volkhardt ließ sich mit der Antwort Zeit. «Eines Abends, es war noch bevor meine Eltern abgeholt wurden, geriet mein Vater darüber so sehr in Zorn, dass er an den Kaiser schrieb. Ab dem Tag, an dem die Antwort eintraf, war er ein gebrochener Mann.»

Eine ganze Weile saßen sie da, sagten nichts und schauten auf die Stadt zu ihren Füßen. Jeder hing seinen Gedanken nach. Kathi traute sich nicht, Genaueres zu erfragen, aber sie schwor sich, diese Ungerechtigkeit niemals hinzunehmen.

Aber was würde ein zehnjähriges Mädchen schon gegen einen Bischof und seine Kommissare ausrichten können?

Da hörten sie Hufschlag. Ein Reiter kam im schnellen Galopp von Sankt Burkhard herüber. Sein schwarzer Mantel und sein bleiches Gesicht ließen nur eine Vermutung zu.

«Das ist Dürr», staunte Volkhardt. «Dass der sich noch in die Stadt traut.»

Er hatte die Mainbrücke, die einzige Verbindung in die Stadt, bereits hinter sich gelassen und hielt nun allem Anschein nach auf Heidingsfeld zu. Doch bevor er hinter der nächsten Biegung verschwand, zügelte er das Pferd und stieg ab.

«Was hat er vor?», fragte sich Volkhardt. Er stand auf, um die merkwürdige Situation weit unter ihm am Hang genauer beobachten zu können.

Dürr machte sich an einem Fischerboot zu schaffen. Er löste die Leine, sprang hinein und begann mit der kleinen Nussschale den Main zu überqueren.

«Wo will er hin?», fragte Kathi.

«Wenn Dürr in die Stadt zurückschleicht, dann sollten wir uns das nicht entgehen lassen», antwortete Volkhardt. «Was meinst du?»

Kathi nickte und gab damit das Startsignal für einen schnellen Abstieg. Durchs Gehölz ging es steil bergab. Nur wenn sie sich beeilten, konnten sie Dürr auf der Spur bleiben. Als sie am Ufer angekommen waren, hatte er aber schon auf der gegenüberliegenden Seite angelegt.

«Den holen wir nicht mehr ein», keuchte Kathi, und Volkhardt wollte ihr schon zustimmen. Doch Dürr musste erst einen Weg durch die Palisaden finden, denn durch das bewachte Sandertor konnte er nicht hinein, ohne von den Wachen festgenommen zu werden.

Das war ihre Chance. Sie banden ein Boot los und setzten über. Mit Volkhardt an den Rudern ging es überraschend flott, obwohl das Wasser höher stand und schneller floss als sonst. Er war ein geschickter und kräftiger Junge, der mit den Rudern umzugehen verstand.

«Ich frage mich», sagte er, «wieso Dürr das macht. Er weiß doch, dass er mitsamt seiner Hexenmutter im Folterkeller landen wird.»

Etwas Wichtiges musste es schon sein, dachte Kathi, und im selben Moment belustigte sie der Gedanke beinahe, was sie soeben taten: Sie waren einem ehemals gefürchteten Hexenjäger auf der Spur.

Dürr hatte schließlich Erfolg, ein Durchgang zur Stadt war offen. Kathi und Volkhardt beeilten sich, ihn nicht aus den Augen zu verlieren. Sie verfolgten ihn durch die engen Gassen des Mainviertels und landeten schließlich vor dem Dürr'schen Haus.

«Für so dumm hätte ich ihn nicht gehalten», sagte Volkhardt. «Wenn ein Nachbar ihn sieht, ist er verloren.»

Ein Karren an der Ecke bot ihnen Schutz. Sie stellten sich dahinter und beobachteten das Haus.

«Was mag er nur dadrin treiben?», fragte Kathi.

Volkhardt handelte entschlossen. «Komm, lass es uns herausfinden.»

«Bist du nicht gescheit?», widersprach Kathi. «Da würde ich niemals hineingehen.»

«Gut, dann gehe ich allein.»

Er wartete keine Antwort ab und schlich auf die Tür zu. Kathi sah ihm besorgt nach. Sei's drum, sagte sie sich und hastete ihm hinterher.

Die Eingangstür war angelehnt. Sie drückte sie vorsichtig auf. Licht fiel in den Gang. An der Seite ging eine Treppe hoch. Volkhardt stand schon auf der ersten Stufe. Er zeigte nach oben, was wohl so viel bedeutete wie: Dürr ist oben. Das glaubte er zumindest.

Aber als Kathi den Flur betreten hatte, fiel die Tür hinter ihr krachend ins Schloss. Sie fuhr herum.

Aus dem Dunkel sprach jemand zu ihnen.

«Was wollt ihr hier?»

Da stand Dürr mit einem Dolch in der Hand. Er hatte sie erwartet, und sie waren in die Falle getappt.

Kathi blieb vor Schreck die Antwort im Hals stecken. Volkhardt war nicht minder überrascht.

«Ich fragte: Was wollt ihr?»

Er machte einen Schritt auf Kathi zu, die beim Anblick des Dolchs zurückwich. Volkhardt kam ihr zu Hilfe. Er stellte sich mutig zwischen sie und die Klinge.

«Verzeiht, Meister Dürr, dass wir in Euer Haus eingedrungen sind. Wir führen nichts Böses im Schilde. Die Neugier hat uns hierher geführt.»

Ein Lächeln flog über sein Gesicht. «Die Neugier hat schon manche diebische Katze das Leben gekostet. Ich frage mich, ob ich mit euch nicht genauso verfahren sollte.»

Er kam näher.

«Es ist allein meine Schuld», sagte Volkhardt. «Das Mädchen ist mir nur gefolgt.»

«Gut, dann frage ich dich zum letzten Mal: Was willst du hier?»

Kathi trat aus dem Hintergrund. «Wir haben Euch vom Nikolausberg aus gesehen, wie Ihr dahergeritten kamt. Das machte uns neugierig. Wir wollten wissen, wie Ihr es wagen könnt, in die Stadt zurückzukehren, jetzt, da Eure eigene Mutter unter dem Verdacht der Hexerei steht.»

Dürr überlegte. Ja, diese Frage hätte er sich wahrscheinlich auch gestellt. «Los, geht vor», sagte er schließlich und deutete mit dem Dolch auf eine Kammer, die am Ende des Flurs lag.

Volkhardt und Kathi kamen der Anweisung nach. Die Kammer war offenbar das Arbeitszimmer, in dem viele Bücher untergebracht waren. An den Wänden hingen Bilder von ruhmreichen Schlachten der kaiserlichen Truppen, von verstorbenen Bischöfen Würzburgs, aber auch ein Kreuz mit einem Marienbild daneben. Das Jesuskind segnete den Herrn des Hauses und all seine Abkömmlinge.

«Setzt euch», sagte er und stellte Becher und einen Krug Wasser auf den Tisch. Nachdem er eingeschenkt hatte, setzte er sich ebenfalls. Sein Misstrauen schien gewichen. Für den Moment zumindest.

«Ihr wollt also wissen, wieso ich zurückgekommen bin?»

Volkhardt und Kathi nickten.

Dürr schien abzuwägen, ob er ihnen wirklich die Wahrheit sagen oder ob er sie nicht doch lieber aus dem Haus werfen und schnellstens das Weite suchen sollte, bevor ein Stadtknecht merkte, dass er zurückgekommen war.

Andererseits konnte ihm Kathi auch eine Frage beantworten, die ihn seit einiger Zeit umtrieb. Diese Frage hatte an seiner Überzeugung als Hexenjäger gerüttelt. Jetzt konnte er sie stellen, bevor er für immer verschwinden würde.

«Ich beabsichtige, nicht länger als nötig in dieser verfluchten Stadt zu bleiben», begann er.

Das waren ganz neue Töne, die Kathi aus dem Mund des Hexenkommissars nicht erwartet hätte.

«Ich kam zurück, um etwas zu retten, was nach meiner Ergreifung für immer verloren wäre. Vielleicht lässt sich damit wieder ein Stück Gerechtigkeit herstellen.» Er nahm eine lederne Tasche zur Hand und holte eine Mappe mit Papieren hervor. Es handelte sich um verschiedene Schriftstücke. Es waren Urteile, dann Inventarlisten und Kostenaufstellungen und schließlich Rechtsgutachten der Universitäten von Würzburg und Mainz.

Gerechtigkeit, ging es Kathi durch den Kopf. Wieso sollte gerade der berüchtigte Hexenkommissar so etwas wollen? Doch beim zweiten Gedanken ahnte sie es: Dürr wollte sich von der Schuld reinwaschen. Das Kreuz und das Marienbild an der Wand sprachen dafür, wenngleich er lange Zeit die Worte der Heiligen Schrift falsch ausgelegt hatte. Mit der Beschuldigung seiner Mutter als Hexe hatte ihn offenbar der gleiche Fingerzeig Gottes getroffen wie einst den Saulus, der seine Verblendung bereute und als Paulus das Evangelium verbreitete.

Dürr breitete einige Schriftstücke auf dem Tisch aus. Volkhardt nahm eines zur Hand.

«Was ist das?»

Dürrs Augen huschten über das Papier.

«Fuchs, Gerhardt. Ich erinnere mich an diesen Fall. Ein bis dato unbescholtener Weinhändler, der auf Anschuldigung eines konkurrierenden Geschäftsmanns festgenommen, befragt und zum Tode mit dem Schwert verurteilt wurde. Auffällig war, dass die Zeugen nicht den Dreck unter den Fingernägeln wert waren und das Verfahren mehr Lücken aufwies, als Löcher im Strumpf eines alten Marktweibs sind. Doch entscheidend ist das hier.»

Er kramte in den Unterlagen und zog schließlich eine Liste hervor. «Das ist die Bestandsaufnahme des Fuchs'schen Besitzes. Nach dieser Liste hätten zum Zeitpunkt der Feststellung zwanzig Fuder besten Weins vom Stein, sechs Ochsenkarren und zwölf Rösser der bischöflichen Kasse zum Bestreiten der Gerichtskosten überstellt werden müssen. Tatsächlich tauchen in der endgültigen Liste aber nur zehn Fuder, zwei Ochsenkarren und sechs Pferde auf.» Er zeigte auf eine entsprechende Liste mit gleicher Überschrift. «Ebenso fehlen vom sichergestellten Barvermögen des Weinhändlers rund zweitausend Gulden, das Silber- und Goldbesteck und einiges an Schmuck.»

«Und wo ist das alles geblieben?», fragte Kathi.

Dürr zeigte auf die Unterschrift am Ende der Liste.

Sie las den Namen: Doktor Faltermayer.

«Das wird dem Bischof die Augen über seinen geschätzten Kommissar öffnen. Obwohl: Der Bischof ist an Geist und Seele genauso verfault wie seine Helfer. Das kaiserliche Reichskammergericht in Speyer dürfte sich jedoch für folgende Unterlagen interessieren.»

Er kramte Papiere mit Siegeln hervor. «Das sind von mir in Auftrag gegebene Rechtsgutachten, die auf Anweisung des Bischofs zurückgezogen wurden. Sie alle hätten ausgereicht, um die Verfahren einzustellen und die Beschuldigten freizulassen. Stattdessen endeten die Angeklagten unter dem Schwert oder auf dem Scheiterhaufen. Ihr Vermögen wurde ebenso eingezogen wie das der anderen auch. Wer dagegen Einspruch erhob, musste es ebenfalls mit dem Leben bezahlen.»

Kathi mochte es immer noch nicht glauben. Was war nur aus dieser Stadt, ihrem Bischof und den Hexenkommissaren, ihren Doktoren und Professoren geworden, wenn nicht einmal die Obrigkeit an das Treiben von Hexen und Zauberern glaubte, sondern nur noch Raffsucht und Mord regierten? Wenn all die Ermahnungen und Unterweisungen der Pfarrer, Eltern und Lehrer im Glauben an die Errettung sich als billige Lüge herausstellten? Gab es dann überhaupt so etwas wie eine Hexe oder einen Zauberer?

«Ich habe es lange Zeit nicht wahrhaben wollen», sagte Dürr, «aber ich habe in all den Verfahren und sogar unter der Folter niemanden erlebt, von dem ich sicher glaubte, er sei tatsächlich mit dem Teufel im Bunde. Es gab immer einen sehr diesseitigen Grund, wieso ein Weib oder ein Mann beschuldigt wurden. Mit Hexerei oder gar mit dem Teufel hatte das nichts zu tun.»

«Und dennoch habt Ihr die Hexenprozesse durchgeführt», sagte Kathi vorwurfsvoll. «Ihr seid Teil dieser Bande.»

Für einen Moment blitzten Dürrs Augen auf. Dann schlug er den Blick nieder.

«Du hast recht, und wahrscheinlich wäre es auch immer so weitergegangen, wenn nicht etwas Unvorhergesehenes vorgefallen wäre.»

«Dass Eure Mutter angeklagt wird», sagte Kathi.

«Ja», gab er zu, «auch das. Doch womit ich nicht gerechnet habe, warst du.»

«Ich?» Kathi glaubte ihren Ohren nicht zu trauen. «Wieso ich?»

«Natürlich weiß ich um die Vorfälle mit Kindern, die sich andernorts zugetragen haben. Plötzlich und ohne Vorwarnung wollen sie mit Hexen und Zauberern zu tun haben, klagen sich und andere der Hexerei an, stürzen ihre Familien und Nachbarn ins Verderben. Je mehr Raum man ihren Lügengeschichten gibt, desto abenteuerlicher werden sie, und je mehr man sich auf sie einlässt, desto verwirrter machen sie einen. Die kleine Johanna war so ein Fall. Sie hat mich zuerst blind und dann verrückt gemacht. Seit ihrem Tod treibt es mich um, dass ich nachts nicht mehr schlafen kann … Und dann kamst du. Hast dasselbe behauptet wie sie. Da wusste ich, dass es Zeit war, über alles nachzudenken. Aber sag mir, warum hast du behauptet, dass du zum

Schalksberg ausgefahren seist? Dein Leben geriet dadurch in Gefahr, ebenso das deiner Mutter und Freunde.»

Kathi musste nicht lange überlegen. «Babette hat mir zu essen und zu trinken gegeben, hat mich gekleidet und gelehrt. Sie hat mich getröstet und geliebt, mehr als die eigene Mutter. Dann habt Ihr sie mir genommen, und das durfte nicht ungesühnt bleiben. Aber warum musste sie überhaupt sterben? Sie war doch nur ein altes, harmloses Weib.»

«Damals wusste ich noch nicht, was Faltermayer vorhat», erklärte Dürr. «Erst später ging es mir auf. Mit seinem heimtückischen Plan will er die Stadt und den Bischof unter seine Kontrolle bringen. Und Babette war seine beste Waffe.»

27

«Aufmachen! Im Namen des Bischofs, öffnet die Tür!»

Christian Dornbusch saß regungslos in der Kammer. Das Feuer im Kamin war erloschen, ohne dass er es bemerkt hatte. Sein starrer Blick verlor sich im Dunkeln. Die Aufforderung des Büttels ging an ihm vorüber wie ein schwächer werdendes Echo.

Soll er sich selbst hereinlassen, dachte er. Die kunstvoll verzierte Tür, die Felicitas und er nach venezianischen Vorlagen bei Meister Grimm in Auftrag gegeben hatten, würde dabei brechen, wie so vieles in diesem Haus. Doch das war jetzt egal, es war ohnehin alles verloren.

Die Mägde und die Köchin waren bereits gegangen. Er hatte sie frühzeitig nach Hause geschickt, damit sie nicht ebenfalls in Gefahr gerieten. Er konnte sich nicht erinnern, wann es jemals so still und einsam in diesem Haus gewesen war. Nicht einmal nach dem Tod des ersten Kindes. Felicitas hatte die Nacht hindurch geweint, die Eltern saßen zusammen und beteten einen Rosenkranz nach dem anderen. Auch beim zweiten Kind wollte keine Ruhe einkehren. In der Nacht hörte er die Mägde tuscheln, welch großes Unglück den Herrn ein zweites Mal heimgesucht hatte. Und beim dritten Kind hatte die Köchin alle Bediensteten zu nächtlicher Stunde in der Küche versammelt, um die weiteren Schritte zu besprechen. Konnte man noch länger in diesem Haus bleiben, jetzt, nachdem es offensichtlich nicht mit rechten Dingen zuging? Sollte man den Hexenkommissar hinzuziehen, den Pfarrer oder gar das alte Kräuterweib?

Heute Morgen hatte er es noch in der Hand gehabt, das Blatt zu wenden. Mit Knüppel und Dolch hatte er den Stadtknechten vorm Grünenbaum aufgelauert, fest entschlossen, Felicitas zu befreien. Selbst als Dürr vorbeigeritten kam, als sei der Teufel hinter ihm her, zögerte er keinen Moment. Er würde das Recht in die eigenen Hände nehmen. Niemand würde ihn von seinem Vorhaben abhalten können. Niemand, außer dem Herrn im Himmel … oder einer seiner treuesten Anhängerinnen.

Als sich das Tor zum Grünenbaum geöffnet hatte und die beiden Stadtknechte mit Felicitas auf die Straße traten, war er mit der blinden Wut eines Mannes am Abgrund losgestürmt, die Waffen fest umklammernd.

Den ersten Stadtknecht traf er mit dem Knüppel an der Schulter, sodass er seinen Spieß fallen lassen musste. Dem zweiten versetzte er einen Stich in den Arm. Das war überraschend schnell und einfach geschehen. Damit war Felicitas frei, der Rest ein Kinderspiel. Vorne am Markt hatte er die Pferde postiert. Geld und alles Notwendige für die nächsten Monate waren in den Satteltaschen deponiert. Der Schwiegervater kümmerte sich um die Torwachen. Für ein ordentliches Handgeld waren sie bereit, im entsprechenden Augenblick zur Seite zu blicken. In Kitzingen wartete eine Kutsche auf sie. Mit ihr ging es über die Landesgrenze bis nach Nürnberg. Dort würden sie ein paar Tage rasten und besprechen, wie es weitergehen sollte. Prag war eine Möglichkeit, Venedig eine zweite. Ein neues Leben lag vor ihnen.

Doch dann sollte alles ganz anders kommen. Während die Stadtknechte noch mit ihren Wunden beschäftigt waren und er Felicitas am Arm nahm, um sie fortzubringen, spürte er Widerstand.

«Der Herr wird über mein Schicksal entscheiden», sagte sie, «nicht der Hexenkommissar und auch nicht du.»

Er verstand nicht. «Was redest du da? Komm, schnell, bevor die Wachen sich von dem Angriff erholen.»

Doch sie blieb eisern. Nur ihrem Schöpfer im Himmel sei sie verantwortlich. Sie habe ihren Frieden gemacht. Nun komme, was ihr bestimmt sei.

Er zerrte an ihr, schrie sie an, endlich mit dem Unsinn aufzuhören und mit ihm in die Freiheit zu flüchten, alles sei vorbereitet, ihr Vater warte am Tor, morgen sei man in Nürnberg …

Aber sie stand nur da und schwieg. Erst als die Torwache von der Mainbrücke ihn niederrang, sprach sie wieder. Es waren diese seltsam vertrauten Worte. Er hatte sie lange nicht mehr gehört, obwohl er täglich in die Kirche ging. Er hätte niemals gedacht, dass sie ihn eines Tages so sehr treffen würden.

Soll ich etwa den Kelch nicht trinken, den mir der Vater gegeben hat?

Die Bibel rutschte Christian Dornbusch bei der Erinnerung an diese Worte aus den Händen und fiel zu Boden. Die Seite, die er aufgeschlagen und ein ums andere Mal gelesen hatte, lag obenauf. Es war Jesu Gefangennahme durch die Knechte des Hohepriesters im Garten Gethsemane.

Und siehe, einer aus denen, die mit Jesus waren, zog sein Schwert und schlug des Hohepriesters Knecht ein Ohr ab. Da sprach Jesus zu ihm: Stecke dein Schwert an seinen Ort. Denn wer das Schwert nimmt, der soll durchs Schwert umkommen. Soll ich etwa den Kelch nicht trinken, den mir der Vater gegeben hat?

So ein verfluchter Unsinn. Wie konnte nur jemand sein Leben so leichtfertig aus der Hand geben? Hatte sie denn kein Verantwortungsgefühl? Was sollte nun aus ihm werden?

Die Tür barst, und der Büttel stürmte mit seinen Knechten das Haus. Der Schein der Fackel fiel auf Christian. Er hörte die Worte des Büttels nicht, genauso wenig wie dessen Befehle an die Knechte, alles genauestens zu untersuchen, keine Lade ungeöffnet und keinen Schrank unberührt zu lassen. Der Bischof dulde keine Nachlässigkeit bei der Konfiszierung des Vermögens. Er führe eine Liste, auf der alles fein säuberlich notiert werde. Wehe, wenn einer auch nur einen Kreuzer unterschlage.

Nachdem Felicitas Dornbusch eisern zu den Vorwürfen von Grit und Anna geschwiegen hatte, sah sich Faltermayer genötigt, sie in den Folterkeller des Juliusspitals bringen zu lassen. Alles würde seinen gewohnten Gang gehen.

Die Kammer, die ihm als Befragungsraum in den nächsten Monaten dienen würde, war neu hergerichtet. Die Wände waren weiß gekalkt, der Stuhl war gepolstert und das Fenster abgedichtet. Gleich morgen würde er mit der Befragung seiner Hauptzeugin beginnen. Die kleine Ursula hatte sich bislang standhaft geweigert, zu ihrer Aussage zu stehen, die sie noch vor ein paar Tagen Dürr gegenüber gemacht hatte, nämlich ihren Ziehvater beim Hexensabbat gesehen zu haben. Sie hatte sich auf Kathis Seite geschlagen und widerrufen. Selbst nachdem Pfarrer Ludwig ihr die Konsequenzen dargelegt hatte, weigerte sie sich beharrlich, zu ihrer früheren Aussage zurückzukehren.

So ein uneinsichtiges kleines Ding hatte er schon lange nicht mehr gesehen. Morgen, wenn er ihr die Instrumente der Folterknechte zeigte, würde sie es sich anders überlegen. Daran gab es keinen Zweifel.

Bis dahin war Grit, vielleicht auch diese seltsame Anna, seine Favoritin. Auf sie konnte er zählen. Sie war voll blindem Hass auf die Dornbusch. Sie würde alles beschwören, nur um dieses Weibsbild auf dem Scheiterhaufen zu sehen. Bisher hatte er sie nicht gefragt, woher die Abneigung stammte – es interessierte ihn auch nicht, solange sie nur bei ihrer Aussage blieb. Aber irgendwann, wenn die Arbeit erledigt war, würde er das nachholen. Es war doch immer wieder erstaunlich, wie sehr die elementaren Eigenschaften der Menschen – Zorn, Neid, Trägheit, Habsucht und Hochmut – bereits im Kindesalter ausgeprägt waren. Darauf ließ sich aufbauen.

Auf dem Gang hörte er Schritte. Den schweren Stiefeln nach zu urteilen, musste das der Büttel sein. Er war gespannt, wie reich die Beute ausgefallen war.

Es klopfte.

«Herein!», befahl er.

Der dicke Büttel lächelte stolz, als er eintrat. Das war ein gutes Zeichen. Er überreichte die Liste.

Faltermayer nahm sie entgegen und unterzog sie gleich einer Prüfung. «Irgendwelche Vorkommnisse?», fragte er beiläufig, während er die einzelnen Positionen durchging.

«Nein», antwortete der Büttel. «Keine Gegenwehr, kein Gezeter. Der Bischof wird zufrieden ein.»

Wohl wahr, das konnte er, und Faltermayer gleich mit dazu. Das konfiszierte Vermögen war wirklich ein fetter Fang.

«Nimm von jedem Posten die Hälfte», ordnete er an, «und schaff alles ins Lager. Du weißt schon welches.»

«Das zum Bestreiten der dringendsten Kosten?», antwortete der Büttel.

Faltermayer nickte. Gott sei Dank war der Kerl nicht einer der hellsten. Das ersparte ihm Überzeugungsarbeit. «Der Rest geht hoch in die Burg. Ich werde die Liste dahingehend berichtigen und sie zu den Akten geben. Du bist entlassen.»

Er drückte ihm einen Gulden in die Hand. «Trink einen Krug auf das Wohl unseres Bischofs, und wenn dir eins der Schankweiber gefällt, dann zier dich nicht.»

Der Büttel strahlte. «Habt Dank, Meister Faltermayer. Ich werde den Gulden schon kleinkriegen.»

«Übertreib es nicht. Ab morgen wartet viel Arbeit auf dich. Ich brauche dich ausgeschlafen.»

Der Büttel grinste und ging.

Faltermayer nahm ein leeres Blatt und den Federkiel zur Hand. Das Gekrakel dieses Analphabeten war unausstehlich. Er hatte ihm daher eingeschärft, Abkürzungen zu verwenden. Das machte es für beide einfacher.

Jetzt noch die Unterschrift darunter, und fertig war die Inventarliste der Familie Dornbusch für die Akten. Erstaunlich, wie viel Geld ihr Vater mit dem Weinhandel gemacht hatte. Das Salär von Christian Dornbusch nahm sich dagegen kläglich aus. Wenn Felicitas gerichtet war, würde er sich umgehend um den Vater kümmern. Er war die eigentliche Quelle.

Faltermayer gähnte. Es war noch nicht spät, die Nachtruhe noch einen ausgiebigen Spaziergang entfernt. Er löschte die Lampen und machte sich auf den Weg zum Stachel. Dort würde er seinen Händler treffen, mit dem er die neu eingetroffene Ware besprechen konnte.

Pfarrer Ludwig hatte Faltermayer noch nicht gebeichtet, dass seine Schutzbefohlene seit dem Nachmittag verschwunden war. Schwester Walburga war untröstlich, sie konnte sich nicht erklären, wie das möglich gewesen war. Sie hatte die Tür doch abgeschlossen. Aber das Schloss war alt und stellte für eine starke Hand keine Hürde dar. Als Buße für ihre Nachlässigkeit wachte sie nun anstelle von Bruder Timotheus über die Kinder.

Ludwig streifte derweil in der Stadt umher, auf der Suche nach Kathi. Er musste sie finden, bevor Faltermayer Wind von der Sache bekam. Zuerst hatte er es bei Helene versucht. Er hatte vorgetäuscht, der Mutter Bericht über das Befinden des Kindes zu geben, stattdessen horchte er sie nach einem möglichen Versteck aus.

Dann suchte er Barbara und Otto auf. Die lagen zwar schon im Bett, aber das stellte kein Hindernis dar. Er sprach mit ihnen ein zweites Nachtgebet und ermahnte sie zur Wahrheit. Dafür versprach er ihnen Süßigkeiten aus der Klosterbäckerei. Aber die beiden ließen sich nicht überrumpeln, so verlockend das Angebot auch war.

So ging er notgedrungen wieder. Wo konnte er noch suchen? Hätte er nur Ursula befragen können. Sie war Kathis Vertraute und wusste sicher, wo sie sich aufhielt. Ob Faltermayer Verdacht schöpfen würde, wenn er wünschte, sie so spät noch zu befragen?

Einen Versuch war es wert.

Nachdem Pfarrer Ludwig das Kloster verlassen hatte, war der Weg frei, um Lorentz aus der Gewalt der Klosterbrüder zu befreien. Im Schutze der Nacht hatten sich Hans, Rosina, Karl und Jörg an die Klostermauer geschlichen. Sie waren Lorentz' engste Verbündete und hatten ihn beim Streit mit Volkhardt unterstützt.

Nachdem Hans und Jörg die Leiter aufgerichtet hatten, kletterte Rosina hoch. Sie blickte über die Mauer. Alles war ruhig, niemand war zu sehen. Die Brüder hatten sich in der Kirche von Neumünster zum Abendgebet versammelt. Sie gab das Zeichen, und die anderen folgten ihr.

Im Hof war es dunkel, nur an einer Fensterreihe brannte Licht. Sie schlichen zur Tür, die Treppe hoch und kamen zum Schlafsaal. Rosina wagte einen Blick hinein. Sie sah Schwester Walburga, betend, mit ein paar Kindern an ihrer Seite. Lorentz war nicht unter ihnen. Er saß mit zwei Burschen abseits auf einer Strohmatte. So wie sie Lorentz kannte, heckte er gerade einen Plan aus, wahrscheinlich für seine Flucht.

Rosina gab ihm ein Zeichen. Lorentz blickte auf und lächelte beim Anblick seiner Befreier. Hinter Walburgas Rücken schlich er sich hinaus, die Jungen von Stift Haug folgten ihm. Als sie die Mauer erreicht hatten und einer nach dem anderen in die Freiheit entwich, staunte Lorentz nicht schlecht: Am Ende der Leiter wartete bereits seine neue Armee auf ihn. Es waren Volkhardts ehemalige Soldaten der Schwarzen Banden, vierzig, fünfzig Kinder jeden Alters. Sie hatten Lorentz zu ihrem neuen Hauptmann erkoren. Er sollte ihnen Essen, neue Kleidung und ein eigenes Bett besorgen. Das war ein großes Versprechen. Sie würden ihn daran messen. Aber Lorentz hatte einen Plan.

«Raus aus den Kellern, rein in die Stuben», rief er ihnen zu.

Gereckte Fäuste und Jubel besiegelten den Pakt.

«Wir haben eine neues Quartier gefunden», sagte Rosina.

«Es liegt gleich um die Ecke des verlassenen Paulus-Hauses. Der Hexenkommissar Dürr und seine Mutter haben darin gewohnt. Einer von uns hat ihn heute Nachmittag flüchten sehen. Ab jetzt gehört es uns.»

«Dann nichts wie hin», befahl Lorentz seinen Soldaten, und wie eine große Schar Ratten strömten sie aus, um die Stadt in Besitz zu nehmen.

28

Der mächtige Kiliansdom rief auch an diesem Sonntagmorgen alle Gläubigen in die Kirche. Der Bischof selbst würde das Hohe Amt feiern, und die Bürger waren angehalten, zahlreich zu erscheinen. So wiesen die Pfarrer von Neumünster, der Ritter-Kapelle und aller anderen Kirchen der Stadt die Gläubigen an, sich an diesem Morgen in den Dom zu begeben.

Dass der Bischof die Messe abhielt, kam in diesen Tagen nicht oft vor. Das musste etwas bedeuten, und so folgten viele Würzburger dem Aufruf. Binnen kurzem füllte sich das Langschiff. Die Ratsherren nahmen in ihrem neuen Gestühl Platz, unter ihnen auch Christian Dornbusch. Er sah nicht gut aus, mehr wie ein Schatten seiner selbst. Nicht weit von ihm entfernt saß Faltermayer. Der hatte gute Laune, scherzte und begrüßte die edlen Herren ungewohnt fröhlich.

Das gemeine Volk stand im vorderen Teil des Langhauses in der Nähe des Hauptportals. Unter ihnen befand sich auch Helene. Seit dem Besuch Ludwigs am Vorabend machte sie sich nicht länger um das Wohlergehen Kathis Sorgen. Sie war offenbar in guter Pflege bei ihm, aß regelmäßig und besuchte fleißig die gemeinsamen Gebete.

Helene ahnte nicht, wie sehr Ludwig wegen Kathi in Bedrängnis war. Faltermayer hatte auf sein Bestreben hin Kathi unter dessen Beobachtung gestellt. Gleich nach dem Amt sollte Ludwig ihm und dem Bischof Bericht erstatten, was er seitdem aus ihr herausbekommen hatte. Und nun wusste er nicht einmal, wo sie sich aufhielt. Ein feiner Kinderpfarrer war er, der nicht imstande war, ein einziges Kind zur Umkehr zu bewegen, geschweige denn seine Aufsichtspflicht zu erfüllen. Nachdem er vergeblich versucht hatte, von Ursula den Aufenthaltsort Kathis zu erfragen, hatte er die ganze Nacht hindurch über einer Lösung gebrütet. Spät in den Morgenstunden war sie ihm eingefallen.

Das hatte aber erst eine unerwartete Ehre ermöglicht. Der Dompropst hatte ihn im Auftrag des Bischofs dazu bestimmt, die Predigt zu halten. Anlass waren die aktuellen Ereignisse. Niemand konnte den Eltern besser ins Gewissen reden als der Kinderpfarrer Ludwig. Allein diese unerwartete Auszeichnung, zum ersten Mal vor der versammelten Würzburger Bürgerschaft sprechen zu dürfen, hätte ihn fast gelähmt. Doch jetzt hatte er eine Lösung, und die Predigt war der einzige Weg, sie zu verkünden. Er betete zu Gott, dass es gelingen möge.

Nervös schaute er aus dem Chor ins Langschiff. Viele Kinder waren da, Eltern, Adlige, Kaufleute, Handwerker und Geistliche aus anderen Kirchen und Klöstern. Wenn er sie überzeugen konnte, war er gerettet.

Orgelspiel ertönte, das Gemurmel erlosch. Aus dem einfallenden Licht des Hauptportals trat ein Kreuzträger in die dämmrige Kirche, gefolgt von sieben Leuchtenträgern und einem Priester, der das Weihrauchfass schwenkte. Der Bischof erschien im feierlichen Messgewand, mit einer reich verzierten Mitra auf dem Kopf und dem Bischofsstab in der Hand.

Obwohl sein äußeres Erscheinungsbild Glanz und Gloria vermittelte, ging er gebeugt. Die Bürger, die eine Gasse gebildet hatten, bekreuzigten und verneigten sich ehrfurchtsvoll vor ihm.

Auch Helene konnte nicht umhin, ihm Respekt zu zollen, was jedoch mehr seinem Amt als seiner Person geschuldet war. Sie betrachtete diesen Bischof mit gemischten Gefühlen. Obwohl er als fürsorglicher Landesvater galt, regierte er auch mit unerbittlicher Hand bei der Verfolgung von Hexen und Zauberern. Das hätte ihre Tochter beinahe das Leben gekostet.

Am Altar angekommen, wandte er sich dem Volk zu, sprach den Willkommensgruß und schlug das Kreuzzeichen.

«In nomine patris et filii et spiritus sancti.»

Christian konnte dem darauffolgenden *Kyrie eleison – Herr, errette mich* – nichts mehr abgewinnen. Er war ein gebrochener Mann. Eine Rettung kam für ihn nicht mehr in Frage, genauso wenig wie für seine Felicitas, die sich seinen Händen entzogen und sich freiwillig in die Fänge der Folterknechte begeben hatte. Die Frage nach dem Warum stellte er sich nicht länger. Es blieb ihr Geheimnis. Sie würde es mit auf den Scheiterhaufen nehmen.

Faltermayer beugte sich ein Stück vor und blickte die Reihe der Ratsherren entlang. Dornbusch hatte er mit der Festnahme seines Weibes das Maul gestopft. Das war ein guter Anfang für die kommenden Wochen und Monate, in denen seine Arbeit noch viel ergiebiger werden sollte als bisher. Sein Händler hatte ihm vergangene Nacht versichert, dass er für gute Ware weiterhin gutes Geld zahlen werde. Nur sputen müsse er sich, lange werde sich der Bischof nicht mehr hinters Licht führen lassen.

In Ludwig wuchs derweil die Anspannung. Er rief sich

noch einmal alle Bibelstellen in Erinnerung, die er für seine Predigt brauchte. Stimmte der Gedankengang? Waren seine Argumente schlüssig, würden sie überzeugen? Und: War Grit so weit?

Er drehte sich zu ihr um. Sie wartete ein gutes Stück hinter ihm in einem Durchgang zur Sakristei auf ihren Einsatz. Sie fror unter dem dünnen weißen Hemd und mit den nackten Füßen auf dem kühlen Stein. Für einen überzeugenden Auftritt musste sie das aushalten.

Die Lesung war gesprochen, es folgten Psalmen, das Halleluja und schließlich das Evangelium. Der Diakon las aus dem Matthäusevangelium das Gleichnis vom Unkraut unter dem Weizen. Ludwig hatte lange nach einer passenden Bibelstelle gesucht und diese als Grundlage für seine Predigt ausgewählt.

Gleich war es so weit. Dann würde er hinüber zu der neuen Kanzel gehen, die inmitten der Grabstätten der Bischöfe lag, die die Stadt durch eine wechselhafte Geschichte geführt hatten. Da war das Bildnis eines Rudolf von Scherenberg und eines Lorenz von Bibra, gegenüber die bewährten Hexenjäger Johann Gottfried von Aschhausen und Julius Echter von Mespelbrunn, und schon bald würde er inmitten dieser ehrenwerten Gesellschaft sprechen, er, der vormals unbedeutende Vikar Ludwig, der aus der Bedeutungslosigkeit eines Hilfspfarrers getreten und zu einer Respektsperson der Kirchengemeinde geworden war.

Unter den vielen Bürgern befanden sich auch Barbara und Otto. Seit dem unerwarteten Besuch von Ludwig in der Nacht zuvor waren sie unruhig. Wenn sie Ludwig richtig verstanden hatten, dann war er auf der Suche nach Kathi, was bedeutete, dass sie nicht länger unter seiner Aufsicht im Kloster stand.

Vielleicht hatte sie sich ja nur versteckt, sagten sie sich, um Ludwig einen Schreck einzujagen. Verdient hatte er ihn, aber sie trauten es Kathi nicht recht zu.

Als sie Helene sahen, gingen sie zu ihr.

«Ist Kathi wiederaufgetaucht?», fragte Barbara.

«Wie kommst du darauf?», fragte Helene. «Kathi ist in Neumünster. Pfarrer Ludwig hat mir erst gestern Abend berichtet, wie gut es ihr dort geht.»

«Seltsam», antwortete Otto. «Von uns wollte er wissen, wo sie sich aufhält.»

«Da irrt ihr euch. Wieso sollte Ludwig so eine dumme Frage stellen?»

Barbara und Otto zuckten mit den Schultern. «Auf uns hat er den Eindruck gemacht, als würde er sich Sorgen machen.»

Helene zog die Stirn in Falten. Entweder trieben die Kinder ein böses Spiel mit ihr, oder sie sprachen die Wahrheit. Das musste geklärt werden. Sie schaute sich um. Sie hatte Ludwig doch vorhin noch gesehen.

Der Diakon war mit dem Verlesen des Evangeliums zum Ende gekommen. Nun war Ludwig an der Reihe. Ohne Ankündigung ging er hinüber zur Kanzel und stieg die Stufen empor. Die Bürger schauten den Bischof fragend an, doch der nickte nur.

Nun stand er oben, über allen Köpfen und Erwartungen, räusperte sich und erhob die Stimme. Die Kirchengemeinde war gespannt. Welche Worte des Trostes und der Zuversicht würde der neue Pfarrer in den Tag des Untergangs und des Zerfalls bringen?

Ludwig wiederholte zum Einstieg die wichtige Stelle im Evangelium.

«Das Himmelreich gleicht einem Menschen, der guten Samen auf

seinen Acker säte. Während aber die Leute schliefen, kam sein Feind und säte Unkraut mitten unter den Weizen und ging davon. Das Gleichnis vom Unkraut unter dem Weizen soll uns ermahnen, dass unter uns die guten und die bösen Samen gleichsam wachsen und dass wir die Bösen nicht voreilig ausreißen, damit nicht mit ihnen auch die guten ausgerissen werden. *Lasset beides wachsen*, sprach unser Herr Jesus Christus, *denn zur Ernte werde ich den Schnittern sagen: Lest zuerst das Unkraut zusammen, dass man es verbrenne; den Weizen aber sammelt in meine Scheune!*»

Er blickte hinüber zum Bischof. Der nickte wohlwollend. Entschlossen fuhr er fort.

«Aber seine Jünger verstanden das Gleichnis nicht, so wie auch wir es in diesen Tagen nicht verstehen. Wieso warten, fragten sie, bis sich das Gute mit dem Bösen vermischt? Es ist doch besser, dieses gleich auszureißen, auch wenn dafür ein guter Halm aufkommen muss. Es sind noch viele andere gute da. Aber Jesus widersprach: *Wartet auf die Schnitter, denn sie sind meine Engel. Sie wissen zu unterscheiden, wer gut und wer böse ist.*»

Er machte eine Pause und sammelte sich. Dann erhob er so laut und anklagend die Stimme, dass niemand ihn überhören konnte.

«Doch wo sind die Schnitter geblieben? Ist es noch nicht Erntezeit, oder sind sie ihrer Augen beraubt worden? Wahrlich, ich sage euch, da ist ein anderer Schnitter unter uns gekommen, ein gefallener Engel, der die gute Saat verbrennt und die böse pflegt. Satan ist sein Name, und er ist ein hinterlistiger Teufel. Er ist es, der den bösen Samen in die Herzen unserer guten Kinder sät und sie umsorgt wie ein fürsorglicher Gärtner die zarten Reben. Wer will da noch zur Ernte unterscheiden, was gut und was böse ist, wenn das

Gute längst im Bösen aufgegangen ist? Wenn aus dem süßen und dem sauren Becher Wein längst ein und derselbe Schierlingstrunk erwachsen ist?»

Die scharfen Worte taten ihre Wirkung. Sie hallten im weiten Rund des Doms wider, und selbst die Alten und die Tauben merkten auf.

«Vor ein paar Tagen wurde mir als Eurem Kinderpfarrer eine gute Seele, eine zarte Rebe anheimgestellt. Kathi, das erste Kind, das von der Hexe Babette auf den Schalksberg entführt worden ist. Ich habe sie dankbar und fürsorglich unter dem Dach von Neumünster aufgenommen. Sie sei unbeschadet vom Schalksberg zurückgekehrt, hieß es. Der Teufel habe ihr nichts antun können, und dem anderen Kind, Grit, auch nicht.

Zwei junge Reben, die unterschiedlicher nicht sein können. Von göttlicher Gnade beseelt, wandte sich Grit von ihrem alten, liederlichen Leben ab und beschreitet seitdem den rechten Pfad eines wahren Christenmenschen. Aus der lasterhaften Dirne ist durch Gottes Gnade eine demütige Dienerin geworden – genauso wie aus der Maria Magdalena eine würdige Gefährtin unseres Herrn Jesus Christus geworden ist. Die Dämonen haben nicht länger Gewalt über sie. Sie hat die böse Saat in ihrem Herzen getilgt.»

Ludwig zeigte zur Sakristei. Heraus trat Grit, in weißem Gewand, barfüßig, die Haare hochgebunden. Sie stellte sich vor die Gemeinde und zwang sich zu einer Demut, die sie sich niemals hatte vorstellen können. Ihr Auftritt wirkte, sowohl die Priester und der Bischof fanden Gefallen an der reumütigen und hübschen Büßerin als auch die Ratsherren und Bürger in den vorderen Reihen. Die Frauen hingegen blieben misstrauisch.

Als Christian Dornbusch Grit aus der Sakristei treten sah, kehrte der ganze Zorn zurück, den er beim Überwältigen der beiden Stadtknechte empfunden hatte. Er war blind in seinem Wunsch nach Befreiung seiner Felicitas gewesen, hatte alle Vorsicht, das Zögern und die Angst überwunden, um zu retten, was ihm wichtig war. Er war über sich selbst hinausgewachsen. Niemals hatte er es für möglich gehalten, dass der Verrat aus den eigenen Reihen kam.

Doch konnte er Felicitas wirklich dafür verantwortlich machen, oder war auch sie getäuscht worden?

Hatten die Worte des Herrn sie genauso geblendet, wie sie die Pfaffen vergifteten, die mit Hilfe der Heiligen Schrift logen, betrogen und mordeten?

Die Einzige, die das erkannt hatte, war dieses Mädchen Kathi gewesen. Sie hatte auf dem Sanderanger ihre Aussage widerrufen. Jetzt sollte sie die Rache der Gottesverdreher zu spüren bekommen.

«Doch bei Kathi hat sich anderes zugetragen. Gestern hat sie im Angesicht des Feuers widerrufen. Von ihrem Flug zum Schalksberg will sie nichts mehr wissen, schwört gar, dass er sich niemals zugetragen habe und alles eine Lüge sei. Es gäbe gar keine entführten Kinder, so wie es auch keine Hexe Babette gibt.

Hat man so etwas schon jemals gehört?»

Ein Raunen kam aus der Menge. Ungläubiges Kopfschütteln ging durch die Reihen.

«Wir wissen alle, dass sie die Unwahrheit spricht. Auf ihre Aussage hin sind drei schändliche Teufelsanbeter überführt worden, die jahrelang in unserer Mitte gelebt und die Saat des Bösen in unsere Herzen getragen haben. Sie selbst haben es zugegeben, sie selbst haben zuvor die Amme Babette als

Hexe erkannt. Und nun soll nichts mehr von alldem richtig sein? Alles eine schändliche, hinterlistige Lüge?»

«Nein», riefen die Ersten. «Niemals.»

Er breitete die Arme aus.

«Lasst mich nun berichten, was sich letzte Nacht zugetragen hat. Um die zwölfte Stunde geschah es, als sich Kathi von ihrem Lager erhob und ans Fenster ging. Sie blickte lange hinaus und redete dabei in einer Sprache, die ich niemals zuvor gehört hatte. Es war, als spräche sie mit jemandem, der draußen in der Nacht auf sie wartete. Auf meine Frage hin, zu wem sie da in welcher Sprache rede, fuhr sie mich plötzlich an, ich solle sie freilassen. Sie müsse dringend hinaus, draußen warte ihr Liebster auf sie. Wer das wohl ist, fragte ich sie, und sie gab mir zur Antwort, der Schnitter sei es. Aber nicht der, den ich zu kennen glaubte, sondern der Satan, dessen Braut sie auf dem Schalksberg geworden war.»

Erstaunen machte sich breit, gefolgt von Abscheu und Entrüstung. Rufe nach Vergeltung wurden laut. Helene war wie erstarrt. Was behauptete dieser Lügner und Betrüger dort oben von ihrer Tochter? Sie sei des Teufels Braut? Sie wollte aufschreien und diesem Handlanger des Bösen übers Maul fahren. Doch Otto und Barbara hielten sie zurück.

«Hört nicht hin», sagte Barbara, «Ludwig kann ihr nichts anhaben. Kathi ist nicht länger in seiner Gewalt. Kommt mit, wir werden sie suchen.»

Helene fiel es schwer, auf die beschwichtigenden Worte Barbaras zu hören. Aber sie hatte recht. Wenn Ludwig so über Kathi sprach, dann musste es einen Grund dafür geben. Kathi hatte ihn mit ihrem Geständnis auf dem Sanderanger der Lüge überführt und somit in Todesgefahr gebracht.

Wie zutreffend diese Gedanken waren, konnte Helene nicht ahnen. Ludwig kämpfte von der Kanzel herab um sein

Leben. Seine Karriere als vollwertiger Pfarrer hatte sich in den vergangenen Tagen prächtig entwickelt. Nie und nimmer würde er sie aufs Spiel setzen, und sei es zum Preis eines Menschenlebens.

«Der Teufel habe ihr die Lügen aufgetragen, sagte sie, um unseren Geist zu vernebeln und die Verdammten vor dem Scheiterhaufen zu bewahren. Denn er benötige seine treuen Gefährten, damit sie weiterhin die Saat des Bösen in unsere Herzen streuen. Deshalb hat sie widerrufen, und deshalb hat sich alles Gute in ihr in Böses verwandelt, sodass nicht einmal der beste Schnitter sie mehr retten kann.»

«Hexe», schrie einer und erhielt lautstark Zustimmung von den Umstehenden. «Holt sie aus dem Kloster und richtet sie!»

Damit war Ludwig an der kritischen Stelle angelangt. Jetzt galt es. Tod oder Leben.

«Dann sprach Kathi einen Zauberspruch. Keiner gläubigen Seele solle es länger vergönnt sein, den guten Samen von dem schlechten unterscheiden zu können. Keiner einzigen Seele ...»

Er streckte die Hand aus und zeigte auf Grit. «... außer diesem Mädchen dort, denn sie ist seit ihrer Wandlung von göttlicher Gnade erfüllt. Einer Gnade, die nicht einmal der Teufel brechen kann. Sie hasse und verfluche sie deswegen, sagte Kathi. Dann stieß sie das Fenster auf und flüchtete in die Arme ihres Meisters – des Teufels selbst. Mit ihm flog sie durch die Nacht, auf den Schalksberg hinauf.»

Atemloses Schweigen. Das war der entscheidende Augenblick. Würden sie ihm glauben? Ludwigs Herz pochte.

Der Bischof schaute überrascht zu Faltermayer hinüber. Was ging hier vor? Doch Faltermayer war ebenso überrumpelt worden. Von nun an sollte also nicht mehr sein Malefizgericht die Wahrheit den Angeklagten abtrotzen dürfen, sondern nur noch dieses Mädchen?

Der bis dahin lethargisch wirkende Christian Dornbusch erwachte ebenfalls zu neuem Leben. Hatte er das eben richtig verstanden? Grit sollte ab jetzt die einzig gültige Instanz bei der Hexenverfolgung sein? Was für ein entsetzlicher Gedanke.

Ludwig hatte für diesen Moment vorgesorgt. Er gab Grit das verabredete Zeichen.

«Hört mich an», rief sie den Zweiflern und Ungläubigen entgegen. «Der Herr hat mir große Gnade widerfahren lassen. Er hat mich gerettet auf meinem Weg in die Hölle, so wie er der Maria Magdalena sieben Dämonen ausgetrieben hat. Im Namen dieser Heiligen, die gleichsam die Schutzpatronin der verführten Sünderinnen, der Studenten und Gefangenen, aber auch der Winzer und Weinhändler ist, will ich die Gabe des Herrn gegen alle die wenden, die Böses im Herzen tragen und mit dem Teufel …»

Ein gellender Aufschrei hallte durch die Weite des Doms und schnitt ihr das Wort ab.

«Hexe!»

Die Köpfe fuhren herum. Woher kam die Anschuldigung?

«Du bist eine verfluchte Hexe!»

Alle blickten zum Hauptportal, in das helle Licht, das durch die hohen Türen hereinfiel. Zu Anfang starrten sie nur in ein blendendes Weiß, doch dann sahen sie etwas Dunkles, etwas, das sich bewegte, ja mit den Flügeln schlug, auf sich zukommen. Die Vordersten duckten sich, andere sprangen zur Seite. Ein schwarzer, großer Vogel kam über ihre Köpfe hereingeflogen und krächzte, dass es einem bang werden konnte.

Es war Kolk, der das lange Kirchenschiff durchkreuzte

und den nächsten sicheren Platz aufsuchte, von dem aus er die verschreckten Bürger im Auge behielt. Er ließ sich auf dem Querbalken des riesigen Kreuzes nieder, das hoch oben zwischen Chor und Langhaus von der Decke herabhing.

Dem Bischof fuhr das blanke Entsetzen in die Glieder. Er bekreuzigte sich, so wie es viele andere auch taten.

«Glaubt dieser Hexe kein Wort. Aus ihr spricht der leibhaftige Teufel.»

Wieder diese Stimme, und nun erkannte man auch, zu wem sie gehörte. Aus dem hellen Licht trat ein Junge in den Dom, den einige am letzten Brandtag in der Nähe von Kathi und den Hexenkommissaren gesehen zu haben glaubten. Allerdings war er jetzt gewaschen und trug saubere Kleidung. Seine auffällig forsche und anklagende Stimme hatte Bruder Timotheus ihm freilich nicht nehmen können.

Es war Lorentz.

Er schritt selbstbewusst die lange Gasse entlang, die die Bürger für ihn bildeten. In seiner Gefolgschaft befanden sich weitere Kinder mit schmutzigen Gesichtern. Sie tollten närrisch herum, zogen Fratzen und erschreckten die Erwachsenen mit anstößigen Gesten, wie man sie sonst nur von den Schaustellern auf dem Markt kannte.

Am Ende der Gasse angekommen, zeigte er anklagend auf Grit.

«Dieses Weibsbild», rief er, «hat mit dem Teufel Unzucht getrieben. Sie ist seine getreue Gemahlin und will euch täuschen.»

«Lügner!», schallte es von der Kanzel herab. «Du wagst es, im Haus des Herrn deine giftigen Lügen zu verbreiten?»

«Und du hast ihr dabei geholfen», erwiderte Lorentz. «Ich habe euch beide beobachtet, letzte Nacht, als ihr zum Schalksberg aufgefahren seid.»

«Es reicht!», herrschte Faltermayer ihn an. Er hatte von dem Narrenspiel genug und trat auf ihn zu. «Wer bist du, dass du es wagst, solche Anschuldigungen zu erheben?»

Lorentz wandte sich den Bürgern zu. «Ich bin Lorentz Rußwurm, Sohn des Spielmanns Karl Rußwurm und ergebener Knecht des Herrn aller Hexen und Unholde, des Teufels.»

29

Es war, als sei der Jüngste Tag angebrochen.

Schwarze Rauchschwaden verdunkelten die Stadt. Sie speisten sich aus brennenden Strohhaufen, die während des Hohen Amts am Markt und in der Domstraße aufgehäuft worden waren. Nahestehende Karren und ihre Ladungen fingen Feuer, Pferde, Ochsen und Esel stürzten aus offenstehenden Stallungen und suchten ihr Heil in blinder Flucht. Ihr Weg kreuzte sich mit ebenfalls flüchtenden Hunden und Katzen. Sie zogen brennende Strohbüschel hinter sich her, jemand hatte sie ihnen an den Schwanz gebunden.

Um die Ecke vom Grünenbaum kam eine Herde Schafe gerannt – nicht friedlich blökend, sondern in heller Aufregung. Kein Wunder, ihre Wolle war mit schwarzem Pech bestrichen worden. Nun hatten sie Feuer gefangen und hasteten als lebende Fackeln auf das Portal des Doms zu.

Erste Schreie drangen aus den Stuben und Küchen auf die Straße. Dazu begannen die Glocken der Ritter-Kapelle und von Neumünster aus unerfindlichen Gründen plötzlich zu läuten.

Die Bürger, die im Dom keinen Platz gefunden hatten und mit den Stufen hatten vorliebnehmen müssen, erkannten als Erste die heraufziehende Gefahr.

«Feuer!», schrien sie. «Kommt alle heraus.»

Ihr Rufen verfing sich im weiten Kirchenschiff und schnitt Faltermayer, Ludwig, Lorentz und all den anderen, die heftig miteinander stritten, das Wort ab. Sie drängten durch das Portal hinaus auf den Vorplatz, wo sie Zeuge eines nicht für möglich gehaltenen Spektakels wurden.

Mit ungläubigen Augen sahen sie die brennenden Tiere, wie sie um ihr Leben schrien und ziellos umherrannten. Rauchfahnen wanden sich um die Häuser, während das Geschrei und die Kirchenglocken alles überdeckten, sodass man sein eigenes Wort nicht mehr verstand.

Doch am schockierendsten war der Anblick der vielen kleinen schwarzen Wesen, die, mit Stöcken bewaffnet, aus den Gassen kamen. Wären sie nicht auf zwei Beinen gegangen, hätte man glauben können, ein Heer von Ratten strömte auf die Domstraße. Es waren die Mitglieder der Schwarzen Banden, die nun unter dem Befehl von Lorentz standen. Über Nacht hatten sie aus den umliegenden Gemeinden Zuwachs bekommen, ihre Zahl war auf hundert angewachsen. Gesichter und Kleidung waren noch immer schwarz wie Ruß. Unter dem Eindruck des Feuers und der Panik schien es, als kämen sie geradewegs aus der Hölle.

Sie kannten keinen Respekt. Wer ihnen auf dem Weg zum Dom in die Quere kam, bezog Prügel. Die Torwachen an der Mainbrücke waren die Ersten, die das zu spüren bekamen. Obwohl es sich bei den Angreifern um Kinder handelte, waren die Wachen unterlegen. Das Heer der Kinder fiel wie Ameisen über sie her und prügelte auf sie ein.

Faltermayer wollte seinen Augen nicht trauen. «Woher kommen nur all die Kinder?» In seiner Stimme schwang nicht nur Überraschung mit, sondern auch Ekel vor der schmutzigen Brut.

Auch der Bischof war ratlos. Auf seinen Stab gestützt, hob er den Blick zum Himmel. «O Herr, wieso schickst du uns diese Plage?»

Lorentz drängte sich an den Erwachsenen vorbei.

«Es wird nicht die letzte sein», sagte er dreist, «wenn Ihr uns nicht gebt, was wir wollen.»

Wütend fuhr Faltermayer ihn an. «Bist du dafür verantwortlich?»

«Das sind meine Soldaten», antwortete er. «Kinder, die ihr verstoßen habt, die aber nicht länger in den Kellern verhungern wollen. Gebt uns Essen und ein Heim, dann wollen wir Euch verschonen.»

«Zum Teufel mit dir und deiner Brut!» Er verpasste ihm eine Ohrfeige, und Lorentz stürzte die Stufen des Doms hinunter.

Lorentz hatte sich nicht weiter wehgetan, der eigentliche Schmerz war ein anderer, ein wohlvertrauter.

«Das werdet Ihr bereuen», stieß er voller Abscheu aus. «Ihr und jeder andere, der uns missachtet.»

Dann lief er zu seinen Gefährten und erteilte ihnen Befehle, auf welche Häuser sie sich vorrangig stürzen sollten. Den Werkstätten der wohlhabenden Handwerker, die sich an der Domstraße entlangreihten, gehörte sein Augenmerk. Die Kinder drangen durch Fenster und Türen ein und holten alles heraus, was ihnen von Wert schien.

Faltermayer rief einen Stadtknecht herbei. «Alarmiert die bischöflichen Truppen.»

«Aber die sind doch schon Richtung Norden gezogen», antwortete dieser, «um zu den Kaiserlichen zu stoßen.»

Das kleine Heer, bestehend aus angeworbenen Söldnern, die der Bischof der Liga zur Verfügung stellen musste, war vor zwei Tagen verschifft worden. Nur ein kleiner Rest, vierzig bis fünfzig Mann, mochte noch in der Stadt sein, und die lagen an einem Sonntagmorgen zweifellos betrunken in ihren Quartieren.

«Hol jeden einzelnen Mann her», befahl er. «Versprich ihnen eine Handvoll Gulden.»

Der Stadtknecht rannte los. Er musste die Domstraße hinunter und zu den Quartieren, die entlang des Mains gelegen waren. Auf seinem Weg flogen ihm Steine und Prügel hinterher.

Kathi und Volkhardt sahen ihn Haken schlagen, wie es ein Hase auf der Flucht vor seinen Verfolgern tat. Sie kamen über die Brücke von der anderen Mainseite herübergelaufen. Die Nacht hatten sie in Volkhardts Versteck auf dem Nikolausberg verbracht. Nun wollten sie sehen, was es mit dem Rauch und dem Glockengeläut auf sich hatte. Oben in den Turmstühlen sahen sie Kinder an den Glocken.

«Was machen die da oben?», fragte Kathi.

«Bestimmt nichts Gutes», antwortete Volkhardt. Es gab nur einen, der sie da hochgeschickt haben konnte – Lorentz. Und als Volkhardt seine ehemaligen Schwarzen Banden auf der Domstraße erkannte, wusste er, dass Lorentz sein Versprechen wahrgemacht hatte.

Er hielt Kathi am Wachhaus zurück. «Warte, es ist besser, wenn sie uns nicht sehen.»

Kathi hatte in den vergangenen Tagen gelernt, auf seine Worte zu hören, und für die Schwarzen Banden gab es ohnehin niemanden, der besser Bescheid wusste. «Was hast du vor?»

«Du bleibst hier. Am besten, du versteckst dich im Wachhaus. Ich werde mir Lorentz schnappen. Dann hat dieser Spuk endlich ein Ende.»

«Es ist zu gefährlich. Du bist ein Einzelner gegen so viele.»

«Ich werde aufpassen, keine Sorge.»

Er schob sie zur Tür hinein, wo eine schmale Treppe nach oben führte. Kathi nahm eilig die Stufen. Am Fenster unter dem Dach hatte sie einen ausgezeichneten Blick auf die Vorgänge in der Domstraße.

Sie sah zwei Stadtknechte, die sich mühsam der Kinder erwehrten. Was war nur mit ihnen los? Wie konnte es sein, dass Kinder es wagten, gegen die Stadtknechte aufzubegehren? Der Hieb eines Erwachsenen hätte gut drei von ihnen töten können, andererseits konnten auch drei Kinder einen Erwachsenen in Bedrängnis bringen, wenn sie es richtig anstellten. Die wenigen Stadtknechte waren eindeutig in der Unterzahl. Gegen die wild gewordenen Horden konnten sie nichts ausrichten. Einige liefen davon, um Verstärkung zu holen, andere setzten sich mit Hieben und Tritten zur Wehr.

Am Portal des Doms entdeckte sie Faltermayer und den Bischof. Daneben standen Ludwig und Grit, die sie mit weißem Hemd und hochgesteckten Haaren fast nicht erkannt hätte. Verzweifelte Bürger schoben sich an ihnen vorbei und liefen zu ihren Häusern.

Je mehr Bürger auf die Straße drangen, desto mehr gerieten die Schwarzen Banden ins Hintertreffen. Sie hatten die Überraschung auf ihrer Seite gehabt, doch dieser Vorteil ging nun zu Ende. Als sich aus den Soldatenquartieren am Main die bischöflichen Truppen über die Brücke näherten, war der Kampf entschieden.

Lorentz hatte für diesen Fall vorgebeugt. Kathi sah ihn auf die Domstraße laufen. Er rief seine Kämpfer zusammen und befahl ihnen, nach allen Seiten zu flüchten, damit sie kein leichtes Ziel boten.

So schnell, wie sie aus den Gassen auf die Domstraße gelangt waren, so schnell waren sie auch wieder verschwunden. Der Spuk war vorüber, das Glockengeläut verstummte. Zurück blieben abgebrannte Strohhaufen, verletzte Stadtknechte und fassungslose Bürger.

Als Kathi aufgeregte Schritte im Wachhaus unter ihr hörte, wusste sie, dass sie den rechten Zeitpunkt zur Flucht verpasst hatte. Sie sah zwar nicht aus wie eine von den Schwarzen Banden, aber danach würden die wütenden Stadtknechte nicht fragen. Es reichte ihnen, dass sie ein Kind festgenommen hatten.

30

Sieben Kinder waren den Stadtknechten ins Netz gegangen, unter ihnen Kathi. Sie hatte in den vergangenen Tagen vergeblich versucht, Faltermayer davon zu überzeugen, dass sie mit dem Vorfall auf der Domstraße nichts zu tun hatte und nur Zuschauerin gewesen war.

Faltermayer wollte nichts davon hören. Er hatte mit Kathi seinen wichtigsten Fang an jenem Tag gemacht. Das allein zählte. Alles andere war nebensächlich oder wurde zur Nebensache erklärt – wie der Angriff der Schwarzen Banden. Neben Pest, Reformation und Geldknappheit gab es für den Bischof nichts Schlimmeres als eine Auflehnung der Bürger gegen seine herrschaftliche Ordnung. So spielte man den Vorfall in der Domstraße herunter und deklarierte ihn als kurzzeitigen, räumlich begrenzten Ausbruch einer Seuche, die Kopf und Verstand befallen hatte. Ein vergifteter Brunnen war dafür verantwortlich gemacht worden. Jetzt war er zugeschüttet, und man konnte sich wieder der eigentlichen Bedrohung durch die Hexen und Unholde widmen.

Und das war auch dringend notwendig. Seit Ludwigs Predigt und Lorentz' Auftritt hatte sich etwas Entscheidendes verändert. Hatten Kinder bisher nur Erwachsene des Pakts mit dem Teufel bezichtigt, wandten sie sich nun ihresgleichen zu. Lorentz war mit seiner Selbstbezichtigung der Erste gewesen.

Ich bin Lorentz Rußwurm, Sohn des Spielmanns Karl Rußwurm, und ergebener Knecht des Herrn aller Hexen und Unholde, des Teufels.

Die Selbstanklage hatte bei den Bürgern im Dom einen bleibenden Eindruck hinterlassen. Wie konnte ein Kind sich selbst besagen, wenn es nicht völlig den Verstand verloren hatte oder tatsächlich mit dem Teufel gemeinsame Sache machte?

Lorentz konnten sie nicht danach befragen. Er war seit jenem Sonntagmorgen verschwunden. Blieben die sechs Kinder, die die Stadtknechte hatten einfangen können. Sie gaben unumwunden zu, dass sie Gefährten des Lorentz Rußwurm seien, der im Auftrag des Teufels Zwietracht säe, Hagel und Seuchen herbeizaubere und Kinder den Hexen zuführe. Das mache sie gleichsam zu einem Knecht des Teufels.

Die Nachricht drang auch zu Ludwig und Grit vor, die sich nun einer völlig neuen und unerwarteten Situation gegenübersahen. Kaum jemanden interessierte es noch, wen Grit bei ihren nächtlichen Ausflügen auf den Schalksberg – die sie weiterhin auf Einladung der Hexen unternahm – gesehen haben wollte. Die Aufmerksamkeit galt allein den sechs Teufelskindern.

Auch die Fähigkeit, Hexen und Unholde erkennen zu können, wie Ludwig es von der Kanzel verkündet hatte, überzeugte nicht länger. Die Teufelskinder waren das Maß der Dinge. Sie hatten den kurzen Kampf um die Glaubwürdigkeit für sich entschieden. Und das mit nur einem Auftritt des kleinen Lorentz im Dom.

Die Einzige, die noch mithalten konnte, war Kathi. Sie war die erste Kinderhexe gewesen, hatte zwischenzeitlich geleugnet, war dann von Ludwig öffentlich beschuldigt worden, um nun erneut jeglichen Bund mit dem Teufel zu bestreiten. Dieses Wechselspiel war den Bürgern von anderen Krankheiten her bekannt. Es gab keinen Grund, daran zu zweifeln, dass es bei der Hexenseuche nicht genauso sein sollte.

Die Kammern und Zellen, die eigens für die Befragung von Kindern und angesehenen Personen – wie Felicitas Dornbusch – im Juliusspital hergerichtet worden waren, waren mit der Festnahme der sechs Teufelskinder und von Kathi belegt. Faltermayer war angehalten, neuen Raum zu schaffen, um die bezichtigten Kinder aufnehmen zu können. Es zeigte sich, dass die Schule von Stift Haug zu einer neuen Brutstätte des Teufelsunwesens geworden war. Unter den Beschuldigten befanden sich Söhne aus wohlhabenden Familien, Faltermayer würde ihnen sein ganz besonderes Augenmerk widmen.

Er hatte einen neuen Brandtag ansetzen lassen, und als Erstes würde er die beiden Einzelzellen räumen lassen, in denen Felicitas Dornbusch und Kathi untergebracht waren.

Kathi lag, nur mit einem dünnen Nachthemd bekleidet, auf der Strohmatte. Sie hatte die nackten Beine angezogen und hielt sie mit den Armen fest umschlungen. In diesem Kellerraum war es dunkel, feucht und kühl. Nur wenn die Zellentür geöffnet wurde, fiel etwas Licht von den Fackeln herein. So wie jetzt, als ein Folterknecht hereinkam.

«Steh auf», herrschte er sie an. «Meister Faltermayer will dich sehen.»

Kathi öffnete die Augen. «Ich habe ihm doch schon alles gesagt, was ich weiß.»

«Du sollst auch nicht befragt werden.»

«Was will er dann von mir?»

Ein hämisches Grinsen machte sich auf seinem zahnlosen Mund breit. «Heute darfst du zusehen, was dich morgen erwartet. Nun komm schon, bevor ich dir Beine mache.»

Erschöpft und vor Kälte zitternd, stand sie auf und folgte ihm hinaus auf den Gang. Sie sah die Tür zur Zelle gegenüber offen stehen. Eigentlich war Felicitas Dornbusch darin untergebracht. Sie hatte sie in der vergangenen Nacht weinen und vor Schmerzen stöhnen hören. Dazwischen immer wieder Gebete. *Der Herr möge ihr Kraft geben, um die Marter zu überstehen.* Nun war sie fort, und Kathi fragte sich, was mit ihr passiert war.

In den nächsten Zellen vor dem Treppenaufgang waren die Kinder der Schwarzen Banden untergebracht. Jeweils zwei teilten sich eine Zelle. Irgendwann glaubte sie, Gelächter gehört zu haben. Der Gedanke daran war so widersinnig, dass Kathi begonnen hatte, an ihrem Gehör zu zweifeln. Hier unten lachte niemand, außer den Folterknechten und dem Teufel.

Mit jeder Stufe, die sie mit ihren nackten Füßen nahm, spürte sie die Feuchtigkeit und die Kälte weichen. Oben, in einem der vielen Gänge des Juliusspitals, fühlte es sich sogar warm an. Obwohl sie erst ein paar Tage hier war, konnte sie sich kaum erinnern, wann sie das letzte Mal ein solches Gefühl gehabt hatte.

Der Folterknecht führte sie zu einem Raum, in dem sie bisher noch nicht gewesen war. Als die Tür geöffnet wurde, sah sie Faltermayer an einem Tisch sitzen. Neben ihm der Malefizschreiber. Brot, Schinken und Wein standen vor ihnen. Allein dieser Anblick hätte genügt, um Kathi um den Verstand zu bringen. Sie schluckte trocken.

«Schaff sie dort rüber», sagte Faltermayer und zeigte auf eine Ecke, in der eine seltsame Apparatur stand. Sie sah aus wie ein Stuhl, war aber überzogen mit zahllosen Nägeln. An der Lehne war ein Lederband mit einer Schnalle angebracht. Sollte wirklich jemand auf diesem Ding festgeschnallt werden? Vermutlich, denn an den Stuhlbeinen klebte vertrocknetes Blut.

Von diesen Apparaturen gab es in diesem Raum mehrere. Sie waren so abenteuerlich geformt, dass es Kathi wunderte, wie ein menschlicher Geist so etwas überhaupt erdacht haben konnte. Doch als sie auf einer Leiter liegend einen nackten Frauenkörper erkannte, dessen Arme auf dem Rücken festgebunden und grotesk verrenkt waren, wusste sie, wo sie gelandet war: in Faltermayers Folterraum.

Ein Knecht mit einer glühenden Zange machte sich soeben daran, dem geschundenen Körper eine weitere Wunde zuzufügen. Das rote Eisen drang mit einem Zischen in das weiße Fleisch. Die Frau schrie nicht, wie es Kathi erwartet hatte, sondern stöhnte nur kurz auf, bis sich ihr Körper kraftlos wieder entspannte. Als sie dieses Stöhnen gehört hatte, wusste sie, um wen es sich handelte.

«Wie oft bist du zur Nacht auf den Friedhof gegangen und hast tote Kinder ausgegraben?», fragte der Malefizschreiber lustlos. Er musste die Frage schon mehrmals gestellt haben. Den Kopf auf eine Hand gestützt, während die andere einen Federkiel führte, blickte er hinüber zu Felicitas Dornbusch. Die Antwort blieb aus. Felicitas lag wie tot auf der Leiter. Wäre ihr nicht Blut über die Schenkel geflossen, Kathi hätte schwören mögen, dass kein Leben mehr in ihr sei.

Faltermayer spießte ein Stück Schinken mit dem Messer

auf und führte es zum Mund. Dabei beobachtete er Kathi, wie sie auf die Folter reagierte.

Kathi spürte seinen Blick, wagte es aber nicht, ihn zu erwidern. Sie wusste, die Zeit der Drohungen lag hinter ihr. Hier und jetzt sollte sie mit ansehen, was ihr blühte, wenn sie sich nicht zur Hexerei bekannte.

«Wie oft bist du zur Nacht auf den Friedhof gegangen und hast tote Kinder ausgegraben?», fragte der Malefizschreiber erneut.

Wieder erhielt er keine Antwort.

«Die nächste Frage», ordnete Faltermayer an. Es war Zeit, dass sie die über zweihundert Fragen lange Liste endlich hinter sich brachten. Es warteten noch andere Angeklagte auf ihn.

Der Malefizschreiber kreuzte die Frage als unbeantwortet an und las die nächste vor.

«Was hast du dann mit den Kindern getan? Hast du sie gekocht, gesotten oder gebraten? Wo hast du sie verzehrt? Wer war daran beteiligt, und hat es dir geschmeckt?»

Kathi schaute auf. Was für eine Widerwärtigkeit. Niemand würde diese abstruse Frage beantworten. Doch Faltermayer meinte es ernst. Er ließ den Malefizschreiber die Frage wiederholen, und wieder erhielt er keine Antwort.

«Das Eisen», ordnete er an. Der Folterknecht legte Felicitas die glühende Zange auf die Brust. Sie bäumte sich auf, ein heiserer Schrei ertönte, dann sackte sie kraftlos zusammen.

«Was hast du dann mit den Kindern getan?», fragte der Malefizschreiber. «Hast du sie gekocht …»

«Herr», unterbrach der Folterknecht. «Das Weib atmet nicht mehr.»

Das holte Faltermayer aus seiner Teilnahmslosigkeit. «Was sagst du da?»

Der Folterknecht legte ihr nochmals das glühende Eisen auf den Körper. Doch Felicitas reagierte nicht. «Ich glaube, das Weib ist tot.»

Erbost stand Faltermayer auf und schritt zur Leiter. Er stieß den Folterknecht zur Seite, nahm das Eisen und legte es Felicitas nochmals auf. Sie zeigte keine Reaktion. Faltermayer hingegen schon. Wutentbrannt wandte er sich dem Folterknecht zu.

«Du verfluchter Hurensohn», schrie er ihn an, «habe ich dir nicht gesagt, du sollst vorsichtig mit ihr umgehen? Das Weib ist keinen Pfifferling mehr wert. Weißt du, was mir dadurch entgeht?»

Der Knecht konnte es sich nicht vorstellen, Kathi aber schon. Sie erinnerte sich der Schriftstücke, die ihr Dürr gezeigt hatte. Felicitas Dornbusch war die Tochter eines wohlhabenden Weinhändlers. Sie musste für Tausende Gulden gut sein. Jetzt, da sie tot war, würde ihr Vater keinen Kreuzer mehr bezahlen.

«Nun zu dir», sagte Faltermayer und wandte sich Kathi zu. Er packte sie am Arm und führte sie zur Leiter. «Schau sie dir gut an. Ich hoffe, du machst nicht den gleichen Fehler. Ich gebe dir bis heute Abend Zeit, über deine Aussage nachzudenken. Und wehe, es ist nicht das, was ich von dir erwarte.»

Dann ließ er nach einem neuen Folterknecht schicken, der die tote Felicitas fortschaffen sollte.

Kathis Augen ruhten auf dem leblosen und geschundenen Körper von Felicitas. Sie mochte sich nicht vorstellen, welche Qualen die Ratsfrau hatte ausstehen müssen. Würde sie genauso viel Kraft aufbringen, oder war es besser zu gestehen, was Faltermayer von ihr hören wollte? In beiden Fällen wäre das Ergebnis das gleiche – der Scheiterhaufen. Nur der Weg dorthin war anders. Tränen traten ihr in die Augen. Morgen war Brandtag.

Vor den Toren des Juliusspitals standen seit dem frühen Morgen Christian Dornbusch, Helene und Volkhardt. Man hielt Abstand und wartete auf Nachricht aus dem Spital. Keiner von ihnen kannte den anderen, aber jeder ahnte, dass sie ein gemeinsames Schicksal verband. Noch wagte niemand, den anderen anzusprechen. Erst als ein gemeinsamer Feind um die Ecke kam und auf das Portal zuhielt, erfüllte sie der gleiche Zorn.

Pfarrer Ludwig erschrak. Mit Christian Dornbusch und Kathis Mutter hatte er nicht gerechnet. Er beschleunigte seinen Schritt.

Helene stellte sich ihm in den Weg. «Ihr seid ein zweiter Judas Ischariot. Ich habe Euch vertraut und Kathi in Eure Obhut gegeben. Brennen sollt Ihr. Pfui.» Sie spuckte ihm ins Gesicht.

Ludwigs Hand zuckte, als wolle er die Beleidigung nicht unerwidert lassen. «Geh mir aus dem Weg, Weib», zischte er sie an. «Wenn du es wünschst, kannst du deiner Tochter gerne Gesellschaft leisten. Ein Wort genügt.»

Christian nahm sie zur Seite. «Verzeiht ihr, werter Pfarrer. Es ist der Schmerz einer sich sorgenden Mutter.» Er musste alle Kraft aufwenden, um diese Worte zu sprechen. Am liebsten hätte er diesen Knecht des Teufels eigenhändig erwürgt. Aber das würde ihn nicht weiterbringen. Hier war Diplomatie gefragt. Ludwig war der Einzige, der Zugang zu den Inhaftierten hatte und etwas über Felicitas wissen konnte. Er musste an seine Hilfsbereitschaft appellieren. In seiner Tasche führte er Felicitas' Rosenkranz mit sich.

«Gebt dies meinem Weib, ich bitt Euch», sagte er und händigte ihn Ludwig aus. «Er ist ihr lieb und teuer.»

Beim Anblick des Rosenkranzes schwand Ludwigs Zorn. Dieser Bitte konnte er sich nicht entziehen. «Ich werde mit ihr beten», antwortete er und nahm den Rosenkranz.

Doch bevor er die Hand zurückziehen konnte, ergriff Christian sie. «Lasst sie wissen, dass sie nicht allein ist.»

«Der wahre Gläubige ist niemals allein», antwortete Ludwig mit Blick auf seine Hand.

«Ihr würdet auch mir eine Last von den Schultern nehmen, wenn Ihr mir Nachricht von meinem Weib bringen könntet.»

Ludwig versuchte sich zu befreien. Doch Christians Griff war fest und unnachgiebig.

«Ich werde sehen, was ich tun kann.»

Jetzt endlich ließ Christian ihn los. Ludwig rieb sich die Hand und eilte schnurstracks auf das Hauptportal zu.

«Ihr hättet ihm die Hand brechen sollen», sagte Helene vorwurfsvoll, «anstatt sie ihm zu küssen.»

Er nickte. «Glaubt mir, ich hätte nichts lieber getan.»

Die beiden sahen sich an, und Helene ergriff die Initiative. «Ihr seid der Stadtrat Dornbusch, wenn ich nicht irre.»

«Und Ihr Kathis Mutter», erwiderte Christian.

«Wie geht es Eurem Weib?»

«Ich weiß es nicht. Faltermayer lässt niemanden zu ihr vor.» Sein alter Zorn stieg wieder in ihm hoch. «Ich könnte ihn umbringen.»

Helene zeigte ihm ihr Mitgefühl. «Ich verstehe Euch gut. Auch ich könnte zur Mörderin werden, wenn ich nicht bald erfahre, was mit meinem Kind hier geschieht.»

Im Hintergrund hatte Volkhardt die Szene verfolgt. Nun

war eine gute Gelegenheit, um sich vorzustellen. «Entschuldigt, werter Herr und werte Dame. Ich hörte, Ihr fiebert um das Wohlergehen eines der Euren.»

Christian und Helene schauten ihn überrascht und fragend an. Der Bengel hatte sich die ganze Zeit hier herumgetrieben, und keiner von ihnen wusste, wer er war und was er vorhatte.

«Wer bist du?», fragte Christian. «Und was hast du hier zu suchen?»

«Ich bin Volkhardt von Hohenstätt, und ich sorge mich um eine Freundin, die im Spital gefangen gehalten wird. Nun, eigentlich sind es zwei.»

«Wer ist diese Freundin?», fragte Helene.

«Ein Mädchen namens Ursula. Und das andere Mädchen heißt Kathi.»

Helene war erstaunt. Sie hatte nicht gewusst, dass Kathi mit einem Jungen befreundet war, und dann noch mit so einem verschmutzten und heruntergekommenen Bengel.

Der Name Hohenstätt kam Christian hingegen bekannt vor. Er hatte ihn schon einmal gehört. Er wusste nur nicht in welchem Zusammenhang.

«Weißt du etwas über Kathi?», fragte Helene. «Wie geht es ihr?»

«Ich habe erst heute Morgen von ihrer Festnahme erfahren», antwortete Volkhardt. «Niemals hätte ich sie alleine lassen dürfen. Es ist meine Schuld.»

«Was meinst du damit?», fragte sie, und Volkhardt erzählte, wie er sie am Wachhaus der Mainbrücke in Sicherheit zu bringen versucht hatte. Leider war das genau die falsche Entscheidung gewesen. Er hätte sie stattdessen mitnehmen müssen bei seiner Suche nach Lorentz. «Es tut mir leid.»

Sie seufzte. Was sollte sie nur mit diesem Jungen anstellen? Wäre er nicht gewesen, dann wäre Kathi vielleicht noch frei. Hätte er sie andererseits nicht aus der Kammer in Neumünster befreit, wäre sie noch früher im Kerker gelandet.

«Du kennst diesen kleinen Teufel Lorentz?», fragte Christian.

«Ja», antwortete Volkhardt, «er war lange Zeit in meiner Bande. Nun hat er seine eigene.»

«Der Bischof lässt nach ihm und seiner Bande suchen.»

«Er wird sie nicht finden. In der Stadt gibt es Hunderte Keller und versteckte Gänge für die Stadtverteidigung. Sie halten sich darin auf, bis er sie ruft.»

Sei's drum, sagte sich Christian, Lorentz und die anderen waren nicht sein Problem. Viel wichtiger war, wie er Nachricht über Felicitas erhielt. Ludwig konnte man nicht trauen.

«Vielleicht kann ich Euch helfen», sagte Volkhardt. «Gleich hinter dem Spital verläuft die Stadtmauer mit sechs Wehrtürmen. Ich weiß, dass es zu jedem Turm einen geheimen Fluchtweg gibt.»

31

Auch wenn die Befestigungen der Stadt nach außen einen wehrhaften Eindruck machten, waren sie für ein wissendes Auge ein leicht zu überwindendes Hindernis. Die Wälle, Mauern und Wehrtürme waren in einem chronisch miserablen Zustand. Der Bischof, in dessen Verantwortung die Landesverteidigung und auch der Schutz seines Amtssitzes lagen, zog es stattdessen vor, die knappen Mittel in ein Söldnerheer zu stecken, das zum Schutz von Stadt und Land an fernen Fronten kämpfte.

Die Stadt zu Füßen seiner Burg stellte für ein zielstrebiges kleines Heer kein größeres Problem dar. Deshalb waren besorgte Bürger auf eine Idee gekommen. Als Erster hatte ein gewisser Clemens Mantheufel einen Schutzkeller und Fluchttunnel gegraben, um seine Familie vor feindlichen Kämpfern zu schützen, sobald sie die Mauern überwunden hatten. Sein Beispiel machte Schule, und mit der Zeit hatte sich entlang der Befestigungen ein kleines Netz aus Tunneln und Schutzräumen gebildet.

Auch der Bauherr des Juliusspitals hielt sich diese Fluchtmöglichkeit offen. Gleich hinter dem Stift verlief die Stadtmauer mit sechs Wehrtürmen, die mittels der Tunnel mit Waffen und Kämpfern bedient werden konnten.

Volkhardt hatte Christian und Helene zu einem versteckten und mit Büschen geschützten Zugang geführt. Das Schloss, das die Eisentür verriegelte, war mit einem ausreichend großen Stein zu öffnen.

«Los, beeilt Euch», sagte Volkhardt und wies Christian und Helene an, in den schulterhohen Zugang zu schlüpfen. Ein mit Lumpen umwickelter Stock würde als Fackel dienen. «Die Wachen kontrollieren mehrmals am Tag. Wir haben also nicht lange Zeit.»

Er drückte Christian einen langen Ast in die Hand, den er von einem Haselnussstrauch geschnitten hatte.

«Was soll ich damit?», fragte Christian.

«Den werden wir später noch brauchen.»

Die Nacht brach an. Helene war nicht wohl bei dem Gedanken, einem unbekannten Jungen in einen dunklen und von Stadtknechten bewachten Schacht zu folgen. Aber wenn es stimmte, was er sagte, dann war dies der einzige Weg zu Kathi.

«Du kennst dich in diesen Gängen aus?», fragte Christian nicht weniger skeptisch.

«Sorgt Euch nicht», antwortete Volkhardt und ging mit der Fackel voran. «Die letzten Jahre habe ich hier unten verbracht. Niemand weiß besser Bescheid als ich.»

Er vermied es, Lorentz und seine ehemaligen Mitstreiter zu nennen. Mit ihnen hatte er die Tunnel erkundet und Verstecke und Fluchtwege festgelegt. Die vergangenen Tage hatte er hier nach ihnen gesucht, ergebnislos. Lorentz musste ein anderes, ihm unbekanntes Versteck für seine Bande gefunden haben. Er fragte sich, wo es sich befand. Irgendwo in der Nähe des Mains vielleicht? Der Bischof hatte in jüngster Zeit graben lassen. Es würde ihn nicht wundern, wenn Lorentz genau dorthin geflüchtet war.

Der schmale und niedrige Gang hing voller Spinnweben – ein untrügliches Zeichen, dass er schon lange nicht mehr benutzt worden war. Selbst Fledermäuse hatten sich eingenistet. Fiepend drängten sie sich in die Ecken, wenn die helle und heiße Fackel ihnen zu nahe kam. Die Panzer flüchtender Käfer knackten, wenn sie unter die Füße gerieten, und Ratten stellten sich auf die Hinterbeine, um zu schnuppern, wer sie in ihrer Abgeschiedenheit störte. Der Geruch von Verwesung hing in der Luft, und Helene glaubte, auf der Stelle flüchten zu müssen. Aber Volkhardt beruhigte sie. Der Gang verzweigte sich bald, dann war es mit diesem Gestank erst einmal vorbei.

In der einen Richtung ging es zu den Wehrtürmen, in der anderen geradewegs in die Kelleranlagen des Juliusspitals. Als die Wände feucht zu werden begannen, waren sie unter dem großen Innenplatz des Spitals angekommen, wo zwei Brunnen Wasser aus der Tiefe schöpften. Ein schmaler Durchgang endete in einem der Brunnenschächte. Frische Luft kam herein. Christian und Helene atmeten erleichtert durch.

«Es ist nicht mehr weit», sagte Volkhardt. «Da vorne geht es in die Keller.»

Je näher sie den Verliesen kamen, desto besser und höher wurde das Mauerwerk. Stimmen waberten ihnen entgegen, und Volkhardt bedeutete ihnen, ab jetzt keine lauten Geräusche mehr zu machen. Er löschte die Fackel.

Das Ende des Gangs war mit einem Eisengitter versperrt. Der feuchtwarme Gestank von Exkrementen und vermodertem Stroh drang ungehindert zu ihnen durch – ein eindeutiges Zeichen, dass sie genau dort angekommen waren, wohin sie wollten.

Volkhardt legte den Finger auf die Lippen. «Leise. Die Folterknechte sind zwar dumm, aber nicht taub.»

Christian flüsterte: «Wie wollen wir das Gitter öffnen? Es ist doch bestimmt verschlossen.»

Volkhardt hatte vorgesorgt. Er nahm den langen Ast, den Christian getragen hatte, und führte ihn vorsichtig durch das Gitter zu einem Brett an der Wand. Dort hingen die Schlüssel der Kerker und auch der Schlüssel für die Fluchttür. Er musste nur den passenden finden. Derjenige, auf dem sich der Ruß der Fackeln abgelagert hatte, weil er am wenigsten in Gebrauch war, sollte der richtige sein.

Von den Folterknechten war niemand zu sehen, nur aus den Kerkern drangen Stöhnen und Gebete, aber auch Kinderstimmen. Wenn Volkhardt genau hinhörte, meinte er, die Stimme von Jörg zu erkennen – eines Jungen, der zu den Schwarzen Banden gehörte und einer der Ersten gewesen war, der sich auf Lorentz' Seite geschlagen hatte.

Am glatten Schaft des Haselnussastes glitt der Schlüssel mühelos zu ihm herüber. Aber dann öffnete sich plötzlich die Tür zum Kerkergang.

Die schmächtige Kathi auf den Nagelstuhl zu setzen hatte keinen Zweck gehabt. Er war viel zu groß für den kleinen Körper. Ebenso wenig waren die Daumen- und Beinschrauben zum Einsatz gekommen. Ursulas Knochen und Gelenke waren schlicht zu dünn und wären bei der ersten Belastung gebrochen. Das Aufziehen hätte schon eher die gewünschte Wirkung erzielt, doch Faltermayer war sich nach dem Vorfall mit Felicitas nicht mehr sicher, ob seine ungeschickten Gehilfen einen zerbrechlichen Körper behandeln konnten, wie er es wünschte. Hätte er nur die Gerätschaften und die erfahrenen Knechte aus dem Hohenlohischen zur Verfügung gehabt! Die Folterinstrumente waren eigens für Kinder entworfen und gebaut worden, talentierte Peiniger waren nach kurzer Zeit imstande, angemessen mit ihnen umzugehen. Würzburg hatte in dieser Hinsicht noch einiges nachzuholen.

Bis dahin würde er mit der Androhung einen letzten Versuch unternehmen. «Du weißt, was mit dir passiert, wenn du nicht endlich gestehst?»

Neben ihm saß der Malefizschreiber, nicht weniger ratlos als sein Hexenkommissar. Den fein säuberlich ausgearbeiteten Fragenkatalog für erwachsene Hexen würde er bei einem Kind kaum anwenden können. Oder sollte eine Zehnjährige schon umfangreiche Erfahrungen im Buhlen mit einem ausgewachsenen Teufel haben? Ungehalten legte er den Federkiel zur Seite und wartete ab, ob das Kind auf die Forderung des Hexenkommissars einging.

Kathi war sich des Ernstes der Lage bewusst. Ein Knecht war zu ihr in den Kerker gekommen und hatte mit einem Messer ihre langen braunen Haare abgeschnitten. Danach hatte er ihre Kopfhaut nach Teufelsmalen untersucht. Ergebnislos, wie sich zeigte. Schließlich, und das war der letzte

Schritt in der Vorbereitung auf die Folter, hatte sie ihr Büßerhemd abzustreifen, damit der Knecht auch dort nach auffälligen Merkmalen suchen konnte. Sie zitterte wie Espenlaub, während die lüsternen Blicke des Kerls über ihren schmalen Leib wanderten. Ein anderer war so lange an der Kerkertür gestanden und hatte beobachtet, ob sie bei ihren Untersuchungen gestört wurden. Nach dem Vorfall mit Felicitas hatte Faltermayer angedroht, jeden zu bestrafen, der gegen seine Anordnungen verstieß.

Diese Behandlung wusste Kathi anfänglich nicht zu schätzen, später aber, als sie nackt vor zwei groben Kerlen gestanden war, hatte sie zu Gott gefleht, dass die Angst der Folterknechte vor Bestrafung größer war als ihre Lust auf ein jungfräuliches Kind.

Ein Dritter, der sich offenbar nicht gut mit den anderen beiden stand, hatte sie unwissentlich gerettet. Er kam im rechten Moment die Stufen herunter und ging in die gegenüberliegende Zelle, wo er den toten Körper Felicitas' vom schlimmsten Schmutz und von dem angetrockneten Blut zu befreien hatte. Faltermayer hatte es so angeordnet. Felicitas sollte am morgigen Brandtag keinen Anlass zur Unruhe geben, wenn ihr Körper auf dem Scheiterhaufen verbrannt wurde.

Den gierigen Fingern der Knechte war Kathi dadurch vorerst entkommen. Doch nun trachtete Faltermayer nach ihrem Leben. Wenn sie gestand, was er von ihr verlangte, war sie eine Hexe. Die Folter würde ihr damit erspart bleiben.

«Es gibt keine Hexe Babette», antwortete sie trotzdem. «Weder ich noch irgendwer sonst sind je auf dem Schalksberg gewesen. Es war alles Lüge …»

«Genug!»

Faltermayer war nicht gewillt, sich länger von diesem störrischen Kind an der Nase herumführen zu lassen. Er nahm dem Folterknecht die Rute aus der Hand und hielt sie Kathi vors Gesicht.

«Du weißt, was dir damit blüht.»

Da war sie wieder, die vertraute Geißel, mit der ungehörige Kinder zur Ordnung und zur Aufgabe ihres Selbst gebracht werden sollten. Sie dachte für einen Moment an Apotheker Grein, seine falschen Schwüre und sein lächerliches Vorhaben, mit Schlägen einen gottesfürchtigen Christenmenschen aus ihr zu machen. Wie kläglich war er damit gescheitert. Am Ende hatte ihn die Rache seines eigenen Fleischs und Bluts eingeholt. Jetzt verfaulte er im Loch vom Grünenbaum. Recht war ihm geschehen.

Nun aber wollte sich ein zweiter Grein an ihr versuchen. Nur zu, sagte sie sich und spuckte voller Abscheu auf die Rute.

«Du wagst es?», hörte sie Faltermayer fassungslos sagen.

Ja, das tat sie aus der todesverachtenden Überzeugung heraus, dass Teufel wie Grein und Faltermayer es nicht wert waren, alles zu verraten, was ihr heilig war. Sie schloss die Augen in Erwartung der inzwischen vertrauten Pein.

Der erste Schlag war immer der schlimmste. Er traf sie quer über den Rücken und drohte ihr die Luft zu nehmen. Sie fiel nach vorne, atmete tief ein, um dann trotzig in die geforderte Ausgangslage zurückzukehren. Damit kam sie zum zweiten Akt der Unterweisung.

Ohne dass Faltermayer es von ihr gefordert hatte, begann sie das Vaterunser zu beten.

«Pater noster, qui es in caelis …»

Das Vaterunser sprach sie, so wie sie es im Grein'schen Haus gelernt hatte, auf Latein – der Sprache der Unterdrücker und Folterer.

Adveniat regnum tuum – Dein Reich komme.

Auf jede Zeile folgte ein Schlag. Faltermayer hielt überraschenderweise den vertrauten Takt. Das musste den Kerlen im Blut liegen.

Fiat voluntas tua – Dein Wille geschehe.

Das war die längste Zeit so. Wenn es Grein schon nicht geschafft hatte, sie mit seinen Schlägen zu einem besseren Christenmenschen zu machen, dann würde Faltermayer sie auch nicht zu einem Hexengeständnis bringen.

Sicut in caelo, et in terra – Wie im Himmel so auch auf Erden.

Wenn sie etwas aus den Jesus-Darstellungen gelernt hatte, dann das, dass der Schmerz irgendwann zu Ende war. Man musste nur Golgatha hinter sich bringen.

Et ne nos inducas in tentationem – Und führe uns nicht in Versuchung …

Doch, immer wieder würde sie sich gegen die Versuchung auflehnen, unter der Rute der Tyrannen zu verstummen.

Sed libera nos a malo – sondern erlöse uns von dem Bösen.

Brennen sollt ihr, verdammte Teufelsbrut. Und wenn nicht durch Gottes Hand, dann durch die Hand eines Kindes.

Amen.

Mit dem letzten Wort sank sie zu Boden und verlor das Bewusstsein.

Der Schlüssel war gerade in Volkhardts Händen gelandet, als die Tür zum Kerkergang geöffnet wurde und Pfarrer Ludwig hereinkam.

«Ihr könnt nicht lange bleiben», sagte der Folterknecht zu ihm. «Meister Faltermayer hat jeden Besuch der Gefangenen untersagt. Er wird mich bestrafen, wenn er Euch hier findet.»

«Sorge dich nicht», antwortete Ludwig und zog Felicitas' Rosenkranz aus der Tasche. «Gegen ein Gebet und die heilige Beichte wird auch Meister Faltermayer nichts haben.»

Der Knecht gab sich damit zufrieden. Dann schloss er die Zelle auf, in der die Kinder der Schwarzen Banden untergebracht waren.

«Soll ich nicht doch bleiben?», fragte er wachsam. «Es wäre sicherer. Es sind sechs Teufelskinder gegen einen Priester.»

Ein Mitwisser war das Letzte, was Ludwig brauchen konnte. «Und wenn es die ganze Höllenschar wäre, mir ist nicht bang. Ich gehe im Namen des Herrn.»

Ob dieser Schutz wohl ausreichte, fragte sich der Knecht. «Wie Ihr wollt. Wenn die Bastarde doch zu wild werden, dann ruft mich. Ich bin draußen vor der Tür.»

Ludwig bedankte sich, wartete, bis der Knecht die Tür hinter sich geschlossen hatte, und ging dann in die Zelle.

Die sechs Teufelskinder schienen keinen Besuch erwartet zu haben, zumindest nicht den eines Priesters. In ihren schmutzigen Gesichtern spiegelten sich Überraschung, Zorn und bei einem Kind Scham. Wie alle hier hausten sie auf dem Steinboden, der mit altem Stroh, Exkrementen und Blut bedeckt war. Offenbar hatte ein Kampf zwischen ihnen stattgefunden, und wenn sich Ludwig nicht irrte, dann hatte der Junge, der sich schämte und schüchtern dreinschaute, eine Tracht Prügel bezogen.

Der scharfe Gestank von Urin und verfaultem Stroh fuhr Ludwig in die Nase, sodass es ihm den Atem verschlug. Wenn er nicht eine Aufgabe gehabt hätte, wäre er keine Minute länger in dieser Jauchegrube geblieben. Diese Kinder waren wahrlich Tiere, anders konnte man es in dieser Hölle nicht aushalten.

«Was willst du, Pfaffe?» Der Größte unter ihnen war vorgetreten und hatte sich Ludwig in den Weg gestellt. Er schien der Anführer zu sein. «Wir haben nicht nach dir gerufen.»

«Mein Kind», antwortete Ludwig, «du bist für mich wie ein verlorener Sohn. Ich werde dich nicht aufgeben, selbst wenn du dich von deinem Herrn und Schöpfer abgewendet hast. Ich bin gekommen, um mit euch zu beten.»

«Deine Gebete brauchen wir nicht. Scher dich fort.»

Hätte Ludwig nur seine Rute dabeigehabt, dann hätte er diesem kleinen Teufel Manieren beigebracht. So aber mussten ein Stück Brot und Käse, die er unter seiner Kutte versteckt hatte, die Überzeugungsarbeit leisten.

«Hier, nehmt», sagte er. «Lasst es euch schmecken, und danach wollen wir sehen, ob ihr nicht doch ein Wort mit mir wechseln wollt.»

Als die Kinder das Brot und den Käse sahen, war es mit ihrer abweisenden Haltung schnell vorbei. Alle kamen sie und nahmen sich ein Stück – der Anführer genauso wie der Schwächste unter ihnen, der Junge mit dem schüchternen Blick. Da wusste Ludwig, wo er anzusetzen hatte.

Volkhardt öffnete vorsichtig das Fluchtgitter. Das Knirschen der verrosteten Angeln könnte sie schneller hinter Schloss und Riegel bringen, als es ihnen lieb war.

«Leise», sagte er mit Verweis auf die offenstehende Kerkertür. «Ich werde die Folterknechte im Auge behalten. Schaut ihr in die Zellen.»

Christian nickte. Er nahm sich die rechte Reihe vor, Helene die linke. In den dunklen Zellen war nicht viel zu erkennen. Nur die Fackeln warfen etwas Licht durch das schmale Guckloch. Das war zu wenig, um die Gesuchten schnell zu finden.

«Kathi», flüsterte Helene in die Zellen hinein.

Christian tat es ihr gleich. «Felicitas, wo bist du?»

Doch niemand antwortete. Erst als Christian auf einen Körper stieß, der mit einem schmutzigen Tuch notdürftig verdeckt war, hielt er inne. Eine Hand schaute darunter hervor, und wenn er etwas sicher erkannte, dann waren es die schmalen, gepflegten Hände seiner Felicitas. Noch bevor er auf die Knie ging, um das Leichentuch zu entfernen, ahnte er, was er gleich zu sehen bekommen würde. Es war ein Moment des Wissens, auch wenn man das Ergebnis noch nicht kannte.

Er hatte sich in den vergangenen Tagen oft gefragt, welcher Schmerz über ihn kommen würde, wenn das Schlimmste auf Erden sich als wahr herausstellte. Grenzenloser Zorn war ein Gefühl, brodelnde Rache ein anderes. Doch jetzt, als es so weit war, spürte er nichts anderes als Leere.

Helene trieb ein anderes Gefühl um. Sie hatte alle Zellen auf ihrer Seite eingesehen und immer wieder Kathis Namen geflüstert. Doch nirgends war sie zu finden.

«Könnte sie woanders untergebracht sein?», fragte sie Volkhardt.

«Schon möglich. Das Spital ist groß und …»

Da hörten sie ein Weinen und ein Schluchzen. Es kam aus einer der Zellen, in denen Christian verschwunden war. Gemeinsam eilten sie dorthin und fanden ihn auf dem Boden kniend vor. Er war über etwas gebeugt, das von einem Tuch bedeckt war. Erst als Helene näher kam, erkannte sie einen toten Körper. Allem Anschein nach war es Felicitas, seine Frau.

«Schaut, was sie ihr angetan haben», sagte Christian und legte die vielen Verletzungen offen, die seine Frau während der Folter über sich hatte ergehen lassen müssen.

Im ersten Moment nahm Helene vor Schreck die Hand vor

den Mund, dann kniete sie sich zu Christian, nahm ihn in den Arm und tröstete ihn. Ihr zweiter Gedanke gehörte Kathi. Panik stieg in ihr auf.

Volkhardt stand an der Tür, unschlüssig, ob er Christian ermahnen sollte, leiser zu sein. Jeden Augenblick konnte ein Knecht auf sie aufmerksam werden. Doch er brachte es nicht übers Herz, dem Stadtrat die Trauer über sein Weib zu nehmen. So schloss er kurzerhand die Kerkertür.

Zwei Zellen weiter wurden Stimmen laut. Pfarrer Ludwig hatte sich mit Brot und Käse bei den Kindern eingeschmeichelt. Er versprach ihnen mehr, wenn er morgen wiederkommen würde. Bis dahin sollten sie über ihren Pakt mit dem Teufel sprechen, wie sie ihm vorgestellt wurden und, vor allem, wie sie die Gabe erlangten, Hexen zu erkennen.

«Wieso wollt Ihr das wissen», fragte Jörg, der Älteste und der Anführer. Sein Misstrauen gegenüber dem Pfarrer war trotz der Gaben geblieben.

«Ihr seid nicht die Einzigen», antwortete Ludwig, «die von sich behaupten, zwischen einem frommen Weib und einem verdorbenen Hexenweib unterscheiden zu können. Wie kann ich sicher sein, dass ihr die Wahrheit sprecht?»

Jörg ahnte, worauf er hinauswollte. Er kannte die Dirne Grit und wusste, dass sie Ludwigs Favoritin war. Sie sollte diejenige sein, die als Einzige Hexen erkennen sollte. Doch was Ludwig nicht wusste, war, dass Grits Komplize sein Bruder war. Mit ihm hatte er den einen oder anderen Überfall auf ahnungslose Reisende durchgeführt. Er kannte also Grits Geheimnisse und dass sie alles andere war als eine von Gott bestellte Anklägerin.

«Nur wer den Pakt mit dem Teufel unterzeichnet hat», antwortete Jörg, «weiß um die Gemeinschaft von Hexen und Unholden. Grit gehört nicht dazu. Sie ist eine Lügnerin.»

Zum Beweis streifte er den Ärmel seiner Jacke zurück. Ein erbsengroßes Muttermal wurde sichtbar. «Seht, was geschieht, wenn ich hineinsteche.» Er bohrte seinen spitzen Fingernagel hinein. «Kein Blut, seht Ihr? Ich wette, das kann Eure Grit nicht.»

Ein Muttermal, das nicht blutete, wenn man hineinstach, war ein untrüglicher Beweis. Jedem Hexenkommissar hätte das als Beweis für den Teufelspakt genügt.

«Dieser Trick ist auf dem Jahrmarkt schon keinen Kreuzer mehr wert», sagte Volkhardt, der unvermittelt in der Tür aufgetaucht war. In der Hand hielt er sein Messer. «Lass es uns doch damit noch mal versuchen.» Er tippte mit dem Finger auf die Messerspitze. «Ich wette, danach kannst du mit deinem Blut den Boden tränken.»

Jörg und die anderen Kinder schreckten zurück. Mit ihrem ehemaligen Anführer Volkhardt hatten sie nicht mehr gerechnet, und schon gar nicht hier in den Kerkerzellen vom Juliusspital.

Auch Ludwig war überrascht. Wo kam dieser Junge so plötzlich her? Er hatte doch dem Folterknecht eingeschärft, ungestört bleiben zu wollen. Außerdem hatte er die schwere Kerkertür nicht gehört, die hätte aufgesperrt werden müssen, um hier herunterzukommen.

«Wer bist du?», fragte er ihn.

«Ich bin Volkhardt von Hohenstätt», antwortete er, «Anführer der Schwarzen Banden.»

«Ehemaliger Anführer», widersprach Jörg. «Du hast uns nichts mehr zu sagen.»

«Ich habe davon gehört», erwiderte Volkhardt, «ihr habt jetzt einen neuen Hauptmann. Wo ist er eigentlich?»

Er schaute sich um, als erwarte er ihn tatsächlich an der Seite seiner Soldaten.

«Er kommt bald, um uns zu befreien.»

Volkhardt lächelte amüsiert. «Wenn ihr das tatsächlich glaubt, seid ihr dümmer, als ich gedacht habe. Lorentz hat euch aufgegeben.»

«Lügner.»

«Schau dich um. Kannst du deinen Hauptmann hier irgendwo sehen? Wenn mich nicht alles täuscht, hat er euch Faltermayer zum Fraß vorgeworfen. Morgen landet ihr wie alle auf dem Scheiterhaufen.»

Der Schreck fuhr Jörg und den anderen fünf in die Glieder. Besonders der Junge mit den schüchternen Augen schien getroffen.

Er schniefte. «Aber Lorentz wird uns doch nicht alleinlassen?»

Volkhardt beugte sich zu ihm hinunter. «Ich fürchte doch. Er hat euch betrogen.»

«Lügner», wiederholte Jörg scharf. «Lorentz würde uns nie im Stich lassen.»

Die Situation war günstig, dachte Pfarrer Ludwig. Wenn er dazu beitragen konnte, Zwietracht unter den Jungen zu säen, sollte es nicht zu seinem und Grits Schaden sein. Damit hätte er das Problem mit der Glaubhaftigkeit der Teufelskinder gelöst.

«Ich habe mit Meister Faltermayer gesprochen», schaltete sich Ludwig ein, «und ich muss eurem Anführer recht geben. Er hat sechs weitere Scheiterhaufen geplant.»

Hätte Volkhardt nicht jede Unterstützung gebrauchen können, die sich ihm bot, wäre er diesem lügnerischen Pfarrer übers Maul gefahren. Aber in diesem Fall sollte es ihm egal sein. Er musste sie schnell auf seine Seite ziehen und noch schneller die Kerker verlassen, bevor die Folterknechte zurückkamen.

«Ich kann euch in die Freiheit führen», sagte er. «Doch dafür will ich, dass ihr Lorentz abschwört und wieder zu meiner Bande gehört.»

«Niemals», antwortete Jörg mehr verzweifelt als überzeugt. «Lorentz hat uns ein besseres Leben versprochen. Mit dir kehren wir wieder in die Keller zurück.»

Mit dieser Meinung war Jörg alleine. Als Erster wechselte der schüchterne Junge die Seiten, die anderen vier folgten ihm zögernd.

«Bleibt hier», befahl Jörg, «Lorentz wird euch dafür bestrafen.»

«Sei kein Narr», erwiderte Volkhardt und bot ihm seine Hand. «Komm mit mir in die Freiheit.»

Der schwere Schlüsselbund klirrte jenseits der Kerkertür, der Knecht kehrte zurück.

«Komm jetzt», beschwor ihn Volkhardt, «oder brenne auf dem Scheiterhaufen.»

Jörg zögerte – einen Moment zu lang, denn Ludwig schaltete schnell. Wenn die Teufelskinder unter seiner Aufsicht ausgebrochen waren, würde Faltermayer ihn dafür zur Rechenschaft ziehen.

«Verschwindet», befahl er Volkhardt, «ich werde den Folterknecht so lange aufhalten.»

«Und Jörg?»

«Er steht unter meinem Schutz. Es wird ihm nichts geschehen.»

Volkhardt sah in seine Augen und wusste, dass er log. Aber dafür war jetzt keine Zeit mehr. Er hastete mit den anderen Kindern auf den Gang.

«Dort ist der Tunnel. Beeilt euch.»

Einer nach dem anderen verschwand in dem düsteren Gang.

Volkhardt stürzte in die Zelle, in der die tote Felicitas lag. Er sah Helene, die Christian noch immer im Arm hielt und tröstete. «Der Folterknecht kehrt zurück. Wir müssen verschwinden. Jetzt, sofort.»

Helene blickte stumm auf. Solange sie nicht wusste, wie es um ihre Kathi bestellt war, wollte sie nicht fliehen.

«Ihr könnt ihr nicht helfen, wenn Ihr im Kerker gefangen seid», versuchte Volkhardt sie anzutreiben.

Doch Helene war kraftlos. «Geh nur, ich werde hier auf meine Kathi warten.»

Das würde Volkhardt nicht zulassen. Er packte sie an der Hand und zerrte sie hoch. «Seid nicht dumm. Kathi würde das nicht wollen. Sie braucht Euch frei und nicht gefangen.»

Er schob sie auf den Gang hinaus. Aber da war noch Christian. «Kommt», schrie er ihn an, «Ihr könnt nichts mehr für sie tun.»

Christian hörte ihn nicht.

Eine schwere Kerkertür öffnete sich, und ein Geschrei begann. Bevor sich Volkhardt in den Tunnel retten konnte, sah er Ludwig, wie er Jörg am Kragen gepackt hielt und auf den Folterknecht einredete.

«Schlagt Alarm. Die Bande will flüchten. Den hier konnte ich noch festhalten.»

32

Der Schlag traf Kathi unvermittelt ins Gesicht. Sie stürzte zur Seite und schlug mit dem Kopf auf dem harten Steinboden auf. Die Schreie der anderen Angeklagten und ihr Flehen um Gnade verstummten. Ein hohes, klirrendes Pfeifen bohrte sich durch ihren Kopf, von einem Ohr zum anderen. Blut lief ihr aus Nase und Mund, zog sich in dünnen, nicht enden wollenden Speichelfäden dahin.

Vorbei an den schwarzen Stiefeln Faltermayers blickte sie durch die offenstehende Tür in die angrenzende Kammer. Dort kniete, vornübergebeugt und die Hände auf den nackten Rücken gefesselt, Apotheker Grein. Neben ihm stand verschwitzt und mit rotem Gesicht ein Folterknecht. Er schnaufte wegen der Anstrengung, ließ aber in der Züchtigung nicht nach und erhob die dornendurchsetzte Peitsche ein weiteres Mal.

Pater noster, qui es in caelis …

Kathi konnte die Erinnerung an die grausamen Unterweisungen im Grein'schen Haus und an die gottesfürchtigen Belehrungen ihres Meisters nicht festhalten. Stattdessen dachte sie an Henriette und auch an Lene und Lotti. Was hätten sie empfunden, hätten sie den Vater und Ehemann so gesehen? Genugtuung, Freude oder vielleicht doch Trauer?

Eine Antwort blieb sie sich schuldig. Der Folterknecht war noch lange nicht mit ihr fertig. Er packte sie am Arm und setzte sie zurück auf den Stuhl. Für einen Moment sah sie den Malefizschreiber vor sich sitzen, der gelangweilt die immer gleichen Fragen stellte.

Wann hat sie mit dem Teufel zuletzt gebuhlt?

Welche Stellung hat sie dabei eingenommen?

Hat es ihr Freude bereitet?

Hat es auch dem Teufel gefallen?

Wie ist sein Geschlechtsteil beschaffen?

Eine Frage nach der anderen musste der Malefizschreiber als unbeantwortet abhaken.

Kathi ließ den Kopf erschöpft nach vorne kippen. Sie sah ihre schmutzigen und blutigen Füße. Schief standen die Zehen, gebrochen und aus den Gelenken gerissen. Wenn sie noch länger durchhielt, würde sie heute noch auf die Leiter gebunden werden. Eine Heilsalbe nach altem Rezept herzustellen wäre sie mit gebrochenen Armen dann nicht mehr in der Lage.

All die Mühen, die Apotheker Grein auf ihre Ausbildung und den sorgsamen Umgang mit den Gaben der Natur verwendet hatte, würden damit umsonst gewesen sein.

Welch eine Verschwendung.

Jemand brüllte einen Befehl. Kathi hörte etwas, konnte es aber nicht verstehen.

«Hier, direkt vor sie hin.»

Sie öffnete die Augen. Da lag ein Mädchen zu ihren Füßen. Auch ihr hatten sie den Kopf geschoren. Die dünnen Beinchen waren geschunden, die kleinen Finger gebrochen. Auf ihrem Büßerhemd klebte Blut, zum Teil altes, daneben auch frisches. Dem Kind fehlte ein Ohr, und das schon länger. Früher mochten die langen Haare das kleine Loch an ihrem Schädel verdeckt haben, nun aber war es deutlich zu sehen.

Die schwarzen Stiefel Faltermayers kamen ins Bild. Darauf folgte ein Stock, der dem Kind unter das Kinn fuhr und es anhob, bis Kathi erkennen konnte, um wen es sich handelte.

Es war Ursula. Sie hielt die Augen geschlossen. Aus Erschöpfung, nicht aus Scham. Daran gab es keinen Zweifel.

«Ist sie eine Hexe?»

Ursula hörte nicht oder konnte nicht mehr hören. Daher half Faltermayer nach. Er hob den Stock an, ließ ihn dann wieder sinken – ein Nicken.

«Die Zeugin bejaht die Frage.»

Der Malefizschreiber notierte es.

«Das genügt. Schafft sie weg.»

Kathi nahm es nur noch weit entfernt wahr. Der Schmerz

hatte sie abgestumpft. Er nahm ihr alle Sinne, sodass sie weder hören noch richtig sehen konnte.

Bilder aus glücklichen Tagen traten vor ihre Augen, die sie geschlossen hielt. Sie war im Wald, ganz in der Nähe von Babettes Hütte. Es war Frühling, die Bienen summten, und die Gräser blühten. Otto und Barbara spielten Versteck, Kathi beobachtete sie von einem Baum aus. In der Hand hielt sie ein Brot mit Honig. Ursula kam in ihrem dünnen Kleidchen, strich sich die Haare aus dem Gesicht und schaute zu ihr herauf. Lächelte.

Komm spielen.

Da wurde ihr Kopf nach oben gerissen. Grit stand vor ihr, und wenn sie nicht alles täuschte, auch dieses Mädchen aus dem Juliusspital, das sie einst besucht hatte. Auch sie wollte zum Schalksberg aufgefahren sein. Wie lautete noch ihr Name? Sie hatte ihn vergessen. Nichts sehnlicher als eine Familie hatte sich dieses Mädchen gewünscht. Würde ihr Traum jetzt in Erfüllung gehen?

Sie sagte: «Ja, sie ist eine Hexe. Ich weiß es genau.»

Und Grit? Was sagte ihre Komplizin und Schwester im Leid dazu?

«Hexe!»

Damit waren es drei Zeugen, die sie der Hexerei beschuldigten. Das sollte reichen. Nun fehlte nur noch ihr Geständnis.

Aber Faltermayer gab sich damit nicht zufrieden. Er wollte Sicherheit, und je mehr Zeugen sie als Hexe erkannten, desto größer wäre die Bestürzung bei den Bürgern.

Pfarrer Ludwig erkannte sie an seinem Rosenkranz. Sollte sie noch darauf bekennen? Was für ein lächerlicher Gedanke. Ihre Lippen zuckten. Sie spürte ein erschöpftes Lächeln darauf.

Ludwig war nicht alleine gekommen. Die Zwillinge, Lene und Lotti, in sauberen Kleidchen, gewaschen und gebürstet, standen an seiner Seite. Einst hatte sie geschworen, sie mit einem Lächeln zum Scheiterhaufen zu führen. Dieser Wunsch hatte sich nicht erfüllt, wie so vieles unerledigt blieb und nicht in Erfüllung gegangen war, was sie sich vorgenommen hatte.

Würde Babette ihr das verzeihen?

Nun würden Lene und Lotti sie mit ihrer Aussage auf dem kürzesten Weg in die Hölle schicken.

«Ist sie eine Hexe?»

Kathi harrte der Antwort. Lene und Lotti schauten sie aus ihren toten Augen stumm an.

«Ist sie eine Hexe?», wiederholte Faltermayer scharf.

Ludwig beugte sich zu ihnen herab.

«Habt ihr verstanden, Kinder? Meister Faltermayer hat euch eine Frage gestellt.»

Doch die Zwillinge achteten nicht darauf. Sie schauten Kathi schweigend an.

Faltermayers Stock sauste herab und traf Kathi an den Beinen.

«Ist sie eine Hexe, verdammt? Nun sprecht endlich, bevor ich euch aufziehen lasse.»

Die Situation war den Zwillingen wohlvertraut. All die Jahre hatten sie den Unterweisungen beigewohnt und ihren Spaß dabei gehabt. Nun sollte das ein Ende haben.

«Nein, sie ist keine Hexe», sagte Lene.

Und Lotti fügte hinzu. «Sie war niemals auf dem Schalksberg. Lasst sie frei.»

Ludwig war der Erste, der begriff. «Aber, Kinder … Was sagt ihr da?»

«Sie ist keine Hexe. Lasst sie frei», wiederholte Lene mit fester Stimme.

Kathi musste lächeln. Sie sah Faltermayers Gesicht, der wohl mit allem gerechnet hatte, nur nicht mit dem Widerstand zweier Kinder, die seit Tagen kein Wort mehr von sich gegeben hatten.

Ebenso versteinert schaute der Malefizschreiber. Er konnte sich nicht erinnern, wann jemals ein Zeuge im Folterkeller eine Angeklagte freigesprochen hatte.

Kathis Kehle brannte wie Feuer. Sie hatte seit Stunden nichts mehr getrunken. Unmöglich, auch nur einen Laut zu formen. Doch diese Gelegenheit durfte sie nicht verstreichen lassen. Es war ihr Triumph und zugleich Faltermayers Niederlage. Sie sammelte alle Kraft, die sie noch besaß, um ihm die Wahrheit ins Gesicht zu schleudern.

«Ihr habt sie gehört. *Keine Hexe …*»

Dann traf sie der Stock, und wieder kippte sie zur Seite auf den Boden. In der Kammer nebenan sah sie Apotheker Grein in seinem Blut liegen. Er rang nach Luft, sein Blick begegnete ihrem, und er schrie herüber: «Hexenbrut.»

33

Mit Anbruch der Nacht hatte ein warmer, aus Süden kommender Wind begonnen, die dicken Wolken aus dem Maintal zu verdrängen. Es war ein sanfter Wetterwechsel, der in der allgemeinen Bestürzung um den Tod von Felicitas Dornbusch unterging. Christian hatte beim Bischof die Freigabe des Leichnams erwirkt, da auf die Anklage hin kein rechtskräftiges Urteil erfolgt, Felicitas also nicht als Hexe verurteilt worden war. Was es mit seinem Eindringen in den Kerker und der Flucht der fünf Teufelskinder auf sich hatte, sollte zu einem späteren Zeitpunkt geklärt werden. Der Bischof gewährte Christian bis nach der Bestattung seiner Frau Bedenkzeit, danach würde er Rede und Antwort stehen müssen. Der Tunneleingang wurde vorsorglich zugemauert.

Pfarrer Ludwig war es zu verdanken, dass zumindest eins der Kinder an der Flucht gehindert werden konnte. Noch in der Nacht war der Satansbraten befragt worden. Er hatte eisern geschwiegen, bis er mit den Folterwerkzeugen vertraut gemacht worden war. Danach ging alles seinen gewohnt schnellen Gang. Die Anklage hatte sich Faltermayer gespart, schließlich behauptete der Junge ja selbst, im Pakt mit dem Teufel zu stehen. Das Urteil wurde noch in der Nacht vom Malefizschreiber aufgesetzt.

Der Wetterumschwung war mit dem Ruf des Nachtwächters zur elften Stunde vollzogen. Zurück blieb ein makelloser schwarzer Himmel, von dem Abertausende Sterne strahlten, einzig von einem vollkommenen Mond in den Hintergrund gedrängt. Schon lange hatte man sich nicht mehr an einem derart befreienden Blick erfreuen können. Einige gingen gar so weit, nach Einbruch der Dunkelheit die Fenster zu öffnen, um die frische Luft in die Stuben zu lassen. Sie wirkte wie ein Lebenselixier auf die schweren Gemüter. Für einen Atemzug oder zwei trotzte man der Gefahr des Hexenflugs. *Sollen die Hexenleute morgen wiederkommen.* Diese Nacht war zu schön, als dass man sie aus den Häusern aussperren durfte.

Kolk saß auf dem First von Neumünster und schaute auf die Klosteranlage hinab. Seinen Menschen hatte er lange nicht mehr gesehen. Zwischenzeitlich war er dem anderen kleinen Menschen gefolgt, der wie er schwarz gekleidet war und vielen anderen Schwarzkitteln vorstand. Sie hatten sich in einen der Schächte am Frauenberg zurückgezogen, die der Bischof im Zuge der Burgbefestigung hatte graben lassen. Doch dieser Mensch hatte ihn nicht so gut behandelt, und so war er zum Neumünster zurückgekehrt.

Der warme Wind hatte ihn hungrig gemacht, genauso wie die vielen anderen Tiere der Nacht, die den unerwartet klaren Nachthimmel für einen Beutezug nutzten. Vom Schalksberg herunter kamen die Wölfe und die Fledermäuse, und der Schrei der Eule alarmierte die Kleintiere, dass einer ihrer gefährlichsten Feinde auf einen einzigen Fehler warten würde. Kolk musste dieses Mal aufmerksamer und schneller sein. Nicht noch einmal durfte er sich von der Eule die Beute aus dem Schnabel stehlen lassen, sonst würde das eine lange und hungrige Nacht für ihn werden. Er erhob sich in die Luft und flog hinunter zum Main.

Jenseits des Flusses, am Anstieg zur mächtigen Burganlage, fand unterdessen ein Kampf um die Vorherrschaft der Kinderbanden statt. Die fünf geflüchteten Kinder hatten Volkhardt zu den geheimen Gängen geführt. Der Einstieg lag im Schutz der Büsche.

«Lorentz wird dich töten», sagte einer.

«Das haben schon andere versucht», gab Volkhardt selbstbewusst zurück. Doch so sicher war es sich dieses Mal nicht. An die hundert Kinder hatte Lorentz um sich versammelt, und wenn es stimmte, was er hörte, waren sie ihm treu ergeben. Das würde ein ungleicher Kampf werden. Er musste ihn anders besiegen.

«Geht vor», sagte Volkhardt zu ihnen, «ich folge euch.»

Der Tunnel lag auf der südlichen, der Stadt abgewandten Seite nach Höchberg hin. Eines nicht so fernen Tages sollte er die Burg mit einem vorgelagerten Wehrturm verbinden, um etwaigen Angriffen besser begegnen zu können. Die Bauarbeiten waren allerdings eingestellt worden. Erst wenn die bischöfliche Kasse wieder über ausreichend Mittel verfügte, würden sie fortgesetzt werden. Bis dahin war der halb fertiggestellte Durchstich zur Burg verwaist. Ein besseres Versteck hätte Lorentz nicht wählen können.

Der Gang hinein in den Berg war eng und niedrig. Wasser strömte an den Felswänden herab, und der Geruch von frisch Gebratenem wehte ihnen entgegen. Nach wenigen Schritten kamen sie zu einer Felsspalte, hinter der sich ein von der Natur geschaffener Hohlraum befand. Hier hatten sie sich versammelt, doch nicht hundert, wie Volkhardt befürchtet hatte, sondern nur zwanzig oder dreißig. Die anderen mussten sich irgendwo anders versteckt halten. Volkhardt atmete auf. Das würde die Sache einfacher machen.

In der Mitte brannte ein Feuer, darüber steckte ein Tier an einem Spieß. Volkhardt konnte nicht sagen, um was es sich handelte – Katze, Hund oder Fuchs –, bei den hungrigen Gesichtern der Kinder spielte das auch keine Rolle. Hauptsache, ein warmes Essen.

Als sie in den Hohlraum traten, schreckten die Kinder auf und griffen zu ihren Waffen – Prügel, Steine, Schleudern und selbstgefertigte Spieße.

«Wir sind es», sagte der Junge mit den schüchternen Augen.

Es dauerte einen Moment, bis die Kinder sie erkannten. Es hatte niemand mehr mit ihnen gerechnet, und als klarwurde, dass die fünf aus dem Kerker freigekommen waren, wurden sie stürmisch willkommen geheißen.

Volkhardt hielt sich währenddessen im Hintergrund auf. Mit der Hand an seinem Gürtel, wo das Messer befestigt war, suchte er nach Lorentz. Unter diesen Kindern waren viele, die er nicht kannte. Sie mussten erst in den letzten Tagen dazugestoßen sein. Sie sahen keinen Deut besser aus als seine ehemaligen Schwarzen Banden, heruntergekommen, ausgehungert und verzweifelt. Er hatte bis dahin keine Vorstellung gehabt, dass so viele Kinder aus anderen Dörfern das gleiche Schicksal mit den Stadtkindern teilten. Die Hoffnung, in der Stadt ein besseres Leben zu haben, hatte offenbar viele hierhergeführt.

«Er hat uns befreit», sagte derselbe Junge und zeigte auf Volkhardt. Und an ihn gewandt: «Hab keine Angst. Du hast nichts zu befürchten.»

Volkhardt trat aus dem Dunkel. Sein Blick suchte Lorentz, konnte ihn aber nicht finden.

«Wenn er nicht gewesen wäre», fuhr der Junge fort, «würden wir noch in den Kerkern verfaulen.»

Einige kamen auf ihn zu und klopften ihm anerkennend auf die Schulter. «Komm, iss mit uns. Wer ein Freund von Caspar ist, ist auch unser Freund.»

So ließ sich Volkhardt am Feuer nieder und aß gemeinsam mit ihnen. Während der schüchterne Caspar von ihrer Befreiung berichtete, verdunkelten sich die Züge der Kinder.

Irgendetwas stimmte hier nicht.

«Mir scheint», sagte Volkhardt, «ihr traut den Worten eures Freundes nicht. Täuscht euch nicht. Er sagt die Wahrheit.»

Da erhob sich ein Mädchen in verschlissenen Kleidern und rußigem Gesicht. Sie war älter als die anderen, körperlich stärker und, wie es schien, auch nicht auf den Mund gefallen. Am Gürtel führte sie einen Dolch mit sich, wie die Landsknechte ihn trugen.

«Wir glauben Caspar», sagte sie, «und das macht es schwierig. Denn Lorentz hat uns etwas anderes berichtet.»

Das Mädchen hieß Hedwig und stammte aus Gerolzhofen, dem Ort, an dem die schrecklichsten Brände im Land abgehalten wurden. Als sie von den Entführungen der Kinder durch die Hexe Babette erfahren hatte, war sie wie viele andere nach Würzburg gekommen. Auf dem Weg hatten sich ihr weitere Kinder angeschlossen, darunter auch Caspar, um zu sehen, wer diese seltsamen Kinder waren, die Erwachsene vor den Hexenkommissar bringen konnten.

«Wir hatten uns vor drei Nächten alle hier versammelt», sagte sie, «um Caspar und die anderen aus dem Juliusspital zu befreien. Doch dann kam Lorentz und erzählte, dass sie bereits unter der Folter gestorben seien. Wir könnten uns die Mühe sparen.»

«Wieso hat er das wohl gesagt?», fragte Volkhardt. Er kannte die Antwort.

Nach einigem Grübeln bestätigte Hedwig seinen Verdacht. «Er wollte nicht, dass wir ohne sein Zutun losschlagen. Irgendwie ist er verrückt. Er glaubt, er sei ein König, dieser Zwerg, der allen befehlen kann. Ich mochte ihn bisher nicht sonderlich, aber jetzt hat er es sich mit mir verdorben.»

Die Kinder nickten zustimmend. Auch sie fühlten sich von Lorentz betrogen.

«Was hast du nun vor?», fragte Volkhardt.

«Ich werde dieser kleinen Kröte zeigen, was es heißt, einen Freund im Stich zu lassen. Morgen …»

«Warum so lange warten», rief jemand dazwischen. «Ich bin hier, wenn du dich traust.»

Alle blickten zum Eingang. Dort stand Lorentz, und durch die Felsspalte drängten seine Soldaten nach.

Auf der Straße am Fuße des Frauenbergs, von Höchberg her, kam ein Reiter im strengen Galopp. Sein schwarzer Umhang flatterte im Wind. Der Hengst hatte vor Erschöpfung weißen Schaum vorm Maul und drohte zusammenzubrechen, wenn er nicht bald Wasser und einen Platz zum Ausruhen fand. Als der Reiter das Mainufer erreicht hatte, zog er die Zügel nach links und hielt auf Sankt Burkhard zu. Dann endlich, ein paar Häuser weiter, hatte er ein Einsehen und ließ den Hengst bis zum Tor an der Mainbrücke auslaufen.

«Gut gemacht», sagte er und strich ihm die Mähne. «Jetzt kannst du ausruhen.»

Das Geklapper der Hufeisen auf dem Kopfsteinpflaster alarmierte die Torwächter. «Wer da?»

«Aufmachen», antwortete er streng, «im Namen des Kaisers.»

«Gebt Euch zu erkennen.»

Der Reiter nahm eine Schriftrolle aus den Satteltaschen und reichte sie der Torwache durch das Guckloch.

«Los, beeilt euch. Mein Pferd braucht Wasser und ich einen Krug Wein.»

Das Geschriebene konnten die Torwachen nicht erkennen, aber das kaiserliche Siegel räumte alle Bedenken aus dem Weg. Sie öffneten das Tor. Auf der Mainbrücke angekommen, wagte der Reiter einen Blick zurück, nach oben zur Burg, ob dort noch Lichter brannten.

«Schlaf nur, mein Bischof. Morgen ist's vorbei mit der Ruhe.»

Dann, wie aus dem Nichts, hörte er den Schrei einer Eule über sich, gefolgt vom Krächzen eines Raben.

Die beiden Vögel rauschten an ihm vorbei und stürzten sich auf eine Natter, die sich zu lange auf einem warmen Stein ausgeruht hatte.

Der Kampf um die Beute war kurz, und wenn er es richtig sah, zog der Rabe mit der Schlange im Schnabel davon.

34

Felicitas, des Ratsherrn Dornbusch Eheweib, strich der Malefizschreiber von der Liste der angeklagten Hexenleute, die am heutigen Brandtag gerichtet werden sollten. Es blieben:

Des Schreiners Gehring älteste Tochter Magda.
Drei unbekannte Vagabunden.
Ein Spielmann aus Werneck.
Der Friedrich Schraudt, Weinhändler.
Ein elternloser Knabe, Jörg.
Ein fremdes Weib.
Des Fähnrichs Vinzenz Bruder Philipp.
Der Hanns Rosenzweig, Sekretär des Bürgermeisters.
Zwei fremde Bettlerinnen.
Die Witwe Bolt, Wirtin vom Häckerhof.
Ein edler Knabe von fünfzehn Jahren,
Student zu Stift Haug.
Noch ein Student von edler Herkunft.
Das Waisenkind Ursula.
Apotheker Grein.
Des Apothekers Grein Töchter Lene und Lotti.
Und des bischöflichen Kuriers Heinrich
einziges Töchterlein Kathi.

Das waren zwanzig Hexenleute, zählte der Malefizschreiber. Sie schafften Platz für die Angeklagten, die in den letzten Tagen beschuldigt worden waren. Es waren insgesamt dreiundzwanzig, von denen neun bereits geständig waren. Bei den Übrigen handelte es sich um acht Kinder, die sich selbst beschuldigten, also auch kein großes Problem darstellten. Die restlichen sechs waren schwieriger einzuschätzen. Da waren ein Ratsherr, ein Edler und seine Frau aus Rimpar, zwei Professoren der Universität und der Vikarius Franziskus von Stift Haug. Für den Vikar setzte sich der Stiftspropst ein – nach dem Bischof und dem Dompropst der drittmächtigste Mann in der Stadt. Diese Verhöre konnten dauern. Bei den anderen Angeklagten verhielt es sich ähnlich.

Der Malefizschreiber überlegte angestrengt. Selbst wenn mit dem heutigen Brandtag neuer Platz in den Kerkern geschaffen wurde, so reichten die vorhandenen Zellen längst nicht aus, um alle Angeklagten aufzunehmen. Neuer Raum musste her, anders war das nicht zu schaffen. Faltermayer saß ihm im Nacken. Er forderte eine schnelle und reibungslose Abwicklung der Verfahren. Er hatte noch viel vor.

Der Schreiber erhob sich, sammelte die Anklageschriften ein und machte sich auf den Weg hinunter in die Kerker. Zum einen hoffte er, dass kein Angeklagter in der vergangenen Nacht verstorben war – es wäre schade um die viele Arbeit gewesen –, andererseits würde ein vorzeitiger Tod ihn auch schneller ins Wirtshaus zur Gerichtsmahlzeit bringen. Wildschwein mit Klößen stand für den heutigen Brandtag auf dem Speisezettel.

Als er hinunter in den Kerkertrakt kam, warteten bereits der Henker und seine beiden Gehilfen auf ihn. Die frühe Morgenstunde bekam den dreien nicht. Sie hatten die überraschend warme Nacht im Wirtshaus verbracht und waren in den Morgenstunden vom Nachtwächter an den Palisaden gefunden worden, der sie mit seiner Hellebarde unsanft geweckt hatte. Nun sollte sie ein Krug warmer Wein für die anstehende Arbeit kräftigen.

Der Malefizschreiber ging mit ihnen die Liste der Angeklagten durch.

Wer sollte wie gerichtet werden? Welche Bestrafungen sollten sie vorher noch erhalten? Welches Gerät war dafür vonnöten?

Zehnmal Zangenreißen stand auf dem Plan, achtmal Aufs-Rad-Binden, Geißeln, Knochen brechen, Hände abschlagen, Pfählen, Erdrosseln und nur viermal die Exekution mit dem Schwert. Wem wurde diese Gnade zuteil?

Den beiden Studenten von edler Herkunft, des Bürgermeisters Sekretär und Apotheker Grein für sein unerwartet schnelles Geständnis und seine Verdienste um die Stadt und das Bürgerwohl. Die anderen würden auf dem Scheiterhaufen vom Leben zum Tod gebracht.

«Warum erhält gerade er die Gnade des Bischofs?», fragte der Henker. Hatte der Apotheker nicht das Vertrauen des Bischofs in besonderer Weise missbraucht, und hatte er nicht ein besonders abscheuliches Verbrechen begangen, als er die Hexen in der Kunst der Alchemie unterwiesen hatte?

Der Malefizschreiber stimmte zu. Allerdings hatte Grein eine letzte große Wohltat begangen, als er seine beiden Töchter Lene und Lotti als Hexen erkannt hatte. Die waren nämlich bei der Befragung von Kathi durch ihr ungewöhnlich störrisches Verhalten aufgefallen, als sie die bereits überführte Hexe von der Zauberei freisprachen. Das hatte Meister Faltermayer gleich bemerkt, und er hatte gut daran getan, die Anklage Greins ernst zu nehmen.

Das verstanden der Henker und seine Gehilfen. Wenn die beiden Töchter mit ihrem Vater gerichtet wurden, hatte es mit der Grein'schen Zauberer- und Hexenfamilie endlich ein Ende.

Die Hexenbrut musste mit Stumpf und Stiel ausgerottet werden, egal, ob es sich um Kinder und Eltern handelte, um niedrige oder so angesehene Leute wie die Greins. Keine Gnade für niemanden. Alle waren vor dem Schwert gleich … bis auf ein paar Auserwählte des Hexenkommissars und des Bischofs.

«Die Hinrichtungen finden heute und in der nächsten Zeit nicht auf dem Sanderanger statt», verkündete der Malefizschreiber. «Die Bestrafungen und Urteile werden auf dem Marktplatz vollzogen, gleich neben der Ritter-Kapelle.»

«Warum das?»

«Der Bischof will dem Treiben fremder Händler einen Riegel vorschieben. Das Geld ist gut ausgegeben, wenn es Würzburger Wirten und Händlern zugutekommt.»

Diese Entscheidung war zu begrüßen, schließlich wurden viele hundert Schaulustige erwartet, und deren Geld würde die leeren Säckel wieder füllen.

«Die Scheiterhaufen bleiben aber von den Toren.»

Auch das ging in Ordnung. Nicht auszudenken, wenn eines der Feuer auf die anliegenden Häuser oder gar auf die Kirche übersprang. Dann wurde er als Feuerteufel zur Rechenschaft gezogen und konnte gleich mitbrennen.

Ein Folterknecht kam die Treppe herunter. «Seid ihr endlich so weit? Meister Faltermayer lässt nach euch rufen. Er sagt, dass der Bischof heute den Hinrichtungen beiwohnen will. Also, sputet euch.»

Die Nachricht versetzte die beiden in Unruhe. Wenn der Bischof sich angemeldet hatte, durften sie sich keinen Fehler erlauben.

«Folterknecht!», rief der Malefizschreiber, «öffne die Zellen.»

Kathi lag in ihrem blutgetränkten Büßerhemd auf dem nackten Steinboden. Sie spürte die nasse Kälte auf der Wange kaum, die ihr die Gelenke lähmte und die Sinne vernebelte. Auch die Wunden, die in kürzester Zeit vereitert waren und schmerzhafte Entzündungen hervorgerufen hatten, waren unwichtig. Was sollten diese Gedanken, wenn die Wunden keine Zeit mehr hatten zu heilen? Heute war der Tag, an dem sie sterben würde. Zehn Jahre Leben in dieser Hölle waren genug. Sie würde nicht länger den Stock des Lehrmeisters fürchten, den Hunger aussitzen und ein besseres Leben herbeisehnen müssen. All das Leid würde mit dem heutigen Tag enden.

Folterknechte gingen auf und ab, Zellentüren wurden aufgerissen und fielen mit Schwung ins Schloss zurück. Ihr Blick ruhte auf Ursula, die noch immer besinnungslos dalag, so, wie sie der Folterknecht vor ein paar Stunden hereingeschleppt und neben sie auf den Boden geworfen hatte.

Liebe, gute Ursula.

Wie sehr hatte sie sich für ihre Freundin gewünscht, dass sie endlich die Eltern bekam, die sie sich so sehnlich gewünscht hatte. Nun würde es auch für sie keine erzwungenen Diebestouren mehr geben, kein Wühlen in den Abfällen, keine Prügel aus nichtigem Anlass oder der puren, gehässigen Lust eines Menschenschinders wegen. Das war die gute Nachricht. Aber was würde danach kommen, wenn sie dieses Leben verlassen hatte?

Wenn ihr nicht werdet wie die Kinder, werdet ihr nie ins Himmelreich kommen.

In dieser letzten Stunde vor ihrem Tod hoffte sie, dass kein Erwachsener der Verheißung gerecht würde. Sie hatte genug von ihnen. In den Himmel sollten nur Kinder aufgenommen werden.

Der Junge, der kurz nach Ursula in ihre Zelle gebracht worden war, regte sich. Er war also doch nicht tot, wie sie bisher gedacht hatte. Regungslos war er in seinem Blut und dem Erbrochenen gelegen.

Er schlug die Augen auf und schaute sie an. Stellte er sich die gleiche Frage wie sie? *Ist es immer noch nicht vorbei?*

Er stöhnte vor Schmerz, als er Kathi in die Augen sah. War er vor ihrem Anblick zurückgeschreckt, oder wollte er ihr etwas sagen? In beiden Fällen war es zu spät. Die Folterknechte kamen an ihre Tür.

«Steht auf, ihr Rattenvolk. Heute tretet ihr eurem Herrn, dem Teufel, gegenüber.»

An Aufstehen war nicht zu denken. Kathi hatte nach den Stockschlägen Faltermayers das Gefühl, ihre Beine nie wieder gebrauchen zu können, und die Zehen waren ohnehin kaputt geschlagen.

Daher packte ein Knecht sie und schleifte sie zur Tür hinaus auf den Gang, von dort die Treppen hoch auf den Innenhof, wo vier von Ochsen gezogene Karren bereitstanden, um sie aufzunehmen.

Als sie das erste Mal seit Tagen wieder ins Freie kam, glaubte sie sich an der frischen Luft verschlucken zu müssen, so überwältigend war das Gefühl. Ihre Lungen blähten sich, ihr wurde schwindelig.

Die Morgensonne brach über die Dächer in den Hof herein und hieß sie mit einem warmen, freundlichen Gruß willkommen. So musste es sein, wenn man ins Himmelreich einkehrte und von den Sorgen des Lebens entbunden wurde. Sie sah eine weite, blühende Wiese vor sich, wo Bienen summten und Schmetterlinge flogen. Drüben am Waldrand sah sie Babette stehen und ihr zuwinken.

Komm zu mir. Ich habe feinen, süßen Honig für dich.

Kathi seufzte. *Ich bin gleich bei dir, liebste Amme. Geh nicht fort.*

Das Rasseln der Ketten nahm sie nur am Rande wahr. Auch den Priester, der zu ihr und den anderen auf den Karren kam, um sie zum Gebet anzuhalten, hatte keinerlei Bedeutung mehr. Sie hatte ein Ziel vor Augen, und das lag jenseits seiner leeren Worte.

Die Karren setzten sich in Bewegung, das Tor zum Juliusspital öffnete sich. Sie hob den Blick. Auf dem nächsten Karren sah sie Ursula inmitten anderer geplagter Gestalten. Sie drohte unter den Erwachsenen ganz zu verschwinden.

Sobald der Tross den geschützten Bereich des Innenhofs verlassen hatte, änderte sich die Situation um sie herum. Freudengeschrei erhob sich, Beleidigungen, Drohungen und Verwünschungen wurden laut. Steine und Prügel prasselten auf sie herab. Doch das alles ging an Kathi vorüber. Das Einzige, was jetzt noch zählte, war der Weg nach Golgatha, wo sie sich erschöpft, aber friedlich aus dieser Welt verabschieden wollte.

Das Einschreiten der Stadtknechte versprach etwas Schutz, wenngleich immer wieder aufgebrachte Bürger die Linien durchbrachen und auf die Gefangenen einschlugen. Es schien, als konzentrierten sich die Attacken auf ihren Karren und vor allem auf sie. Das mochte sie den Bürgern nicht verübeln, schließlich würde Faltermayer ihnen weisgemacht haben, dass sie die Hauptschuldige an den Gräueln der letzten Zeit gewesen war. Mit einem Gnadenakt bei der Hinrichtung brauchte sie nicht zu rechnen.

Der Tross der Karren bog auf den Marktplatz ein. Gemessen am aufbrausenden Lärm, mussten sich Tausende Bürger eingefunden haben. Wieso hier, fragte sich Kathi. Am Sanderanger war doch mehr Platz.

Als sie vor der Ritter-Kapelle eine große, rund zwei Meter hohe Bühne sah, die als Gerichtsschranne dienen sollte, ahnte sie, was Faltermayer vorhatte. Innerhalb der Stadtmauern, umgeben von Kirchen, Patrizierhäusern und Geschäften, würde er die Brandtage zu einem noch größeren Spektakel machen, als sie es bislang gewesen waren. Verkaufsstände würden die Schaulustigen verköstigen und Theaterbühnen sie unterhalten. Das Geld, das im Umlauf war, würde nicht länger aus der Stadt abfließen. Damit zog Faltermayer den Bischof und die Geschäftsleute endgültig auf seine Seite und machte sie von seiner Arbeit abhängig.

Das ohrenbetäubende Geschrei, das von den umstehenden Häusern zurückgeworfen wurde und sich in den engen Gassen brach, holte Kathi aus ihren Gedanken zurück. Auf dem Karren stehend, blickte sie über die wogende Menge hinweg, sah die bunten Gaukler und nahm den Geruch gebratenen Federviehs wahr. Händler verkauften krakeelend ihre Waren, Wanderheiler versprachen schnelle Genesung für ein paar Kreuzer, Kinder spielten. Selbst an Kiliani, dem Feiertag des Frankenheiligen St. Kilian, konnte keine größere Geschäftigkeit herrschen.

Ein Knecht löste die Ketten. «Absteigen, elende Brut. Jetzt ist's so weit.»

Mit Tritten und Schlägen verhalf er seinen Worten Nachdruck. Ein anderer Knecht führte sie die Gerichtsschranne hinauf, die ringsum von bewaffneten Stadtknechten gegen Übergriffe der Bürger geschützt wurde.

Bösartiger Jubel brauste auf, als die Bürger Kathi erkannten. Noch vor ein paar Tagen war sie ihre Heilsbringerin gewesen, hatte Hexen erkannt und Zauberern das Handwerk gelegt. Jetzt war sie selbst dem Zauber erlegen. Das Verbrechen wog schwer, denn durch ihre Schuld waren andere Kinder ins Verderben gestoßen und Familien auseinandergerissen worden.

Eine wohlbekannte Kinderstimme drang an ihr Ohr. «Eins, zwei, drei, Teufelsnarretei. Vier, fünf, sechs, heut' brennt die kleine Hex' …»

Der schwachsinnige Andreß tanzte und schnitt Grimassen. Umgeben war er von einer Gruppe Kinder, die sie sehr gut kannte. An ihrer Spitze stand Pfarrer Ludwig. Wie immer wollte er sie zum Gebet anhalten, doch die wenigsten folgten seinen Worten. Stattdessen starrten sie Kathi an – die einen voller Trauer und Mitleid, die anderen hasserfüllt.

Kathi schaute in ihre Gesichter und ahnte ihre Gedanken.

Da war Grit, Ludwigs Favoritin, seine auserwählte Maria Magdalena. Sie hatte den Kampf um die Vorherrschaft unter den Hexenbesagern für sich entschieden. Das kindliche Aussehen hatte sie mittlerweile abgelegt. Nun trug sie das feine Gewand eines Engels, das mit einem Kreuz und Goldfäden verziert war. Sie lächelte triumphierend herauf.

Neben ihr stand Anna. Sie musste vom Tod Felicitas' erfahren haben. Die geglückte Rache hatte ihr offenbar keine Erleichterung verschafft. Den Blickkontakt zu Kathi mied sie.

Ängstlich und geduckt versuchten sich Ulrich und Benedikt aus der vorderen Reihe zurückzuziehen. Wenn Kathi es nicht geschafft hatte, sich Faltermayer vom Hals zu halten, wie lange würde es dann dauern, bis er auf sie aufmerksam wurde? Die von ihnen beschuldigten Lehrmeister hatten durch Kathis Gefangennahme neue Hoffnung geschöpft. Sie setzten alles daran, die Glaubwürdigkeit der Kinder in Zweifel zu ziehen. Kathis Verurteilung war das beste Argument, das sie in die Hände bekommen konnten.

Barbara und Otto war das blanke Entsetzen ins Gesicht geschrieben. Wie war es nur so weit gekommen? In den vergangenen Tagen hatten sie sich an die Hoffnung geklammert, dass alles noch ein gutes Ende nehmen, Kathi den Befragungen Faltermayers trotzen und aus dem Kerker freikommen werde. Aber nun war alles vergebens. Sie hatte den Kampf verloren.

Dessen war sich auch Ludwig bewusst. Nun musste es ohne sie weitergehen. Er würde gleich morgen darangehen, seine Gemeinde zügig auszubauen, und ein aufmerksames Auge darauf haben, dass sich Ähnliches wie im Fall Kathi nicht wiederholte. Nicht auszudenken, wenn ein weiteres Kind seiner Gruppe des Pakts mit dem Teufel bezichtigt wurde. Er brauchte mehr Kontrolle über sie. Ein eigenes Kinderhaus war dafür unabdingbar, in dem sie ganz und gar unter seiner Aufsicht standen und von der Welt abgeschottet waren. Er würde deswegen bald beim Bischof vorstellig werden.

Aber wo war Helene? Kathi schaute die Reihen entlang. Einerseits hoffte sie, einen letzten Blick auf ihre Mutter werfen zu können, bevor es an die Urteilsvollstreckung ging, zugleich betete sie, dass sie rechtzeitig Stadt und Land verlassen hatte, um sich vor dem Zugriff Faltermayers zu schützen. Sie musste nach Heinrich suchen. Vielleicht hatte Lorentz doch nicht gelogen, und er war noch am Leben.

Da, das Gesicht völlig unscheinbar unter einem Kopftuch verborgen, erkannte sie ihre Mutter. Sie weinte. An ihrer Seite stand ein Mann, der sie tröstend in den Arm genommen hatte, Christian Dornbusch. Er gab ihr Kraft und Halt. Es war ein schönes Bild. Würden die beiden sich weiter stützen, sich helfen, sich vielleicht als Mann und Weib finden? Dann war ihr Tod doch noch zu etwas gut. Der Gedanke erleichterte sie. Sie lächelte ihnen zu.

Der Malefizschreiber gab den Trommlern Anweisung, für Ruhe zu sorgen. Er hatte die Anklageschriften vor sich auf dem Tisch ausgebreitet, und der Henker und seine Gehilfen hatten ihr Werkzeug auf die Bühne geschafft. Nun war alles vorbereitet. Der größte Brandtag in der Geschichte der Stadt, bei dem die ersten Kinderhexen gerichtet wurden, konnte beginnen. Allein wer fehlte, waren der Hexenkommissar und der Bischof. Sie hatten sich zur Beratung in die Ritter-Kapelle zurückgezogen.

Nun traten sie aus dem Kirchenportal heraus auf den Platz. Die Menge verstummte. Während Faltermayer die Treppe zur Gerichtsschranne nahm und sich neben dem Malefizschreiber am Richtertisch niederließ, war für den Bischof ein eigener Bereich eingerichtet worden. Er befand sich nur wenige Meter abseits, ebenfalls erhöht und mit einem gepolsterten Stuhl und einem Tisch ausgestattet, auf dem Wein und Essen den Hunger und den Durst während der mehrstündigen Vollstreckung besänftigen sollten.

«Hört, ihr Bürger aus Stadt und Land», rief der Malefizschreiber, «die ihr so zahlreich erschienen seid.» Er hatte auf Anweisung Faltermayers die alte, ausführliche Einleitung zur Anklageerhebung – die unter Dürr vernachlässigt worden war – vorzutragen. «Es ist Brandtag, und wir wollen heute Recht sprechen über so viel schändliche Hexenleute, welche uns die Ernte verdorben, Kinder getötet, Ehen vergiftet, das Seelenheil geraubt und noch viele unaussprechliche Schandtaten mehr begangen haben. Nach alter Sitte und Brauch wird dies Gericht über die Zauberer, Hexen und Unholde entscheiden, die das verschuldet haben – wegen ihres unentschuldbaren Abfalls von Gott und wegen ihrer verbotenen Gemeinschaft mit den höllischen Geistern, die wider die Majestät Gottes und wider die christliche Pflicht und den Glauben gerichtet ist. Die Hexenleute können daher keine Gnade erwarten, weder von Gott noch von unserem treusorgenden Landesvater, Bischof Philipp von Ehrenberg.»

Bei so vielen guten Nachrichten brauste Jubel auf. Keine Gnade für niemand. Das war ganz nach dem Geschmack der

Menge. Der Bischof erwiderte die Dankesrufe mit einem gütigen Kopfnicken.

Kathi seufzte. Das bedeutete, dass vor den Hinrichtungen noch zahlreiche Bestrafungen angesetzt waren, und wenn sie den Henker und seine mitgebrachten Werkzeuge sah, stiegen Angst und Verzweiflung in ihr auf. Sie hatte die vergangenen Stunden damit verbracht, sich auf das Unausweichliche vorzubereiten. Als die Folterknechte sie abholten, glaubte sie, es sei ihr gelungen. Sie hatte sich auf einer dämmrigen, letzten Fahrt hinüber ins Himmelreich befunden. Nun aber begann ihr Herz schneller zu schlagen. Die Angst vor der Pein wuchs.

«Vor dem ehrwürdigen Malefizgericht zu Würzburg ist erschienen», verkündete der Malefizschreiber und verlas die erste Anklageschrift, «des Schreiners Gehring älteste Tochter Magda. Sie hat in zwölf Fällen mit dem Teufel Unzucht getrieben, hat den Tod von fünfundzwanzig Kindern im Schmelztiegel verschuldet, hat dreizehnmal die heilige Monstranz entweiht ...»

Es folgte eine Litanei weiterer Verbrechen, die sie nach Kathis Erfahrung wohl erst in den Folterkellern begangen hatte. Zu verdammende Hexenkommissare, niederträchtige Folterknechte und ein verfluchter Bischof, der längst auf die Seite des Teufels gewechselt war, hatten diese Schandtaten erst ermöglicht. Sie spürte Panik in sich aufsteigen, als ein Körper an ihrer Seite zu Boden stürzte.

Es war Ursula. Sie lag am Rande der Bühne und drohte hinabzufallen. Kathi humpelte auf sie zu, um sie festzuhalten. Ein Stadtknecht kam ihr zuvor.

«Weg da», befahl er ihr und stieß sie nieder. Dann packte er die Kleine an ihren dünnen Armen.

«Steh auf.»

Doch Ursula reagierte nicht.

«Steh auf, du Teufelsvieh!»

Noch immer wollte sie der Anweisung des Stadtknechts nicht Folge leisten. Wie leblos hing sie an seinem Arm. Er schüttelte sie. «Hörst du nicht?»

Kathi ahnte es als Erste. «Ursula? Was ist mit dir?»

Wieder ging sie auf sie zu, streichelte ihr über den kahlrasierten Kopf. «Ursula, steh auf, bitte.»

«Was ist mit ihr?», fragte Faltermayer erzürnt. Er konnte im Beisein des Bischofs keine Störungen gebrauchen.

«Ich glaube, die kleine Hexe ist tot», antwortete der Stadtknecht.

Als Kathi diese Worte hörte, spürte sie einen Stich in ihrem Herzen. «Nein, das kann nicht sein.»

Doch der Stadtknecht ließ keinen Zweifel daran. An einem Arm hob er sie hoch und schüttelte sie noch einmal. «Seht Ihr? Tot, wie eine Ratte nur sein kann.»

«Lass sie los!», schrie Kathi ihn an und trat ihn.

«Verdammtes Hexenvieh», brüllte der Stadtknecht. Ein Schlag beförderte sie quer über die Holzplanken.

«Schaff sie mir aus den Augen», sagte Faltermayer.

Der Stadtknecht reichte den toten Körper einem anderen, der ihn auf den Karren warf.

Faltermayer gab dem Malefizschreiber Zeichen fortzufahren.

«So ist Magda Gehring auf das Rad zu binden. Die Gebeine sind ihr zu brechen. Danach soll sie auf dem Scheiterhaufen vom Leben zum Tod gebracht werden. So hat es das Malefizgericht zu Würzburg entschieden.»

Er blickte zu Faltermayer, dessen Aufgabe es war, den Gerichtsstab zu brechen und dem Henker Befehl zu erteilen, den ersten Teil des Urteils zu vollstrecken.

Im Gegensatz zu Dürr machte Faltermayer bei der symbolischen Stabbrechung wenig Aufhebens. Er hielt ihn kurz hoch, brach ihn für alle sichtbar und warf ihn dann in eine Ecke.

«Nun, Henker, walte deines Amtes. Und beeil dich, wir haben nicht ewig Zeit. Der Bischof will zum Zwölf-Uhr-Läuten wieder in seinem Schloss sein.»

Die unmittelbare Nähe des Bischofs veranlasste den übernächtigten Henker und seine Gehilfen, schneller als sonst zu arbeiten. Sie packten Magda, die sich ohne Gegenwehr auf ein großes Wagenrad binden ließ. An Händen und Füßen gefesselt, lag sie rücklings darauf und starrte in den Himmel. Ein Gehilfe griff zu einer Eisenstange, hob sie hoch und zielte auf ihre Beine. Als das Eisen niedersauste und die Knochen brachen, heulte die Menge auf.

«Mehr! Mehr! Schlag die Hexe tot.»

Durch das laute Geschrei erwachte Kathi aus ihrem Dämmerzustand. Sie blickte sich benommen um.

Alles, was sie in diesem Moment sah, war der Stadtknecht, der mit einer Eisenstange auf jemanden einschlug. Ursula?

«Aufhören!», schrie sie. «Um Himmels willen, sie ist doch noch ein Kind.»

Nun wurde es Faltermayer zu dumm. Konnten diese ungelenken Stadtknechte nicht einmal ein Kind beherrschen? Er packte Kathi am Kragen.

«Haltet ein!», rief jemand laut und unüberhörbar. «Im Namen des Kaisers, ich befehle Euch, dem Kind kein Leid anzutun.»

Ein Mann in einem schwarzen Umhang kam die Treppe zur Bühne herauf. In der Hand hielt er ein Schriftstück. Er eilte an Faltermayer vorbei an den vorderen Rand, damit er von allen gesehen werden konnte.

«Auf Erlass des kaiserlichen Reichskammergerichts zu Speyer untersage ich diese Hinrichtung.»

Er öffnete die Schriftrolle. Darauf war ein Siegel zu sehen. Er zeigte es dem Bischof und der Menge.

Faltermayer ließ von Kathi ab. «Wer seid Ihr?»

Der Mann nahm seinen schwarzen Hut ab, der ihm in der Nacht zuvor schon ermöglicht hatte, unerkannt die Stadttore zu passieren.

«Ich bin Meister Dürr. Ihr kennt mich alle.»

Ein Raunen ging durch die Menge. Dürr war der Letzte, mit dem sie gerechnet hatten. Jeder wähnte ihn jenseits der Landesgrenzen, wo er und seine hexerische Mutter mit dem Teufel paktierten. Doch jetzt war er zurückgekommen. Was für eine Dreistigkeit.

Faltermayer und der Bischof waren nicht weniger überrascht. Sie hatten geglaubt, sich Dürr vom Halse geschafft zu haben, und nun tauchte dieser Verrückte wieder auf.

«Mit Unterschrift des Kammerrichters und testiert mit dem kaiserlichen Siegel», trug Dürr unbeirrt vor, «sind alle Prozesse gegen Hexenleute bis auf Weiteres einzustellen. Eine Kommission wird sich mit den Vorfällen in Würzburg befassen und darüber entscheiden, ob die Verfahren rechtmäßig sind. Bis dahin ist niemandem – bei kaiserlichem Verbot – gestattet, ein Verfahren zu beginnen, fortzuführen oder mittels Urteil zu beschließen.»

«Redet keinen Unsinn!», herrschte Faltermayer ihn an.

Er riss Dürr das Schreiben aus der Hand und las es. Wort für Wort, Zeile für Zeile zeigte es, dass Dürr die Wahrheit gesprochen hatte. Entgeistert blickte Faltermayer hinüber zu seinem Bischof. Der war von der kaiserlichen Nachricht jedoch weniger beeindruckt. Ein kurzer Wink wies Faltermayer an, ihm das Schreiben zu bringen.

Wer gedacht hatte, der Bischof würde nun wegen der Maßregelung durch das höchste Gericht im Reich in tiefe Gram fallen, sah sich getäuscht. Das Reichskammergericht zu Speyer, das im Auftrag des Kaisers Streitigkeiten im Land schlichtete und von jedem Untertan angerufen wurde, der sich unrechtmäßig behandelt fühlte, hatte für viele Landesfürsten kaum Bedeutung. Die Kaiserstadt Wien war weit, und die Aufmerksamkeit des Herrschers gehörte in diesen Tagen dem Krieg. Er brauchte die Gefolgschaft und Unterstützung jedes einzelnen Landesfürsten.

Der Bischof warf einen kurzen Blick auf die Unterschrift und das Siegel. Ein Lächeln flog über seine Lippen.

«Ich bin der Kaiser in meinem Land.»

Dann zerriss er die Urkunde vor aller Augen.

Erstaunen erfasste die Umstehenden. Auch die vorderen Reihen wollten ihren Augen und Ohren nicht trauen.

«Aber … das könnt Ihr nicht machen», stotterte Dürr.

«Ich habe es getan», erwiderte der Bischof. «Und nun, Meister Faltermayer, fahrt fort.»

Die Miene des Hexenkommissars, die noch vor einer Minute vor Schreck erstarrt war, entspannte sich. Mit neuem Mut wandte er sich an die Stadtknechte und zeigte auf Dürr.

«Ergreift ihn.»

Freudengeschrei erhob sich unter den Bürgern. Reihe um Reihe pflanzte es sich fort und erfasste bald die ganze Menge, die die Festnahme des ehemaligen Hexenkommissars Dürr feierte.

Kathi verstand die Welt nicht mehr. Der Bischof wagte es, sich über die Anordnung des Kaisers zu erheben? Wusste er denn nicht, dass er dafür zur Rechenschaft gezogen werden konnte? Da erinnerte sie sich der Worte Volkhardts: *Ab dem*

Tag, als die Antwort des Kaisers eintraf, war mein Vater ein gebrochener Mann.

Damit wiederholte sich in Würzburg, was sich bereits im Hohenlohischen zugetragen hatte. Papier war geduldig. Der Kaiser hatte mit dem Verbot der Prozesse sein Gesicht gewahrt. Insgeheim ließ er seine Fürsten aber schalten und walten, wie es ihnen beliebte.

Während aller Augen auf die Rangelei zwischen Dürr und den Knechten gerichtet waren, fiel Kathi etwas Sonderbares auf. An der Ritter-Kapelle, hoch über ihr, und an den umstehenden Häusern bewegte sich etwas. Kleine schwarze Körper krochen wagemutig und gekonnt auf den Firsten herum. Binnen kurzem füllten sich die Dächer mit ihnen. Nun sahen auch die Bürger, was da vor sich ging. Sie zeigten nach oben und fragten sich, was und vor allem wer dort oben herumturnte.

Plötzlich fingen die Glocken der Ritter-Kapelle an zu läuten. Es folgten die von Neumünster, des Doms und andere. Bald verstand man sein eigenes Wort nicht mehr. Von überall her drang Glockengeläut auf den Marktplatz. Das hatten sie doch schon einmal erlebt? Vor ein paar Tagen, am Sonntag während der Messe, als auf der Domstraße die Hölle ausgebrochen war und diese schmutzigen Kinder die Geschäfte geplündert und die Stadtknechte angegriffen hatten. Unruhe griff um sich.

Die Befehle Faltermayers, für Ordnung zu sorgen, gingen in dem Lärm unter. Ohnehin hätten die Stadtknechte die Menge nicht disziplinieren können, genauso wenig wie einer imstande war, dem Läuten Einhalt zu gebieten. Aber das war auch nicht mehr nötig.

Das Glockengeläut dauerte nur kurz. Als Erste verstummten die Glocken der Ritter-Kapelle, darauf folgten die anderen. So überraschend der Spuk begonnen hatte, so schnell war er wieder zu Ende. Was blieb, war ein ratloser Faltermayer. Was hatten die vielen schwarzen Kinder auf den Dächern vor?

Auf der Treppe hinter der Bühne erschien zuerst ein Kopf, es folgte ein Oberkörper, und schließlich stand Lorentz unter ihnen.

Doch wider Erwarten grinste er nicht verschlagen, wie man es von ihm kannte, sondern er schaute trotzig drein. Jemand hatte ihm die Hände auf den Rücken gebunden.

«Wenn ihr einen wahren Teufel brennen wollt, dann fangt mit diesem hier an.»

Hinter Lorentz erschien Volkhardt. Er ging furchtlos auf die Bühne. Ringsum wachten seine wiedergewonnenen Soldaten über ihn. Mit Hedwigs Hilfe war es ihm in der Nacht zuvor gelungen, Lorentz und seine engsten Verbündeten im Kampf zu schlagen.

«Er sagt ja selbst von sich, er sei ein Teufel. Also, wozu noch einen Prozess machen? Ihr glaubt es ihm ja auch so.»

«Wer bist du, Bursche …», sagte Faltermayer.

«Ich bin Volkhardt von Hohenstätt. Ihr kennt mich wohl, wenn Euch die Erinnerung nicht abhandengekommen ist.»

Bei dem Namen von Hohenstätt gefror Faltermayers forsches Auftreten. Für einen Moment zögerte er, ob er diesen heruntergekommenen Bengel von der Bühne werfen sollte.

«Für alle anderen, die noch nicht von mir gehört haben, nur so viel.» Er richtete seine Worte an den Bischof wie an das Volk. «Ich bin der jüngste Sohn des Grafen von Hohenstätt aus dem Hohenlohischen, den dieser ehrenwerte Hexenkommissar auf den Scheiterhaufen gebracht hat. Mit ihm starben meine Mutter und meine Brüder, einzig auf die Aussage eines kleinen Mädchens hin, das von ihm dazu gezwungen worden war. Das mag Euch, Eure hochfürstliche Gnaden, nicht sonderlich erwähnenswert scheinen, doch der Grund, warum es dazu gekommen war, schon.»

Unruhe erfasste Faltermayer. Auf keinen Fall durfte dieser Bastard sein Geheimnis aufdecken.

«Stadtknechte», rief er, «ergreift ihn!»

Zwei Knechte machten sich auf den Weg, den Befehl auszuführen. Aber noch bevor sie die Treppe erreichten, prasselten Steine auf sie herab, sodass sie sich schutzsuchend zurückziehen mussten. Hedwig führte das Kommando auf den Dächern. Sie würde jeden Versuch, Volkhardt zu nahe zu kommen, unterbinden.

Volkhardt fuhr fort. «Wenn Ihr erlaubt, Eure Gnaden, so möchte ich Euch berichten, wie Meister Faltermayer Euch seit Jahren hintergeht und einen großen Schatz vor Euch verborgen hält.»

Der Bischof zeigte sich überrascht. Die gute Arbeit seines Hexenkommissars war ihm viel wert, allerdings schätzte er eine gutgefüllte Kasse noch mehr.

«Sprich, aber fasse dich kurz.»

Volkhardt nickte. «Meister Faltermayer stand einst in Diensten eines anderen Fürsten, der ähnlich wie Ihr viel Kraft und Mühe aufgeboten hatte, das Hexenwesen in seinem Land zu bekämpfen. Dazu bediente er sich des jungen und ehrgeizigen Advokaten Faltermayer. Doch irgendwie gelang es ihm nicht so recht, dem Wunsch seines Herrn zu entsprechen, bis er eines Tages auf ein Kind aufmerksam wurde, das von sich behauptete, es könne zaubern. Zu dem einen Kind gesellte sich ein zweites, dann ein drittes und viertes. Alle behaupteten, ihre Zauberkünste direkt vom Teufel erhalten zu haben. Die Nachricht machte vielen Eltern Angst. Sie fragten sich, welch schlimme Sünden sie begangen haben mochten, wenn der Teufel nun schon ihre Kinder holte. Da merkten die Kinder, was für eine Aufmerksamkeit ihnen plötzlich zuteilwurde, und erfanden stets neue Geheimnisse, die sie mit dem Teufel und seinen Hexen teilten. Aus den vier Kindern wurden bald zwanzig, dreißig. Sie alle sagten von sich, dass sie nachts mit den Hexen ausführen und mit dem Teufel den Sabbat feierten. Darin erkannte Meister Faltermayer eine willkommene Gelegenheit. Er ließ die Kinder vorladen und befragen. Und siehe da: Es wurden ständig mehr, sodass es dem Fürsten schwindelig wurde. Was war nur mit seinem Land geschehen? Und wie konnten all die Prozesse, die sein Hexenkommissar führte, bezahlt werden?»

Der Bischof nickte. Die gleichen Sorgen plagten auch ihn.

«Da hatte Meister Faltermayer eine Idee. Er konfiszierte kurzerhand die Vermögen der Angeklagten, um die Prozesskosten zu bestreiten. Dabei merkte er, dass einiges übrig blieb und, wenn man die Anklage richtig handhabte, sogar noch mehr zu holen war.»

Die Miene des Bischofs verfinsterte sich. Obwohl er in seinem Land auf die gleiche Weise verfuhr, brauchten die Bürger diese Dinge nicht zu wissen.

«Was willst du damit sagen?», rief einer.

«Dass auch ihr für euren eigenen Tod teuer bezahlt.»

Faltermayer und der Bischof hatten genug gehört. Jemand musste diesem Bastard das Maul stopfen.

«Knechte», rief Faltermayer, «nehmt den Lügner fest.»

Die Knechte schickten sich an, die Bühne zu betreten, aber erneut hagelte es Steine.

«Ich kann verstehen», sagte Volkhardt, «dass Meister Faltermayer nichts davon hören will, aber ihr, Bürger von Würzburg, solltet die Wahrheit erfahren.»

«Recht hat er», rief einer.

Und ein anderer: «Lasst ihn sprechen.»

Die Zustimmung pflanzte sich fort, und so wagten die Knechte es nicht länger, gegen Volkhardt vorzugehen.

Dem Bischof wurde es ungemütlich. Er ließ unauffällig nach seiner Kutsche rufen.

«Dem Mut und der Aufmerksamkeit Meister Dürrs ist es zu verdanken», sprach Volkhardt, «dass alles, was ich euch sage, bewiesen ist.»

Er winkte Dürr auf die Bühne. Der trat mit seiner ledernen Tasche neben ihn und holte die entlarvenden Dokumente hervor.

«Das sind die Protokolle der falschen Zeugenaussagen und der erpressten Geständnisse», sagte er. «Ich selbst habe sie führen lassen, sie sind alle echt.» Dann zeigte er die Dokumente mit den Siegeln der Universitäten. «Und das sind die Gutachten, die eure Väter und Mütter, Geschwister, Nachbarn und Freunde vor dem Feuer hätten retten können, wenn sie nicht unterdrückt worden wären.»

«Wer hat das getan?», rief eine Frau.

«Warte noch einen Moment», antwortete Dürr. Er zeigte dem Volk noch mehr Dokumente. «Und hier sind die Vermögen, die die Büttel in euren Häusern konfisziert haben. Ihr wisst, dass Meister Faltermayer keinen Unterschied zwischen Arm und Reich gemacht hat. Selbst die Milch für eure Kinder war ihm nicht zu schade.»

Empörtes Raunen erhob sich, und der Bischof spürte, dass es höchste Zeit für die Kutsche war. Wenn dieser vermaledeite Dürr weitersprach, würde sich seine Knauserigkeit rächen, nicht in eine eigene Garde investiert zu haben. Da hörte er die Hufe der Pferde. Gottlob, er war gerettet.

«Aber am aufschlussreichsten sind diese Listen hier», fuhr Dürr fort. «Sie zeigen, was der Büttel konfisziert hat und was tatsächlich beim Bischof angekommen ist. Bei allen guten Geistern, da tun sich große Lücken auf. Das ist das Geld, das euch und euren Familien zusteht. Jetzt aber ist es in den Taschen von Meister Faltermayer.»

Der Bischof, mit einem Fuß bereits in der Kutsche, hielt inne. Was war das soeben? Sein Hexenkommissar hatte ihn betrogen?

Unmut machte sich unter den Bürgern breit. Die Ersten hoben drohend die Fäuste, sodass es Faltermayer ganz schwindelig wurde. Er musste weg, und das schnell, bevor die Meute sich gegen ihn erhob. Da erblickte er die Kutsche des Bischofs. Dem Himmel sei Dank, sie würde ihn hoch auf die sichere Burg bringen.

Ein gewagter Satz von der Bühne verschaffte ihm einen Vorteil gegenüber zwei wütenden Handwerkern, die im Begriff waren, mehr über den Verbleib ihrer Vermögen erfahren zu wollen.

Der Bischof gab dem Kutscher Befehl loszufahren. «Beeil er sich, schnell.»

«Aber Meister Faltermayer kommt noch», gab der zu bedenken.

Doch da kannte der Bischof keine Gnade. «Der hat sich nun vor einem anderen Herrn zu verantworten.»

Daraufhin gab der Kutscher den Pferden die Peitsche. Zurück blieb ein atemloser Faltermayer, über den wütende Bürger herfielen.

Auf der Bühne waren nun Volkhardt und Dürr alleine. Sie hatten den Bischof und seinen Hexenkommissar entzaubert. Die Kunde über deren Raffgier und Boshaftigkeit würde sich bald über die Grenzen hinaus verbreiten.

Doch eine Angelegenheit blieb noch zu klären.

«Kathi», rief Volkhardt, «wo hast du dich versteckt?»

Der Platz unter dem Richtertisch hatte ihr als Schutz gedient. Nun kam sie humpelnd hervor und stellte sich an seine Seite.

Als Erster ergriff Dürr das Wort. «Bürger von Würzburg», rief er der Menge zu. «Finstere Zeiten liegen hinter uns und schwere vor uns. Die Erde ist vergiftet und mit ihr die Menschen. Überall lauern Krankheit, Verrat und der Tod. Jedem von uns ist bekannt, wer die Schuld an all dem Gräuel trägt. Denn erst mit uns hat das ganze Unwesen angefangen und nicht mit jener bedauernswerten alten Amme Babette. Sie war das Licht und das Leben im Garten des Herrn. Die Kinder liebten sie. Und wir haben sie getötet. Der Zorn des Allmächtigen kam über uns. Er hat uns blind und taub gemacht gegenüber unseren Liebsten. Doch dann, als alles verloren schien, kam sie und hat uns gerettet.»

Versöhnlich legte er die Hand auf Kathis Schulter.

35

Das schöne, sonnige Wetter war Balsam für Mensch, Tier und die Natur. Es ließ die Auen wieder aufblühen, gab dem Vieh reichlich Futter und vertrieb die Sorgen der Würzburger.

Am Schalksberg kehrte Ruhe ein, genauso wie in den Familien, die sich Volkhardts und Dürrs mahnende Worte zu Herzen genommen hatten. Nachts begann man wieder bei offenem Fenster zu schlafen. Die Kirchen waren nicht mehr so gefüllt wie in den Monaten zuvor. Auch aus den Kerkern hörte man keine beunruhigenden Nachrichten mehr, obwohl sie noch immer bis an die Grenzen belegt waren und die Verhöre weitergeführt wurden. Neue Menschen kamen in die Stadt, angelockt von den Vorzeichen des Aufschwungs und der Aussicht auf Wohlstand. Die Geschäfte gingen gut, und der weithin verbreitete Ruf Würzburgs als berüchtigter Hexenkessel schwand.

Der Krieg hielt sich hartnäckig von der wohlhabenden Stadt fern. Wer nicht vor die Tore ging und auf vagabundierende Söldner oder umherstreifende Bettler stieß, mochte meinen, die Welt habe sich beruhigt, so, wie auf einen Fieberkrampf die Entspannung folgt.

Es war, als sei mit dem Wetterwechsel eine neue Zeit angebrochen, die die alte vergessen machen wollte.

Kathi saß mit Volkhardt auf einem warmen Stein am Nikolausberg. In letzter Zeit trafen sie sich oft an diesem Ort inmitten der Weinberge. Von hier aus lagen ihnen das Maintal und die Stadt zu Füßen. Die Sonne brach sich glitzernd im sanft dahingleitenden Fluss, und hin und wieder wehte der Wind das ausgelassene Johlen spielender Kinder zu ihnen herauf.

«Hast du Lorentz noch einmal gesehen?», fragte Kathi.

Volkhardt schüttelte den Kopf. «Er soll mit fahrendem Volk nach Norden aufgebrochen sein. Wenn es nach mir geht, kann er dort auch bleiben.»

Die Antwort ließ Kathi hoffen. «Das heißt, du hast dich entschieden?»

«Noch nicht ganz. Ich warte auf Nachricht aus meiner Heimat. Dann will ich schauen, ob ich zurückkehre oder woanders mein Glück versuche.»

Sie seufzte.

«Was ist?», fragte er.

«Ich dachte, du hättest in Würzburg eine neue Heimat gefunden. Jetzt, da das schlimme Brennen vorbei ist …»

«Wir werden sehen.»

«Deine Schwarzen Banden werden dich vermissen.»

Volkhardt lachte. «So schwarz sind sie nicht mehr, zumindest die meisten nicht. Seitdem sie der Stadtrat in den leerstehenden Häusern untergebracht hat, sind sie angehalten, sich täglich zu waschen. Das behagt einigen überhaupt nicht.»

Nun musste Kathi ebenfalls lachen. «Und mit der Schule haben sie auch nicht gerechnet.»

«Igitt, waschen und lernen. Das ist ja schlimmer als Hexenschleim und Spinnendreck.»

Das gemeinsame Lachen wirkte befreiend wie die frische Luft, der nicht enden wollende Sonnenschein und die Gewissheit auf eine bessere Zeit. Von heute an war alles möglich.

Unten, an den Ufern, machten derweil Händler ihre Boote fest. Sie löschten die Ladung, wurden willkommen geheißen und auf einen kühlen Wein vom Stein in die nächste Schenke eingeladen.

«Hast du eigentlich noch einmal das Mädchen getroffen, das dich und deine Familie damals besagt hat?», fragte Kathi.

«Nein, wieso?»

«Ich dachte nur. Vielleicht hat es ihr leidgetan und …»

«Sie starb wenige Tage später.»

Kathi merkte auf. «Sie starb? Woran?»

«Das weiß keiner so recht», antwortete Volkhardt. «Man erzählte sich, dass sie an dem Tag, als Faltermayer mit den Soldaten auf unsere Burg kam, um meine Brüder festzunehmen, sich im Schutz der Soldaten auf die Burg schlich.»

«Was wollte sie dort?»

«Rauben, nehme ich an.»

«Woran starb sie dann?»

«Ein Soldat berichtete, dass sie im Schlafzimmer meiner Eltern aufgegriffen worden sei, als sie eines der Tücher, ein wertvolles mit gesticktem Wappen, sich umgelegt hatte. Faltermayer soll darüber sehr erzürnt gewesen sein und dem Soldaten befohlen haben, sie zu töten.»

«Ein Kind?»

Er nickte. «Andere sagen aber, Faltermayer habe die lästige Zeugin eigenhändig mit einem Jagdmesser meines Vaters erstochen. Es ist so ein vierblättriges, mit dem man sogar ein Wildschwein aufspießen kann. Danach habe er sie den Wölfen im Wald zum Fraße vorgeworfen.»

Kathi hatte diese Art von Messer schon bei ihrem Vater gesehen, und die Wunde, die solch ein Messer hinterließ, auf dem Rücken von Grit. Aber das konnte nicht sein. Wie sollte Grit jemals in den Süden gekommen sein? Sie stammte doch aus dem Norden, hatte man über sie erzählt. Das wäre zu viel des Zufalls gewesen. Aber wie verhielt es sich mit dem Tuch und dem kunstvoll verzierten Wappen, das die Magd in ihrer Truhe gefunden hatte?

Die Antwort würde sie niemals erfahren. Grit war noch in der Nacht nach jenem bemerkenswerten Tag verschwunden. Einige wollten sie auf dem Boot eines Händlers mainabwärts gesehen haben, andere behaupteten, der Teufel habe sie geholt.

Ein schlimmeres Schicksal hatte Anna ereilt. Sie war in eine tiefe Traurigkeit verfallen. Kein Doktor, kein Gebet und keine noch so verlockende Süßspeise aus der Klosterbäckerei wollten ihr Gemüt aufhellen. Anderntags war sie mit zerschmettertem Körper auf dem Hof von Neumünster gefunden worden. Allem Anschein nach war sie in der Nacht aufs Dach geklettert und dann heruntergestürzt. Arme Anna. Sollte Gott ihrer geplagten Seele den ewigen Frieden geben.

Von Ulrich und Benedikt fehlte jede Spur. Nach dem Frühstück waren sie nicht mit den anderen Kindern zum Unterricht bei Pfarrer Ludwig erschienen. Ein Bruder wollte sie in der Klosterküche gesehen haben, wie sie sich Essen in die Taschen stopften. Danach seien sie verschwunden. Wenn Kathi das richtig deutete, dann hatten sie sich Proviant besorgt, um in einer anderen Stadt ein unbelastetes Leben zu beginnen.

Und der kleine schwachsinnige Andreß? Was war aus ihm geworden? Seine Mutter und die Nachbarn hatten sich mit Entsetzen von ihm abgewandt, da er nach dem letzten vergeblichen Brand einfach nicht mit den Hexenreimen und Hexentänzen aufhören wollte. In ihm stecke wahrlich ein Teufel, flüsterte man sich zu. Der Bischof tue gut daran, ihn in den tiefsten Kerker seiner Burg zu sperren, damit er keinen Schaden anrichten könne. Hin und wieder wollte ihn der Nachtwächter durch die Keller und Straßen streunen gesehen haben. Einer habe ihn gar auf allen vieren laufen und wie ein Wolf auf den Palisaden heulen sehen. Seitdem stand eine Belohnung von einem Gulden auf seinen Kopf, wenn man das närrische Vieh endlich zur Strecke brachte.

Aus dem bischöflichen Schloss hatte man seit einigen Tagen überhaupt nichts mehr gehört. Die Bediensteten sagten, der Bischof lebe sehr zurückgezogen, sodass ihn nur sein Leibdiener zu Gesicht bekomme. Nachts suche er die kleine Kapelle im Burghof auf, um zu beten. Tagsüber verlasse er sein Bett überhaupt nicht mehr. Irgendetwas treibe ihn um. Man wisse nicht was, aber es müsse etwas Wichtiges sein, denn er schreibe wie im Fieber, ohne Unterlass.

Der Hexenkommissar Faltermayer hatte die Handgreiflichkeiten überlebt. Ein Aufenthalt im Krankenhaus des Juliusspitals hatte die ärgsten Wunden versorgt. Dann, eines

Nachts, war er bei einem Hofspaziergang verschwunden und erst nach ein paar Tagen wiederaufgetaucht. Sein Büttel habe ihn in der Nähe des geheimen Lagers in Begleitung eines Fremden gesehen. Die beiden handelten etwas aus, um sich danach per Handschlag für den nächsten Monat am selben Ort zu verabreden. Seitdem war Faltermayer in Stift Haug untergekommen. Der mächtige Dompropst hatte Mitleid mit dem einst ebenfalls so mächtigen Ankläger der Stadt.

Dort lief er gelegentlich Pfarrer Ludwig über den Weg, dessen Traum von einer eigenen Kinderschule nicht in Erfüllung gegangen war. Der Fortgang so vieler Kinder aus seiner Gruppe hatte das Vertrauen des Propsts in seine Fähigkeiten erschüttert. Die Kindergemeinde hatte von einem Tag auf den anderen zu existieren aufgehört, und so war aus dem Pfarrer wieder ein Vikar geworden. Ludwig zürnte seinem Propst deswegen sehr. Er ließ keine Gelegenheit aus, Schlechtes über Neumünster in den Schenken zu verbreiten.

Ganz hatte Ludwig die christliche Erziehung von Kindern jedoch nicht aufgegeben. Nachdem der angeklagte und dann freigelassene Vikar Franziskus in ein Kloster am Rande des Steigerwalds gebracht worden war, hatte Ludwig die vakante Stelle übernommen. Seitdem tanzte die Rute in seiner Hand wie in den schlechten alten Zeiten. «Du Sohn des Teufels, du bist voll List und Tücke und kämpfst gegen alles Gute.» Die Kinder hatten ihr Leid daran.

Auf dem schmalen Weinbergspfad kamen Barbara und Otto heraufgelaufen. Als Kathi sie sah, winkte sie ihnen zu.

«Kommst du mit?», fragte Kathi Volkhardt.

«Wohin?»

«Ans Grab von Ursula. Ihr frische Blumen bringen.»

«Ja, gern.»

Die vier spazierten an den prächtig wachsenden Weinreben entlang, pflückten Blumen und lachten viel. Erst als sie an Ursulas Grab kamen, das neben dem Henriettes lag, wurden sie still. Die beiden stummen Zwillinge, Lene und Lotti, saßen in sich versunken am Grab ihrer Mutter. Nichts konnte sie mehr berühren, weder der traumhaft sonnige Tag noch die verständnisvollen und warmen Worte Kathis und ihrer Freunde.

Nicht einmal die Genugtuung über den Tod ihres grausamen Vaters, der sich in dem nasskalten Loch vom Grünenbaum mit einem spitzen Stein die Adern geöffnet hatte, mochte sie ins Leben zurückholen.

Irgendwann würde die Kraft des Schmerzes weichen, dachte Kathi, als sie ein gebücktes altes Weib im Wald erblickte. Diese winkte ihr zu und schien zu rufen:

«Kommt, Kinder, der Honig ist süß und wird euch schmecken.»

Das Krächzen Kolks zerschnitt die friedliche Ruhe des Waldes. Mit aufgeregtem Flügelschlag erhob er sich in die Luft. Zwischen den engstehenden Bäumen fand er keine Nahrung. Er musste anderswo jagen. Sein Feld war die Weite, dort wo sich seine Beute nicht so gut verstecken konnte.

Auf dem Weg hinunter ins Tal folgte er einer Gruppe Sperlinge, die, wie aus dem Himmel kommend, an seiner Seite aufgetaucht waren. Sie flatterten aufgeregt und doch zielstrebig zum Stift Haug hinunter, dem Ort, an dem Ludwig und Faltermayer Aufnahme gefunden hatten.

Während sich Kolk auf der Kirchturmspitze niederließ, beobachtete er die Sperlinge, die einem alten, gebückt gehenden Weib mit einem Korb in der Hand vorausflogen. Sie begleiteten die Hökerin geradewegs an die Pforte des Klosters, wo sie um ein Almosen bat.

Es war Mittag, und die Kinder liefen aus dem Speisesaal in den Hof. Faltermayer folgte ihnen in die Sonne. Es wäre ein überwältigender Tag gewesen, voller Kraft und Zuversicht, hätte er beim Essen nicht die ganze Zeit Vikar Ludwig vor der Nase gehabt. Er konnte nicht sagen, warum, aber irgendwie machte er ihn und die Kinder aus seiner ehemaligen Gruppe für sein Los verantwortlich. Wären sie nicht gewesen, dann würde er immer noch an der Tafel des Bischofs speisen. Nun musste er sich mit Kohlsuppe und Brot zufriedengeben.

Verfluchter Pfaffe, sagte er sich, eines Tages wirst du dafür bezahlen.

Ähnlich verdrossen schauten Ludwigs neue Kinder hinüber zur Pforte, wo sich Ludwig mit Bruder Daniel unterhielt, der als Bruder Portarius die Pforte bewachte. Die beiden redeten auf das alte Weib ein, das sich nicht abweisen ließ.

Niemals war ein Lehrer so streng zu ihnen gewesen, selbst der elende Vikar Franziskus nicht. Wie um alles in der Welt würde man ihn schnell wieder loswerden?

Da kam einer von ihnen auf eine Idee.

«Seht, die Hexe Holle ist zurück. Und Vikar Ludwig ist ihr Komplize.»

Bei dem Namen *Holle* erinnerte sich Faltermayer an den Fall Johanna, den sein ehemaliger Kollege Dürr einst bearbeitet hatte. Reiste die alte Hexe nicht in Begleitung von Vögeln? Und hob sie nicht den Finger gegen schuldige Hexenleute?

Faltermayer spürte Zuversicht in sich aufsteigen. Mit Vikar Ludwig würde er neu beginnen …

Philippa Gregory

Die Königin der Weißen Rose

rororo 25484

Ihre Majestät, die Königin!

England, 1464: Die Adelshäuser York und Lancaster kämpfen erbittert um den Thron. Als König Edward, der Erbe der Weißen Rose, der schönen jungen Witwe Elizabeth Woodville begegnet, ist es um beide geschehen. Doch Elizabeth weigert sich, Edwards Mätresse zu werden. Da heiratet der König sie entgegen allen Standesschranken – ein ungeheurer Skandal! Und keine Frau im Königreich hatte je so viele Feinde wie die neue Königin. Neid, Missgunst und Intrigen bringen Elizabeth und ihre Familie in große Gefahr ...

B 266/1

MIX
Papier aus verantwortungsvollen Quellen
FSC® C083411

Das für dieses Buch verwendete FSC®-zertifizierte Papier *Pamo Super* liefert Arctic Paper Mochenwangen, Deutschland.